U0448479

WENXUE YU MEIXUE DE
SHENDU YU KUANDU

文学与美学的深度与宽度

高建平 著

商务印书馆
2020年·北京

图书在版编目(CIP)数据

文学与美学的深度与宽度 / 高建平著. — 北京：商务印书馆，2020
ISBN 978-7-100-18326-0

Ⅰ. ①文… Ⅱ. ①高… Ⅲ. ①文学理论－研究－中国 ②美学－研究－中国 Ⅳ. ①I206②B83-092

中国版本图书馆CIP数据核字(2019)第057988号

权利保留，侵权必究。

文学与美学的深度与宽度
高建平 著

商 务 印 书 馆 出 版
（北京王府井大街36号 邮政编码100710）
商 务 印 书 馆 发 行
艺堂印刷（天津）有限公司印刷
ISBN 978-7-100-18326-0

2020年5月第1版　　开本710×1000　1/16
2020年5月第1次印刷　印张21½
定价：59.00元

自　序

最近一段时间整理旧文，将这些年积累下来的一些论文分成了两组，加以编辑、增补、调整，分别在商务印书馆和中国文联出版社出版。在中国文联出版社出版的那一本，是一组关于艺术的论文，从中国古代讲到当代的艺术理论，以及中西艺术观念的比较。与此不同，这一本则集中了对文学和美学思考的一些成果。这些论文均以面向当代的文论和美学建设为宗旨，也与此前出版的几本专论西方美学史和中国美学史的书不同。编完后读全稿，发现近年来关于美学研究的一些思考心得，分散在这些论文之中，敝帚自珍，觉得在论述中提出了不少可进一步展开和发挥的理论点。从这些点出发，可说出一些有意义的道理。希望经过一番努力，将来可以形成一部美学理论专著。放在面前的这部书，会是这部未来的美学理论专著的原始形态。

书名定为《文学与美学的深度与宽度》，是想说：面对当下的文论和美学研究，还可以做一些什么？本书要从两个方向发展：要对一些理论问题的研究有更深入的思考，要将文论和美学的研究范围有所扩大。

在这本书中，有一些对古老话题的新的思考。例如"形象思维"问题，考察其讨论的历史，说明这个问题的出现，与对"艺术"与"认识"的关系的理解紧密关联。"艺术"曾经是"认识"，后来变成了"一种特殊的认识"，再到后来"不是认识"。我认为，还有下一个阶段，即"还是认识"。这篇文章还进一步讨论，"形象思维"是如何融化到当代艺术理论的建构之中，分别影响了文艺心理学、古代文论中的"意象"理论，以及人类学关于原始思维的探讨，文章的最后，提出了符号论思维的建议。还有，关于理论与实践关系的讨论，也是一个古老的话题，但面向当下的争论，需要重新厘清。理论要接地，要联系实际，但理论又要维持自身的理论品格；

理论要从实践中生长起来，理论也有自身相对独立的历史。这些本来都是常识，但在今天却变得越来越模糊了，有必要再次梳理和阐明。

中国文论和美学的建设，都面临着怎样处理"中西"与"古今"的问题。那种认为"中"等于"古"、"西"等于"今"的观点是不正确的，不能在理论建设中持中西二元对立的立场。要建立既是现代的，又是中国的文论和美学，这种努力说说容易，做起来就很难。在学术界常常有各种偏向，而有偏向并不无偏激的理论却常常更具有煽动性。因此，持一种清醒而公允的立场，就更加困难。这是一个重要的理论问题，本书在这方面费了很多的笔墨。

当代文论和美学，在所覆盖的范围上，已经有了很大的拓展。我曾经写过一篇文章讨论"艺术的边界"问题。那篇文章收入到另一本名叫《回到未来的中国美学》书之中。文章的名字是《划界与越界的背后：艺术性的寻找及其意义》。在那篇文章里，我试图说明，艺术早已是今非昔比，范围有了扩大。一些过去不被视为艺术的工艺、民间表演和民间艺术、文化创意产业，逐渐被纳入艺术或准艺术的范围之中，艺术与非艺术的界限变得模糊。然而，这个边界仍然是存在的。既然存在打破边界的力量，也就存在重建边界的力量。在当代社会中，这两种力量相互作用，构成艺术边界移动、被打破，而又重建的现实。这种重建，还是要回溯到艺术的本性。因此，在那篇文章中，我提出了一个颇为抽象的界定：艺术的边界是创造的边界。原创性是艺术边界仍然存在，艺术与非艺术仍有区别的理由。

在本书中，不少文章都进一步讨论了文论和美学的边界的扩展问题。例如，面对大众文化的挑战，艺术性如何重建？"艺术"与"技术"构成什么样的关系？以及如何从美学的角度切入生态与环境、乡村与城市、市场与消费等话题之中。

这本书是我关于美学理论探索的阶段性的成果。问题提出来了，但阐释得还不透彻，只是点到为止。框架有了，但还不完善。希望这本书能成为对过去的一个总结，也希望以此展望未来。

高建平
2019年3月14日

目　录

当代中国美学的处境与发展方向 ……………………… 1
论理论话语的传承性与实践性 ………………………… 13
理论的理论品格与接地性 ……………………………… 26
在交流对话中发展中国文论 …………………………… 32
大众文化挑战下艺术性的重建 ………………………… 42
论学院批评的价值和存在问题 ………………………… 54
"形象思维"的发展、终结与变容 …………………… 62
从"他"到"你"：他者性的消解 …………………… 86
"美学的复兴"与新的做美学的方式 ………………… 99
日常生活审美化与美学的复兴 ………………………… 112
什么是艺术？ …………………………………………… 130
全球化背景下的中国美学 ……………………………… 143
全球化与中华文明发展的选择 ………………………… 158
全球化与中国文学的身份与姿态 ……………………… 166
你选哪一个哈姆雷特：回到"以意逆志"上来 ……… 172
美学的围城：乡村与城市 ……………………………… 186
论城市美之源 …………………………………………… 205
西方当代美学的发展 …………………………………… 223
日常生活美学在当代中国的意义 ……………………… 235
论艺术与技术间的距离与"间距" …………………… 245
生态、城市与救赎 ……………………………………… 256
漫谈艺术与市场的关系 ………………………………… 269

重新寻找美学的当代意义 ………………………………… 287
美学的文化学转向………………………………………… 295
消费主义时代的生产主义是否可能? ……………………… 305
科学与人文关系辨析……………………………………… 313

附　录
探索美学的新的宽度与深度
　　——著名美学家高建平教授访谈录 ………………… 325

当代中国美学的处境与发展方向

在过去的美学研究中,存在着严重的厚古薄今的现象。研究中国美学是如此,研究西方美学也是如此。生在21世纪,仿佛20世纪不存在,一心从古人那里讨生活。实际上,当代中国美学研究,有一个现实的出发点,这就是我们刚刚经历,并正在受到它的影响的当代史。

一、20世纪中国美学的发展与面临的危机

20世纪的中国美学,取得了丰硕的成果。它大致经历了这样几个阶段:一、西方美学的引入;二、马克思主义美学的建立;三、美学多样化局面的形成。

在第一阶段,主要的任务是引进西方的美学。在中国古代,没有一门叫作"美学"的学科。我们今天在书店里,常常可以看到一些中国美学史的书籍,讲从山顶洞人到明清山水画体现出来的审美意识,讲从孔夫子到王国维的美学思想,这些书都具有一种追溯的性质,即在古代人的活动和思想中,寻找与美学所关注的对象相近的内容,再将之整理出来。显然,这种整体的思想框架,是后来才有的。

美学作为一门学科,在西方是从18世纪建立起来的。一个名叫鲍姆加登的莱布尼茨-沃尔夫学派理性主义哲学家认为,哲学不仅仅要研究理性,也要研究感性,应该为人类的感性研究设立一个专门的研究学科,这个学科名叫"美学"(aesthetics),即"感觉学"。到了18世纪末,出现了康德的《判断力批判》一书,这本书的前半部分研究自然与艺术的美和人的审美趣味。在此以后,在19世纪,西方的美学有了长足的发展。在德国,出现了像黑格尔、叔本华、尼采等一批重要的人物。在法国和英国,也出现了一些重要的理论论著。例如,法国的丹纳研究了艺术史与社会史发展的关系,英国的罗斯金强调艺术家的社会责任等,都对美学的发展具有相当大的影响。

当然，西方美学史并不能从鲍姆加登写起，而是必须从毕达哥拉斯、德谟克利特、柏拉图与亚里士多德写起。因此，在西方，美学史也具有回溯的性质。但是，美学毕竟是在西方的哲学传统中生长出来的，他们的美学是柏拉图、亚里士多德传统的自然发展。对于中国人来说，美学是从外来思想引入的结果。中国人在西方美学思想输入之前，主要是进行具体的文学艺术作品的品评。他们所使用的，大都是感悟性的概念。而不是像西方人，特别是德国人那样，动辄创立一个体系。

谁是最早将 aesthetics 一词译为"美学"这两个汉字的第一人？学界有一些争论。传统的说法是，一位名叫西周的日本人于1862年到1865年到荷兰留学，回国后介绍西方的学术，著有《百科连环》，把 aesthetics 译为"佳趣论"，对美学研究的对象和内容进行了介绍。后来，他为了给皇室讲学，于1872年发展原来的"佳趣论"一章，形成《美妙学说》一书。这是日本最早的美学专著。到了1883年，一位曾在法国留学（1871—1873）的日本当代著名哲学家中江兆民翻译出版了法国哲学家维隆著《美学》，于是，随着这本书的流传，这个译名也就固定下来。近年来，有清史研究学者黄兴涛提出，德国来华传教士花子安（Ernst Faber）在著于1875年的一本书《教化议》中，有"丹青、音乐"二者"皆美学，故相属"的字样，故认为，这是最早提出的"美学"的译名。这是否将"美学"二字当成 aesthetics 的译名，并用以指这一已在欧洲流行，以康德、黑格尔为代表的学科，尚不太清楚。而与此不同的是，西周和中江兆民都已经致力于介绍或翻译这门学科的知识。更为重要的是，在此后不久，日本东京大学就设立了这个学科，将现代美学建立起来。

同样，将这门学科介绍到中国的第一人，仍应归功于王国维，尽管此前康有为等人就在书目见闻类的著述中提到这个学科的名称。谁是第一人提了某种说法，这其实并不重要，重要的是谁在认真地做这方面的工作，使这一学科在中国有了实在的推进。

中国美学作为一门学科，在20世纪前期才逐渐形成。然而，中国是一个文明古国，实际上很早就有人对美和艺术的问题进行过讨论，留下了大量的文字和实物材料。中国的这一传统在20世纪初年时，还鲜活地存在于文化人的心目中，仍是一个活的传统。因此，中国人在面对从外部传播来的一门新学科时，不可能取一种全盘接受的态度。当时的人的主要做法是，努力接受从西方传来的思想框架、概念，并结合中国的情况，对这些思想框架和概念进行适当的修正；在具体论述时，又放进一些从中国艺术作品到古代诗话、词话的例证。这方面的工作做得最出色的是朱光潜，他写了包括《文艺心理学》《诗论》这两部代表作在内的大量论著。《文艺心理学》中介绍了当时在西方最为流行的一些美学流派。朱光潜将不同的流派加以修正，组合到了一起，将本属于不同流派的美学思想变成一个完整、统一的美学思想的不同方面。

在与西方的美学向中国传播的同时，由于左翼文学的发展，马克思主义美学也很早向中国传播。在世纪早期，有着一些介绍马克思主义美学的尝试，20 世纪 30 年代，鲁迅先生曾翻译介绍过俄国马克思主义者普列汉诺夫的美学著作。除此以外，许多左翼作家理论家，也在这方面做了许多努力。到了 40 年代，蔡仪先生出版《新美学》，以专著的形式，系统地阐释了他对马克思主义美学的理解。马克思主义美学在 20 世纪中叶的中国得到了长足的发展。

在 50 年代，中国出现了美学大讨论。近些年来，已经很少人注意到这个讨论了。这场美学大讨论最初也具有一种发动思想战线的运动，从而建立新政权的意识形态的特点。例如，朱光潜就说过，胡乔木、周扬等人在大讨论展开之前，曾向他打招呼，告诉他，这次讨论只在清理思想，而不是整人，让他放心。于是，朱光潜也就放心地写了一篇《我的文艺思想的反动性》，对他来自叔本华、尼采、克罗齐以及中国隐士派的思想进行自我批判。然而，这场讨论的发展，却超出了发动者所设想的范围。有一百多名学者在全国的一些最主要的报纸和刊物上发表文章，对许多与美和审美有关的哲学问题进行了深入的探讨。这是 50 年代和 60 年代初年中国学术界所进行的各种讨论中最具有学术性的一次。这次讨论对中国马克思主义美学的建立，对美学研究队伍的形成，都具有深远的影响。

"文革"结束后，美学研究迎来了一个新的发展阶段。80 年代初年，出现了一个全国范围的美学热。美学的书籍印数空前，大批的青年学生报考美学研究生。这时，美学界出现一种多元化的局面。在美学建设方面，这一时期做了两件事。

第一件事，是组织翻译了"美学译丛"。在 20 世纪 50 年代和 60 年代，中国美学接受了一些苏联的影响，有一些著作翻译，但数量还不多，一些重要的著作还没有译过来。至于西方的美学著作，中国人所知甚少。一些老一代的美学家，例如朱光潜、宗白华等，翻译了一些古典的美学论著，而西方20世纪的美学论著，却基本上没有翻译过来。这一段时间西方人做了许多美学方面的研究工作，取得了很多的成果，我们当时对之一无所知。一些人想创立一些美学体系，其实，有些问题西方人已经讨论过了，我们再讨论，并将之当成我们的创见，已没有什么价值。了解世界，成了当时的紧迫任务。许多出版部门，在这方面投入了很大的人力物力，也收到了很好的回报。美学译丛是当时最早的西方理论译丛，有着开思想解放先河的作用。在很大程度上是受这套译丛成功的鼓舞，社会科学和人文科学其他领域的许多思想、理论译丛也在80年代逐渐问世，对于中国人文化视野的变化，对于中国的精神文明的建设，起到了极其重要的作用。

第二件事，是发展传统中国美学研究。研究中国美学的传统，使之获得现代的解读，为现代中国文化建设服务，是我们的文化建设自立于世界民族之林的根本。我们需要了解现代美学，这可以拓展我们的思路，可以提供分析问题的武器，但是，历史是不能隔断的。古代中国人没有建立一门美学学科，但他们的许多审美感悟和艺术经验谈中包含着深刻的美学道理。对这些思想进行整理，是一个迫切要做的工作。80年代的中国人，将之视为一个重要任务。

这时所做的两件事，再加上原来就有的对马克思主义美学的关注，成为当时美学上的三个重要方面。我们美学的多元化，主要就是从这个方面来说。这当然绝不等于冲淡对马克思主义美学的研究，而是这种研究的深化。马克思主义美学研究不是孤立的。这种美学研究必须是在吸收了人类文明的全部遗产的基础上，才能结出丰硕的成果。

80年代后期，出现了美学热的退潮和美学过时的论调。美学书再也没有多少人问津了。大学生不再读美学书，出版社不再出美学书，许多美学研究者也在改行。

二、当代世界美学的基本走向

20世纪的西方美学，出现了许多流派。由于发生在欧洲和美洲的许多不同的国家，其间的文化传统也各不相同，因此呈现出一幅极为复杂的图景。然而，这种发展之中，仍能看出一些总的线索。20世纪的西方美学，大致说来，也分为三个阶段：第一阶段是心理学转向，第二阶段是语言学转向，而第三个阶段是文化学转向。

发生在 19 世纪末、20 世纪初，直至 20 世纪中期的美学主潮是心理学转向。在当时，美学界的一个重大任务是摆脱从一些大体系来推导出美学的现象，倡导一种"自下而上"的美学。这种思想上的努力，在哲学史上被称为"走出形而上学"。人们不再追求建立包罗万象的、从一些虚设的概念引申出来的庞大的哲学体系。

这时的主要代表人物有意大利的克罗齐，他仍在试图建立哲学体系，但已将他的体系简化为"直觉即表现"这样简明的公式。他的身上显示了许多过渡时期的特征。桑塔耶那将美视为客观化的快感，从而将解决审美问题的思路指向对人的情感的解释。在当时，还有几位重要的心理学家，这就是以立普斯为代表的移情说和以爱德华·布洛为代表的心理距离说。在其中，由于布洛的心理距离说强化一种从 19 世纪就有的审美态度说，即对象的美依赖于主体对它的态度，在 20 世纪前期的西方美学界形成了巨大的影响。心理学的方法在 20 世纪中期还有两位重要的代表，这就是鲁道夫·阿恩海姆和恩斯特·贡布里希。阿恩海姆主要运用格式塔心理学派的方法，论证人的视觉的整体性特征，而贡布里希则从大量的艺术史材料出发，论证艺术风格的历史与人的视觉主动性的关系。

美学的心理学转向是以科学主义追求为背景的。也就是说，当时的研究者希望能从对人的心理学研究来探究美的秘密。这种研究取得了一些成果，但是，在心理学的现有发展水平上，要想对审美与艺术的课题给出一个彻底的回答，是不可能的。人为什么能从对象获得审美感受，这是一个极其复杂的问题，心理学远不能给予这个问题以明确回答。同时，单靠心理学，也不能回答这个问题。当时的心理学处于两难境地：内省心理学能给予审美问题一些启示，但它不科学；而科学的实验心理学，由于排斥内省的方法，在审美问题上更是无能为力。

在心理学美学处于困境之时，20 世纪中叶的西方学术界出现了一个新的美学趋向，这就是美学的语言学转向。语言学转向所包括的内容是非常广泛的。其中有对作品的形式和结构的分析，也有叙事学和符号学分析。在美学上，有曾经在两代人的期间在英美学界占据统治地位的分析美学，这种美学认为美学就是元批评，或批评的批评。建筑在我们对文学艺术的经验之上，有着文学和艺术的批评。这种批评阐释我们对文艺作品的经验，作出我们的判断。过去我们认为，这些批评、阐释和判断都是依据某些固定的理论模式作出的，分析美学则认为，文艺批评绝不是这种理论模式的实际运用，而是独立的根据经验作出的判断。然而，我们在文艺批评中，必然会使用一些语言、概念、范畴。例如，我们对"什么是艺术？什么是艺术品？什么是表现？什么是再现？"等一些平常认为很简单的问题，并没有深思熟虑过。我们只是理所当然地运用一些概念，而不清楚这些概念使用中的混乱状况。分析美学所要从事的就是这种概念澄清工作。也就是说，在当时，美学家们努力要弄清，我们在使用这些词时，有没有自相矛盾之处。例如，我们说一件物品是艺术品，我们是在给予一个评价，还是给予一个归类？我们是根据其功能，还是根据其制作程序来作出这种归类？从这些看似平易的问题出发，他们发现了其中的复杂性。分析美学家们一般保持一种间接性，也就是说，他们只分析概念，不试图给予具体的艺术品、艺术流派和艺术风格以确定的评价。他们不回答一部作品是不是好作品的问题，而将这件工作交给批评家去做。然而，从总的倾向上看，这一美学流派对先锋派的艺术持亲和的态度。他们对艺术定义的研究，有着为那些先锋艺术在艺术家族中保持一席地位的诉求。

分析美学是在西方从50年代直到80年代影响最为广泛的一个美学流派，在欧美的一些大学里占据着统治地位。只是到了90年代，走出分析美学的呼声才越来越强烈。从1995年的芬兰拉赫底大会，到1998年的斯洛文尼亚卢布尔雅那大会，都出现了形形色色的对分析美学的挑战。这些对分析美学的挑战，来源于不同的思想渊源，具有不同的特点，但都有一个共同之处，即超越语言分析，走向生活、走向社会、走向文化，从这些方面寻找研究的立足点。从这些特点看来，一个美学的文化学转向正在出现。

世纪之交的西方美学用最概括的语言说，具有三个倾向。第一个倾向是后分析美学。面对着一个分析美学的大传统，许多研究者寻求从其本来就具有的理论框架中走出分析美学。他们对原来分析美学的方法不满，指出分析美学具有间接性，不能对艺术的创作和欣赏起着规范作用。对于美学家来说，重要的问题不应是"什么是美学"，而是"美学能做什么"。他们所采用的基本方法仍然是维特根斯坦的《哲学研究》和一些后期笔记中的思想。这时，人们不再仅仅重视日常语言分析，维特根斯坦关于语言背后的人的生活的思想得到了强调。于是，一些被人们抛弃了的命题，又重新得到了重视。例如，"审美态度"问题，美学家要不要关注"审美经验"，等等。

第二个倾向是多元文化主义。对"第三世界"，对"东方"思想的关注，特别是人人都在谈论全球化的今天，这是一个大问题。1995年的芬兰拉赫底会议，首创了东方美学专题。1998年的斯洛文尼亚会议，对这个专题有了进一步的发展。2001年的世界美学大会将在日本东京召开，2004年的世界美学大会要到南美巴西的里约热内卢召开，2007年去土耳其安卡拉，2010年到北京，这也许这标志着国际美学界由西方美学一统天下局面的结束。21世纪的美学应是一个世界的美学，而不再是一个以西方为中心的美学。如果美学上要有什么全球化的话，绝不应该像在经济上那样，由西方强国制定游戏规则，用一个模式铸造世界，而是意味着交流、对话、相互尊重、相互吸收。

第三个倾向是马克思主义以及文化批评。马克思、恩格斯生活在19世纪，但他们在世时，主要从事工人运动，他们的思想主要为人们所关注的是作为辩证唯物主义和历史唯物主义的哲学、科学社会主义理论，以及以《资本论》为代表的政治经济学思想。他们的美学思想虽然也有人关注，但并没有进入以学院为中心的话语体系之中。只是到了两次世界大战之间，特别是到了第二次世界大战以后，马克思主义美学才进入西方学术界，在德法和英美学界产生影响。到了20世纪后期，马克思主义美学成为一种强大的、与分析美学相抗衡的力量。这种美学克服了分析美学所主张的间接性和无功利性，将美学重新拉回到对艺术的价值评价和促进社会进步的功能上来。面对市场经济的发展，面对艺术圈内的无功利态度，面对"艺术终结"的话语，面对大众文化的泛滥，马克思主义的批评功能被时代所激活。

这三个流派，与其他众多的美学流派一道，形成了一个巨大的世纪末美学上的文化学转向。一般说来，出现于世纪之交的这三个流派，更多的考虑到了艺术的复杂性，而不是仅仅关注西方社会里的"精英艺术"。这些流派关注第三世界的艺术，关注科学技术、市场经济、文化产业的发展、商业大众艺术，关注全球化带来的文化个性危机等对艺术提出的新问题。这些流派的出现也证明，在这个世纪之交对人类的诸多挑战中，美学起着非常重要的作用。美学没有衰弱，没有过时。

三、中国艺术研究与美学的内在关系

世纪之交，世界美学出现了一片繁荣景象，而中国却显得很萧条。中国美学界也召开了许多会议，也进行了许多的讨论。但是，理论上的创见不多，更多的是老生常谈。同时，美学家的圈子变得很窄，同时还具有封闭性。从表面上看，似乎是美学家们不争气，在推动这个学科的发展方面做的工作不多。但实际上，他们是处在一个不利的局面。从文学艺术批评界、出版界，到大学生中，对美学感兴趣的人都越来越少。在世界上，这是一个不正常的现象，然而，在中国，也许有着特定的原因。80年代的美学热，有许多坚实的研究成果，但也有许多学术泡沫。这种学术泡沫败坏了一个学科的名声，也让有限的学术空间被一些空洞无物的所谓学术著作占领。这种风气不改，美学的重新繁荣是很困难的。

振兴一门学科的关键与否，在于这门学科还是否有自己的课题要研究，这种研究还是否具有理论意义和现实意义。如果没有，就是一个死学科，就没有必要为了振兴而振兴，就应该让从事这门学科的人改行，去做点别的对于理论发展和现实生活有益的事。如果有，就要弄清楚，这个学科究竟能做什么，具体说来，中国的美学家们要做些什么。

中国美学家们可做的第一件事，也许还是研究我们的传统文化遗产和美学遗产。中国古人留下了大量的有关文学和艺术方面的论述，这是我们的宝贵财富。这些东西放在书本上，是死的东西，要在我们的手里，变成活的东西。

对于古代的文化遗产，我们可以有三种态度。第一是保持原貌，对古书进行整理、校订、注释，对传统文化实物进行保护，这是一种为古典而古典的态度。这种态度是重要的，也是我们做与古典有关的其他方面的事的基础。

第二种态度是，从现代美学理论中寻得思想框架，对传统进行新的阐释。这方面的工作，从20世纪初就有人做。朱光潜的《诗论》就是这方面的一个范例。中国人在近一个世纪的时间里，做了大量的这方面的工作。实际上，我们现在所熟悉的一切文学艺术理论写作，文学艺术史的写作，都在某种程度上属于这一类工作的范畴。

还有些人，例如钱锺书、宗白华，从事中西美学理论的比较工作，找出中国人与西方人在文学和美学思想方面的异同之处。他们是我们建立一种新的对待中国传统文化遗产的态度的先行者。

世纪之交，世界的经济、政治、文化的新的格局呼之欲出。正如在世界美学会议上所显示出来的，多元化正成为一个潮流。这对于我们是一个有利的因素。但是，从美学上的多元化，到我们真正在艺术上保存和发展自我，还有漫长的路要走。我们要在美学的国际对话中，适应这种多元文化的格局，发展多元中的我们中国这一元，在一种国际对话中听到我们的声音。在现在的世界上，那种闭门发展、躲进小楼成一统的做法，再也行不通了。中国的美学家们要主动出击，向世界解释中国的审美传统，说明这种传统的精妙之处，以及这种传统对于建设未来美学的意义。这当然是一种理论层面的工作，但理论的意义是不可低估的。理论的对话将为中国在未来世界文化中占据一席地位铺平道路。通过理论的对话，中国人的审美趣味为世界所了解，使之成为未来世界美学的一个组成部分，我们也就在这一个方面影响着世界文化的未来。

除了保存传统以外，我们要做的另一件事，就是发展中国美学，特别是中国的马克思主义美学。有人主张，我们要在今天完成一个新的综合，即在一个新的基础上，吸收各种美学体系的优点，形成一个崭新的体系。对此，我持怀疑的态度。我们仍处于一个探索的阶段，不妨由研究者们在马克思主义的基本原理的基础上大胆地、独立地探索，不要唯我独"马"，重新卷入大批判之中。在综合的条件不成熟时，不要强求综合。一些大学的教授们亟需一个教学体系，但千万不能把教学体系当成理论体系。将一些美学知识拼接在一起，可以做成一些供美学初学者使用的教科书，这本身当然也是好事，但这种做法缺乏原创的弊端已显露出来。另有一些人则以宣布成立一派，并且用反复陈述的做法，以邀得讨论，从而形成能见度和引用率。在20世纪前期和中期的西方先锋艺术历史上，曾经出现过这种做法。当时，不断有人宣布创立了一种新的"主义"，从而使艺坛热闹非凡。美学的发展采用这样的做法好不好？应该是理论探索在先，还是名目在先？理论的发展，可以是这种情况，有人进行一些理论探索，逐渐形成一些系统的想法，被后来的研究命名为某种"主义"或"学派"；也可以是另一种情况，先宣布成立一个"学派"，然后自己或组织人往这个学派中填内容。我认为，还是取前一个做法为好。

在理论方面，有大量的工作要做。80年代，翻译出版了许多20世纪初和世纪中叶的西方美学论著，而在此以后，国外的美学界在两代人的时间里有很多新成就，这方面的介绍引进工作，还应该继续下去。

更为重要的是，要结合中国艺术的现状来研究美学。任何一门理论的研究，都不能离开现实。美学的现实，就是中国的文学和艺术。美学家们现在也在开拓一些新的研究领域，例如生态环境美学、城市乡村美学，但不管在什么时候，艺术都将是美学的主体。

随着社会的转型，中国的艺术面临着前所未有的挑战。我们过去所习惯的艺术生产方式，在文化产业的出现，在信息技术革命的时代，面临着诸多的挑战。艺术走向大众，是一种不可避免的发展。我们处在一种国际竞争之中。中国的文化产业不发展，不占领市场，会有国外的文化产品来占领市场。因此，发展中国的文化产业，将艺术的生产工业化，与科学技术，与大工业的生产规模结合起来，与现代商业营销术结合起来，都是无法回避的选择。但是，在这个发展之中，怎样才能保持艺术的审美的品位则成了一个课题。

按照传统的艺术概念，文化产业的产品是否是艺术，就是一个困难的问题。马克思讲："资本主义生产就同某些精神生产部门如艺术和诗歌相敌对。"[1] 马克思区分两种劳动，一种是非生产劳动，一种是生产劳动。他举例说："弥尔顿创作《失乐园》得到五镑，他是非生产劳动者。相反，为书商提供工厂式劳动的作家，则是生产劳动者。"[2] 应该在市场运作中保护艺术的独创性，让弥尔顿"出于同春蚕吐丝一样的必要而创作《失乐园》"[3]，随后得到五镑，而不是为了五镑而创作。换句话说，应让作家和艺术家为着艺术的目的来创作艺术品，而不是让书商来指挥作家，让艺术经营者指挥艺术家，使文学、艺术创作变成工厂式的劳动。

目前，社会上的确出现了经营指挥创作现象的苗头。人们慢慢地受着一种意识的侵蚀，认为作家是书商"推"出来的，歌星、舞星、影视明星是相关的公司"捧"出来的，一台戏、一场演出的成功是"包装"的结果，似乎"炒作"决定一切。这是市场经济发展自然会产生的一种倾向。我们不能由此而否定市场，但我们也不应听任这种倾向压倒真正的艺术。因此，需要一种存在于市场之外的力量来与这种倾向抗争。在发展文化产业时，只有首先尊重创作个性，保护创意，而让"包装"和"炒作"在此之后出现，才能保证生产出高质量的文化、艺术产品。美学的研究者可以投身到这一过程中去，用自己的理论的力量，推动这种艺术生产方式转换的有序进行。

---

[1] 《马克思恩格斯全集》第26卷，第1册，第296页。
[2] 同上书，第432页，着重号系原作者所加。
[3] 同上。

四、美学研究的超越与回归

中国美学的当下任务，还应该是向宽度和深度发展。所谓的宽度，指的还是扩大覆盖面，让美学研究指向更多的方面。美学要以艺术为中心，但正像许多当代学者正在做的那样，美学要研究环境和生态建设中出现的问题，研究城市与乡村建设过程的问题，研究社会伦理道德与审美教育的关系问题。

在当代社会，美学面临着一个自身定位调整的任务。为什么这些非艺术的领域可以成为美学研究的对象？其基本理由，正是在于美学的感性特点。美学要研究感性，研究人的自然和社会活动的感性的一面，这既是与思辨的也是与实用的理性相对立的。正是从这一点出发，美学家们要建立不同于生态学的生态美学，不同于环境保护学的环境美学，研究城市与乡村之美的保护和在建设过程中新的美的形成，施行不同于道德教育的审美教育。这些都为美学的发展找到了巨大的空间，给美学家找到了用武之处。

当代中国美学研究的思路，也发生了一些新的变化。一些学者致力于从事后实践美学、生命美学、身体美学、人生论美学、认知美学等方面的研究，这也是美学研究宽度扩展的表现。从各个方面对美学这个学科进行研究，这也是研究深化的表现。那种死守过去的某一派，只在重复过去的观点的做法，已经过时了。美学要向前发展，只有依赖探索。这种探索不论是否成熟，只要不是空洞地炒作名词，而有着认真的研究，都是有益的。

这种向宽度发展的趋势，也与向深度研究联系在一起。通过引进一些外来的概念和吸取一些古代的概念，美学在繁荣的同时，也有着一些实在的收获。一些新的概念被提出来了，一些理论的思考逐渐清晰。当然，理论的深度探索，仍是极其缺乏。这些年，由于课题制的影响，一些多卷本的美学专著出现了，但具有重要理论创新意义的学术论文还不多。美学上有宽度、缺深度的现象还很突出。

在当代西方，一个突出的现象，是出现了走出美学，建立美学外的美学的呼声。艺术和美学的"终结"命题，不断有人提出，并赢得许多人的支持。全球化、晚期资本主义经济社会状况，新信息技术从原本只局限于媒体通讯而经由人工智能而向各行各业渗透，给美学和艺术带来了新的生存状态，也带来了发展的新契机。由此，一方面，一些美学的命题受到学者们的质疑，出现美学的超越和美学的革命的呼声；另一方面，美学的复兴和在新条件下重建美学成为越来越多人追求的目标。

美学的复兴指向何方？人们在争议，也在期待。最近，我编了一部书，取名为《回到未来的中国美学》，想借此说出我的思考。美学的复兴要拥抱未来，也要重温过去。在经历了一个世纪的探索以后，回到常识，回到感性，回到以艺术为中心，仍是可以期盼的。

结语：学习与创造

"当代"永远在路上。永远有多远？在前方，也在脚下。近年来，有一个话题受到普遍的关注：话语权。在文学和美学上如何获得和建立话语权？这不能成为一句空话。我们的话要说得好，传得远，还是在于先练内功。孔子说："不学诗，无以言。"（《论语·季氏》）他是说，要通过学诗，提高在一些场合说话的能力。这其实与我们建立话语权是相通的。通过学习，掌握话语方式，进入到学科的话题之中，才进而能说话，能说出得体的话，能使说出的话传得远。

论理论话语的传承性与实践性

在关于文学理论建设的过程中，存在着两种倾向：一是认为，理论要纯粹；二是认为，理论要直接从实践中生长起来。主张理论纯粹的人，认为理论研究者就像是运动员一样，读懂那些晦涩难懂的大哲学家的作品，守着它们，一遍又一遍地阐释，就像体操运动苦练规定动作，再做自选动作。经过长期修炼，出语作文气象非凡，让人望而生畏。但读完了后，除了感受到那种文章的森严气象外，并没有什么收获。主张从实践中生长出来的人，认为理论要围绕当下实践中所出现的问题，作出及时的反应，与哲学体系无关，也与哲学史、思想史无关。重要的是抓住机遇，写出好文章，与新闻记者抓拍到好镜头是一个道理。他们写出了有影响力的时文，写出了感受性文学批评。文章有冲击力、有智慧，但只是就事论事，说出的只是意见而不是道理，没有理论的穿透力，也没有学术的积累。前者不行，后者也不行，在这两种倾向之间，如何才能找出建立中国文论话语的正确之路？

一、当代文学学术状况

我常常在会议中听到一些针锋相对的议论。一些从事文学理论的学者提出，要建立"没有文学的文学理论"。他们说，文学理论研究的对象，并不能仅限于文学。文学理论研究者的研究对象，要从作品转化为文本，进而由文学文本扩展到所有用文字写成的文本，再进而将各门学科、社会生活的各个方面都看成文本，通过研究社会文本，研究一切。这种似是而非的说辞，这种粗疏的任意解读，这种无边无际的引申，导致了文学理论边界的无限扩大。于是，从事文学理论的人提出，干脆去掉"文学"二字，自称在研究一种东西，叫作"理论"。

理论当然是重要的。我们有各种各样的学科，也就有各种各样学科的理论。历史学中有历史学理论，经济学中有经济学理论，社会学中有社会学理论，人类学中有人类学理论，甚至一些自然科学，如物理学有理论物理学，化学有理论化学，数学也有理论数学。奇怪的是，唯独文学理论研究者宣布，要去掉"文学"二字，说他们所研究的就是"理论"。

这种说法似乎荒唐，实质上暴露出的是文学理论研究者的一种矛盾心态。一方面是目空一切的狂妄自大，这是一种文学帝国主义心态，认为文学理论研究者要研究一切；另一方面却是深度自卑，回想着当年文学这个学科的好日子，在文学不再成为社会关注的中心之时，为文学理论寻找一种离开文学后的出路。

然而，离开文学后的文学理论是没有出路的。如果文学是船，文学理论的研究者是水手的话，那么，在大船遇到风浪时，唯一的办法是划好船、掌好舵，用一种毅力，挺过去，而不是张皇失措，弃船逃生。离开了大船，凭着有限的游泳能力，根本救不了命。如果文学真的终结了，文学理论不是送葬者，而是陪葬者。

另一种说法，是文学理论研究要"接地气"，要有文学的"现场感"。"地气"要"接"，"现场感"要有，但这不能成为只要感受性批评，不要理论的说辞。离开理论，论说文章就会失掉学术性的根底，成为时文，没有对事物的深度思考，而只有随机应变、似是而非的说辞。说得义正辞严，其实理论上一捅就破。同样，离开理论，文学批评也只剩下感受性，说好说坏，说完就完，毫无定见。以审美批评为名，背后没有美学的根基；以"现场感"为名，却没有身在何处的清醒。这种批评，既没有建立在实践基础上的深层思考，也没有对既有理论的推动。

最近参加了一些QQ和微信的专业讨论群。我所参加的多是一些文学理论、艺术理论、美学和文艺批评的专业群体，参加者也以大学的专业课教师为主。这些专业研究的群中，所讨论的很少有本专业的学术。文学理论群不谈文学理论，美学群不谈美学，文学批评群不谈文学批评。所谈的内容大都是时事政治，或者是一些在普通报刊见不到的、未经证实的新闻和对国计民生的议论。其中有历史大揭秘，有怨气大发泄，还有招生就业信息，有偿发表职称文章杂志的广告，等等。当然，也有同事朋友间对新骗术来临的提醒。文学理论，甚至绝大多数与文学有关的话题，已经引不起文学理论的专业研究者的兴趣。也许其中的议论，只是在一个意义上与文学有关：都是小说家者流，"街谈巷语，道听途说者之所造也"。

这是当前一些人倡导"没有文学的文学理论"的人气基础。当文学不再重要,没有一部新小说、一首新诗的问世能引起社会的关注,成为轰动一时的事件时,文学理论的危机也就同时来临了。从事文学理论研究的人中,有的还有着学术追求,于是就钻研国外的新理论,翻译、阐释、复述,也结合一些中国的实例加以说明。这其中有"为学术而学术"的专业精神,但也有挟洋人以自重的装腔作势。另有一些人则失去了学术追求,说说时事政治,抱怨抱怨周边情况,并把大政治与私人小环境结合起来发一通怨气。更多的人则兼有这两者,上至天文地理、世界大势,下至医患关系、教育失误,所讲的一切都有道理或很有道理,但是,作为文学研究者,他们在研究一切,就是不研究文学。

中国古代就有一种文人清谈传统。在某一次谈话中,显示出某种机锋,获得一种自己所理解的"胜利",就高兴好一阵子。这种对机锋的追求与近代城市文化中的侃爷风气结合在一起,追求在聚会的酒宴茶会上妙语连珠,气势逼人。学者成为文人,文人化为侃爷,这就进一步推动了非学术化,非专业化倾向。

二、什么是理论所面对的实践?

当我们说理论联系实际之时,总要对"实际"有所限定。什么是"实际"?进一步说,我们这里所研究的,相对于文学理论的"实际"是什么?这个问题当然并不是一个新问题。在 20 世纪,文论经历了一个从聚焦作者,到研究文本,再到关注接受者的过程。

当文论聚焦作者之时,研究者努力探讨作品怎样被作者创作出来。我们所熟悉的一些理论模式就是如此,作者所走过的生活道路,创作个性的形成,所属的社会阶级阶层,所生活的大时代和小圈子,这一切都需要研究者去关注。作者的心理,他的家庭氛围、与家庭成员的关系、心理特质、家族的遗传基因、个人经历、曾经对作者心理产生重大影响的事件,也能成为研究的对象。我们曾经说到过的创作理论、方法、风格、流派的影响:作者是通过模仿、综合、改造形成作品人物的原型,还是通过表现抒发内在的情感?作者是依照现实主义的方法按照生活的原来面貌创作,还是依照浪漫主义的方法来融入和发挥自己的想象?这一切都成为当时的文学理论的基本模式。这里面的内容,有经验性的,对作家经验谈的总结;也有科学的，吸收了心理学和其他一些学科研究的成果；还有社会、政治和历史分析的结论的移植。经验、科学和政治三者合一，拼合成了以作者为中心的体系。这是西方和俄国从19世纪至20世纪初年所流行的文学理论，也是我们所熟悉的文论体系和文论教科书模式。许多后来的理论，从俄国形式主义到法国结构主义，都是通过批评上述理论而得以成立的。

当文论从作者那里移开，聚焦到作品之时，作品被当成既定的事实。一种现象学的态度是，从放在我们面前的作品出发，而排斥任何对作品成因的研究。我们曾经习惯于从作者来研究作品。说有什么样的作者，就会写出什么样的作品。但实际上，我们还是根据作品来看作者的。作品是既定事实，而作者的身份和才能需要通过作品来证明。我们不会说，某人是一位好作家，但没有好作品。写不出好作品，就不是好作家；没有写过作品，就不是作家。如果一个人要申请加入作家协会，表格上不能只填姓名、年龄和性别，很重要的一栏，是要填上代表作。没有好作品，就无法通过资格审查。在进行文学评论时，很重要的一条，是要从作品出发，而不是从作家出发。作家的一些与作品无关的事，就不必在批评文章中浪费笔墨，浪费课堂讲授时教学的时间。批评家是以作品为线索来研究作家的。他可以在研究中考察作家的生平，通过作家履历的介绍，说明作家是一个什么样的人，但是，如果这一切与所要研究的作品无关，就会显得多余。这种日常的做法，其实已经说明，作品才是中心，而非作家。没有曾经使我感动、让我佩服的作品，掏出一张名片告诉我，你是著名作家，还是某一个级别的作家，我会反应淡漠。没有作品，你是谁呀？

20世纪中叶文论的另一个重要发展，是从作品到文本。从19世纪浪漫主义兴起以后，文论界就流行一种观念，作品是一个有机整体。作家就像生孩子一样，生出自己的作品，作品生出以后，就有了自己的生命。有机整体的意思是说，作品有它的开头、发展、高潮、结束，其中人物、情节、结构完整。开头的架势大，最后结尾草草结束，是一个缺陷。开头架势小，最后结尾时却没完没了，也让人感到不协调。作品要该放就放，该收就收，像生命体一样，有着自主的循环系统，是一个活物。但是，到了后现代主义和后结构主义兴起以后，受20世纪语言学和语言哲学的影响，研究者开始从文本的角度来研究文学作品。他们发现，文学作品并不是封闭的整体，文学使用语言，而语言中有着无所不在的互文性。作家写作所使用的语言，并不是他独创的语言，而是不断地直接或间接地引用的别人的表述方式。他们要在特定的语境中，依照特定的语言习惯，使用大量的习用的、有着生动表现力的词汇来写作，在这时，我们就有了一个新的研读文学作品的维度。这个维度就是，不是将它当作作品（work），即作家劳作（work）的结果，而是将它当作文本。

劳作（work）和作品（work）是同一个词的动词和名词形式，作品是作家创作出来的。于是，作品从属于作家。当我们使用文本（text）时，关注点就转变了过来。本来，text一词可以作为一本书的"正文"相对于"目录"、"注释"和"附录"而言；可以作为"文字稿"相对于"录音"或"录像"而言，例如，讲演的讲稿或文字记录，电影电视下方的字幕，都是text。手机短信也称为text，理由也在于手机本来是用来通话的，现在发文字信息，与语音通话相对，就将之称为text。

研究文学时，不说作品而说文本，本来就是要切断它如何被作出来的，而将它作为现成的语言事实来研究。这最初也说不上很大的区别。我们已经说过，以作品为中心时，是说不存在没有作品的作家，要避免过去的那种从作家到作品的研究法，绕得太远，加进太多无关信息。用文本取代作品，说的也是这个意思。

然而，经过罗兰·巴尔特等一些学者的解释和发挥，文本与作品的区别，就变得很大，甚至可以说极其重大。循作品，我们要找到作者，而循文本，我们找到的是语言间的联系。

我们日常说话，存在着大量引用前人或同时代人的话，借用或套用现成句式。在语言的实践中，到处流行这种表述方式的相互影响，在古代是用典，在今天是借用。孔夫子说，不学诗，无以言。要通过学诗学会说话。他当然不是指学诗能治哑巴，而是指学诗后在"使于四方时"，能够"专对"，随时引用，恰当地说出能代表自己的意思，别人又能听得进的话。听说当年抗战胜利，日本投降时，重庆报纸上的大标题是，"剑外忽传收蓟北"，将一个当下的事件与一千多年前的事件结合起来，从而引入了杜甫的诗情和心情。在今天街头的健身中心的广告上，印着的是"健康是硬道理"，高考复习班的广告上，印着的是"提分是硬道理"。中国人一看就懂，而学中文的外国人，就有点困难。这两年，各行各业都在谈"新常态"。通过生活中大量的旧词新用、大词小用，机智幽默地实现了意义的交流，形成了一个有表达力的语言的世界。

没有这大量的新词旧词，大量的流行表达法的涌入，作者的语言就没有表现力。文学对语言更敏感，更需要语言的表现力，因而就更加依赖这种"文本"的独特特性。"文本"（text）这个词与"织物"（texture）有着亲缘关系，"文本"以独立于作者之外的途径找到了相互联系的方式，这种方式就是"互文性"（intertextuality）。语言间有着自己的联系，不依赖于作者。不是作者说，读者听，而是很多意义是在传达过程中，由文本间的互文的关系形成的。正是在这个意义上，巴尔特用夸张的方式说，不是作者说语言，而是语言说作者。语言有着主体性，它的意义不能完全由作者所掌控，而是依赖文本间的相互指涉关系。

从文本经验之上，可以生长出两种写作来，一种是文学批评，主要指对文学作品叙述和评价，另一种是文学理论，即面向当下文学创作实际的一些理论思考。这两种写作的关系，过去有一种表述，认为是文学批评建筑在文学经验之上，而文学理论建筑在文学批评之上。用图式来表示，即：

文本经验⟷文学批评⟷文学理论

文本是一个既定现实，研究要建立在这种基础之上，而非寻找文本背后的意图，以及它的影响。文学理论所做的事，主要是批评所使用的关键词的研究。文学理论家不研究文学作品，而主要研究文学批评家们所使用的术语、概念，以这些关键词作为研究的抓手，展开理论分析。在这个图式中，文学理论是比文学批评高一层次的思维，它面向文学批评，并通过文学批评而起作用。

这个图式曾经产生了巨大的影响，直至今天，许多文学理论家仍以关键词研究为中心，取得了有价值的成果。这种研究在中国，也有着特殊的作用。中国传统的文论讲究感受性批评，一些批评家所使用的术语也常常不确定，使用时有随意性。对这些术语概念进行一些分析，对理论建设是有利的。

但是，这种理论有着一个致命的弱点，即它的"间接性"。如果文学理论研究者只是研究关键词，那么，他们并不需要阅读作品，不需要有关于文本的经验。他们所在做的事，只是进行概念分析。他们就像是这样一些人，仅指出批评家的用词错误，术语使用不规范，而不对当下丰富的作品本身发言。一位批评家说，这是一部好作品。他们会说，我们先说说"作品"这个词是什么意思，你在这里使用这个词是否合法。于是，批评家会说，我还是找别人谈谈吧。分析的文学理论，不是没有道理，也不是不需要，但如果文学理论仅仅局限于此，就会路越走越窄，感兴趣的人越来越少。谁愿意与只挑别人说话中的语法毛病，而不回应所谈内容的人谈话？

文学理论不能仅仅针对文学批评来发言。文学理论研究者也要直接阅读文学作品，并且参与到对文学作品的评价和思考之中。因此，将文学理论与文学经验的关系看成是间接的，是不符合文学活动的实际的。同时，文学理论与文学批评的关系，也只是对话关系，而不是指导和被指导、分析与被分析的关系。

批判这种模式的人还认为，它将文学的创作活动排除在外。文学理论不仅与文学批评，而且与文学创作有着密切的关系。文学理论的研究者也研究作者和文学创作活动，与作者有着对话与相互影响的关系。

根据以上的描述，我们可画出一个三角形的图式：

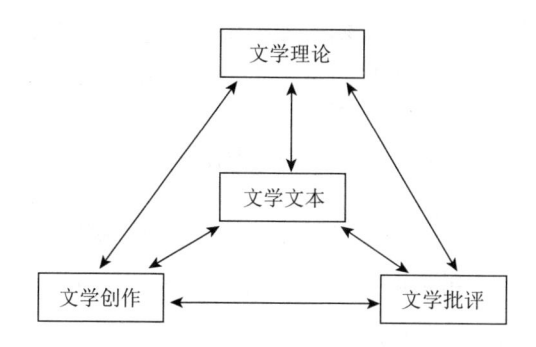

```
            文学理论
           ↗    ↘
          ↕      ↕
         文学文本
        ↙  ↕  ↘
      文学创作 ←→ 文学批评
```

围绕着文学文本，以经验为媒介，形成了三种人的活动，即理论家、作家和批评家。作家创作文本，通过文本表达意义，又感受着文本本身对意义生成的推动和文本经验本身的快感。批评家通过生产批评性文字，把自己对文本的经验表述出来，同时也以影响文本的生产和文本的接受为目的。理论家以对文本的经验，对批评家文字的接受，和与作家的交往或对他们的理解，来形成自己的书写。我们必须将文学理论放在这个大模式中来思考，才能得到一个全面而公允的定位。

回答"什么是实践"这样一个问题，我们应该有一个综合的理解。如果文学理论为一方，文学实践为一方，那么应该从上面所说的这个图表出发，抽取出与理论相关的各个方面，并看到这些方面之间的相互联系。离开这个图表，就会产生种种误读。

三、从作者到读者

关于文学的性质,在经历了"上帝死了",因此不再有意义;到"作者死了",因此不应从作者的生平和经历出发;再到"作品死了",因此不应该仅从作品与作者的关系来理解作品等一系列的发展。但是,这种理论上的大屠杀,还是不能取消意义,取消作者,取消作品,原因很简单,它们就在那儿,不因阐释而存在,也不因阐释而消失。有时,理论家们为了强调从作者到读者过程中的某一个环节,采取了夸大其词的策略,放大某个局部。这种研究纠正了过去的粗疏的描述,做这一过程的理论化,取得了许多重要的研究成果。一部作品在从作者到读者的过程中,发生了许许多多的事,有着极其复杂的发展,任何试图进行整体性描述的人,都免不了会简单化。但是,丧失整体性眼光的人,常常会陷入更大的陷阱之中。

俄国作家列夫·托尔斯泰认为艺术是"传达"。他说,要在心中唤起曾使自己激动过的情感,并用语言、线条、色彩、声音等媒介将它表现出来,使别人也感受到同样的情感,这就是艺术。

小说家无心插柳,提出了许多理论家所不能提出的有感悟性、穿透性的理论。正像人们使用语言交流思想一样,艺术从本质上讲,具有传达性。心有所悟,掌握媒介,生产意义,进行以传达为目的的制作。于是,一次艺术活动就完成了。由小见大,由一次看无数次,要寻找艺术的本质特性,可捕捉住这个线索,从这里出发。

在托尔斯泰以后,许多理论家重视这个说法,但又感到不满足。例如,普列汉诺夫提出,所传达的不只是"情感",也包括"思想"。这种将情感与思想对立,并使之并存的观点并不正确。情感离不开思想,思想也总是在一个情感状态下进行的。人们总是带着情感来思考,并思考出富有情感的思想。

作者所要表达的思想情感,也并不是在创作之前就有的。作者有一些思考、故事框架、创作意图,但这并不构成作品的意义。作品的意义,是在创作过程中生成的。没有一种离开作品的抽象意义。所谓作品的意义,是指作者有一定的意图、不成形的意识、不成为整体的形象碎片,在创作过程中,将这一切结合起来,成为整体,从而形成的。在这个过程中,作者是在利用着语言的互文性,而不是由作品的文本自然生成互文性。文本的互文性对于作者来说,并不是未知的,听由语言的盲目力量摆布的。相反，高明的作者总是善于巧妙的利用文本的互文性，让这种意义之网为意图的表达服务，形成作品的意义。

从作者到作品（文本）再到读者，这三步中的前两段，可以简单地概括为在作者那里，只有意图（intention），一种混合在情感和意愿的创作冲动。经过作者的或是激情的瞬间，或是长期艰苦的克服外在障碍的努力，在与语言的复杂特性作斗争的过程中，驾驭语言，利用语言的互文性，使意图得到实现，使作品的文本具有意义。意义（meaning）不同于意图，意义是劳作的结果，而意图是劳作的起点。从作品的文本到读者，所出现的是意义转化为意味。在读者那里，所出现的只能是意味。作品的文本是一个客观的存在，因此蕴含在作品的意义也应该是客观的存在。同一部作品，不同的读者读了以后，会产生不同的感受。这种不同，可能会因人而异，也会因时而异。同一个人，在早晨读一首诗，与晚上读一首诗感觉会不同，在不同的心境、不同的个人境遇中读这首诗，感受也会不同。更进一步，不同性别、不同年龄、不同教育水平和文学修养的人，读起来也会不同。作品的意义不会因读者而异，但它的确给人提供不同的感受。因此，批评界提出一种区分，即作品文本具有"意义"，而在读者那里，所具有的只是"意味"（significance）。

同一个作品文本的"意义"，可能有许多的"意味"。对于批评家来说，所具有的，只有"意味"。离开"意味"去谈论"意义"和"意图"，是很困难的，从"意味"推导"意义"和"意图"也是困难的。当批评家说，有一千个读者，就有一千个哈姆雷特，说的正是这个意思。

当代许多批评理论都是建立在这个发现的基础之上。他们强调批评家的自由，强调作者对意义的阐释没有最终决定权，强调可以根据各种需要来阐释作品并在阐释时作任意发挥。对于这些批评家来说，批评是一种创作，这种创作与作者和作品无关，只是借助作品来写自己的故事，说自己想说的话。

这些批评理论带来了当代批评的繁荣，大批的批评文字被生产出来，并且蔚为大观，成为不可忽视的巨大存在。然而，在这种批评中，方向丧失了，一方面是批评的游戏感加强，严肃性消失；另一方面是批评的文人式清谈化，市民式侃爷化，与文学无关了。

在一千个读者眼中就有一千个哈姆雷特的现实下，其实，有一个严肃的问题被人们忽视了，这就是：你选哪一个哈姆雷特？一千个哈姆雷特放在面前，对于批评家来说，它们之间并非是等效的。有一些解释过于牵强，有一些解释很奇葩，有一些解释过于拘泥。我们不应是毫无价值观地取无可无不可的态度说，一千个哈姆雷特都可存在，具有同等价值，谈到阐释无争辩。有人说，我们来到了一个"怎么都行"的时代，所要做的事是，对所有的阐释都点头微笑。其实，这是做不到的。如果对所有的阐释都点头微笑的话，文学也就失去了意义，或者说，用"意味"取代了"意义"。没有"意义"的"意味"是无根的。

那么，当读者只能获得"意味"，在什么情况下才能接触到"意义"呢？这是一个困扰学界多年的问题。我认为，解决这个问题的方法很简单，而各种学派主张，语言学的复杂分析，导致了一个巨大的误导。

让我们再次回到列夫·托尔斯泰的"艺术传达"说。我们要研究文学艺术的本质，立刻就有人将之当成是研究存在于文学艺术作品背后的某种本质，于是就有了所谓的"本质主义"与"反本质主义"之争。其实，对这个问题的更好的解决办法，是思考文学艺术在本质上是一种什么样的活动。在这里，"传达"的概念能给我们很好的启发。

两个人谈话，一个人说，一个人听。我们可能会将之理解成说话人说出了某个意思，听话人听懂了这个意思。说的人的话有说服力，听的人被道理折服。其实，在生活中大量出现的，不是这种情况。这里面有谁在说，在什么场合说，说了什么，说者与听者是什么关系，等等。有时，一句话此人说，没有起作用，但彼人说，就起了作用。此时说不起作用，彼时说，就起了作用。人与人在说话时，并不是总是在想一句话对与不对，而是对说话人是否信任，不断地换位思考。说话人在听话人心中有地位，说话时设身处地，说的话入情入理，处处为听者着想，句句说到听者心里，就能起作用，否则就无效。

将文学看成传达，也是这种情况。世界上最难的事，是人与人之间的沟通。大作家的伟大之处，就是能将话说到人心里，讲故事触动人心灵中的最柔软之处。

对于批评家来说也是如此，批评家的才能不在于发明出一部作品的许多种阐释，也不在于提出最奇葩的阐释让人侧目。这么做，的确也能出名，在一个什么都有可能的时代，最能赚取名声的做法，就是吸引眼球。对于这些批评家来说，能达到臭名昭著的地步是对他们的种种努力的最大奖赏。但是，我们还是要提出这样一个问题：在一千个哈姆雷特之中，你选哪一个？

在生活中，在人与人的理解中，在审美中，有一种过程，这一过程过去不被传统的认识论所认可，但实际上普遍存在。这就是移情。这里所说的移情，不是指推己及物，也不是指物皆着我之色彩，更不是指万物有灵，而是指人与人相互理解中的将心比心，设身处地，换位思考。听到某地出了个大灾难，我心里会难过，自发地要设法表达爱心。看到人悲伤的面容我们会心情沉重，尽管此人的悲伤与我无关。这种人与人的理解，基于一个不言自明的前提，我所要理解的这个人，是与我同样的一个人。我所听到的这些人的遭遇，是与我同样的人所遭受的遭遇。我不是将此人或这些人作为生物学的对象，运用科学实验的手段来进行研究，而是对他们的遭遇感同身受。

同样，当我们阅读一部文学作品时，我们不应该将之看成天上掉下了一个文本，供我们进行客观的分析。我们自觉或不自觉地想到它的作者，想到它的作者的时代，作者在写作这些作品时想到的是什么。这一切，都应该成为文学欣赏的一部分。我们在欣赏时，总是存在着这样一种对作者的移情式理解。也许，这一切都是我们投射的，我们也可能对作者有种种的误解，但是，如何理解和阐释一部文学作品，离不开对作者的移情。这是我们在一千个哈姆雷特中选择哪一个哈姆雷特的基础。

四、理论生产的横向轴与纵向轴

如上所说，文学理论与文学文本、文学创作和文学批评有着密切的互动关系，因而具有当代性和实践性。但是，理论本身也有着自身的历史，有着对于此前理论的传承关系，有着对其他理论的对话关系。围绕着文学理论的建构，我们可以考察它的两个方面的源与流。其一是共时的，其二是历时的。对此，我们可以画这样的图表来表示：

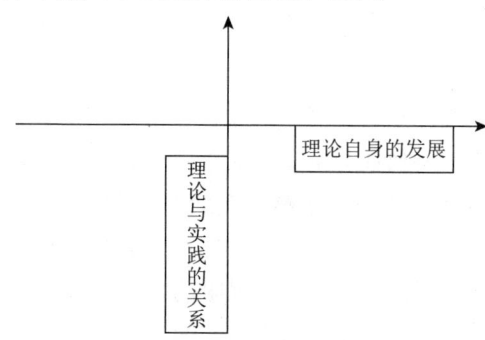

所谓共时的，是指文学理论与同时代文学实践的关系。理论家阅读文学文本，与作家和批评家交流和对话，在此基础上进行思考，形成或发展文学理论。我们在第二部分所画的三角形图表，所描绘的正是这种共时性关系。理论与文本，与作家和批评家，都是双向互动的关系。他们在相互启发下，共同发展。从这个意思上讲，并不存在以理论家为一方，作家和批评家以作品文本为另一方的双边关系，即所谓的理论与实践的关系。理论不在实践之外，而在实践之中。文学实践活动，是一个包括理论创造、文学创作、批评家参与的总体性的活动。但作为分析的需要，我们还是要聚焦理论，将之单独提出来，看它与其他文学活动的关系。当我们这么做的时候，可以看到，理论与其他各种文学活动，有着作用与反作用的关系。在这里，为了表述的需要，我们将这种理论之外的其他文学活动，统称为文学实践。

然而，除了这里所说的共时关系之外，还有另一种可被称为历时的关系。理论研究者要阅读其他国家、其他时代、其他人的理论作品，而不能凭空构建出理论来。

历时的研究成果很重要，一位从事理论研究的人，要从其他理论研究者那里学习方法，学习语言和概念。马克思曾经说过，理论研究要以特定的思想资料为前提。这就是说，理论不能直接从实践之中生长出来。我们不能简单地将关于某一行业的理论，看成是某一行业的实践的总结。例如，不能说经济学的理论只是在经济行业工作的人长期工作经验积累和反思的结果，不能说历史学理论只是从事历史研究的人的经验谈。

马克思、恩格斯的研究，也有其思想的来源。我们一般说，英国的古典政治经济学、法国的空想社会主义、德国的古典哲学是马克思主义的三大来源。当然，马克思、恩格斯的思想来源远远不止这些，但这的确说了三个最重要的部分。马克思、恩格斯阅读亚当·斯密和大卫·李嘉图等人的书，以这些书为思想前提，再考察当代英、法、德等国的经济状况，完成了政治经济学的理论建构。同样，他们阐读圣西门、傅立叶和欧文等人的书，批判了他们的空想社会主义思想，建立了科学社会主义的理论。他们研读康德、费希特、谢林、黑格尔的哲学著作，从黑格尔那里汲取了辩证法的思想，从费尔巴哈那里汲取了唯物主义的思想，完成了辩证唯物主义的建构。当然，任何概括都是有局限的，马克思、恩格斯的思想来源要比前面所说的三条线索要复杂得多。例如，他们阅读摩尔根的《古代社会》、达尔文的《物种起源》，阅读当时一些重要的人类学著作，提出了人类发展的阶段论，写出了内容丰富的"人类学笔记"。

马克思、恩格斯为以后的理论研究者树立了榜样。理论有着自身的发展逻辑，它只是在吸收实践的成果，接受实践的刺激，解决实践中提出的问题，而不是直接从实践中生长起来。实践是检验真理的唯一标准，但不是理论的唯一前提。理论研究者要以一些理论资源为前提，通过理论的思维加以发展，并接受实践经验所提供的营养，使自己的理论结论经受实践的检验。

与此相对应，文学理论也有着一个理论上的源和流的问题。文学理论的研究，需要继承前辈的一些重要思想，也需要介绍各种有益的思想来源，对之进行整合。学习和借鉴国外的理论和前人的理论很重要，学说需要跨国旅行，使一些学说跨越语言、空间和时间的障碍，我们才能接触到，受到它的启发。同时，理论要介入到当下的实践中去，在实践中提出问题，解决问题，通过解决问题来发展理论。

结论：理论何处来？

综上所说，文学理论的话语必须有自己的传承性，也有其实践性。

怎样使当下的理论回到应有的道路上来，这是当下最为迫切的问题。我们要继续引进和学习国外的理论，要认真总结传统的中国文学理论。打通两者，形成两者间的对话关系，汲取国外理论和传统中国理论的精华，而不是离开它们，凭空制造现代中国文学理论的话语。通过传承，保持理论的理论品格。

我们要关注当下的文学创作、文学批评，同时，理论也不能是总是间接的，要保持与文学作品，文学现象的密切关系，关注文学发展中所提出的问题。通过这种联系，保持理论的实践品格。

理论介入到实践之中，实践推动理论的发展，这是中国文学理论发展的必由之路。

理论的理论品格与接地性

最近一段时间，在一些学术会议上常常听到理论要"接地"或"及物"的呼声。对此，我觉得从一般的、抽象的意义上讲，是很难回应的。我无法说对与不对，原因在于，这些呼吁会构成一种话语，背后有着不同的潜台词。不同的人对"接地"的理解不同，想要表达的意义也不同。我们真正需要探讨的，是这种呼声背后的动机。

一、当代理论的危机

"接地"的呼声，是在当代文学理论重重危机中出现的。这种危机，至少表现为以下几点：文学理论课难教，很难提起学生的兴趣；文学理论文章难写，找不到话题，写不出新意；文学理论研究受到质疑，一些文学史和文学批评家们说，读文学理论研究者的文章，没有什么收获。面对反对的声浪，一些文学理论研究者宣布，他们要研究"没有文学的文学理论"，或者干脆叫作"理论"，没有"文学"二字。这样一来，理论的反对者们听了很高兴：没有"文学"的"理论"不属于我们研究的范围。

当然，理论的危机，不等于说没有理论。恰恰相反，真实的情况是，理论太多了。读新书预告，每月都有理论新书出版。国外的各种理论大量涌入国内，翻译、介绍、研究，衍生出大批的国内学者的研究专著。

另一方面，研究者们对新的理论却有知而无识，没有形成话题。我们常看到这样的一些文章：文章告诉我们，某位西方学者说了什么，他又说了什么，他还说了什么，文章到此就结束了。这样的文章，当然也很好，至少介绍了一些新思想，也许使人读来还有一些启发。王国维就曾写过《汗德之哲学说》《叔本华之哲学及其教育学说》《尼采氏之教育观》一类的文章，对于推介外国哲学美学，有首倡之功。但是，这些绝不是王国维最重要的著作。在今天，如果再著文推介已经译成中文、被深入研究过的西方哲人之著，这样的文章最好也只能入三等。如果能像王国维那样，在这些著作还没有译成中文，中国人还不熟悉时，就开始在中国推介，写出的文章能入二等。然而，这都不是原创。王国维有一些极具原创性的文章，如《〈红楼梦〉评论》，如《古史新证》，等等，上面的这些评述性文字不能算在内。

在当代中国理论界，原创的确是许多理论家梦寐以求的事，他们在读了大批翻译作品之后，开始用艰涩的语言，捕捉一些他们还没有想清楚的意思。一些理论著作的中译本，原本由于翻译者对原意吃不透而语句生硬，到了这些理论家笔下，却有意利用这种生硬制造模糊性，从而造出含混的句子与含混的意思相适应。这样一来，理论家们写的东西越来越难懂，话语的艰涩在掩盖思想的空洞。一种走向原创的努力，却离真正的原创越来越远。种种新的理论，本来应该帮助我们解决问题，至少是有益于我们明确问题，指明解决问题的方向，所造成的结果，却是使我们离开问题，逃避问题。

在这时出现的"接地"的呼声，有着一种思路：从生活出发，而不是从理论出发。理论应该从人们的所见所闻中生长起来，而不能从书本上，从既有的理论话题出发。这种思路，其实也是似是而非的。从所见所闻，从实物和人们的感受，可以产生一些想法，但由此所生长出来的，很可能只是一些随感式的批评。随感当然是好的，真正有感而发就更好，但这不能取代理论的建设。

强调"接地"，还可能走向另一个方向，即产生一些时文。这可能是时事评论，针对社会上的一些现象，及时发表自己的见解；也可能产生一些应时而作，缺乏理论深度，适应特定政治需要的话语。在20世纪50年代后期和60年代的前期，出现了"美学大讨论"。参加讨论的人，围绕着"美的本质"和"形象思维"等话题，进行了热烈的讨论。现在回头审视，我们可以发现，这场讨论基本上维护了学术性，为此后的学术争鸣树立了典范，为中国美学在今后的发展打下了基础，也为80年代的"美学热"培养了队伍。当然，在这场讨论中，也有一些不和谐的声音。有一些人谈论文学理论和美学，却对专业内的内容不屑一顾，对理论的承续性感到不耐烦，直接将文学和美学的探讨转化为社会和政治评论，追求学术话语的社会和政治隐喻性。这种做法容易赢得读者，获得关注，也容易在非专业界得到共鸣，甚至产生轰动效应，但与理论的建设无关。

这两种倾向，构成了两个极端，都对理论的生存和发展构成威胁。

二、文学理论和美学的基本问题的坚持

面对这种对理论定位的讨论，我想持这样的立场：

首先，理论不应该从各种"主义"出发，而应该从"问题"出发。在这里，我所想说的，是这样一种学术分野：在当下，接受某种"主义"，并宣称自己是某种"主义"的拥护者的人，主要致力于学术阐释工作。他们接受了国外的某种新的思潮，努力在做三件事，第一是翻译，第二是解读，第三是发挥。这三者都很重要，但正如我在前面所说，仍不是第一等的学术工作。一些学者在学术起步时，认真研读国外某一重要理论家的著作，在翻译、解读和发挥这三件事上做得很完美，那当然很好，甚至能填补国内的空白。但是，这毕竟还只是起步而已。至于那些贴标签，用"主义"划线，将复杂的学术探索简单化为在"主义"间站队，是一种很流行但却错误而粗暴的做法。在标签中再以时间作区分，认为"后现代主义"比"现代主义"新，"后后现代主义"比"后现代主义"新，新的就是好的，旧的就落伍。这种做法，对学术就更有害了。

面对着当代学术的种种现象，我还是主张这样一种做法，即从"问题"出发。只有接触到问题，抓住问题不放，解决问题或使问题在通向其解决的路上向前迈进了一步，才更有意义，才能形成理论的生长点。

在文学艺术的创作和批评实践中，在中国文学艺术面向全球化的语境以求生存、求发展的过程中，出现了许多理论话题，理论研究要对这些话题作出自己的回应。回避这些话题，理论就会枯萎，没有生命力。但是，面对形形色色的话题，还需要一种理论的坚持精神。我们常常喜欢说，某个话题过时了。其实，简单地宣布某些话题过时的做法，是不可取的。问题只要没有解决，话题只要还有生长的空间，就不会过时。即使已经过时，也需要给一个说法，以开辟未来。当20世纪80年代的美学热过去之后，美学界笼罩着一种"过时"论。关于"美的本质"的话题过时了，关于"形象思维"的讨论过时了，关于美感研究，也被宣布将被审美心理学研究所取代。在文学研究界，说"文学是人学"的人，被人嘲笑，至于形象、典型、现实主义，等等，更不能谈了。谈论新话题时髦，理论上的焦虑和对创新渴望造就了一个一知半解的时代。记得早在80年代中期，就有

大量的新术语、新方法问世。这些术语和方法，在当时大有取代所有旧有话语，从此大行其道之势。曾几何时，这些术语和方法，也同样被人们遗忘。新的术语和方法不断出现，但似乎离文学和艺术越来越远。对此，我们在批评时也许可以套用民间所谓"狗熊掰棒子"的比喻，也许可以套用毛泽东批评过的军事上不要根据地的"流寇主义"。学术需要积累，其实，一些老问题，触及文学艺术的一些根本性问题，不能轻易放弃。让这些话题在新时代迎接当代社会的挑战，进入新角度，使旧话题适应新时代，讲出新意义，进入到新境界，是学术创新之道。

如果没有话题的继承性，理论的写作只能有两种结果，一种结果是不断引进新的话题。这个世界很大，国外的重要学者也很多，如果我们自己没有任何学术准备，只是跟着国外的学者走，不断告诉国人，国外还有某个重要人物，他又提出了什么思想，他还提出了某种思想。或者，向国内学界宣布，国外某某过时了，现在正当其时的是某某。这可能会丰富国内学者的知识，也可能会使他们无所适从。更重要的是，我们没有从已有的理论思考上向前推进，有所拓展，有所进步，有新的收获。没有话题的继承性，所造成的另一种结果是，只是根据当下的社会要求写各种各样的时文。没有深入的思考，没有理论的创新。当既有话题的继承性失去之时，这些文章被吸引到政治批判或政治隐喻之中，成为与美学无关的另一类文章。

三、怎样看待"接地性"？

说到这里，我要再次申明，我没有一味反对"接地性"。相反，我要大声疾呼，理论要接地！

"接地"是有重要意义的。"接地"的第一个意义，在于它可以克服理论的经院化倾向。西方中世纪盛行经院哲学，这种哲学在哲学史上，在人类的精神发展史上，都有重要意义。由于经院哲学，《圣经》的传说与希腊哲学的思辨结合起来了。这造成西欧人对学术和思辨的尊重，保持一个与世俗社会相对立的神学的学术界，从而为最终走出中世纪准备条件。但是，经院哲学的那种遇到问题不是从现实中，而是从经典中找答案的做法，却使它本身构成了思想向前进步的障碍。

我们也有着一种长期沿袭的做法，这就是遇到问题从各种经典著作中，从过去的大师中，从革命导师的语录中，从理论权威的论断中找答案。这种做法是无所不在的。在人们言必称海德格尔、福柯、德里达，或者其他某路神仙时，呼吁"接地"就是让人们回归一个事实：理论不能建筑在语录之上，而应该建筑在现实的实践之上。

"接地"的第二个意义，是对话题进行更新。我们要继续谈一些老话题。当一些问题没有解决时，我们不能轻易放弃。对于一些理论的论争，不要轻言过时。没有人说孔孟老庄过时，没有人说柏拉图、亚里士多德过时。如果两千年前讨论的话题都还没有过时的话，我们有什么权利说20年前的讨论过时？但是，老话题要有新谈法，老观念也要适应新情况。"接地"就是这种更新的动力。通过"接地"，古老的理论就能汲取新的营养，产生新的活力。当然，新时代会有新的话题，引进的话题也会通过"接地"而在中国生根发芽。

理论的"接地"要求，还可以避免一种倾向，这就是为理论而理论。有一种说法，说哲学是智力体操。读康德或者黑格尔，晦涩难懂，但读了以后，人的智力就增长了，因此，这样的书，从事文学的人都要读，读了以后，就有了哲学训练。这种说法也许有一点道理，也的确是有人在读了哲学以后，增强了思辨能力，也的确有人通过哲学的训练变得能言善辩。但是，归根结底，哲学不是智力体操。每一位哲学家都在讲他所要讲的道理。如果他讲得晦涩的话，也不是故意写得让人看不懂，而是他要讲的道理本身难懂。"接地"就是说，纯粹的智力体操，只是智力游戏而已。棋类运动也许是如此。但哲学绝不是棋类运动，哲学是在说一些归根结底与生活有关的道理。

这样看来，"接地"是重要的。"接地"使哲学、美学和文学艺术理论有了生命力。不"接地"的理论，就无根，就无法存活。

结论：在危机中发展理论

综上所述，在当代中国，理论处在危机之中。我们经历着各种各样的理论怀疑论、理论无用论。"接地"的口号，正是在这种危机中提出来的。我们不能一味反对"接地"，但如何"接地"？接什么"地"？这是需要我们认真思考的。空谈"主义"不"接地"，那不行。借口"接地"而取消理论，那也不行。只有从现实出发，激活旧话题，发展新话题，才是理论发展之路。今天在中国，正呈现着一个理论发展的重要契机。当代中国的社会状态，中国文学和艺术中所面临的诸多问题，中华文化在世界上的地位和处境，向我们提出了许多重要的问题，也对理论的发展提出了许多新的要求。这是理论发展的机遇，这也说明，理论的发展大有可为。

经过一个多世纪的引进、吸收、消化，创造的时机成熟了。一位当代美学家最近出了一本书，书名叫《该中国哲学出场了？》。他给出的是一个问号，也只能给出问号。能否出场，要靠我们不浮躁、不大言欺人、不放弃，踏踏实实地努力，才能做到。

在交流对话中发展中国文论

　　文化、文学和文论的跨国和跨文化旅行，早就受到研究者们的普遍关注。人们谈论得比较多的，是一些欧洲理论在"二战"后经美国而向世界的传播。美国成了理论的培养地，欧洲来的种子，在这里发芽长枝，再被剪下来嫁接到第三世界国家。我们在一些文章和著作中，看到对这一理论旅行过程的大量描述。这些描述者，常常只注意到一些理论经由美国而走向全世界的现象，从而将旅行本质化了。在一些学者的描绘中，仿佛一种理论的成功，不在于它本身，而在于旅行，这就本末倒置了。比起旅行本身来说，更重要的是什么在旅行，到哪儿旅行。有一种传统说法：树挪死，人挪活。这句话的字面意义是说，有的生物适合移动，有的生物不适合移动，但实际意义是，人要移动。这只是民谚而已。理论不能局限于民谚的水平。树挪未必死，人挪未必活，还要看怎么挪，往哪儿挪；怎么挪，要看种子如何，长得如何，嫁接得如何。

　　谈论文化的传播，首先要有一个宏大的视野，看到传播和旅行是一个广泛的现象。在近现代，以西方向"其他"（非西方）传播为主，但也存在着大量的其他形式的传播，特别是中国思想的外传。近年来，中国学界很注意搜集这方面的资料，找寻中国思想在世界上留下的印迹。这种寻找，当然值得鼓励，相关的史料钩沉的工作，也令人敬佩。但是，我仍然想说，要走近、走进，看具体做了什么，出现了什么情况，要进行哪些辨析。

一、中国文论：古代还是现代？

　　记得20世纪80年代初年时，我在读硕士研究生。我当时的硕士导师要率一个中国作家代表团访问德国。那时，出访还是一件大事。为此行做准备，他让我查一查德国当代文学作品译成中文的情况。我去图书馆泡了两天，抄出一个目录交给他。他后来告诉我，他去德国后将这个目录展示给德国作家看时，德国作家们都大吃一惊，想不到中国有这么多德国当代作品的翻译。相应地，老师问德国同行，读过多少当代中国的作品，回答是，很少。他们说不出几位中国作家的名字。当然，这是30年前的事了，现在，德国作家也许已经能说出几位当代中国作家的名字来了。然而，基本的状态仍是如此。在过去30年中，我们通过翻译知道了更多的德国文学，德国文学家对于中国文学的了解却仍然很少。

如果说文学作品是如此的话，那么，关于文学艺术的理论就更是如此。中国的文学理论研究者可以对德国的理论如数家珍。从康德、黑格尔到叔本华、尼采，再到法兰克福学派，而德国学者在被问到关于现当代的中国人的理论创造时，则会一脸茫然，费力想出一两个名字，还常常说错。类似的现象，也出现在中国与其他欧洲和北美的文学和文艺理论的交流之中。

在中国与西方的理论交流中，有着这样的错位：中国人了解西方的现代，而西方人关注中国的古代。谈到中国的哲学家、思想家、文艺理论家，西方学者会说，他们知道孔子、老子，他们还会津津乐道，庄子如何有趣，《文心雕龙》如何了不起。在比较文学界，似乎人人都在说要"跨文化对话"。实际情况是，西方人一下子就"跨"到了中国古代，他们的对话对象，是从魏晋玄学到程朱理学，再到阳明心学。对于许多西方的人文学者来说，"中国"一词是指古代中国，"中国美学"是指古代中国美学，"中国文学"指的是古代中国文学，现代的中国并不存在。与此相反，中国人对西方的关注，却更偏向于当代。他们追踪当代西方最流行的思想，翻译、介绍、研究，并且不断地宣布某种思想过时了，现在流行某种更新的学说。

当然，我们不能一般性地说西方学者。西方要分哪一国，德国人不同于法国人，法国人也不同于英国、美国人。还有南欧的意大利，北欧的斯堪的纳维亚，都各不相同。学者与一般大众不同，学者要分专业，专业的性质决定了他们的关注点。在西方，仍有许多关注现代中国，想借中国的材料来说出一些新的意思来的人。这时，20世纪变动中的中国，成为他们的思想源泉。然而，即使在这些人中，也存在着大量的误读。

记得前不久有一次法国之行，与一位法国文论家做了一次学术交谈。谈话之初，这位教授拿出一本法文本的小红书《毛主席语录》，给我们读了一段关于"文艺从属于政治"的语录，并以此开始了他的论述。他所讲的核心思想，是用毛泽东的《在延安文艺座谈会上的讲话》来论证法国先锋文学的合法性。他认为康德美学强调审美无功利和艺术自律，只能适用于古典的文学和艺术，而当代的先锋文学和艺术，要打破这些戒律，将文艺与政治联系起来。对此，我提出反驳说，《讲话》中所讲的文艺与政治的联系，与法国先锋文艺所要强调的文艺与政治的联系，是完全不同的。《讲话》所讲的，是要文艺为当时的战争和民族解放事业服务。从上海亭子间来的作家，对延安根据地的情况不熟，人不熟。他们的作品，还是写给大城市人看的，也许中小城市中也有人爱看，但在延安，爱看的人就很少。写人民，为人民，与人民感情上相通，这是当时的作家们迫切需要做的。在《讲话》中，毛泽东并不是在倡导一种精英的文艺，更不是发展一种先锋文艺，而是首先要普及，从民间学语言，接受民间的趣味，在普及基础上提高。先锋文艺不是在普及基础上提高，而是以反文艺的姿态突破艺术的边界。这与毛泽东所呼吁出现的文艺，不是一回事。借助《讲话》的观点为当代西方的先锋艺术辩护，所出现的是一种理论上的错位。

其实，除此之外，一些西方学者在阅读现代中国的思想的过程中，也到处存在误读和角度的偏颇。鲁迅被人们只是从纯文学的角度来探讨其方法和技巧，而忽视其在当时政治文化语境中的意义。朱光潜被放在京派文人之中来描述，而他对现代中国美学形成中的历史作用，却不能得到很好的认识。同样，评论李泽厚的《美的历程》的西方学者，只是将之当作中国人审美趣味史的概览，而很少有人能意识到，李泽厚是以此来论证他在20世纪50年代所形成的关于美的社会性的观点。

从总体上讲，20世纪中国的思想、文化，以至美学和文学理论，在世界上的地位不高，不受到重视，或者即使重视，也多有误读。在很长时间里，西方学者们关注的是古代的中国，至于当代的中国，他们则交给新闻记者来研究。直到今天，跟在BBC和CNN后面研究中国的学者也大有人在。

二、从"和而不同"的表述引发的思考

最近参加了一个文化方面的大型国际会议，有许多国内外政治和文化方面的人士出场。会议的规格高，气象庄严，发言者多是有着崇高地位之人。在会议上，人们在重复说一句话："和而不同。"这句话我们已经听了几十年了。在国际文化界，在比较文学界，在其他各种场合，人们一遍又一遍地用严肃的口气，郑重地重复。

说这句话的人是想强调，在这个世界上，要允许有不同的声音。在西

方话语暂时处于强势的状态下，不能搞舆论一律。他们所举的例子，来自一些先秦古书。例如，据《左传·昭公二十年》记载，晏婴对昭公说，和与同异，"和如羹焉，水火醯醢盐梅以烹鱼肉，燀之以薪。宰夫和之，齐之以味，济其不及，以泄其过。君子食之，以平其心。……若以水济水，谁能食之？若琴瑟之专一，谁能听之？同之不可也如是"。晏婴的意思是说，要用不同的食材和佐料相配合，才能烧出好的菜肴或羹汤来。清水不能成汤，单音不能成曲，只有通过不同，才能达到和谐。

这段话原来的语境，是说服君主能听得进不同意见，有作为臣子对君主进行规劝的意味。用在这里，似乎是要在西方强势的话语之下，求得发声的权利。这种表述，仅仅是文化处于守势时的话语。于是，处于攻势者大喊"普世价值"，处于守势者谈"和而不同"，两相对立。这样的话，以美学原理的表述的方式出现，就被转化为文化策略。在文化外交中，我们当然要继续谈"和而不同"，描述一种从当下到未来的发展观，并将之表述为"各美其美，美人之美，美美与共，天下大同"。这种表述是华美的，也是得体的。但是，外交化的表述，有可能在重复表述中，转化为一种话语，其意义不是通过重复而得到深化，而可能会被抽空其内涵。

其实，有不同食材也不一定能成菜，而有不同的音，离成曲还差得太远。有人提出，不同的食材有了，还要看谁在掌勺。"和而不同"的道理，谁都懂，但如何"和"，却有着不同的选择。"和"的道理，强调了对世界文化的多样性的认可。这种多样性，原本是由不同的地域和文化传统形成的。在传统的社会里，不同的文化各自走着不同的路，形成自身的发展。当国际交往，文化间相互影响，经济上的全球化，交通和通讯现代化以后，不同的文化就早就出现了"你中有我，我中有你"的状态了。在这种相互影响、相互渗透的状态形成以后，就有了如何综合的问题。谁在掌勺以成佳肴？谁在和五音以成美曲？这一层次上的追问必然会浮现出来。

晏婴说，"宰夫和之"。对于他来说，"宰夫"仅是一个无名的类的存在。他并非没有意识到"谁在掌勺"的问题，但在他心目中，这个问题显然并不重要。对于他来说，重要的是杂五味以成佳肴，至于如何使五味调和，那已被交给了一个作为类的存在者的"宰夫"。然而，"宰夫"也是一个个的人组成的，他们所继承的传统，他们通过学习所形成的行业惯例，他们的个人技能、才华和创造性，以至于他在这一次的"和"的活动中的情绪状态，都决定着"和"的结果。同样，在晏婴的时代，"乐工"也常被当作无名的类的存在,但如果只是说"乐工"和五音以成曲,强调五音而忽视"乐工"的重要性,就会导致荒谬的结论。重复"和"的事实,是没有意义的,"乐工"的全部天才,都体现在如何"和"之上。

全球化所带来的,是从"多样"的分离到"多样"的并存。"文化多样性"原本是现成的事实。在世界各个地方,由于地域和地理状态、人种和生活方式、历史文化传统,生长出了丰富多彩的文化样态。这种多样性是需要保留的,但又是无法保留的。在现代化的过程中,住在乡村的人不可避免地要涌向城市。这时,就使分离的"多样"在同一个空间中相遇。相遇可能会相融,但更可能在对话、竞争和交流。

旧式的乡村使人被迫接受同一种食谱,而现代的城市可以提供多种食谱;旧式的乡村使人被迫接受一种音乐,而在今天的大都市里,人们可以欣赏多种多样的音乐。这时,"宰夫"就不再是一个类,而是单个的人。谁在掌勺的问题,可以转化为掌勺的多样性,谁在"和"乐的问题,可以转化为音乐的多样性。这就是从相遇到并存的转化。

三、在从"他"到"你"的路上

我想用"我""你""他"的关系,来说明这个世界上各种关系的历史演变情况。

在古代的不同地方,有着不同的关于世界的想象。古代的中国人和日本人,想象世界上有三块地方,中国在中央,日本在东边,而印度在西边。与此不同,希腊人的想象则是,东边有亚细亚,南边有亚非利加,西边有欧罗巴。在古代世界,各文化之间的关系,是一种相邻的关系。当各民族各自以自身为中央之时,多中央也就无中央。那时的世界,还不是放射性的。世界是一个网状的结构,各种文化都成为网上的结,相互之间以网线联系在一起。

真正的世界中心,是在近代才随着"现代性"的出现而出现的。在现代性建构的过程中,随着工业革命、科技的发展、现代学科制度的建立,出现了一个以西方为中心的学术和文化发展过程。在人类学界,出现了一种"西方"出思想,"非西方"出资料的状况。西方的学者到了亚洲、非洲和拉丁美洲,用从西方著名大学里学到的理论来研究当地的材料,从而发展这些既有的理论,并形成新的思考。这时,理论是来自"西方"的,被认为具有普适性，而当地的材料，则验证了理论，有时也丰富理论。同样，理论的掌握者来自"西方"，而"非西方"的研究参与者只是"当地合作者"。类似的情况，在其他学科也存在。"西方"生产普适性理论，而"非西方"则接受这些理论，并作一些适应性的改变。

在这种状态下，形成了"主体"与"他者"对立。"他者"是相对于"主体"而存在的。"他者"是被注视的对象，我们将一些假定的共同特性投射到他们的类之上，假定他们会有什么特点。西方人假定中国人、日本人、韩国人、蒙古人具有什么特点，中国人也会假定非洲人、中东人、印度人有什么特点。这时，"他者"是一个类，具有类的抽象性。当媒体报道攀登珠峰的运动员时，会一个个的列数他们的名字，谁是队长，谁在登山队中起了什么作用。他们都是有个性的人，而他们的向导，则是一个类，叫夏尔巴人。在加缪以北非为背景的小说中，白人在谈话，每个人都有名有姓，而阿拉伯人就是类。他写到，来了几个阿拉伯人，阿拉伯人走了。这些人不是单个人的，而是作为类的存在。

这种将外族人"他者化"，是自古以来就有的现象。这种现象原本常常发生在相邻而相异的民族、种族、地域之间。近代社会以来，在欧洲人关于世界的想象基础之上，出现了"西方"与"其他"的对立。"西方"成了中心，"其他"则处在"西方"之外，成为"他者"。

后殖民运动的发展，或者经历了20世纪60年代开始的"国家要独立，民族要解放，人民要革命"的运动以后，东西方对话，南北方对话，都成为潮流。"对话"是一个有着深刻含义的词。它需要一个前提，这就是从"他"到"你"的转化。

在"西方"与"其他"的格局下，所存在的不是"对话"，而只是"喊话"，那时的知识的传播是单向的。"非西方"只有两种选择，一是"听话"，二是"不听话"。"西方"所要做的，是对"不听话"者进行"训话"，最终使他们"听话"。

对话不是喊话，而是相互交流。这需要一个前提，就是"非西方"不再是作为"其他"的"他者"。这种变化，就是从"他"变成"你"。对话总是在"我"与"你"之间进行的。"你"在对面，不是一个类，而是一个个体。人们可以说"他者"，但没有人说"你者"。"你者"的说法不成立。"你"在与"我"交流，在对话中产生相互的移情。"我"可以快乐着"你"的快乐，也痛苦着"你"的痛苦，或者，"我"对"你"产生各种爱恨情仇。无论如何，"你"不是一个类，而是一个站在"我"对面的个体。

四、从哪里找评价标准？

关于文化和学术评价，要问一个评价标准从何处而来的问题。

在学术界，流行着一种"人家说我好"的心态。你会在各种会议上，听到一些人不厌其详地引述，他受到某个外国学者的赞扬，他的观点受到某个外国学者的肯定。这一类的话说多了，见到国内的学者也不怎么相信，于是就进一步，找到国外学者来访谈，问人家一些问题，自己再来整理发表，在整理过程中，加进一些表扬自己的话，或者对国外学者的话作一些修饰。这样一来，"人家说我好"也就有文字可作证明了。当然，还有多种办法让外国学者表扬自己，例如，将外国学者当面说的客气话改写成严肃的学术评价；将与外国学者的学术讨论进行剪辑，只剩下对自己赞扬的部分；当然，还可以引述曾经赞扬过自己的外国教授的话，再将赞扬者的身份从一般教授改写成著名教授；等等。对此，我们不禁要问：为什么"人家说我好"，就如此重要？

当然，在体育比赛中，"人家说我好"是很重要的。在体育运动，特别是被列入奥林匹克比赛的运动项目中，有着一种从地方，到国家，再到国际的评价系列。一位运动员，在地方比赛中表现出色，就会被选入国家队。在国家队表现突出，就会被派去参加国际比赛。于是，有不同等级的冠军。省里的冠军高于市里的冠军，全国冠军高于省冠军，世界冠军高于全国冠军。运动员价值的最高体现，是到奥运会赢得金牌，还可将个人的追求与爱国主义联系起来。奥林匹克运动促进了全球体育运动的发展，也带来了一种标准化的倾向。奥运会要从奥林匹亚点燃圣火，再传到世界各地，对这种做法的象征意味，也不可过于认真地追问。奥运的理想是"更高、更快、更强"，这种标准是有选择性的，于是，比慢而不是比快、比柔而不是比刚的太极拳，就不合奥运理想。其实，世界上其他地方的运动也有着自己的悠久的历史。韩国的跆拳道、印度的瑜伽、蒙古的摔跤，有的也成了奥运项目，有的还不是，但它们自有其传播渠道，也有其评价标准。中国还有很有趣的农民运动会，其中大都不是奥运项目。

在文学艺术的评价中，不可避免地有着一种与体育运动攀比的心态。从地区奖到国家奖，再到国际奖，似乎也构成了一个评价的阶梯。本来，评奖只是一次评价活动所形成的结果,这种评价活动,受评奖活动的标准和程序所制约。我们所要做的事,恰恰是要理性客观地看待这种标准和程序,而不是将它普世化。从所获得的不同级别的奖项,固然可以见证一位文学家或艺术家的成长历程,但一切奖项都是外在的,不能完全说明水平,也不能预示文学艺术作品的命运。

学术上的标准就更是如此。不同的学术研究所面对的,是不同的课题。学术研究重在解决问题。然而,所要解决的问题又是多种多样,其间常常不可比。将这些成果放在同一个标准之下来衡量,就出现了种种偶然性和随意性。

恰恰是由于这种标准上的困难,就有人想找捷径,造就一种"人家说我好"的现象。其实,"人家说我好"又如何?这个"人家"就真的具有评判的水平和能力吗?

在中国学术走向世界的过程中,有一个问题变得突出,这就是语言。本来,学术是学术,语言是语言,完全可以分开。但是,在学术评价中,语言却变得非常重要。有一种说法,认为在当今这个世界上,只有一个学术界,这就是英语的学术界。一篇学术论文,如果不用英语发表,人家看不到,就没有什么价值。中国现在已经有学校重视英语发表了,将来别的学校都会这么做。这种说法也许会遭人诟病。说这话的人,也摆出一种"你们不赞成没有用,我说的是实话"的态度。尽管有不赞成的声音,但大家都是这么做的。于是,"大家"服从"人家"。这种标准通过刊物排名,对学校排名的计分方法,通过"人家说我好"的表述,渗透到学术评价的各个方面。

什么是"重要"?就是"被看重",关键又在谁看重。这是"人家说我好"做法的土壤。

五、"落后"还是"落差"

文化有没有"先进"与"落后"之分?如果有,那是否就要进一步承认,"先进文化"将要取代"落后文化"?这种对文化的思考,是一种线性的发展观。

不同的国家、民族、文化,都有着自己的标准。从外部寻找标准,常常会带来不公平,并且是扭曲的。记得许多年前,总是为一个问题想不通。

一个人拿了十次全国的中国象棋冠军，是一位天才棋手，非常不容易。中国象棋这个项目，外国也有人会，如东南亚有不少人会下象棋，但总体水平远低于国内。于是，中国的全国冠军，也就是世界冠军。这位棋手在"文革"前曾连续十年当冠军，"文革"后仍常常在决赛中入围，是名副其实的棋王了。但他的名气也只能仅限于圈内人知道，不能得到圈外的荣誉。与他的遭遇不同的是，另一位围棋手由于在与日本棋手的比赛中赢了几次，就成为新闻人物，还入选了包括全国政协在内的各种有着很高荣誉的组织团体。这是不是暗示：围棋是一种高于中国象棋的运动？

类似的情况，在最近一些年仍然出现。中国乒乓球天下无敌，但是，在评选全国优秀运动员时，常常会选像游泳、田径一类的项目的冠军获得者，认定那些运动项目的含金量要高于乒乓球。

其实，金牌就是金牌，含金量是一样的。每一块金牌都是从事某一项专门运动的运动员中最优秀者通过艰难的拼搏得来的。认为某些金牌含金量更大，是一种偏见。不同运动之间，并没有可比性。

由此推广，不同的文化之间，是否有可比性？它们之间是可比的，又是不可比的。正像棋手和运动员要进步一样，文化也要进步。故步自封不行，不接受新鲜事物不行，但是，一种文化的进步，不是变成另一种，不能以一种文化为尺子来衡量另一种文化。我们不能以是否有光影来评价中国传统文人画的好坏，也不能以是否有笔墨来确定欧洲传统绘画的优劣。

当然，任何一种文化中，都既有好的东西，也有不好的东西。中国传统文化中有很多好东西，但传统也曾经作为一个牢笼将中国人束缚住，于是就出现了历代的反传统运动和文化的创新。认定文化不能创新，传统的就是好的，是一种"小脚女人"的哲学。

记得20多年前我在瑞典读书时，当地各大报纸都曾报道过一场发生在瑞典的"文化的冲突"。一位来自南亚某国的年轻男子，对他的妹妹实施了"荣誉处死"，理由是他的妹妹去酒吧，"伤风败俗"。当然，按照瑞典法律，这要以谋杀罪来审判，也许在这位男子的国家，这做法就会得到默许甚至鼓励。前几天，我在网上看到，这个国家内也出现了类似的事件，警察正在以谋杀罪通缉杀人者。这说明，这个国家也正在努力接受一种现代的价值观。

文化之间没有天然的先进落后之分，但在许多观念和对具体的事务的看法上，会有文化间的落差。人往高处走，水往低处流，但还是要就近走到自己的高处，通过文化更新而非文化模仿，努力向上走。

结语：在开放对话中发展自我

最后，让我们回到在中国文论走出去，与在当代世界语境中发展中国文论的话题上来。

我们曾经经历了一个与外在世界隔绝，"自言自语"的时代，经历了被打开大门听人"训话"，只能在"听话"与"不听话"之间做出选择的时代。今天，我们终于来到了一个从"他"变成"你"，从而可以对话的时代。在这个时代，我们所需要做的，不再是"自言自语"，不是仅仅说"是"或者"不"，而是在对话中发展自我。被人设定好了话题，只能在"是"与"不"之间进行选择，是很被动、很难受的。最好的应对办法，还是说：我们来谈谈。这才是对话。

我们要有"文化自信"，这种自信不是故步自封，想象过去我们"阔多了"，而是在开放中发展自身。

大众文化挑战下艺术性的重建

有关艺术与非艺术之间的区分，以及由此形成的关于艺术边界的思考，是美学和艺术学的一个重要研究课题。这方面的思考自古有之，但在今天重提这种区分，具有全新的意义。关于艺术边界的讨论，只有采取延续历史思考，面向当代艺术现实状况的态度，才能取得积极的成果。

一、大众文化给移动的艺术边界插入新的维度

关于艺术的边界，一个最为古老又最著名的例子，是柏拉图关于三张床的理论。"画家、造床匠、神，是这三者造这三种床。"[①] 三种床分别存在于不同的世界之中，即画家所造的模仿的世界，造床匠所在的现实的世界，神所在的理念的世界。画家模仿造床匠，造床匠模仿神。神所代表的是真理，每模仿一次，真理的信息就"损耗"一番。因此，画家所画的床与神所造的床，在本体论的意义上，要隔着两层，从而"损耗"过两次。柏拉图在这里说的是画家，他关于模仿的论述，对像荷马那样的诗人，以及一些悲剧家和喜剧家来说，也同样适用。

柏拉图的这种"模仿"思想，统治了西方思想界两千多年。在18世纪，当法国人夏尔·巴图写作《归结为同一原理的美的艺术》(*Les beaux arts réduits à un même principe*, 1746) 一书时，他所谓的"单一原则"仍是说，艺术要模仿"美的自然"。夏尔·巴图赋予这个术语的含义，尽管与柏拉图有了很大的不同，但本质上是一致的。夏尔·巴图在肯定的意义上使用这个术语，意在说明艺术从属于一个独特的领域，不同于现实，要将艺术与工艺、科学、学术等活动区分开来。巴图建立"美的艺术"的体系，其中包括诗、绘画、音乐、雕塑和舞蹈。这个体系后来经过多种修改，

---

① 〔古希腊〕柏拉图著：《理想国》，郭斌和、张竹明译，商务印书馆1997年版，第391页。

被《百科全书》派的一些思想家所接受，最终在康德那里，被融入到他的美学之中。①

艺术与现实的区分，具体表现为艺术被当成是艺术家的活动及其成果，它与工艺，与生产性的制作活动，与科学和技术，与学术研究，等等，区分开来，是一种特殊的、为着美的目的所创造出来的事物。根据康德美学所形成的关于艺术的两条规定，即"艺术自律"与"审美无功利"，就是在这一背景下形成的。这与当时市场经济的发展和资本主义经济模式的出现有关。随着资本主义的兴起，社会产生了巨大的分化。现实生活受市场机制的驱动，功利主义的原则不断得到强化，从而需要在审美和艺术领域的活动及其成果对此进行精神上的补偿。

一些学者从艺术手法的角度出发，认为浪漫主义以后，表现论的兴起，宣告了模仿论的终结。这是不对的，模仿论并没有终结，在20世纪仍然兴盛，并且在一个更加巨大的理论背景上展开。模仿论所要实现的，并不仅限于外观的酷似，或柏拉图所说的"欺骗性外观"，它可以被广义地理解为"再现"（representation，又译"表象"），或者"代表"。在当代美学研究中，一些美学家进一步思考这个问题，提出许多新的思路。例如，苏珊·朗格的情感符号说，强调艺术与现实的指代与被指代，艺术作品与情感的"同构"关系，实际上也是一种变相的模仿说。理查德·沃尔海姆（Richard Wollheim）提出"看出"（seeing-in），即在艺术之中看到所描绘的对象，从而强调模仿活动的两面性，即"如何再现"与"再现了什么"。肯代尔·沃尔顿（Kendall Walton）提出"拟托"（make-believe），即艺术中的再现是由人们的"拟托"游戏所决定的。所有这些理论，都只是在细节上修正和发展了"模仿说"。在其中，不变的是"模仿"的一种最基本的精神，即在现实生活之外制造某一事物，并使它与现实生活保持某种对应关系。

从这个意义上讲，真正宣布"模仿说"终结的，是西方的先锋派艺术的实践，以及与此相关的理论。先锋派艺术打破艺术与现实的界限，宣布艺术是现实的一部分。在美学界，许多人以杜尚的《泉》来举例，认为从这一件艺术品开始，艺术进入了一个新的阶段，工业制成品成为了艺术，

---

① 参见〔美〕保罗·奥斯卡·克里斯泰勒：《现代艺术体系：美学史研究》，高艳萍译，载《外国美学》第21辑，江苏教育出版社2013年版。

从此艺术的边界被打破了。柏拉图的"三张床",说的是事物存在的三个本体论层面,即神的世界、现实的世界和艺术的世界。在近代社会,神的世界被取消或被虚拟化了,只剩下两个世界,即现实的世界和艺术的世界。现实的世界按照它所固有的规律运作着,人们各司其职,从事着生产和劳动、政治、战争、商业,而艺术则模仿现实,创造一个处于现实之外,却与现实相对应的虚幻的世界。杜尚的意义在于,取消了一个独立的艺术世界,认为艺术不单独构成一个世界。他将现实世界中的现成物放进艺术世界之中来,从而暗示,只存在一个世界,即现实的世界。或者,更为确切地说,只存在一个本体论的层面,即现实存在的层面。这也是符合当代哲学精神的。一元论的哲学消解了神与人,精神与物质的二分;同样,一元论的艺术哲学消除了艺术与现实,模仿物与被模仿物的二分。

当代美学关于如何为艺术定义,怎样为艺术设定边界的理论论述,都是从这一事实出发的。当原本存在于日常生活现实之中,并不被当作艺术品的事物,被放进了艺术博物馆或画廊,或者被写进艺术史,从而被当作艺术品之后,留给理论研究者的任务,就是要说明:它们为什么是艺术品?

在这种情况下,出现了各种新的理论。我们比较熟悉的,有乔治·迪基的艺术建制论(institutional theory of art),阿瑟·丹托所谓的"通过阐释获得意义"的理论,纳尔逊·古德曼关于"什么时候是艺术"的理论。所有这些理论都试图解决艺术的定义问题,实际上也都是在艺术边界发生变化之后,对艺术定义的新的寻找。美学家们已经不再试图从本体论的层面上给艺术做出一个规定,而是在现实的生活中寻找某些事物是艺术品的理由。

与这些试图寻找给艺术划定边界的种种尝试不同,有一些人继承杜威的经验自然主义的方法,放弃从艺术与非艺术的边界处进行思考,而是换一个方向,从艺术与非艺术的连续性的角度来思考艺术。杜威的观点是,艺术是现实的一部分。艺术的创作与欣赏中所伴随的经验,与日常生活经验没有本质的不同。他所用的比喻是,山丘不是一块石头放在平地上,而只是大地的突出之处而已。艺术也是如此,它不是放在平地上的,与平地有着明显区别的石头,而是绵延起伏的大地的突出之处。艺术经验是"一个经验",与日常生活经验没有本质的区别,只是一种较为集中、连贯、有着自身的完整性的经验而已。

如果说,以上的这些探索和争论已经属于前一代人的努力的话,那么,在最近一些年，关于艺术与现实划界的思考仍在继续。例如，有人提出艺术不是现实生活的"再现"，而是"框入"，将现实生活中的一部分框进来，就成了艺术。杜尚将《泉》放进博物馆，与将一片风景放入画框，具有同样的性质。生活中处处都可能成为艺术，取决于是否有艺术家将它"框入"。除此之外，还有一些人认为，艺术是事件。杜尚的《泉》成为艺术品，不在于它本身是如何美，而在于将这个工业制成品放进画廊的行动，造成了艺术史上的一个事件。事件本身载入了艺术的史册，而留下来的作品本身只是这个事件的提示而已。这两种理论，都是极具生长性的理论，可以对当代艺术所提出的许多问题提供解释。

除此以外，还有人提出艺术是"生产"的理论。"艺术"（techne）一词原来的意义只是"技艺"而已。柏拉图将一般技艺"区分为'获取性的'（如挣钱）与'生产性的'或创造性的（它使过去不存在的事物获得存在）"[①]。一些当代学者从马克思的一些经济学著作中获取资源，努力强化这种"生产性"，并借此克服"模仿说"传统。如果艺术也是"生产"的话，那么，它就可以与现实的生产，以及包括人的生产在内的各种各样的生产放在同一个层面来思考了。

所有这些在20世纪的美学中所出现的巨大的理论努力，所指的对象都集中在一个问题上，即先锋艺术的兴起所形成的对美学的挑战。先锋艺术所造成的种种复杂性，迫使美学家们面临一种选择：要么回应它，要么自身被边缘化。任何忽视先锋艺术的美学流派所造成的结果，只能是这一流派自身被忽视。

然而，当21世纪来临之际，艺术所面临的问题，发生了巨大的变化。先锋派艺术是相对于传统的高雅艺术而言的，所挑战的是巴图的那种对"美的自然"的模仿，要求现实与艺术的结合。它始终存在于争议之中，对新理论的发明具有高度的依赖性。同时，它们又普遍地对大众的审美要求取蔑视的态度，宣称美与艺术的分离，抗拒流俗的审美习惯，以反审美的精英立场自居和自卫。然而，在这种艺术艰难维持的同时，另一种类似艺术的文化现象却以强大得多的力量，占据了各种媒体，占领了市场，吸引了普遍的注意力，实现着与权力与资本强有力的结合。这就是大众文化。

---

① 〔美〕门罗·C.比厄斯利：《美学史：从古希腊到当代》，高建平译，高等教育出版社2018年版，第39—40页。

大众文化不依赖理论家的阐释而获得意义，也不理会有关它是否是艺术的争论，却以自身的存在及其审美吸引力，迫使美学家们在它面前反省自身。

这时，一些美学家提出，继续重复迪基等人的艺术建制论，以及杜尚的《泉》是否是艺术的问题，已经失去了现实意义。当丹托说，艺术作品是某物通过阐释而获得意义时，一些作品却不再依赖体制和机构，不再依赖哲学家们的阐释。人们就是喜欢它们，或者不管是否喜欢，却习惯性地在它们之中消磨时间。电视上每天都上演的连续剧、网络小说、微信上传播的幽默段子，随手抓拍并放到网上流传的手机照片，在中心商业区出现的巨大的屏幕和在屏幕上放映的宣传片、知识短片，等等，它们是不是艺术？在什么意义上是艺术？除了它们之外，还有没有更为"真正的"艺术？面对着这些大众文化生产，"真正的艺术"存在的理由在哪里？这些问题成为美学理论研究的新焦点。

二、对"你"说，还是对"你们"说

谈到什么是艺术，我还是想从一个事实说起：艺术是一种传达活动，是将某种东西表达出来，让别人感受到。这可以归结为一句话：一个人说，另一个人听懂了。

中国古代有一个著名的关于"知音"的故事。"伯牙善鼓琴，钟子期善听。伯牙鼓琴，志在高山。钟子期曰：'善哉，峨峨兮若泰山！'志在流水，钟子期曰：'善哉，洋洋兮若江河！'伯牙所念，钟子期必得之。"[①]（《列子·汤问》）艺术上的知音难得，而艺术家内心深藏着一种对知音的期盼，没有知音，艺术就失去了意义。艺术用语言、声音、线条、色彩等媒介，要传达内在的意义，这是很难做到的。庄子讲，言不尽意，同样，音、线、色也不能尽意，人与人的相互理解是一件极难的事。这就造就了一种艺术理想，即真正的艺术，就是要实现意义间的传达，从而在茫茫人海间寻觅知音。

俄国作家列夫·托尔斯泰提出："艺术是由这样的一种人类活动所构成的，即一个人通过某种外在的符号，有意识地把自己体验过的感受传达给

---

① 《列子·汤问》，引自《诸子集成》第6卷，上海书店1986年版，《列子》第60页。

别人，而别人为这些感受所感染，也体验到他们。"[1]他所说的，也是这种追求。艺术是传达，要运用外在的媒介将内心的情感表达出来，使接受者能懂，能接受。

当然，托尔斯泰的追求与俞伯牙有很大的区别。俞伯牙是在为一个人弹琴，人间没有知音就不再弹。托尔斯泰不可能如此。他要不断地写，要使他的文学作品为更多的人所接受。他通过写来寻觅知音，也为着知音来写。他要寻求千千万万的人来理解他，不是对一个人说，而是对着更多的人说。托尔斯泰需要有人听他讲，需要设想，他讲了，别人听懂了。他要把内心最深处的话，最细致入微的感受，用最准确的方式表达出来，使人听懂。人与人之间的相互理解是困难的，艺术的目的，就在于实现这种理解。发自内心，直达人心。

20世纪的文学艺术理论，在做着一件事：促使人们认识到这种人与人相互理解的困难。这就是所谓的对意义透明性的批判。美学家们提出的"意图谬误"的理论，认为艺术作品的意义，不等于艺术家的意图。说了不等于听，听了不等于懂，其中有种种的误读、借用、发挥。一部作品有自己的命运，作品在不同的接受者身上也产生不同的影响。一部作品出来后，作者的期待有可能实现，也可能落空，对一部作品的接受情况，会出乎作者的意外。

艺术的"意图"（intention）是重要的，但是，"意图"不等于"意义"（meaning）。艺术创作是一个过程，在这个过程中，艺术所使用的语言、声音、线条和色彩，以及各种媒介本身都自有其特性，它们都构成了艺术的符号，都受着符号自身所具有规律的制约，因此，意义是在创作过程中生成的。更进一步说，作品的意义需要在欣赏者接受过程中才能得到实现。不同的接受者，接受者所受的教育水平、欣赏偏好、个性、欣赏者所处的时代氛围、一个时代的审美风尚，等等，都决定着意义接受的情况，并由此在欣赏者那里形成种种"意味"（significance）。因此，有关"意义"的研究，形成了"意图"、"意义"和"意味"的三分。

---

[1] Leo Tolstoy, *What is Art?* trans. Aylmer Maude, in *Tolstoy on Art* (Oxford U., 1924), p. 173. 本文作者中译。据门罗·比厄斯利所说，该书的俄文版被删改和扭曲，这里所引的话来自艾尔默·莫德（Aylmer Maude）于1898年所出版的英译本，这个版本得到了托尔斯泰的授权。见〔美〕门罗·C. 比厄斯利：《美学史：从古希腊到当代》，高建平译，高等教育出版社2018年版，第523页。

从对"意图谬误"的批判，到接受美学的形成，20世纪的美学展现了这种研究的丰富性，揭示出那种艺术家的意义传达给接受者这一过程的复杂性。艺术家说，欣赏者听，这一看上去非常简单的过程，其中有着极其复杂的变化。在欣赏者那里，听到和看到的，与作家、艺术家所赋予作品的内容，已经有了巨大的差异。这一过程，已经不能简单地理解成作家艺术家编码，欣赏者解码，实现意义的还原。解码所得之意与所编入之意相差很远。

然而，无论如何"三分"，无论从艺术家到欣赏者之间的路程是多么遥远，"艺术家说，欣赏者听"的这一基本格局，并没有改变。现代艺术制作、传播、销售的手段的丰富，只是使这一基本格局变得丰富和复杂化而已。

"三分"只是叙述了一种从艺术家到欣赏者的单向的运动。传达过程远没有这么简单。这一过程也可以从另一个方向来思考：从说到听，要转化到对谁说，在什么场合说，以及借助什么传播工具来说这一类的思考上来。

当我们与人说话时，不同的场合，所说的话，就会不一样。一个人与另一个人见面，可能会是这样的情况：家人交谈、朋友的见面、同事私聊。人们在一道可以互通信息，交流感情，休闲娱乐，也可能谈交易，互相摸底，等等。见面和意义传达行为还可能是另外的情况：在公共场合，即有旁听者的情况下谈话，例如在研讨会发言、在课堂上讲课。我们可以区分人与人的交谈的两种方式，即私下交谈与在公众场合的说话。一般说来，越是私下的谈话，越具有互动性，相反，在公共场合的谈话，则更具有单向性。谈话者可以有"话痨"，说话时让别人难以插话，但并没有外在的力量阻止别人插话和对话。公共场合的谈话，则开始有外在力量影响话语权的现象，所谓的"麦霸"就是如此，占着麦克风不让别人说，一个人说个不停。"麦霸"所具有强迫性，也许只是一时的。并且，我们平常说的"麦霸"，主要也只是指个人的失礼行为造成别人的反感而已。实际上，随着现代传播技术的发展，会造成体系性的"麦霸"现象。在这里，交谈与独白就出现了分野。没有麦克风，人们在谈话，有了麦克风，就有了话语强制。

这种变化，可以简单地概括为，从"我"对"你"说，转变为"我"对"你们"说。"我"对"你"说时，"你"作为一个人，立在"我"的对面。这时，"我"与"你"有着个人的交往，我们可以"谈得来"，也可能"谈不来"，但不管怎样，我们有了个人的交往。"谈得来"可能发展成"我们"，成为朋友、盟友，甚至成为家人，"谈不来"也对"你"作为个人有了了解。但是,"我"对"你们"说,情况就不同。"我"不是追求与"你"作为个人的交谈,而是吸引"你们"这个群体,调动"你们"这个群体的情绪,或者强迫你们接受我的思想和情感。

将这种道理运用到艺术理论上来,我们也可以做出一种区分:是对"你"说,还是对"你们"说。对"你"说,可以发自内心,直达人心,对"你们"说,调动情绪,实现现场效果。"精英"艺术寻找"知音",而"通俗"艺术服务于"粉丝"。一部艺术史,从某种意义上说,是"知音"与"粉丝"并存并相互转化的历史。

对"你"说,是"我"与"你"之间的交流。志在高山和流水,听者懂了,这种情况只可能存在于"我"与"你"之间。不仅如此,将一种内在的情感表现出来,或者在作品中体现出一种独特的原创性,一种面向当下艺术的独特的姿态,希望接受者也能懂,从而实现交流和共鸣。这些都是发生在"我"与"你"之间的交流活动。

艺术当然绝不仅限于发生在"我"与"你"之间。"我"会产生一种对"你们"说话的冲动。面对更多的人说话,需要更好的说话能力和技巧。说给"你"听是交流,说给"你们"听,就开始带上表演的成分,需要表演的能力,所实现的,是一种剧场效果。

三、从"大众性"文化到大众文化

文艺是私人的,还是大众的?这是一个古老的争论。自古以来,文艺就既有个人性特点,也有大众性特点。这种双重性原本共存于文学艺术之中,也自由地互换。

艺术是对"你"说,还是对"你们"说?当艺术是对"你们"说时,是对"你们"中的某一个人说,而将其他人当作旁听者,还是对"你们"这个集体说。打一个比方说,是一群学生围坐在你的周围时的那种轻松随意地时而对这个人说,时而对那个人说,而将其他人当作旁听者,还是在课堂上对一个班级作为整体来说?这里有很大的区别。在不同的场合,说话的内容不同,说话的语调也不同。随意的谈话,需要实现的是个人间的情感沟通,而在一个公共的场合的谈话,则有着一种场合和语境所带来的规定性。艺术创作者心中总是存有"理想的接受者"。艺术是个人与个人之间的交流,要实现的是心灵的沟通。

对于人与人的沟通，或者说一种"共通感"的获得，哲学家们提出了多种假设。它可能基于一种对共同人性的假设，或者是基于共同的状态和遭遇，或者是基于共同的记忆。这种"共通感"还可能来源于一种移情能力。移情是一种古老的理论，近年来，人们对此有新的阐发。移情能力的最重要之处，不在于那种万物有灵式的对物的移情，而是人与人的相互移情。移情能力，是一种设身处地、将心比心、换位思考、感同身受的能力，这种能力是人类智力发展的标志之一。对物的移情，只是这种对人的移情的移用。通过移情，艺术家表达出自己的感受，接受者懂得了这种感受；或者反过来说也有效，艺术家以接受者能够懂得的方式表达了自己的感受，在心中存有接受者的状态下创造出艺术作品。

这种"理想的接受者"的存在，并非将艺术限于一种私人性。一首诗，可以是写给一个人的，但也不是对一个人的悄悄话，要别人看上去也很好，要有公众必须有的、可接受的形式，从而具有普遍性。单个的接受者，是许多单个人的代表。写小说、绘画、作音乐，也都是如此，需要有"理想的读者""理想的观者""理想的听者"，这种"理想的接受者"，是创作者移情的对象。艺术家将自身的感受，向这些假定的对象倾诉，创作出可以普遍接受的作品。

这里所说艺术所具有的个人与个人之间交流的特点，是艺术发展并精英化的过程中才获得的特征。在艺术的发展过程中，一直存在着小众化与大众化两种不同的倾向，并产生属于各种不同时代的成果。

最早有历史记载的文学艺术，大多是具有大众性的。民歌由集体传唱，民间舞蹈由民众共舞，史诗的讲述，由氏族群体共享。不仅是来自乡间的民间艺术，而且来自城市的戏剧、歌舞、说唱，都具有小众与大众并存的现象。与古代希腊城邦生活联系在一起的希腊戏剧，近代像法国新古典主义戏剧那样的城市戏剧，也具有大众性。这些艺术要教化市民，为改进民众的修养，增进社会的凝聚力服务。但同时，这些艺术也具有精英化的倾向，服务于上流社会，追求典雅的趣味。

到了近代，随着市场的兴起，艺术的大众性才发展到极端，从而与小众性或者精英性的艺术形成明显的对立。艺术原本是思想和情感传达，自娱也娱人，给予教益也提供娱乐，这种状态在现代社会被打破了。艺术市场的兴起，使艺术出现了分化。继续坚持原有的艺术理想，从而挑战市场，并借助于各种艺术的建制，在市场中寻求生存并对流行趣味进行改造，这是艺术的一种选择。按照市场规律生产娱乐产品,探索和测试大众趣味,并用资本造就集体效应,从而在市场上获得成功,这构成了一种更为普遍的文化现象。

如果说,18世纪时现代艺术概念的形成,所要面对的是工艺性的生产概念的话,那么,在现代,与艺术相对立的,恰恰是一种通俗性的文化生产现象。这就是艺术中的高雅与低俗对立的现象。在文学中,有高雅与低俗之分,文学史记录了高雅文学,这只是具有高度选择性的记载,实际上,在同时有大量的地摊文学的存在。在中国,从晚清到民国年间,出现了大量的类型文学,这些类型文学被生产了,又被消费了,文学史很少关注。文学史只关注从"五四"新文学以来的精英文学,而那些大量生产和消费着的通俗文学,构成了这种精英文学的背景。其实,其他艺术门类也是如此,大量出现的图画、演出等行为,作为文化现象,一直存在着。这些既是艺术,又不是艺术。当人们提出艺术概念时,是想立出某种东西,对抗这种像流水一样,流来流去,并没有留下什么的现象。

文学史不写通俗小说,绘画史不写一般茶楼酒肆的装饰画,音乐史不写街头的小曲,这些东西不登大雅之堂,也不受艺术家的重视。这成了惯例,但所有这些没有入史的东西,实际上构成了一个巨大的背景,精英文艺的生产,正是在这个背景中进行的。

如果说,这种面向大众的文化生产,是一种历时久远的文化现象的话,那么,随着新媒体的出现而流行起来的大众文化,则使艺术发生了深远的变化。网络小说是从通俗小说发展而来的,现代的通俗文化也有其前身。然而,我们今天所面临的,不是古老的通俗文学和艺术的重复。网络小说的巨大的生产量及其流行程度,它对文学的深远影响,是过去的通俗小说无可比拟的。同样,新媒体所带来的各门艺术的变化,也深刻地改变着人们的生活。

四、艺术新生态的形成与艺术新形式的建构

新媒体的发展,为艺术提供了新的可能。从过去的具有大众性的艺术,到大众文化的发展,新媒介带来了新的可能性。正是在这种状态下,艺术边界问题被再一次提了出来。这是一个古老的问题,但在新的情况下,出现了新的研究指向。

过去，当先锋艺术对艺术提出新的挑战时，分析美学家们所采取的应对之策是通过修改艺术的定义来适应艺术的新的发展，从而重新划定艺术的边界。艺术不再是通过模仿所形成的另一个本体论层面之上的事物，而恰恰与现实生活处于同一个本体论层面。不仅如此，现代哲学更倾向于反对传统的多重世界划分的种种理论，而认为只存在一个世界。先锋艺术是精英性的，但它所带来的结果却是世俗性的。一种英雄主义的挑战所带来的，恰恰是世俗性的妥协。先锋艺术原本是以挑战既有的艺术建制姿态出现的，后来却依赖艺术的建制而存在。这是先锋艺术的历史性的失败，尽管它所带来的对艺术边界的冲击，会在历史上留下痕迹。

在当下，摆在美学家面前的主要问题，或者说，艺术划界研究所面临的主要矛盾，已经从先锋艺术转化为大众文化，转化为在大众文化盛行之时，重新思考艺术的边界。

正像当代的经济生活已经走向消费决定性的经济一样，艺术品的生产，也走向这种消费主义。消费主义所要表述的，是这样一种现象。过去，我们都认为，生产决定消费，生产的发展是无限的，消费的能力是有限的，当生产所形成的社会财富充分涌流时，人们就可以按需分配。然而，经济的发展所形成的局面是，生产过剩就造成经济危机，只有通过刺激消费来挽救经济，而消费的刺激能力具有无限性。这种经济格局支配下的艺术品生产也是如此。在资本的运作下，通过包装、广告效应，捧红明星并且推出，服从经济规律，并形成一种独特的大众文化的经营运作方式。

在这种情况下，文化生产的方式在向一个方向滑动，这就是文化工业化。精英艺术尽管也是意在传达，但仍存有理想的接受者。这是一种知道有旁听者的对个人的传达。如果换一种情况，艺术家不是对某个人说，而是把握了一种规律，意识到某种类型的故事接受者会很多，这方面已经做过试验，也有了写作这种类型故事成熟的套路，这时，艺术品生产，就变成了类似药品的制作。生物学家实验某种药品时，先根据一些原理和规律，提出假设，制作药品，先在动物身上试，再在一部分人身上试，成功后就成批生产。如果生产性是这么理解的话，那么，大众文化产品就变成了这样的东西，从说使自己发笑的事使人笑，变成施放发笑剂使人笑，从说感动自己的故事使人哭，变成打催泪弹使人哭。这时，艺术发生着深刻的变化，出现了情绪诱发简单化的现象，接受者像接受化学生产的药物一样被诱发情感。

现代技术所造就的大众文化给人们带来了各种各样的艺术替代品。这与先锋艺术不同。先锋艺术曾迫使美学家们接受艺术与美的分离，承认一些不但不美，而且与美无关的事物也是艺术品。大众文化则相反，以其外观的吸引力吸引观众，获得市场上的成功，迫使美学研究关注这种几乎无所不在的审美现象。

然而，对于我们来说，一个古老的问题又再次出现：艺术是存在于其中，还是处于其外。是否存在一种大众文化之外的艺术？或者说，面对大众文化的挑战，是否需要一种艺术的反挑战？

回到前面所说的观点，说话有两种情况，一种是，一个人说了，另一个人懂了；另一种是，一个人面对大众说，而不管大众是否能听懂。前一种是说话，后一种是喊话。艺术也是如此，一种是传达，另一种是灌输。无论是政治文化，还是商业文化，都倾向于运用媒体的力量，实现灌输。

网上传一句话：世界上有两件事最难，一是将别人的钱放到自己的口袋里，二是将自己的思想放到别人的脑袋里。现代的政治文化和商业文化都在努力做这两件事，并为此耗尽了精力。我要呼吁的是，艺术不要跟着做，而是做一点其他的、有意义的事。

其实，新媒体也是能够为人们的个性化的交流提供空间的。让艺术说一些发自个人的、具有原创性的、带着个人情感、以理想的接受者为对象的东西，回到那种发自内心、直达人心的古老追求上来。这种追求，并不与新媒体的发展、艺术载体的变化相对立，相反，它可以对新的艺术载体加以利用。

结语

最后，还是归结到一句老话：艺术的边界是创造的边界。发现、创新、示范，这是艺术的永恒的本质。也许，有人会说，艺术的不变之处就在于它的不断变化，但仅仅说到这一步，还是远远不够的。艺术不是与现实生活绝缘的事物，也不是现实生活的一部分，而是针对现实生活作出回应的行动及其产物。大众文化对艺术的边界提出了挑战，在当代社会里，这种挑战是严峻的，但这不等于艺术就此消解为大众文化。面对大众文化的挑战，需要承认现实，但更重要的是要植根于艺术传统，发挥创新精神，对大众文化进行反挑战。正是这种反挑战的努力，形成了艺术的价值，同时也形成了艺术的新边界。

论学院批评的价值和存在问题

关于学院批评，当代学界有很多议论。有一种说法是，学院批评有学术的支撑，可以纠正当下批评的浮躁和偏颇病，因此必须坚持；另一种说法是，学院批评是象牙塔，趋向于纯而又纯的理论推演，不接地。在一种反对过度商业化、市场化的声浪中，学院批评成了救世之道；而在另一种主张"及物""接地"的呼声中，学院批评又似乎成了万恶之源。那么，我们今天怎样看待学院批评呢？

一、文艺批评的学院传统

文艺批评从本质上说是从学院开始的。没有学院或类似的研究和教学机构，没有学术研究机制的建立，系统的文艺批评就不可能建立起来。最早的文艺批评来源于学者们围绕文艺的议论，并且是从否定性的议论开始的。从今天可见的一些哲学言论的片断中，我们可以看到，克塞诺芬尼、赫拉克利特和毕达哥拉斯都批评荷马和赫西俄德。鲍桑葵在《美学史》中论述了一个重要的话题：敌视艺术的早期思想界。对此，柏拉图点出了争论的实质，说明"哲学和诗歌的争吵是古已有之的"。[1] 究竟是诗歌还是哲学应该成为人的心灵的导师？或者说，究竟是谁才能在思想上占据最高的位置？这一问题成为当时人关注的焦点。对此，柏拉图写道："亲爱的格劳孔，这场斗争是重大的。其重要性程度远远超过了我们的想象。它是决定一个人善恶的关键。因此，不能让荣誉、财富、权力，也不能让诗歌诱使我们漫不经心地对待正义和一切美德。"[2]

正是在这一场"重大的斗争"中，开始有了文艺批评。在此前的荷马

---

[1] 〔古希腊〕柏拉图：《理想国》，郭斌和、张竹明译，第407页。
[2] 同上书，第408页。着重号为引者所加。

时代，诗歌无须为自己辩护，也不需要文艺批评。诗歌是所有人的生活教科书，只须学习，无须多说。直到诗与哲学之争出现后，才有了为诗辩护的必要。这才开始了文艺批评。柏拉图认为，诗代表着快乐和痛苦这一类情感，而哲学代表着正义与美德，在这场"重大的斗争"中，要立场鲜明，要像"发觉爱情对自己不利时即冲破情网"一样，去割舍诗。[1]

诗歌对人的影响能力谁都能感觉到，并不需要辩护，但是，诗歌存在的合法性，却是需要辩护的。柏拉图谴责诗歌时，提供了两条理由：一是作为模仿，它是理念的影子的影子；二是为了取悦观众，它"不是诉诸灵魂的最高部分，而是诉诸低下的部分"，例如，"美狄亚的仇恨与恐惧、嫉妒的狂怒与令人怜悯的悲伤"。[2] 观众最喜爱看凶杀、色情、乱伦、仇恨、恐惧、嫉妒的情节，这样的戏也具有激活情感的最低下部分的作用。

当然，赞美诗的哲学家也大有人在。例如，主张原子论的德谟克利特和智者学派的高吉亚斯都赞美诗。最著名、最具有理论性的辩护，是亚里士多德在《诗学》这部学院讲演笔记中针对其师柏拉图对诗歌的抨击作出的两点回答：一、"诗是一种比历史更富哲学性、更严肃的艺术，因为诗倾向于表现带普遍性的事，而历史却倾向于记载具体事件"。[3] 二、诗歌（主要指悲剧）的"模仿方式是借助人物的行动，而不是叙述，通过引发怜悯和恐惧使这些情感得到疏泄"。[4] 两点回答针锋相对，前者讲认识论，后者讲心理学。

"敌视艺术的早期思想界"，不仅古代希腊有，中国也有。先秦时期的思想家们对文艺的关注，最初也充满着否定和敌视。墨子以艺术靡费资财[5]，老庄以艺术乱人心性[6]，韩非以"害用""害法""害德"[7]等理由，反对诗和艺术。这种敌视与希腊人多少有类似之处。其根本原因在于，一批思想家兴起后，与传统的诗与艺术争夺上至君主贵族、下至整个社会的关注

---

[1] 〔古希腊〕柏拉图：《理想国》，郭斌和、张竹明译，商务印书馆1997年版，第408页。
[2] 〔美〕门罗·C.比厄斯利：《美学史：从古希腊到当代》，高建平译，高等教育出版社2018年版，第65—67页。
[3] 亚里士多德：《诗学》，陈中梅译注，商务印书馆1999年版，第81页。
[4] 同上书，第63页。
[5] 《墨子·非乐》："然上考之不中圣王之事，下度之不中万民之利。"
[6] 《老子·十二章》："五色令人目盲，五音令人耳聋。"《庄子·胠箧》："擢乱六律，铄绝竽瑟，塞瞽旷之耳，而天下始人含其聪矣；灭文章，散五采，胶离朱之目，而天下始含其明矣；毁绝钩绳而弃规矩，攦工倕之指，而天下人始有其巧矣。故曰'大巧若拙'。"
[7] 《韩非子·十过》："不务听治，而好五音不已，则穷身之事也。"及该书其他多处。

焦点,从而产生诗和艺术与那些治国治世观念之争。

孔子的态度则有所不同。他对弟子们说,《诗》可以兴,可以观,可以群,可以怨"(《论语·阳货》),认为乐有教化作用,"君子学道则爱人,小人学道则易使也"(《论语·阳货》)。他把诗和乐放入其教学课程中,通过论诗用乐,将一些在"礼坏乐崩"的东周末年早已仪式化和形式化,从而远离日常生活的东西,重新引入教学科目,对通过诗与乐改造社会和治理国家抱以期待。

传统社会的学院式文艺批评正是这样建立起来的。古代社会的文艺批评还没有分化,这种文艺批评主要包括两个方面的功能:

其一即前面所说的,为文艺的存在权利辩护。无论是亚里士多德,还是孔子,所做的都是这样的工作。他们认定诗与艺术对人、对社会有作用,要将之当成研究对象,纳入到教育课程之中。如果没有这一点,文学艺术就没有被知识群体关注的理由。

其二是教导文艺家如何去做,这就是批评的规训作用。古代的批评名著,都是教导作家在创作文学艺术作品时应该如何做。从亚里士多德在《诗学》中为悲剧立法,到贺拉斯讲"寓教于乐","到生活中到风俗习惯中去寻找模型,从那里汲取活生生的语言",[1] 都是用教导的语气对作家说话。这种传统一直传下去,例如新古典主义时期的布瓦洛就教导诗人:"请爱慕理性吧:务使你的一切诗文,/永远凭着理性获取光辉和价值。"[2]

二、文艺批评走向现代

在传统社会里,只有一种文艺批评,这就是文人的批评。文人是古代社会的一个特殊群体,他们不是什么专门家。以一些学科为职业,进行专门研究,是现代研究机构和研究性大学设置的产物。在 18 世纪以后,逐渐形成了现代的文学观念,文学也成了大学的一个专门学科。人们开始意识到,要研究一个专属于文学的传统,从而开始了专门的文学史的写作,以及系统的学院式文学理论的探讨。在当代,学院与非学院的批评基本上处

---

[1] 贺拉斯:《诗艺》,见《亚理斯多德〈诗学〉 贺拉斯〈诗艺〉》,人民文学出版社 1962 年版,第 154、155 页。
[2] 布瓦洛:《诗的艺术》,缪灵珠译,高建平、丁国旗主编:《西方文论经典》第 2 卷,安徽文艺出版社 2014 年版,第 440 页。

于隔离的状态。一方面，尽管学院中人也参与非学院的批评，但这种参与并不受到学院评价体系的鼓励，从而成为这些参与者的个人行为；另一方面，非学院的批评吸引了社会的主要注意力，从而形成了与此前的传统社会完全不同的批评形式。这种隔离使不同的批评形式产生各自的问题。

目前最具社会关注度的批评，主要有以下几种：

第一种是推介性批评。新书新作出现后，由出版部门组织相关"发布会"或"研讨会"，请来一些有名的批评家，写一些文章，找一些媒体发表。这种做法可以借助名人效应，增加作品的知名度，向社会推介作品，当然很重要。随着市场改革的深化，也越来越需要这样的批评。

第二种是扶植性批评。一些作家艺术家的组织、文学艺术的培训和教育机构及其他一些文化事业单位，都在做这样的工作，以各种名义，对青年作家艺术家，或者少数民族、妇女，以及残障人作家艺术家等进行扶植，为他们开会，鼓励他们，使他们获得更大的影响。

第三种是近年来流行的酷评。办一份报纸或杂志，要想卖得好，取得轰动效应，最好的办法是"吵架"。人在街上走，对周围的事物不会特别关注，但如果出了什么事，就会关注了。如果有人打起架来，那肯定会遭到围观。搞媒体的人最喜欢人"吵架"了。通过激烈的观点和极端的言论引发围观，是媒体人取得成功的秘诀，百试不爽。

实际上，这三种文艺批评的参与者，许多都来自研究机构或研究性大学。但是，当他们参与这三种批评时，是非学院的逻辑在发挥作用，他们也只能跟着这些逻辑走。不是学院中人一定依照学院逻辑，相反，人受所参与活动本身的逻辑支配。

三、学院批评的困惑、出路的寻找与家园意识

研究机构和研究性大学是文艺研究人才的重要集中地。在这里，有着大量专门从事文学理论、文学史、各国语言和文学研究的学者，也有着大量艺术研究的专门人才。学院的设置使文学研究和批评保持了与媒体和市场的距离。如果说媒体与市场会带来种种弊端，那么，学院所具有的这种距离应该成为克服这种种弊端的积极力量。学院的研究，从文学理论与文学史做起，重视经典研究，重视理论的深度探讨，也重视文学与其他学科的联系，没有过于直接的功利性，不追求立竿见影的效果，也不希望有轰

动效应。学院努力建立自身的评价体系，并依照学术评价体系，而不是媒体所带来的社会效应和市场所带来的经济效益，来评价这种研究的成果。由于这些原因，学院从来都是一支重要的文学研究和批评力量。

然而，学院的文学研究和批评，又总是存在着各种各样的问题。这种种问题，有些是历史形成的，有些则有着直接的现实原因。

如果我们能够设想一个较为长远的时间距离，回望过去70年的文学理论，就可以发现，当代文艺批评中所存在的种种问题，有其历史的渊源。从20世纪50年代至70年代，在文学理论中先后出现的是"文革"前的苏联体系的固化与"文革"时的偏离。

自1978年开始的文艺理论和批评的解放，伴随着真理标准的讨论而来，又与改革开放联系在一起。这种文学理论和批评的解放，最初表现为回到"文革"前被批判的"现实主义深化"的道路上。1979年，在第四次"文代会"上，邓小平提出了文艺"为人民服务，为社会主义服务"的"二为"方向。文学艺术的创作有了新的生机，涌现了一大批优秀的作品。

然而，文艺理论，特别是文艺批评框架的突破仍是很艰难的。1985年的"方法论"热是一个转折。

我们今天谈论当代文学理论的历史时，常常会感到困惑，一些与文学艺术毫无关系的自然科学研究方法和观念，为什么会在一个很短的时间里，被中国文艺界广泛接受和运用，并移植到文学艺术的批评上来？如果离开当时的中国语境，这是很难理解的。当年，全国科学大会赋予"科学"一词以推动变革的巨大力量，文艺理论界试图乘科学的东风，努力对文艺理论和批评的既有体系有所突破。今天，我们回望这段历史，觉得那仅仅是脑力和纸张的浪费，没有留下多少有价值的研究成果。许多学者的论文，今天重新来看，理论意义已经不大，但是，它们的历史价值，仍是不可抹杀的。

实际上，历史常常就是这么过来的。这种科学化的追求，成为冲破既有文论体系的一个契机，也成为一个重要的过渡，为国外新的批评方法的引进和运用铺平了道路。20世纪80年代中期，外国文学理论乃至各种人文社会科学思潮的引进大潮就此开始了。这种引进，对丰富中国文艺理论的视野、对批评方法的变化和更新，有着重要的作用。从此，中国文学理论和批评走上了一条新的道路。

理论的进一步发展，带来了三种倾向：

第一种倾向，是以引进介绍代替对中国文艺实际的研究。在一个与世界接轨、努力赶上世界潮流的心态引导下，在过去的三十多年中，中国文化界一直处在一种落后的焦虑之中，要引进最新的西方理论，不断地学习、运用。由此，形式主义、结构主义、心理分析批评、新批评，以及女性主义批评、新历史主义批评，等等，都被引进了中国。学界不断宣布已有的引进已经"过时"，认定最新的就是最好的，将中国文论界变成了各种西方理论的试验场。各种西方理论轮番引领中国文论界，使中国的文论研究家们失去思考能力，一味跟着走，也使中国的批评家们只能生搬硬套一些西方名词，并以此为标签，贴在中国当代文学批评上。

第二种倾向，是号召跨界和扩容。一些文学理论家和批评家走出文学的边界，去研究社会、文化、民族、经济、政治等各方面的问题。当时流行的一句口号，是文学研究者要跨界，文学研究要扩容。在跨界扩容的口号下，出现的是文学研究者的大逃亡或是对其他学科的大征服现象。跨界扩容现象演变为"文学帝国主义"，其特点是，文学研究者研究一切，就是不研究文学自身。

对文学研究者来说，文学是家园。一个不能自由进出的常住地，不是"家"而是"牢"。过去文学研究者只能谈文学，那不是把文学当作"家"，而是在"画地为牢"。研究文学，要吸取各方面的知识。但是，出去以后，还要回来。不回来，就无"家"可归。如果文学研究者逃离文学，或者用其他学科的理论强制性地解读文学，就悖离了文学本身。

不要"画地为牢"，但也不要无"家"可归。有一种口号，是要研究没有文学的文学理论。这一口号是荒唐的，包含着种种误读。曾经有许多人，最初从事的是文学研究，后来进入思想史、文化学、民族学，甚至考古学、经济学、政治学等领域，这都可以，没有什么不好。但那是改行，如果改行成功，那也很好。但是，不要宣布文学研究这一行不存在，宣布文学研究者应该研究非文学的某一行，认为那才是学问。对文学研究者来说，离开了文学，就无家可归了：或者流浪，或者搬家！我们祝贺搬家者，同情流浪者，但是，文学仍是我们的家园，从这里出发，又回到这里。

理论的发展，还带来第三种倾向，这就是一种"接地"的、联系文学实践的理论。这正是我们所倡导的。

四、发展"接地"的文艺批评

文艺批评的"接地"问题,还是要回到审美批评上来。有一次,我在一份杂志上读到一篇短文《审美在文学研究中的消逝》。[①]作者尤金·古德哈特(Eugene Goodheart)叙述了自己的一段个人经历。他曾作为所在系的应聘教师面试会成员,参与对职位申请人的面试。在众多申请人中,有一位申请人专门研究维多利亚时代的诗歌。此人口才很好,从新历史主义和女性主义等许多当代理论的角度,对一首诗作了分析。由于这是她博士论文涉及的题目,她对相关内容很熟悉,新理论玩得很好、很到位。等她谈完,同是面试会成员的一位同事突然向这位申请人提出了这一问题:"但是,这是一首好诗吗?"听到这个问题,古德哈特也感到非常吃惊和突兀,因为他也已经许多年没有听到这类问题了。果然,听到如此发问,那位申请人张口结舌,胡乱地应付了几句诗具有"力量"一类词不达意的话。古德哈特接着发挥道,像这样对待申请人,也许不太公平。同样的问题会把许多人都难住。原因在于,在美国的许多大学里,教师已不再教学生回答这类问题了。研究者要做的,只是用新历史主义、女性主义、解构主义、心理分析,或者政治意识形态的话语对文学作品进行阐释和分析。这早已成为文学研究的行业习惯和标准。

然而,是不是一件好的作品?这个问题可以问吗?除了谈论社会的、历史的、女性主义的、政治意识形态的意义之外,还能不能谈论这样一个问题:这是不是一首好的诗,或好的小说、好散文、好文章,以至好音乐、好绘画、好戏剧、好电影?

如果我们诉诸千千万万的文学的读者、艺术的接受者,这个问题就有了答案。文艺批评可以是各种各样的批评,但是,它们不能离开审美的批评。文艺批评的任务,需要阐释作品的历史文化内涵,需要解读出它可能具有的各种社会、心理,以至人性的意义,但是,仍不可避免地要回答:什么是好的作品?过去几十年的文学理论,是深化也罢,是误导也罢,总是要回来,回到审美上来,回到美学标准上来。

[①] Eugene Goodheart, "The Disappearance of the Aesthetic in Literary Studies", *in Philosophy and Literature*, April 1997, Volume 212, Number 1.

结语

最后,将本文的主要思路再重复一遍:学院批评在历史上起过很重要的作用,但在当下,学院化却以学术的名义,走在一个脱离文学艺术实际的路上。我们要坚持学院批评,这种批评具有与市场、与媒体保持一个合适的距离的天然优势,但同时,我们要改进学院批评,因为这种批评容易滑进纯理论的象牙塔。我们固然需要有推介性和扶植性的批评,至于经由媒体运作的酷评,也有趣,有时还有益;我们也需要对作品的历史、文化和社会内涵作解读的阐释性批评。但是,我们目前迫切需要发展的,还是诊断性的批评。这是一种切断种种利益链,直面文学艺术作品本身,有好说好、有坏说坏,讲真话、说实话的批评。学院中的文学研究者们有优势,应该也有责任在这方面做出成绩来。

"形象思维"的发展、终结与变容

在过去60年的中国文学理论的发展中,"形象思维"话题曾经受到人们的广泛关注,引起过激烈争论。无论在"文化革命"前的20世纪50年代至60年代初,还是在"文化革命"结束后的70年代末至80年代初,这个话题都起过特殊的作用,成为美学家们和文艺理论家们的学术兴奋点。

"形象思维"作为一种理论探讨,提问的方式主要是:"有没有'形象思维'?""'形象'能否用来'思维'?""'形象'如何进行'思维'?"这仿佛是在问一个有关思维科学的问题。然而,"形象思维"最初就不是作为思维科学的问题提出,而是对"艺术特征"的存在理由的猜测。几十年来对"形象思维"问题的讨论,尽管不断寻求与思维科学挂钩,但更多的是与哲学认识论建立联系,并且在这种联系中渗透进政治隐喻。

进入到20世纪80年代中期以后,"形象思维"的讨论逐渐停止。但是,这种讨论所包含的内容,并没有在美学与文学艺术的理论中消失,它仍通过种种化身而得到延续。

一、"形象思维"的提出

"形象思维"原本是一个俄国文论的用语,最初是俄国著名文学批评家别林斯基提出来的。这个术语在别林斯基那里,采用的是"寓于形象的思维"的提法。例如,他在《伊凡·瓦年科讲述的〈俄罗斯童话〉》中写道:"既然诗歌不是什么别的东西,而是寓于形象的思维,所以一个民族的诗歌也就是民族的意识。"① 从1838到1841年这几年中，别林斯基多次使用"寓于形象的思维"一词。例如，他在《艺术的观念》一书中写道："艺术是对真理的直感的观察，或者说是寓于形象的思维。"② 运用这个概念，别林斯基致力于论证一个道理，即科学与艺术具有不同的到达和显示真理的途径。他有一段名言："哲学家用三段论法，诗人则用形象和图画说话，然而他们说的都是同一件事。"③ 别林斯基并没有清晰地作出一个在后代非常看重的区分："形象思维"是认识真理，还是仅仅表现真理。

以后的俄国作家，例如屠格涅夫，很喜欢别林斯基所创造的这个词，认为对于作家来说，最重要的熟悉生活，接触形象。他感觉到，自己长期旅居国外，形象缺乏，对文学活动产生致命的损害。原因就在于，诗人是在用形象来思考，没有形象，文学创作就没有源泉。④ 但是，他仍然没有像后来的一些理论家那样，严格区分"形象思维"认识真理和表现真理的功能。

别林斯基的这份遗产，在俄国的马克思主义美学和文学家们那里得到了继承。例如，普列汉诺夫指出："艺术既表现人们的感情，也表现人们的思想，但是并非抽象地表现，而是用生动的形象来表现。"⑤ "艺术家用形象来表现自己的思想，而政论家则借助逻辑的推论来证明自己的思想。"⑥

这本来是对别林斯基说法的赞同，但在后世却被挑剔的论辩者归入到反"形象思维"的阵营之中。针对普列汉诺夫的观点，卢那察尔斯基曾写道，只是说艺术家"用形象来表现自己的思想"，是不够的。他认为："作

---

① 别林斯基：《伊凡·瓦年科讲述的〈俄罗斯童话〉》（1838），载《别林斯基全集》，苏联科学院出版社，1953—1959年，第2卷，第506—507页。中文译文引自中国社会科学院外国文学研究所编：《外国理论家、作家论形象思维》，中国社会科学出版社1979年版，第55页。

② 别林斯基：《艺术的观念》（1841），载《别林斯基全集》，苏联科学院出版社，1953—1959年，第4卷，第585页。中文译文引自中国社会科学院外国文学研究所编：《外国理论家、作家论形象思维》，中国社会科学出版社1979年版，第59页。

③ 别林斯基：《1847年俄国文学一瞥》，《别林斯基选集》，时代出版社版，第2卷，第429页。中译本见《外国理论家、作家论形象思维》，第79页。

④ 屠格涅夫：《致Я.波隆斯基》，1869年2月27日，载《屠格涅夫作品书简全集》，苏联科学院出版社，书简集，第7卷，第328页。中文译文引自中国社会科学院外国文学研究所编：《外国理论家、作家论形象思维》，中国社会科学出版社1979年版，第102页。

⑤ 普列汉诺夫：《没有地址的信》（1899—1900）。《普列汉诺夫美学论文集》I，曹葆华译，人民出版社1983年版，第308页。

⑥ 普列汉诺夫：《艺术与社会生活》（1912—1913）。《普列汉诺夫美学论文集》II，曹葆华译，人民出版社1983年版，第836页。

家不是在社会性的争论已经解决了的时候才走上舞台的……作家是实验的先锋，用自己特有的'形象思维'的方法综合它们，为我们提供有血有肉的、鲜明的概括说，现在我们周围哪些过程正在进行着？"[1] 他的意思是说，艺术家是通过形象来认识世界，而不只是表现已经认识到的结论。显然，卢那察尔斯基通过他的论述，致力于凸显他与普列汉诺夫观点之间潜藏着一种对立。本来，普列汉诺夫只是在批评列夫·托尔斯泰只提到艺术表现情感之时，强调艺术既表现情感也表现思想。托尔斯泰提出艺术是在心中唤起自己曾经有过的情感感受，并通过形象（声音、色彩、文字）将之传达出来。这是一个无论在当时，还是在当今的美学界都普遍受到重视的观点。[2] 普列汉诺夫则将"思想"加进去，提出艺术既传达情感也传达思想，只是用形象来传达。因此，普列汉诺夫这句套用托尔斯泰的句式形成的对艺术特性的论述，在卢那察尔斯基那里被理解成，他虽然赞同用形象表现思想，但他认为这仅限于思想的"表现"而已。普列汉诺夫高度强调别林斯基命题的意义，也谨慎地提出艺术所表现的观念是"具体的观念"。这种"具体的观念"，更像是黑格尔式的"具体的理念"思想的移植，艺术只是使这种理念获得感性显现而已。[3] 与此相反，卢那察尔斯基则坚持认为，"形象思维"是一种独特的认识世界的方式。

在"形象思维"能够认识世界，还是仅仅表现已有的认识这两难之中，高尔基另辟蹊径，提出了一个新的观点。他也同意作家创作有两个过程，第一个过程是抽象化，第二个过程是具体化。但这两个过程并非是思想的形成和思想的表现，而是典型化过程的两个阶段。他举例说："假如一个作家能从二十个到五十个，以至从几百个小店铺老板、官吏、工人中每个人的身上，把他们最有代表性的阶级特点、嗜好、姿势、信仰和谈吐等抽取出来，再把它们综合在一个小店铺老板、官吏、工人的身上，那么这个作

---

[1] 卢那察尔斯基:《艺术家 M·高尔基》(1931)，中译本见中国社会科学院外国文学研究所编:《外国理论家、作家论形象思维》，中国社会科学出版社 1979 年版，第 139 页。

[2] 这一观点在列夫·托尔斯泰《艺术论》一书中得到详细的阐释，在许多当代重要美学论述的选本和美学史中，这一观点都被人们提到。例如，Thomas. E. Wartenberg, *The Nature of Art: An Anthology* (Beijing: Peking University Press, 2002) 和 Dabney Townsend, *Aesthetics: Classic Readings from Western Tradition* (Beijing: Peking University Press, 2002)，以及门罗·C. 比厄斯利《西方美学简史》（高建平译，北京大学出版社 2007 年版）等许多当代著作中都提到此书。

[3] 普列汉诺夫:《别林斯基的文学观点》(1887)，中译本见《普列汉诺夫美学论文集》I，曹葆华译，人民出版社 1983 年版，第 200 页。

家就能用这种手法创造出'典型'来,——而这才是艺术。"①在这里,高尔基似乎是在提出一种既不同于普列汉诺夫,也不同于卢那察尔斯基的"形象思维"概念。他像普列汉诺夫那样,赞同存在着两个过程,前一个过程是认识,是抽象化的,后一个过程是表现,是具体化的。但是,他认为,这里的抽象化并不是抽掉形象,而是抽取形象;这里的具体化,是将抽取出来的形象集中到一个人身上。当然,形象如何"抽取",又如何"具体化",这些都只是作家艺术家的心得之言。对此,高尔基并没有,也不可能用理论的话语进行论证。

二、"形象思维"讨论在中国的兴起

20世纪50年代中国的文学理论的形成,有四个源头,两个是显性的,两个是隐性的。在两个显性的源头中,第一个源头是苏联文学理论。在一切向苏联学习的气氛中,苏联的文学理论对新建立的共和国的文学理论的建构产生着深远的影响。第二个有着巨大影响的源头,就是共产党从根据地带来的文艺思想,包括毛泽东和其他领导人的一系列讲话,特别是毛泽东于1942年所发表的《在延安文艺座谈会上的讲话》。这双重思想来源,构成了当时文学理论的主要内容框架。由于苏联文学理论的引入,俄国和苏联学者关于"形象思维"的思考,也在这一时期引入到中国。除了这两个源头之外,还有两个在当时并不特别显著,但随着时间的推移,影响越来越大的源头:这就是"五四"以来所接受的西方的文艺思想和中国古代的传统文艺思想。无论是西方的文艺思想,还是古代的文艺思想,都没有直接谈"形象思维"。但是,这些文艺思想中,都有着丰富的强调艺术独特特点的因素,这些后来都成为"形象思维"观点发展的重要营养。

苏联文艺思想,当然并非到50年代才影响中国。早在20世纪30年代,形象思维就已经随着别林斯基和普列汉诺夫的思想在中国的传播而被人零星提到。1931年11月20日出版的《北斗》杂志("左联"的机关刊物)上,刊载了由何丹仁翻译的法捷耶夫的《创作方法论》,提到了"形象思维"这个概念。1932年12月胡秋原编著的《唯物史观艺术论》中,提到普列汉诺

---

① 高尔基:《谈谈我怎样学习写作》(1928),中译本见中国社会科学院外国文学研究所编:《外国理论家、作家论形象思维》,中国社会科学出版社1979年版,第145页。

夫从别林斯基那里引用了"形象的思索"的观点。赵景深在1933年3月北新书局出版的《文学概论讲话》中，将"想象"解释为"具体形象的思索或再现"。1935年7月郑振铎和傅东华曾邀请欧阳山为他们编的《文学百题》一书写"形象的思索"的条目。到了40年代，胡风在《论现实主义之路》一书的"后记"中，曾写过作家要用形象的思维，"并不是先有概念再'化'成形象，而是在可感的形象的状态上去把握人生，把握世界"。①

在左翼文学和学术界受苏联的影响，谈论"形象思维"之时，另一个受西欧和北美学术影响的学术圈子刚从另一个角度谈论艺术的思维特性和艺术本质问题。这方面的主要代表，是朱光潜先生。朱光潜在《文艺心理学》一书中，以"形象的直觉"为核心概念开始了美学构建工作。他引用意大利哲学家和历史学家克罗齐的话说："知识有两种，一是直觉的（intuitive），一是名理的（logical）。"②由此得出结论说："严格地说，美学还是一种知识论。'美学'在西文原为aesthetic，这个名词译为'美学'还不如译为'直觉学'，因为中文'美'字是指事物的一种特质，而aesthetic在西文中是指心知物的一种最单纯最原始的活动，其意义与intuitive极相近。"③朱光潜的这本书是他综合当时在国外占主流地位的一些美学理论著作而写成的讲稿，于1936年在开明书店出版。这里的"直觉学"的观点，受克罗齐的影响，但其根据仍可追踪到最早使用aesthetic这个词来指审美活动的18世纪德国哲学家鲍姆加登。根据鲍姆加登对美学的理解，艺术是与"感性"有关，而美学研究"感性"的完善。

在这本著作出版以后，蔡仪于1942年出版《新艺术论》一书，既批评"形象的直觉"说，即将艺术和审美看成是一种低级的认识的看法，也批评那种将艺术的认识与科学的认识等同的看法。蔡仪努力想要证明："形象"可以"思维"。蔡仪提出了一个关键词："具体的概念"。他认为，概念"一方面有脱离个别的表象的倾向，另一方面又有和个别的表象紧密结合的倾向，前者表示概念的抽象性，后者表示概念的具体性。科学的认识则是主

---

① 以上对"形象思维"在中国引入和发展的早期史的描述，参考了王敬文、阎凤仪、潘泽宏《形象思维理论的形成、发展及其在我国的流传》一文，见中国社会科学院哲学研究所美学研究室和上海文艺出版社文艺理论编辑室合编《美学》第1期，上海文艺出版社1979年版，第200—201页。
② 《朱光潜全集》第1卷，安徽教育出版社1987年版，第207页。
③ 同上书，第208页。

要地利用概念的抽象性以施行论理的判断和推理。艺术的认识则是主要地利用概念的具体性而构成一个比较更能反映客观现实的本质的必然的诸属性或特征的形象"。①根据这个道理,他提出:"艺术的认识,固然是由感觉出发而通过了思维,却是没有完全脱离感性,而且主要地是由感性来完成的,不过这时的感性已不是单纯的个别现实的刺激所引起的感性,而是受智性制约的感性。"②可以看出,这是一个将"感性""直觉""形象"等与"思维"联系起来的努力,比起前面所说的几位左翼作家和翻译家只是介绍或借用来说,蔡仪显然是想在理论的阐释上做一些工作。

20世纪50年代和60年代前期的"形象思维"论争,与另一场大讨论结合在一起,这就是美学大讨论。50年代的美学大讨论,出现在那个时代的大背景之中,有着一个突出的任务,这就是要在中国建立马克思主义的美学。这是新中国成立后在思想意识形态领域建立新的社会意识形态的一部分。在当时,出现了许多文学艺术领域的论争,美学讨论是其中之一,但又是非常特别的一个。许多文学艺术的论争最终都导向了大批判,但美学讨论是例外。当时的美学讨论,是围绕着美的本质问题展开的。美学家们围绕着这个问题,分成了四大派,分别认为美是主观的,美是客观的,美是主客观的统一,以及美是客观性与社会性的统一。在当时,确定美的客观性,并将之与辩证唯物主义和历史唯物主义哲学挂上钩,是为美学争取存在合法性的需要。这种对"美的本质"的讨论,离文学艺术的实际很远。用当时的一些美学家的说法,美学讨论只解决了美学的哲学基础问题。如果说得更严厉一些,当时的美学讨论在诱导一种美学脱离艺术的倾向。当然,我们对此需要历史地看,而不能求全责备。当时的文学批评家们在搞大批判,对文学作纯政治的解读,而哲学家们忙于将政治家的言论阐释成哲学,与此相比,美学家还多少保留着一些学术思考。可以这么说,尽管那一代美学家的一些论战性文章在今天已不忍卒读,在当时的历史语境中,美学家们已经是整个学术生态中最健康的一支力量了。在这种语境之中,作为美学大讨论的另一个重要话题的"形象思维",由于它讨论了文学艺术创作中的思维状况,并且试图确立艺术与哲学和政治宣传不同的特性,与实际的文学艺术的创作保持密切的关系,从而成为"美的本质"讨

---

① 蔡仪:《新艺术论》第二章,第二节。引自《蔡仪文集》第1卷,中国文联出版公司2002年版,第40页。
② 同上。

论的重要补偿。

当然，最早注意"形象思维"观点的，并非是处于美学讨论中心的人物。一些文学理论家们，强调文学艺术的特点，认识艺术要用"形象思维"，而科学要用抽象思维。他们一边批判胡风，一边却又倡导"形象思维"这一胡风赞同过的观点。[①]最早写出较为厚重的专门讨论"形象思维"大文章的，是霍松林先生。霍松林先生提出，"形象思维"与"逻辑思维"有着共性，两者都是客观现实的反映，也都需要对感觉材料的"去粗取精、去伪存真、由此及彼、由表及里的改造制作功夫"（毛泽东语）。"形象思维"的特点在于"不但保留、而且选择那些明显地表现出某种社会历史现象的一般本质的感性因素，并把它们集中起来，创造典型的艺术形象"[②]。显然，霍松林的说法，与前面所引用的高尔基的观点，有一致之处。

霍松林的提法，得到了许多美学研究者的赞同。例如，蒋孔阳曾在1957年写道，与逻辑思维要抽出本质规律，达到一般法则不同，"形象思维"则是通过形象的方式，就在个别的具体的具有特征的事件和人物中，来揭示现实生活的本质规律。他还提出，"形象思维"不仅是收集和占有大量感性材料，而且是熟悉人和人的生活，从而创造出典型来。[③]

在此以后，李泽厚在1959年发表了一篇影响深远的文章《试论形象思维》。他的观点是，"形象思维"与逻辑思维一样，是认识的深化，是认识的理性阶段。在"形象思维"中，"个性化与本质化"同时进行，是"完全不可分割的统一的一个过程的两方面"，在这个过程中，"永远伴随着美感感情态度"。[④]

在讨论中，也有许多文章不同意上面这种"从形象到形象"的解释，提出"形象思维"也存在一个从"形象"到"抽象"的过程。例如，著名的文学理论家巴人提出，作家首先以世界观指导，"观察、体验、分析、研究一切人，一切群众，一切阶级，一切社会，然后才进入于艺术创作过程。而当作家进入艺术创作过程的时候，那就必须依照现实主义的方法，艺

---

① 见周扬：《建设社会主义文学的任务——在中国作家协会第二次理事会会议（扩大）上的报告》，《人民日报》1956年3月25日。亦参见李拓之：《论形象思维与创作实践——批判胡风的反动文艺理论》，《厦门大学学报》（社会科学版）1955年第4期。
② 霍松林：《试论形象思维》，《新建设》1956年5月号。
③ 蒋孔阳：《论文学艺术的特征》，新文艺出版社1957年版。这里所引的文字，参见该书第4章。
④ 李泽厚：《试论形象思维》，原载《文学评论》1959年第2期。参见李泽厚《美学论集》，上海文艺出版社1980年版，第226—255页。

地和形象地来进行概括人、群众、阶级和社会等等特征"①。巴人没有正面反对"形象思维",但他提出的两段论,又不明确说他是高尔基式的两段论,就有了反对"形象思维"可以达到对真理的认识之嫌。

在反对"形象思维"的学者中,比较重要的有毛星先生,他认为,"形象思维"是一个黑格尔哲学影响下的概念,它不一定是指人的思维,而是指黑格尔式的普遍理念在人身上的一个发展阶段。据此,他指出,这个词是不科学的。思维是大脑的一种认识活动,离不开概念、判断和推理,不能只是一堆形象。②

1966年5月,即"文革"已经开始发动之时,出现了著名的郑季翘的文章,对"形象思维"的观点进行了严厉的批判。这篇文章的题目是《文艺领域里必须坚持马克思主义的认识论——对"形象思维"论的批判》。文章认为,用形象来思维的说法,违反了从感性到理性,从特殊到一般,从形象到抽象的规律;"不用抽象、不要概念、不依逻辑的所谓'形象思维'是根本不存在的";作者创作的思维过程是:表象(事物的直接映象)——概念(思想)——表象(新创造的形象)。③也就说,艺术创作被分成了两段:第一段是认识真理,这时,需要抽象思维;第二段是显示真理,这时,需要想象。在论述中,郑季翘使用了当时流行的心理学教科书中的术语,将认识看成是经历了"由感觉、知觉、表象而发展到概念,再运用概念进行判断和推理"的过程。这种对认知心理的描述,在心理学上属于古老的构造主义学派,从心理学科上讲,是19世纪后期实验心理学草创时期的产物。郑季翘从当时心理学的教科书中摘取一些术语,使这种解读具有了科学与哲学结合的色彩。根据这一观点,艺术与科学在认识世界上没有什么区别,而在显示认识成果上,却是有区别的。

这一对"形象思维"过程的看法当然并不是什么创造,它早已隐藏在包括俄国的普列汉诺夫和中国的毛星等在内的许多人的论述之中。但是,普列汉诺夫尽管对艺术创作的思维过程持有两段论,但他并没有反对"形象思维"。中国学者毛星反对"形象思维",他主要从当时对思维规律理解

---

① 巴人:《典型问题随感》,《文艺报》1956年第9期。
② 参见毛星:《论文艺艺术的特征》,载《文学评论》1957年第4期,以及《论所谓形象思维》,《中国科学院文学研究所专刊(4)》,人民文学出版社1958年版。
③ 郑季翘:《文艺领域里必须坚持马克思主义的认识论——对形象思想论的批判》,《红旗》1966年第5期。

的水平看这个问题。

郑季翘在文章中提出了"表象—概念—表象"的公式。文学艺术的创作被明确分成两个阶段。第一阶段是从表象到概念,"要思维,要发现事物的本质,就必须运用抽象的方法。没有抽象就根本不可能有思维"。第二阶段是从概念到表象。"艺术形象也是人们头脑中第二阶段的表象,是由作家用一定的艺术手段描绘出来的第二阶段的表象。"① 这种表象,是将概念还原为表象,或者说,为概念而发挥"创造性想象",从而制造表象。

这篇文章生逢其时,迎合了当时的种种机缘。"文革"期间的种种文学理论,都能够从这种理论中找到根据:一、可以允许"主题先行",先行的主题是概念、判断和推理;二、要有"三突出",按照概念找到最需要突出的主要人物,找到英雄人物,进而找到主要英雄人物;三、要试验"三结合"式的创作,即领导出思想、群众出生活、艺术家出技巧,两阶段的第一阶段可以由领导、革命家、政治上正确的人,或者那些能够进行"认识"并达到一定的"认识"高度的人,第二阶段才交给作家艺术家们去做。

三、改革开放与"形象思维"

"文革"以后,中国的思想界经历了从绷得很紧的意识形态话语中逐渐放松开来的过程。1976年10月7日,全国人民从新闻中听到的,是修建纪念堂和出版《毛选》第五卷,而不是比这要重要得多的、发生在前一个晚上那次惊心动魄的行动。中国社会的精神气氛走出"文革",比10月6日晚上粉碎"四人帮"的那个行动所需的时间要长得多。

1977年,首先从文学开始,一切都开始复苏。1976年清明节天安门广场上的诗,1977年清明节读起来意味就不同了,于是有人开始编辑《天安门诗抄》。从1977年出现的刘心武的《班主任》,到1978年卢新华的《伤痕》,再到北岛、舒婷等人的诗,另一种文学开始了。今天,我们在纪念改革开放时,都以1978年5月开始的"实践是检验真理的唯一标准"的讨论,和1978年底的中国共产党第十一届三中全会为标志。中国的美学和文

---

① 郑季翘:《文艺领域里必须坚持马克思主义的认识论——对形象思想论的批判》,《红旗》1966年第5期。

学理论走出文革影响的所迈出的决定性第一步,在时间上应该早一点,这就是开始于1978年初的"形象思维"热。

在《诗刊》杂志1978年的第1期上,刊登了一封毛泽东写给陈毅的谈诗的信。信是1965年写的,信中几次提到"形象思维"。例如,其中有这样的句子:"又诗要用形象思维,不能如散文那样直说,所以比、兴两法是不能不用的。"① 这是本来只是共产党内高层老同志之间谈诗的一封私人书信,信中只是提到"形象思维"这个词而已。然而,学术界和文学艺术界对这封信发表的反应之强烈,出乎所有人的预料。用一句当时流行的话说,这封信成了"威力无比"的"精神原子弹"。

这封信发表后仅仅一个月,即1978年2月,复旦大学的文学理论教师们就完成了一本名为《形象思维问题参考资料》的编辑工作,并在三个月后,即1978年5月出版。② 与此同时,南到四川,北到哈尔滨,全国许多大学的文学理论教学研究者都闻风而动,编出各种资料集。③ 当然,在这众多的资料集中,质量最高,名气最大,也最具影响力的,是中国社会科学院编的一部近50万字的巨著《外国理论家、作家论形象思维》。④ 这部书仅仅在毛泽东的信发表七个月后,即1978年8月就翻译和编辑完成,参加编译的有钱锺书、杨绛、柳鸣九、刘若端、叶水夫、杨汉池、吴元迈等许多当时中国社会科学院的重要学者,并于1979年1月由中国社会科学出版社隆重推出。尽管参加编译的专家过去有积累,在"文革"前就翻译过一些相关的材料,但在这么短的时间,以那么高的质量完成这么一本大书,仍是很不容易的。这些编辑、翻译、出版和印刷的工作,考虑到当时没有任何复印、电脑打字、扫描等手段,完全靠手写和手工铅字排版,只有调动所有可调动的力量,翻译、编辑、排字和校对人员全力以赴,将之当作

---

① 毛泽东《给陈毅同志谈诗的一封信》,《诗刊》1978年第1期。这封信同时在1977年12月31日的《人民日报》上发表。
② 复旦大学中文系文艺理论教研组编:《形象思维问题参考资料》第1辑,上海文艺出版社1978年版。
③ 除了这两本之外,当时还有多本形象思维研究资料集出版。例如,四川大学中文系资料室编《形象思维问题资料选编》,四川人民出版社1978年版;《鸭绿江》杂志社资料室编《形象思维资料辑要》,辽宁人民出版社出版,1979年版;社会科学战线编辑部编《形象思维问题论丛》,吉林人民出版社1979年版;哈尔滨师范学院中文系形象思维资料编辑组编《形象思维资料汇编》,人民文学出版社1980年版;等等。
④ 中国社会科学院外国文学研究所外国文学研究资料丛刊编辑委员会编:《外国理论家、作家论形象思维》,中国社会科学出版社1979年版。

一件"政治任务",日夜加班来做,才有可能做到。

  不仅是书的编辑和编译,更值得注意的是,在当时,一下子出现了大批的论形象思维的论文和文章,一些当时最有影响力的美学家都加入了讨论之中。例如,打开《朱光潜全集》第五卷,就会发现上面有三篇论"形象思维"的长篇论文。其中一篇原载于《谈美书简》,两篇原载于《美学拾穗集》。这是朱光潜在晚年留下的两本最重要的著作。① 不仅如此,他在1979年出版的《西方美学史》第二版的第20章"四个关键性问题的历史小结"之中,专门辟一节谈"形象思维",甚至提出这是西方美学史的一个普遍的问题,似乎从古到今的西方美学家们都讨论过"形象思维"。②

  在1978年第1期的《文学评论》上,蔡仪就立刻发表了一篇学习毛泽东给陈毅的信的文章,取名为《批判反形象思维论》。在同一年,他还写了另外两篇论"形象思维"的论文,发表在后来出版的《探讨集》上。他还于1979年至1980年间在社会科学院研究生院专门讲授这个问题,讲稿发表在1985年出版的《蔡仪美学讲演集》上。③ 蔡仪在以后还一再提到形象思维问题。④

  在出版于1980年的李泽厚的《美学论集》中,收入了五篇论形象思维的文章,其中除了一篇写于1959年外,其余四篇都是在1978年至1979年间写的。⑤ 李泽厚在1959年发表的文章,提出形象思维与逻辑思维一样,是认识的深化,是认识的理性阶段。在形象思维中,"个性化与本质化"同时进行,是"完全不可分割的统一的一个过程的两方面",在这个过程中,

---

① 见《朱光潜全集》第5卷,安徽教育出版社1989年版。这三篇论文的题目分别是《形象思维与文艺的思想性》《形象思维:从认识角度和实践角度来看》《形象思维在文艺中的作用和思想性》。
② 见朱光潜:《西方美学史》,人民文学出版社1979年版,第676—694页。
③ 见《蔡仪文集》第4卷,中国文联出版社2002年版。在这一卷中,收入了上面提到的《批判反形象思维论》《诗的比兴和形象思维的逻辑特性》《诗的赋法和形象思维的逻辑特性》《形象思维问题》,共四篇文章。
④ 例如,1980年,蔡仪主编《美学原理提纲》,中间收入了"形象思维与美的观念"一章。见《蔡仪文集》第9卷。再如,由蔡仪主编,并于1981年出版的《文学概论》一书,再次论述了形象思维。
⑤ 见李泽厚:《美学论集》,上海文艺出版社1980年版。这五篇文章的题目分别是《试论形象思维》《形象思维的解放》《关于形象思维》《形象思维续谈》《形象思维再续谈》。其中《形象思维的解放》发表于1978年1月24日的《人民日报》,《关于形象思维》发表于1978年2月11日的《光明日报》,都是读了毛泽东的信以后立刻写成的。

"永远伴随着美感感情态度"。①他的《形象思维的解放》一文，是一篇政治批判的文章，主要将反形象思维的观点，特别是郑季翘的观点，与"四人帮"的"三突出""主题先行"的理论联系起来。这是一篇给报纸写的，读了毛泽东给陈毅的信以后的即时反应的文章。②在这篇文章以后的一篇文章，即《关于形象思维》，可以看成是他承续1959年文章的思路，在思想上所作的进一步深化。这里所强调的观点，仍是"本质化与个性化的同时进行"和"富有情感"。③在差不多同一时期，李泽厚还发表了一篇根据讲演整理而成的文章《形象思维续谈》，认为"逻辑思维与形象思维各有所长"，"艺术的本质还不尽在认识"。④这几篇文章，都可以看成是对同一观点的发展。

除了这三位美学家以外，在中国的文学理论界，出现了大量的论形象思维的文章。⑤这些文章有的继续讨论有关形象思维与逻辑思维的关系问题，有的从毛泽东的信中所提到的比兴出发，从古代文学理论的一些观点寻找形象思维存在的证据，有的从艺术起源和原始思维的角度，论证形象思维存在的理由。这些讨论构成了"文革"后的第一个理论热潮。美学的一个新的黄金时代，就是这样拉开序幕的。历史上将这一时期，称之为"美学热"。如果说，在50年代，美学讨论是从"美的本质"到"形象思维"的话，那么，这一次，是从"形象思维"到"美的本质"。当然，在这一时期，"美的本质"的讨论呈现出了一个新的面貌，国外的思想大量的涌入，"美的本质"也被迅速融化到更新的话题之中。

---

① 李泽厚：《试论形象思维》，原载《文学评论》1959年第2期。参见李泽厚：《美学论集》，上海文艺出版社1980年版，第226—255页。
② 李泽厚：《形象思维的解放》，原载《人民日报》1978年1月24日。参见李泽厚：《美学论集》，上海文艺出版社1980年版，第256—261页。
③ 李泽厚：《关于形象思维》，原载《光明日报》1978年2月11日。参见李泽厚：《美学论集》，上海文艺出版社1980年版，第262—268页。
④ 李泽厚：《形象思维续谈》，原载《学术研究》1978年第1期。参见李泽厚：《美学论集》，上海文艺出版社1980年版，第269—284页。
⑤ 这些论文发表在当时国内的各种杂志中，并被收集在各种论文集之中。其中比较集中地收集了这些论文的集子有社会科学战线编辑部编《形象思维问题论丛》，吉林人民出版社1979年版。

四、对"形象思维"的反思

在欢欣鼓舞地庆祝毛泽东的信发表，从而出现有关"形象思维"的著述井喷以后，也有人开始了反思。郑季翘当年动辄说别人"反党"，当然不对，但他的观点，是否还需要从学术上讨论一番，而不只是再将帽子扣回去呢？郑季翘说别人"反党"，有了毛泽东的这封信后，就会有人再回敬他"反毛"。这层意思的确包含在许多批判郑季翘的文章之中。郑季翘辩解说，他写那篇文章时，不知道毛泽东有这么一封信。[①] 如果说，这是一个学术问题而不是政治问题的话，这种讨论的方式当然是没有什么意义的。这里所问的是有没有"形象思维"，"形象"是否可用来"思维"，而不是文字工作干部们常常喜欢关心的"提法"问题。当然，在郑季翘的这篇新的文章中，除了对过去的一些事进行辩解外，也表明了他的立场的一些变化。他不再说不存在"形象思维"，而是退了一步，认定"形象思维"不可以认识，而只能表现。

按照当时被普遍接受的对认识论和心理学的理解，人的认识被区分为感性的和理性的。感性认识包括感觉、知觉和表象，理性认识包括概念、判断和推理。一些讨论"形象思维"的文章甚至使用巴甫洛夫的"第一信号系统"和"第二信号系统"与感性理性二分相对应的说法。这些说法既与巴甫洛夫的原初的思想相差很远，也完全跟不上当代心理学的最新发展。这种模式决定了"形象思维"说从一开始就受到质疑。"形象"能否"思维"，这个问题讨论了许多年，写了无数的文章，但有一个问题一直没有能绕过去：一方面，按照当时所理解的"马克思主义的"和"科学的"的"认识论"，只有概念才能思维，不存在着没有概念的思维。思维就是从概念到判断再到推理，在这方面，认识论、逻辑学和心理学整合成一个体系。另一方面，"形象思维"的赞成和拥护者，主要是一些熟悉文学艺术创作实际的人。这些人深刻地感受到，他们在创作时，并没有使用在认识论和逻辑学意义上的"概念"，从"形象"到"形象"，本来就是可以通过"思维"来选择、连结、整合和提炼的。

正是由于这一原因，在"形象思维"的讨论达到高峰，由于毛泽东

[①] 郑季翘在1979年《文艺研究》创刊号上发表《必须用马克思主义认识论解释文艺创作》。在这篇文章中，他强调他没有看到毛泽东《给陈毅同志谈诗的一封信》，并叙述他在"文化革命"时如何受"四人帮"的排挤。

的信而形成的肯定"形象思维"的观点一边倒的形势下，仍然有人坚持对"形象思维"的否定。例如，1979年6月在吉林省哲学社会科学联合会的第二次会议上，有人提出，郑季翘当年的观点是正确的。这种观点认为："从科学的含义来讲，思维或理性认识必然是抽象的，用形象不可能进行思维。至于艺术家在认识生活、反映生活过程，观察、体验、研究、分析各种形象素材，并根据这些形象素材创造艺术形象，借以表达思想，并不等于用形象来思维。"[1] 持这种观点的人，除了前面说的郑季翘本人外，还有高凯、韩凌、舒炜光、王极盛等，李泽厚认为，他们的观点是郑季翘观点的"延伸或变形"。[2] 这就足以说明，郑季翘的观点，抛开政治批判色彩的话语，只是回到当时人们对认识论和心理学的一般理解而已。

仔细分析赞同"形象思维"的人的观点，我们也可以看出，这些人实际上在说着不同的东西。前面说过，20世纪的30和40年代，朱光潜与谈论"形象思维"的人，并不属于一个阵营，对艺术的看法，也完全不同。到了50年代到60年代，当学术界讨论"形象思维"时，朱光潜并没有写这方面的文章。相反，无论是40年代还是50年代，美学家们在讨论"形象思维"时，都对朱光潜持批判的态度。在《文艺心理学》一书中，朱光潜以"直觉说"统领全书。朱光潜认为："知的方式根本只有两种：直觉的和名理的。……从康德以来，哲学家大半把研究名理的一部分哲学划为名学和知识论，把研究直觉的一部分划为美学。严格地说，美学还是一种知识论。"[3]

批判朱光潜的人提出，朱光潜讲"直觉""形象""感性"，就是没有讲"思维"。因此，朱光潜的观点不能称之为"形象思维"。"思维"必须有一个"去粗取精"的提炼，有一个从感性到理性的飞跃。这是蔡仪、霍松林、蒋孔阳等许多人所持的一个共同观点。李泽厚讲"个性化与本质化同时进行"的提炼过程，也是对朱光潜只讲"形象"不讲"思维"的否定。

然而，到了1978年，朱光潜成了"形象思维"的最积极的拥护者。在

---

[1] 见一位署名治国的人整理的《形象思维讨论情况综述》，社会科学战线编辑部编《形象思维问题论丛》，吉林人民出版社1979年版，第395页。

[2] 李泽厚：《形象思维再续谈》，见李泽厚：《美学论集》，上海文艺出版社1980年版，第555页。

[3] 朱光潜：《文艺心理学》。引自《朱光潜全集》第1卷，安徽教育出版社1987年版，第207—208页。

《谈美书简》这本当时有着巨大影响的书中，朱光潜的解释说：第一，"形象思维"就是"想象"；第二，原始人先有形象思维，抽象思维是在长期实践训练之后，才逐渐发展起来的。①他的这个观点，在《形象思维：从认识角度和实践角度看》一文中得到了展开。②朱光潜的这些文章，极大地壮大了"形象思维"说支持者的声威，并且在《西方美学史》一书的第二版中，他将"形象思维"说与西方美学史的许多观点联系起来，给人以从古到今人们都承认"形象思维"存在的印象。然而，如果我们回到这个根本的问题："形象"能否"思维"。我们会发现，朱光潜并没有提供清晰的回答。

蔡仪是坚决主张"形象"可以"思维"的。他反复坚持的观点，就是存在着两种思维，一种叫"逻辑思维"，一种叫"形象思维"。两种思维都有着从感性上升到理性的过程，都可以达到对世界的本质认识。

在这一时期，最引人注目的，是李泽厚的一篇题为《形象思维再续谈》的文章。对于"形象思维"论的拥护者来说，这篇文章无疑是出乎意外的。我们知道，无论是在"文革"前还是在1978年，李泽厚都是"形象思维"说的坚决拥护者。他的"本质化与个性化"同时进行的观点，在"形象思维"的拥护者那里极其流行。然而，在这篇"再续谈"中，他突然改变立场，提出在"形象思维"这个复合词中，"思维"这个词只是"在极为宽泛的含义（广义）上使用的。在严格意义上，如果用一句醒目的话，可以这么说，'形象思维并非思维'。这正如说'机器人并非人'一样。……在西文中，'想象'（imagination）就比'形象思维'一词更流行，两者指的本是同一件事，同一个对象，只是所突出的方面、因素不同罢了，并不如有的同志所认为它们是不同的两种东西"③。他进而提出，艺术不能归结为认识，尽管文学艺术作品之中，特别是小说中，有认识因素。美学也不是认识论。美学与伦理学一样，主要不是与"第一个飞跃"，即从感性到理性有关，而是与"第二个飞跃"，即从理性到实践有关。④

---

① 朱光潜：《谈美书简》。引自《朱光潜全集》第5卷，安徽教育出版社1987年版，第294页。
② 朱光潜：《形象思维：从认识角度和实践角度看》，原载于《美学》第1辑第1—11页，后收入朱光潜《美学拾穗集》，亦参见《朱光潜全集》第1卷，安徽教育出版社1987年版，第468—486页。
③ 李泽厚：《形象思维再续谈》，见李泽厚：《美学论集》，上海文艺出版社1980年版，第557—558页。
④ 李泽厚：《形象思维再续谈》，这里的意思综合了见李泽厚《美学论集》（上海文艺出版社1980年版）第560—562页上的内容。

李泽厚的这篇文章，可以看成是"形象思维"讨论的分水岭。从这一篇文章起，"形象思维"的讨论就开始走下坡路。到了80年代中期，由于一系列的原因，中国的文艺理论界逐渐放弃了形象思维。

形象思维说走向衰退的原因，主要有以下几条：

第一，艺术不再被看成是一种认识论。从70年代末开始的"美学热"，具有一种用当时的语言来说"新启蒙"的倾向。那个时代人们对美学的理解，还是康德式的审美无利害和艺术自律的思想。这种对美学的理解在"文革"泛政治化的文艺思想被批判的时代，具有思想解放的意义。艺术自律，意味着摆脱工具论。审美，意味着和谐，符合人性，反对斗争哲学。这时，艺术的认识功能也连带受到质疑。形象思维的讨论是在这些思潮中兴起的。从"艺术是认识"到"艺术是一种特殊的认识"（通过"形象思维"达到的认识），这是一种进步。这种观点引领人们走出"文革"时代的政治说教，即对生活本质的认识；引领人们走出"三突出"，即递进式地突出正面人物、英雄人物和主要英雄人物，以及"三结合"，即领导出思想、群众出素材、作家艺术家出技巧式的创作，以及"主题先行"等文学理论观念。然而，从70年代末到80年代初美学界的总倾向，是在导向康德式的艺术与审美的无功利性。这种倾向本来是欧洲从19世纪末到20世纪初美学界所共同具有的大趋势。随着"美学热"在中国的兴起，这种趋势在美学界也日渐明显地展现出来。其结果是，艺术不再被看成是一种认识世界的手段。于是，"形象思维"，用对这个问题作过专门研究的尤西林先生的话说，就"成为历史而失去了它存在的根据"。[①]从"艺术是认识"，到"艺术是一种特殊的认识"，再到"艺术不是认识"，这是70年代末到80年代初中国文学理论所经历的一个发展过程。"形象思维"的讨论推动了这个过程，成为其中一个重要的中间环节，又最终为这个过程所抛弃。

第二，20世纪70年代末和80年代初，中国文艺理论界经历了一个从受苏联理论影响到逐渐被来自西方的理论影响的过程。这种变化的原因，也是历史形成的。"文化革命"前受到大学教育的一代人，主要接受的是苏联的影响。尽管20世纪60年代的中苏论战和随后的"文革"以及中苏关系的大破裂，苏联被宣布为"主要危险"，文艺理论所接受的，总体上还

[①] 这句话引自尤西林《形象思维论及其20世纪争论》一文（见钱中文、李衍柱主编《文学理论：面向新世纪》一书，山东人民出版社1997年版，第339—347页）。该文从哲学角度对"形象思维"在中国的兴衰史作了简明的概括。

是苏联模式，只是在这个模式的基础上作过或大或小的修补而已。"文革"后上大学的这一代人，情况则完全不同。当这一代人成长起来，成为学术研究的主力时，整个文学理论和批评的话语体系必然会产生一个巨大的变化。"形象思维"在这些新的话语体系中再也找不到相应的位置。由于这一系列的原因，从80年代后期到90年代，"形象思维"这一术语在各种美学和文学艺术理论的教材被淡化，以至最终消失。

五、"形象思维"论的三个发展

20世纪80年代，有关"形象思维"的讨论逐渐停止，美学和文艺理论界被一些新的话题所吸引。然而，并于文学艺术创作中活动中人的思维的性质这个问题并没有解决。

这一讨论实际上转向了三个方面：第一方面是文艺心理学，从科学的角度探讨文艺创作和欣赏的心理。对于中国美学界来说，文艺心理学当然不是一个新问题。早在20世纪的30年代，朱光潜先生就写出了著名的《文艺心理学》，这是当代中国美学史上的一部里程碑式的著作。20世纪80年代，有大批新的文艺心理学和审美心理学方面的著作问世。这些著作中，有的将国内已接受的普通心理学知识应用到艺术与审美之上，有的在介绍国外的一些较新艺术心理学研究成果的基础上，进行综合。在这两方面的研究著作中，前一方面的代表是金开诚先生的《文艺心理学论稿》（北京大学出版社1982年）一书，这本书将普通心理学的思想运用到审美与艺术的研究中，后一方面的代表是滕守尧先生的《审美心理描述》（中国社会科学出版社1985年），这本书介绍了一些西方较新的审美心理学思想，并将这种描述归结到一个由李泽厚先生所勾画的审美心理图表上。介乎前面两种类型之间的，有一本彭立勋先生的《美感心理研究》（湖南人民出版社1985年）。在这本书中，有对普通心理学思想的运用，有对20世纪初年的一些西方心理学思想的介绍，也有对前一段时间积累的"形象思维"话语的复述。

文艺心理学是一个需要专门进行历史描述的话题。从总体上讲，一方面，心理学给文学艺术的研究带来了新的启示，但另一方面，心理学也带来了许多新的困境。现代心理学的诞生，与实验美学有着共源的关系。实验心理学的第一人古斯塔夫·费希纳对实验心理学和实验美学的诞生，都具有巨大的贡献。然而，他所创立的这两门学科，后来的命运却完全不同。实验心理学有了重大的发展，在费希纳之后，出现了像赫尔曼·冯·赫尔姆霍茨和威廉·冯特这样一些重要的心理学家。从此，心理学与实验室联系在一起，成为一门实验科学。[1] 心理学在 20 世纪开始了它的新的历史，相继出现了构造主义、机能主义、行为主义、格式塔、精神分析，等等，这些流派分别在不同的国家发展，并逐渐获得国际意义。[2] 这些心理学流派的研究方法与美学和文学艺术理论家所使用的方法间有很深的鸿沟，尽管美学家和文学艺术的理论家、批评家们常常从心理学那里借用一些概念。有一个例子很能说明问题：20 世纪初年，心理学家爱德华·布洛在《英国心理学报》上发表了不少关于审美心理实验研究的论文，[3] 但使他得以闻名于世的成果，却是一个与实验无关的，借助于内省而形成的关于"心理距离"的假设。[4] 类似的情况，在许多文艺心理学家那里都存在着。所有在文学艺术的研究中产生了巨大影响的心理学学说，包括著名的格式塔学说和精神分析学说，尽管本来都有实验或医学临床治疗的依据，但它们在艺术中的运用，都是在超出了实验之外进行理论延伸和哲学思辨之时产生的。格式塔学派把研究局限在知觉之上，论证知觉的整体性。这比起构造主义心理学而言，向前进了一步。但是，光有知觉的整体性还是不够的。知觉所从属于的人的整个心灵的整体性，却是在格式塔心理学的研究之外。因此，格式塔心理学只能在将对象的形式与知觉之间建立一种同构的关系，而对象意义的探寻，超出了格式塔心理学为自己的设定的研究范围，只能交给研究者假设。心理分析学派最初来自于对精神病的治疗业。这一学派后来形成的关于人格模型的设想、关于内在的心理动力源，以及关于原始意象的假设，都超出了实验科学所能达到的边界，属于一种心理玄学。

在心理学所带来的这种复杂的语境之中，"形象思维"的思想没有得到

---

[1] 参见〔美〕E. G. 波林：《实验心理学史》，高觉敷译，商务印书馆 1982 年版，特别是其中的第 311—386 页。
[2] 有关这里提到的历史的一般性描述，可参见〔美〕杜·舒尔茨：《现代心理学史》，杨立能等译，人民教育出版社 1981 年版。
[3] 例如，《论色彩显示出的沉重性》("On the Apparent Heaviness of Colours", *The British Journal of Psychology*, II, 4, pp. 111–152),《对简单的色彩结合进行审美欣赏时"透视问题"》("The 'Perceptive Problem' in the Aesthetic Appreciation of Simple Colour-Combinations", *The British Journal of Psychology*, III, 4, pp. 406–447)。
[4] 《作为一个艺术因素和一个审美原则的"心理距离"》("'Psychical Distance' as a Factor in Art and an Aesthetic Principle," *The British Journal of Psychology*, V, 2, pp. 87–118)。

验证，也没有被完全否定。"形象思维"只是一种哲学上的认识论话语，它没有能很好地实现与心理学话语的对接。

第二个方面是原始思维研究对"形象思维"的延续。20世纪80年代，是美学的人类学研究走向兴盛的时代。从大的环境来说，对从泰勒、弗雷泽和摩尔根，以及马林诺夫斯基的著作的译介，促成了中国的文学人类研究的兴盛。联系到"形象思维"研究，在80年代，有两部影响巨大的译著，一部是列维-布留尔的《原始思维》[1]，另一部是维柯的《新科学》[2]，这两部著作，前一部对原始人的思维方式，特别是"集体表象"的思想，进行了详细的论证，后一部则论述了"诗性智慧"。这些都论证了另一种"思维方式"存在的可能性。从原始人思维的独特性，证明"形象思维"的存在，再进一步运用比较人类学的方法，说明不同思维方式在价值上的平等性，从而证明"形象思维"与"逻辑思维"的平行论，是当时研究者的一个重要的论述策略。这种策略的实际结果，是90年代以后文学人类的迅速发展。然而，"形象思维"的提法，却日渐减少。后来的文学人类学研究，逐渐减少对"思维"特征的关注，而走向语言和符号。

第三个方面是关于古代文论的研究。毛泽东给陈毅的信，本来就是围绕作诗法来谈的。信中将"形象思维"与"比""兴"等手法联系起来，并谈到唐人与宋人诗的区别。许多文学理论研究者沿着这一思路，做了大量的工作。例如，蔡仪曾分别就"形象思维"与"赋"，"形象思维"与"比、兴"的关系写过两篇长篇论文。[3] 20世纪80年代中期到90年代，是中国古典美学大繁荣的时期，众多的古代文学概念，特别是影响巨大的"意象"研究，直接承续"形象思维"的讨论而来。如果说，1978年是"形象思维"年的话，那么，1986年，也许可以被称为是"意象"年。[4] 对于这些研究者来说，那些未受感性与理性二分的西方哲学影响的古人的思维方式，是他们的重要思想源泉。从这个意义说，也许可以写出"从形象思维到意象的创造"方面的文章，来清理"形象思维"说在这方面的余绪。"意

---

[1] 见〔法〕列维-布留尔：《原始思维》，丁由译，商务印书馆1981年版。
[2] 见〔意〕维柯：《新科学》，朱光潜译，人民文学出版社1986年版。
[3] 《诗的比兴和形象思维的逻辑特性》《诗的赋法和形象思维的逻辑特性》，见《蔡仪文集》第4卷，中国文联出版社2002年版。
[4] 这一说法参考了刘欣大先生的《"形象思维"的两次大论争》一文中的说法。这篇论文坚持认为，"形象思维"借"意象"研究而转世。

象"说强调"意象"不是"形象",强调此"象"需经过心灵的转化。转化后的此"象"非彼"象",实现了主客的统一。这方面的研究,当然是有益的,但是,如果仅仅归结到这一步,那离"形象思维"说的原初的设想,即确立一种艺术思维的方式,以证明艺术家在循着自己的途径认识社会和生活,还有一些距离。

六、从形象思维到符号思维

当人们说用"形象"来"思维",并且"形象思维"是始终不脱离形象时,由于一方面有苏联文学理论的影响,另一方面又觉得它契合了文学艺术创作的经验,从而得到了许多人的认同。但是,对西方古典哲学的学习和对感性与理性二分的理论模式接受,又使他们产生对这种观点的质疑。这里面隐藏着一个深刻的矛盾。一些搞文学艺术的人坚持认为有"形象思维",因为这给他们的艺术创作与欣赏经验提供一个很好的解释模式。搞哲学的人,则觉得这不符合主流哲学,特别是从德国理性主义到德国古典哲学对认识论的理解。这种争论在当时被种种意识形态的争论掩盖着,使得赞同"形象思维"的人显得在政治上和学术上偏"右",而否定"形象思维"的人显得在政治上和学术上偏"左"。拨开意识形态的迷雾,经验与理论矛盾就展现了出来。这里面隐藏的是这样一个简单的道理:从艺术创作和批评的经验方面看,文学艺术家和批评家们时时感到艺术思维的独特之处。艺术家的工作方式与科学家不同。他们的确有对生活和社会的深刻认识和洞察,这种认识不能为科学的认识所取代。不仅如此,不同门类的艺术家,诗人、画家和音乐家,都对世界有着不同性质的感受。他们都是用自己所掌握的媒介来"掌握"世界的。当我们说"掌握"时,文学理论界的人都能体会到,这里引用了马克思在《〈政治经济学批判〉导言》中的一段话,提到了包括"艺术的"方式在内的"掌握"世界的四种不同方式。[①] 马克思在这篇笔记中所提出的猜想,尽管也曾受到过文学艺术理论研究者的重视,但一直没有得到深入的阐发。从流行的哲学,特别是认识论的模式上看,很难为"形象思维",或者某种独特的艺术的"思维"找一

---

① 参见马克思:《〈政治经济学批判〉导言》(1857年8月底—9月中),《马克思恩格斯选集》第2卷,第102—104页。

个位置。

产生这种情况的根源,在于一种在欧洲哲学史上根深蒂固的感性与理性二分的理论模式。感性与理性的二分,来源于柏拉图的表象与理念的二分。理念的世界一般不可见,只能在思维中把握;可见的表象世界,只是理念世界的摹仿而已。这是欧洲哲学上二元论的起源。此后经过中世纪的经院哲学对神的世界与人的世界的二分,再到近代笛卡尔的理性主义哲学,以及康德关于主体性与自在之物的二分,这种传统被延续了下来。在欧洲从柏拉图直到康德的哲学中,美与艺术都是分离的,美从属于理性,艺术从属于感性。希腊人讲美在形式,来源于毕达哥拉斯关于数的观点。从对美的数与量的理论,到将标准的几何图形看成是美的图形,直到将美归结为平衡、对称和比例等数量关系的思想,都是这种传统的体现。艺术是模仿,给人以感性的吸引力。柏拉图从否定性角度看待作为模仿的艺术,是从认识论与伦理学的角度否定艺术,从反面肯定了艺术的感性吸引力。夏尔·巴图将模仿当作所有"美的艺术"的"单一原则",从正面肯定了模仿,从而肯定了将这种感性吸引力作为现代艺术体系的基石。鲍姆加登关于"感性认识的完善"的思想,肯定了感性的独立性。但是,他的理论模式仍是确定的,艺术只不过是一种低级的认识论而已。

哲学上的这种感性与理性二分的理论模式,在20世纪陷入深刻的危机之中。当费尔南德·索绪尔在《普通语言学教程》中宣布,我们是在用语言思维,而不是用概念来思维之时,他走在通向揭开谜底的路上。那种设想形象与概念完全不相容,只用概念才能进行思维的理论,也就破产了。实际上,人们绝不是用抽象的概念"思维"出一个结果,再用语言或其他的材料,如图像和声音,将它表达出来。人的思维总是要借助于外在物质材料,语言是声音与意义的结合体,是思维的工具和载体。用索绪尔的话说,是"能指"和"所指"。没有清晰的语言,就没有清晰的思想。我们是在以生活中的任何的形象,套用索绪尔的术语,用"能指"来进行思维的。"能指"无所不在,还可以有"能指"的"能指",如一个手势表示一个场景,一个场景代表一个意义,等等,以及无"所指"的空"能指",只是形象,意义丧失或意义不明。这些都是当代理论所揭示的种种复杂性。

就我们所涉及的抽象与形象思维的区分来说,我们可以说,人们可以用抽象的"能指"思维,也可以用具象的"能指"思维。语言当然是比较抽象的"能指",但也不是最抽象的。数学的符号以及由数学符号构成的数学公式和等式,就比语言要更抽象。逻辑学原本主要用语言描述,现代逻辑学追求用数学符号来描述,也是这种抽象化努力的一部分。其他的一些科学,如物理和化学中之中,大量的数学符号被采用,数学的思维方式在不断地加入。

与此相比,视觉图像和声音就是具象的。耳听八面、眼观四方,本身就已经是认识。并不一定要等待它们被转换成话语形式才是认识。相反,这些认识被转换或翻译成话语形式时,反而缺失其中许多极有价值的部分,变成了另一种东西。语言对于人类来说,当然是极重要的,但这并不是说,只有运用语言才能思维。语言是人类所掌握的各种各样的符号之中的一种,尽管是非常重要的一种,但它在思维中与其他符号的关系,只能是一种相互影响的关系。更何况,语言本身,也有相对抽象和相对具象之分。

在"形象思维"的争论中,我们关于"形象"能否"思维"的讨论,实质上是围绕着我们在生活中所形成的种种认识,是否有待于用话语将它们表述出来才能存在的问题的讨论。用话语来表述,只是多种认识方式中的一种,而人在生活中无时不在的认识,以多种多样的方式存在着。

从这个意义上讲,我们可以将当年的所有论争,来一个彻底的颠倒。本来就没有什么完全没有形象的抽象思维。即使最抽象的思维也不能离开符号。这些符号可以是由字母和数字组成的符号,由种种示意图形组成的符号,由色彩、音符、人体动作,由种种物质材料组成的符号,当然,也包括语言符号,包括语言的声音符号和文字符号。在语言符号中,我们则可再进一步划分为理论论断性语言符号和故事叙述性语言符号。我们是在用这些符号进行思维。因此,我们也许可以极端地说,所有思维都是"形象思维",只是这些"形象"有的较为具体,有的较为抽象而已。

我们曾经说,艺术曾经被理解为是认识。这时,艺术只是一种低级的认识。它有待于上升到高级的认识。这种高级的认识,就是理性认识,它是由哲学家完成的。后来,有了"形象思维"的观点,艺术被看成是一种特殊的认识。据说艺术家有一种特殊的能力,能够不脱离形象也能认识真理。这样,艺术存在的理由就得到了确认,艺术的特征也得到了指认:哲学家和思想家们用三段论,艺术家用"形象",他们说的是一回事。再后来,艺术的独立达到了这样一个地步,它不再需要通过"认识"来确证自己的存在理由：艺术是人类花园中所开的花朵。花朵对充饥和避寒都没有什么用处，它不是我们的生命活动所必需，我们也不应将它纳入到污浊的人与人斗争之中。欧洲的某些政党用玫瑰花作为政党的标志，那只是对花的使用而已，与花无关。玫瑰花和所有的花一样，不属于任何一个政党。艺术也是如此，就像花一样开放，所有的人都喜欢它。于是，有了艺术自律的观点。根据这种观点，艺术不是一种认识。

"形象思维"说只存在于艺术"是一种特殊的认识"这一中间阶段，当历史走出了这个阶段时，"形象思维"说似乎也就寿终正寝了。但是，正如我们在前面所说，根据现代哲学对思维的理解，我们可以在上述的学术史描述的基础上再往前走一步。人的认识过程，是一种将世界符号化，并依赖符号"掌握"世界的过程。各种符号之间，并没有高下之分。艺术本来就是，而且应该是，运用一些具象的媒介对世界、对自然和社会、对人的关系和人的心灵的"掌握"。从这个意义上说，如果艺术是认识，是一种特殊的认识，不是认识，我们对艺术的认识走了三大步的话，我们现在可以而且应该迈出第四大步：艺术还是一种认识。

人类社会需要艺术，艺术以它特有的方式来认识生活，艺术的观赏者从作品中获得知识，并由于这种知识的获得而产生快感。这些都是最古老的，从亚里士多德和孔子就有的见解，也是在当代社会需要重新建立的信念。当我们读了一首好诗，一部小说，看一幅画，听一支曲子之时，我们的心灵会有所感动，有所感悟，有所启示，有所丰富，这就是艺术的作用。艺术作品不是经验的直接展现，艺术家们运用他们所熟悉的媒介，从经验之流之中将它们捕捉到，固定下来。艺术家运用他们的媒介进行思维，媒介就是他们的符号，通过符号认识世界。当然，不同类型的符号相互影响，例如语词会影响图像、声音。但是，这只是符号的相互影响而已。

语词也许起更为重要的作用，但这一点并不是绝对的。人们对世界的理解，并不有待于转化为语词，眼耳鼻舌身所感受的一切，都能成为知识。从这个意义上讲，那种一切对世界的认识都有待于转化为理性的概念，就像一切科学的认识都有待于转化为数学公式一样，如果不是过时看法的话，也是简单化和绝对化的看法。

那种哲学家和思想家用三段论，艺术家用形象，他们说的都是一回事的说法，也是不准确的。运用不同的媒介和符号的人，说的不可能是"一回事"。他们实际上是用不同的符号，把握世界的不同的方面、侧面和层面。如果我们知道诗与画和音乐等不同类型的艺术，只能各自把握同一对象或事件的不同方面、侧面和层面的话，那么，哲学家和思想家、政治家、法学家和其他方面的专家，对同一对象的把握，就更不相同。这些不同的"把握"，各有其意义和价值。不同的人在对象的选择方面，是不同的。我们不能要求所有的人，都对同一事物和事件发言。即使他们对同一事物和事件发言，也不会说出同样的、属于"一回事"的话，只能对同一事物和事件各自从自己的角度作出自己的反应。

关于这方面的详细阐述，已经不是这篇已经太长的论文所能完成的任务了。在文章的最后，我想再次强调一个观点，艺术还是一种认识，通过这种认识，我们的见识得到了增长，我们的人生得到了丰富，我们的趣味得到了提高。这对社会的繁荣、文明质量的改进，对美好的乡村和城市的建设，都会起到重要的作用。

从"他"到"你"：他者性的消解[*]

文化差异的存在，是一件幸事还是一个不幸？这很难说。并且，这样提出问题本身就是错误的。不管幸还是不幸，差异就在那儿。更重要的是，从"同"与"异"的视角进入这个问题，这本身也是错误的。在思考它们的"差异"之间，有着一个更为根本的东西，这就是"间距"。

一、互看的灵思

让我们从一首人们都熟悉的苏轼的诗说起。苏轼写过一首《题西林壁》："横看成岭侧成峰，远近高低各不同。不识庐山真面目，只缘身在此山中。"看庐山，要能既入乎其内，又出乎其外。身在山中，视野局限，不能看全山貌，有待于出山再看。

思想与文化的多样性，也是说这样的意思。我们处在一种文化传统之中，总会有自己的局限，看不到在思维方式上的另一种可能，只有走到自身的传统文化圈之外来反观，才能从不可能处看到可能，从而获得启示。山要走出去，文化也要走出去。为了看清自身，要走出自身。

东西方的文化交流，似乎可以实现这种"互看"。我们曾经"互看"过，并且"互看"很多年了。但是，过去的互看，仍有其盲点。

西方看东方，把东方当成对象，寻找与自己的"同"与"异"。这是一种比较的视野，比较出"差异"，找到了"他者"。当西方人看东方时，东方是"田野"。"田野"是一个人类学的词。"田野"里是不出思想的，那里只出例证。西方人出思想，东方人以自己的生活为这种思想提供例证。西方人"看"，东方人"被看"。如果说，东方人也思考的话，他们只是

---

[*] 本文是读了朱利安（弗朗索瓦·于连）的《间距与之间：如何在当代全球化之下思考中欧之间的文化他者性》一文后的回应文章。此次对话源起于2012年秋天在北京师范大学举行的一次对话，本文系在会上的发言提纲的基础上整理发展而成。

西方研究家的"当地合作者"或助手,在西方研究家的大构思下作低一层次的思考。其实,不仅人类学是如此,传统的汉学也是如此。汉学大师们拿着西学学术思想的利器,解剖东方的"解剖对象",获得了巨大的成功。在这种研究中,西方人是在用被认为是"同"的观念和方法,研究非西方人的"异"。从"同"看出"异",也由"异"论证"同"。

东方人看西方,出现了三种可能:第一种,用东方的例子证明西方的理论。这与前面所说的"西方看东方"相同。这是受西方影响形成的,因此,这实际上不是东方看西方,而是西方看东方的延伸。东方人去西方,学到了"科学"的研究方法,进而用这种"科学"研究本土,用本土的例子来证明西方的理论。这时,仍是西方出思想,东方是田野,只是进行思考的人,从过去的西方人换成了由西方思想武装了的东方人。我们要肯定这样的做法,在这个西学东渐的大过程中,出了许多学术大家,他们为非西方国家建立现代学科,实现学术转型,起了很大的作用;但是,从今天的角度看,他们还是有局限的。

第二种,用东方的例子,证明西方有的,东方也有。西方并不特殊,同样,东方也不特殊。持这种思想的人,暗示一个道理,人性都是相通的,西方人怎么想的,东方也会这样想。发生在西方的故事,也会发生在东方。你是说西方有史诗,有悲剧,西方的画写实,而中国没有吗?那是你中国学问研究得不好,我找给你看!于是,他们认真地在中国史料中找,并且果真找到了。中国古代的确是有史诗的,古籍中能找到这方面的痕迹,并且在少数民族中的确有许多史诗。中国古代也的确是有悲剧的,元杂剧中有很多悲剧。甚至一些具体的故事,也能找到,西方有某个神,中国也有相应的神。例如,希腊有一个纳西瑟斯,中国其实也能找到一个类似的神话。做这样的论证,要有极好的文献功夫,同时也能提高民族自信心,但这种研究法,只是论证了世界一体的道理,却将例证抽离出了各自的语境,也错过了东西方相互启发的机会。

第三种,用东方的理论和例子,来证明与西方不同。东方与西方是如此不同,以至于在许多地方都正好相反。西方有诗歌上的"模仿说",中国有"言志"与"缘情"的表现说;西方绘画讲团块,中国绘画讲线条;如此等等。有人据此持一种立场,西方比东方强;有人据此持另一种立场,东方比西方强;还有人公允一些,说各有特点,各有长处。更有一种观点,认为西方的现代性已陷入困境,东方可以拯救西方,从而实现"后殖民"

与"后现代"的结合。这是一种寻找差异的做法。朱利安揭示说，与差异相伴的，只有认同。同与异，只是逻辑上的区分。如果每一个非西方的文化，都采取这种办法对待"自我"与"西方"，所获得的，还是一个扇形的世界文化图：有一个文化上的中心，各种文化都在此之上展开。

东方与西方，本来并不是逻辑上的差别，而是地理上的区分。在很长的时间里，我们却将一个地理上的区分逻辑化了。于是，东方与西方处处相对立，在逻辑上互为反题。从这个意义上讲，"间距"是一个很好的概念。"不识庐山真面目，只缘身在此山中。"同样，不识自身的真面目，只缘身在皱褶中。要认识庐山，要"出山再看"，拉开距离。同样，以求真理为目的的研究者，就要"绕道而行"。

前面所用的"西方"与"东方"，是一个很容易引起误导的用语。东方不只是中国，西方不只是欧洲。世界是多种文化构成的，是多元的，不能简单地用"西方"与"东方"的语汇来二元化。这是目前许多中国学者常犯的错误。

"间距"恰好能纠正这种错误。东与西，与正与反，白与黑一样，暗示差异，而"间距"有助于说明一种我愿描绘成网状的世界文化的格局。世界是一张文化大网，相互之间以多通道相互连结，文化是网上的结。这个隐喻可以克服西方与非西方、现代与传统、文明与野蛮的二元格局。

文化最早是各自生长，只是后来才相遇的。如果说，这是朱利安作为欧洲的思想家在看到中国以后有如此强烈的感受的话，那么，中国人长期封闭，只是后来才对外开放，并且不是不只一次地对不同文化的开放，对此会有更加强烈的感受。在历史上，中国思想曾几次与外来的思想"相遇"，佛教是一次，晚清以后西方思想的进入是另一次，20世纪80年代以来全球化的浪潮是最新的一次，在其间，还有着几次少数民族的入侵，民族的大融合，从而改变中国人的思维方式和视野。这种相遇，常常具有强迫性，在一些强力影响下中国人被迫改变自身，从而实现了文化的大冲击。中国思想和文化，是在这些冲击下成长起来的。由于这个原因，他们对异文化的认识，不是始于书斋式的辨析而寻找差异，而是始于对外来强力下被改变过程的思考。首先是文化间的碰撞，然后有对此碰撞的思考，而不是先设立范畴，后依此范畴分析出差异。

二、文化间的互为外在性

外在性与他者性有着根本的不同。文化在尚未相遇时，各自独立发展，从而有各种可能性。由于内在的张力关系，有些可能性得到了发展，有些可能性得不到实现的机会。朱利安说到墨家曾讨论过逻辑，但这种思想没有得到发展。类似的例子很多。从结绳到画卦，发明河图洛书，都是早期数学成就的代表。汉代有《九章算术》，刘徽割圆，祖冲之对圆周率的计算，等等，都曾在世界上具有领先地位。但是，这些成就在中国没有被吸纳到像儒、道、法、兵、阴阳等重要的并在后世哲学中占据着主导地位的思想流派中。这个原因本身需要研究。这种研究并不能仅限于哲学的思考，而要寻找其社会学的原因。

我在一本名为《中国艺术的表现性动作》的书中，谈到中国艺术对线的观念与欧洲人不同。欧洲人对几何线条有特殊的爱好，丢勒论述过用圆规直尺作画的原理；而在中国，最美的线是"徒手作出的线"。这不等于说，中国画家天然的就反对几何学。他们也画"界画"，也要借助"界尺"一类的工具作画时，因此不得不向几何倾向妥协。但是，由于书法对绘画的强有力的影响，他们逐渐形成了反几何化的审美意识。同时，由于中国"文人画"的精英主义占据主导地位，助长诗书画合一的传统，从而使得以表现性动作为特点的中国画的传统得以形成。

这个例子可以启发我们思考中国思想在其他方面的特色，例如中国后来大一统的社会特点，农业社会占据主体，儒家被选中又反过来以儒家思想为主导来综合其他各家的思想要素，并把自身的烙印打在中国思想史上。由此形成的是，中国思想中的人伦倾向压倒认知倾向，中国人讲述和谐时，重视的是礼与乐的和谐、上下等级之间的和谐，等等。

选中国作为思考欧洲的"工具"，当然是一个很好的选择：处在印欧语系之外，有独立的思想文化发展的历史，在思想和文化上都曾达到了很高很成熟的水平。于是，它是一个"异质邦"，能刺激出许多的有益的思考来。

其实，中国曾经作为"工具"，在18世纪的欧洲思想界也曾起过作用。但那时，中国只是"乌托邦"。中国曾被想象为一个理想的国度：科举取士，从而有很文雅而优秀的公职人员的制度，柏拉图的"哲学家王"在那里得到了实现。但是，那只是从远方观看中国，把欧洲人自身关于美好社会的种种理想投射到中国上。在那时，中国对于欧洲来说，并不是现实的存在。它实际上也不启发思考，只有助于宣传，原因在于，中国没有激起对既有思想的反省，而只是按照既有思想产生的假想。当欧洲人接触到真实的中国时，情况就开始变化。这个地方的人以另一种思维方式，另一种社会结构，另一种生活习惯而存在，并且这种存在方式具有真实的可能性，还能为经济社会的繁荣提供基础，这出乎他们的意料之外，使他们不安，开始反省自身。

那么，欧洲对中国人来说，是"乌托邦"还是"异质邦"呢？也许情况与欧洲人正好相反。当欧洲人将中国人当作乌托邦时，中国人将欧洲人当作异质邦。那是在"前现代"之时，中国人对欧洲人来说，是一个神话式的存在。相反，那时的中国人自足地生活着，对于欧洲来的打搅，持从好奇到恐惧的态度。中国社会走向"现代"是被打开大门的，这一过程激发了中国对欧洲的理想化看法。他们对欧洲文化的感觉，经历了一个从"打搅"到"美化"的过程。到了后来，中欧交流日益密切之时，欧洲人把中国当作"异质邦"，中国人却反过来把欧洲当作"乌托邦"。

中国人也把欧洲当作"工具"。中学为体，西学为用，就是对西学的"工具"的态度。后来，有人觉得不行。西学也是"体"，只是用西学，不对西学有"体"的意识，社会终究不能发展。于是有人提"西学"为体，并将之用于中国，从而有"西体中用"。这些年，有人又提出不行，还是要回到"中体西用"，但今天这么做已经很困难，"中体"已经失去。也许，我们所能做的，只是当代中国为体，"古"与"西"都是"用"，这就是"古为今用，洋为中用"。一句老话，可以有新的内涵。

读古希腊人的书，发现里面渗透着一种逻辑和数学精神，这与中国人不同。中国人更多的是写历史和人伦的感悟。在古希腊，一位智者所要做的是写出自身的发现，给出更为深邃的思考；而在先秦时代的中国，一位智者所要做的是提供更为经世致用的见解。

记得上大学时，读过顾准这位经济学家的一本书，讲希腊城邦制度。他大概并不是一位精通希腊文，专门从事希腊学研究的专家，所讲的大概也只是希腊研究的常识。但他讲的见解，曾在许多方面影响了中国的一代青年学者。顾准说，希腊与其他古代文明的不同之处在于，它是海洋文明，而其他文明都是大河文明。幼发拉底河和底格里斯河、尼罗河、印度河与恒河、黄河与长江，所孕育的都是大河文明。大河带来了丰富的淡水，造就了发达的农业。同时，河水治理要求人力的大规模动员，促进了中央王权的形成。于是，文明就从中生长起来。希腊文明的独特之处在于，希腊人可能来源于北面的山里，但跨海迁移到爱琴海上的诸岛屿和小亚细亚，与喜怒无常的大海和众多异族争斗的历史过程，铸造了这个民族独立的性格。同时，跨海迁移使希腊文明的最早发达的一部分，即海上和小亚细亚，恰恰是与传统家族宗法关系隔绝最彻底的一部分。另一个幸运是，跨海迁移的希腊人可能会遇到一些文明程度很高的民族，如两河流域的人和埃及人，他们在知识和技术上可以学到很多的东西。种种的因素，使得希腊文明的特点，很有可能是历史的偶然所造就的。

我最近的文章中，曾多次提到一个故事。据说毕达哥拉斯曾说过，参加奥运会的人中，有三种：运动员、观众和生意人。他的问题是：谁最高贵？他所给的，是一个奇怪的回答：不是能获得桂冠、给城邦带来荣誉的运动员，不是利用此商机、为盛会提供服务的生意人，而是那些只是去看比赛的观众。这提供了一个重要的启示：对世界和人生的旁观者态度，是一种最高贵的态度。我们知道，希腊思想中的数学精神，可能来源于毕达哥拉斯这位数学家。也许，更为重要的是，毕达哥拉斯揭示了希腊思想这种旁观者态度。正是这种旁观者态度，使得希腊人，以至于以后的欧洲人有了为科学而科学、为艺术而艺术的精神，要思考纯哲学、纯科学、纯艺术，要思考这个世界背后的本质，它背后的"在"或"有"，而不是现实物的过程和功用。

希腊人的思路，对于中国人来说，是陌生的。朱利安试图从是否属于印欧语系，来寻找中国人的独特性。这可能会有道理。语言对思想的影响是深远的。对此，我们可能还没有很清晰地意识到。从宗教的分野与语言的对应的关系，就可以看出语言对人的思想的深刻影响。拉丁语、希腊语和日耳曼语系，就与天主教、东正教和新教大致相对应，而伊斯兰教则与阿拉伯语有着深刻的联系。但尽管如此，我还是更愿意从文明形成时期的自然和人文条件，从具体的过程来说明希腊人与中国人的不同的原因。也许希腊这种跨海迁移过程中形成的文明，而不像中国这样的大河文明，在历史上更具有偶然性。跨海迁移割断了人们与宗法制的联系，把船上的同伙关系转化为新兴海上殖民地城邦内的政治关系，而不像大河文明的人那样祖祖辈辈生活在父辈的庇荫下，谁的胡子越长就听谁的。

当然，我们不应该忽视这样的一种情况：希腊文明的因素，在漫长的历史过程中，曾影响了其他的一些亚洲文明，如波斯和印度，但中国毕竟是太远了，又有喜马拉雅山的阻隔。语言只是众多因素中的一种，中国与希腊的差别是多种因素形成的。

三、面对面：从"他"到"你"

不同文化之间，最早可能是呈现为互为"外在性"，尤其是"中"与"欧"，相互之间没有影响。那时，中国还不是欧洲人的"它"，欧洲也不是中国人的"它"。当英法进行百年战争时，有作为"它"的日耳曼人存在。当西欧发动十字军东征时，有作为"它"的拜占庭帝国的存在。当时的中国也是如此。秦楚战争时，齐国是"它"，齐楚争霸时，晋国作为"它"而存在。这个"它"是不在场的在场。国家、文化、民族是如此，个人也是如此。一个我从来没有见过、听说过，我不知道的人，并不是"他"或"她"，一个我从来没有接触过的事物，也不是我的"它"。"他"、"她"和"它"的出现，是由于"他"、"她"和"它"成了关注对象，是由于尽管不在场，却对在场的双方产生有着影响。

中国与欧洲之中的任何一方成为"它"，即成为不在场的在场，都是历史发展的结果。这种发展，并不仅仅表现为开始知道有这么一个国家存在，而是由于交通和通迅，由于航海与开发远东，中国与欧洲成为利益相关者；由于全球化，世界各国都成了利益相关者。前不久去波兰，波兰人提到，由于中国重庆的钓鱼城一炮打死了蒙哥大汗，造成了蒙古人撤兵，从而使波兰这个遥远的国度免遭蒙古人占领。在当代社会，世界的相关性就更加密切。所谓"蝴蝶效应"，说的就是这种相互影响。任何一个国家、民族、文化，都不可避免地与其他的国家、民族、文化联系在一起，在这里，就是说"它"的出现。

在这种情况下，"外在性"就转化为"他者性"。对于"我"来说，一个人不是"你"就是"他"或"她"，一件物成了"它"。我对你说"他"、"她"或"它"，于是，出现了"他者"。"他者"与我们有关，即具有不在场的在场性。由于这种在场性，我们需要对它进行研究。但是，"他者"又不发言，只是被言说的对象，因此无须在场。这种"他者"是从言说情境中分化出来的。"他者"的不在场性，决定了我们可以对其采取"客观"的谈论、研究、分析的态度。我们可以在各种意义上谈论"他者"，其中包括价值评价，也包括科学分析，等等。

将某种人与事看成是不切身的，这很重要。也许，我们可以将之看成是文明进步的重要条件。还是举体育比赛的例子。有一种参与者很重要，即裁判。没有他们，体育比赛就没有办法进行，而他们不能加入到比赛的任何一方，甚至不能表露出对任何一方的同情。他们一方面要最密切地关注比赛，另一方面要不选边站。我们在生活中，也有大量的这种情况。当法官要有回避制，不判与自己和与自己有任何亲属关系的人的案子。工作中要有回避制，不要一家人到一个部门去工作，从而开夫妻店、父子店。科学研究者要客观、真实地研究自然和历史过程，不能将个人感情注入到研究过程和结果中。办刊物要匿名评审，客观评价文章的学术价值。

文化的"外在性"，要先于文化成为"它"或"他"者。一个文化就在那儿，我们过去知道或者不知道，但不管我们是否知道，这个文化都生存、发展着，依照自身的逻辑进行着各种操作。这时，这个文化是危险的，是提供"困扰"的，原因在于，这个文化只是"异质邦"。

这个文化就在"那儿"，不是想象的结果，当然就更不是"乌托邦"。"乌托邦"都是想象的结果，因而是从"我"派生出来的。"乌托邦"设想一个与当下不一样的现实，但那都是针对当下而言的。有研究者探讨"乌托邦"间的共性，其实，不同国家、民族、文化中的人心目中的"乌托邦"都是针对他们自身的情况而言的。如果说诸"乌托邦"之间有什么共性的话，那还是源于他们现实生活中的共同因素。

先有"外在性"，然后才有"他者性"。当我们知道"它"的存在以后，就开始言说"它"。这种对"它"的言说，可能并不符合"它"的实际。我们可能会把"它"作为对象来思考"它"，我们更可能依照我们的幻想或需要来言说"它"。这时，我们对"它"的言说，有可能会与"它"无关。"它"只是故事而已，讲这个故事，是由于我们爱听和需要讲这个故事。故事的场景离我们越远，我们越可以对"它"发挥想象。我们关于离我们越远的地方的故事，就常常越神奇。这不是由于那个地方神奇，而是由于距离留下了想象的空间。

但是，这种"外在性"毕竟是最根本的，而"他者"仅仅是我们所想象的。外在物的属性由其自身决定，他者的属性由"我"决定。打一个比方说，我们常常说某种语言很难。这种语言上的"难"，就不是由于此语言本身的特点，而是由于它与"我"的母语间的差异。我们常常把"外在性"理解为"他者",但如果"他者"不符合这种"外在性",它迟早要被纠正,被以各种方式纠正,正像我们的想象最终要符合现实一样。

从"他"、"她"和"它"变成"你"。这又是一个重大的转变。变成"你"时,就出现了一种现象:"面对面!"

朱利安提出一个重要的词:"之间"。"之间"有两种:一种是"我"与"他者"之间,那是一种"间距"。我们需要有"间距",打开这种"间距",就可以客观地观察,冷静地分析。这时,"我"是一个"旁观者",而"他者"是对象。"我"将对象"物化"。我是"注视者","他"、"她"或"它"是"被注视者"。这时,所出现的,不是"面对面",而是"看"与"被看"。这种观看的理想状态,是保持合适距离、无功利的凝神观照,是contemplation。

另一种则是"我"与"你"之间。这种"之间"是一种交流,具有生长性。"我"与"你""面对面",相互交往,建立起更具人性的关系,有爱恨情仇,在此基础上相互启发,共同竞争。这种关系,是人与人的最基本的关系。

被冷静观察的是"他",进行热切地对话的是"你"。当然,"面对面"时,也有状态的变化。我们有时也打量对手,研究"你",对"你"冷眼旁观。在这时,"我"将"你""他者化",当成"他者"来研究。事实证明,这种研究也重要。但这不改变当下对话时对手是"你"的性质。"你"还是"你",是我当下对话的对象,我把"他者化"的思考放在当下的对话中,但是,"你"不是"他者",更无法生造出一词叫"你者"。这听上去别扭,就因为不可能存在,逻辑上不通。"你"不可能成为"者"。被称为"者"的,是从事某一类活动的人,例如,我们有作者、编者、发行者、指挥者、执行者,等等。"你"是不可分类的,是我当下所面对的对象。

"我"与"你"的问题,有很多人论述过,例如马丁·布伯。他将"我"与"你"看成是超越经验的关系,过度精神化。"我"与"你"之间,并非只有纯粹精神性,而有着各种各样的物质性的纠葛。"我"和"你"是在各种情境下相遇的。抽掉了这一切,就只剩下某种浪漫而神秘的情怀。

"我"与"你"的关系,由于"间距"而建立,通过"之间"而连接。"我"与"你"之间,可能会有着各种各样的关系,但这些关系,都有一个特点,即"面对面"。当我们"面对面"时,我们可以交谈,也可以不交谈。只要在场,不交谈也是一种交流。

不同文化的"之间"也是如此。"我"和"你"在一起，不是说我们之间没有距离，恰恰相反，正是由于这种"距离"和"间距"，我们"之间"的种种关系才可以建立起来。

艺术也是一种"我"与"你"的关系。中国古代讲"知音"，伯牙弹琴，只为钟子期。这个故事有很深的寓意。去掉这个故事的贵族味、精英味，我们还能保留一种哲学味、美学味。艺术要实现人与人的情感交流。艺术家创作作品，心中有一个理想的接受者。艺术当然是要为着大众的，但如果这个大众是取消个人，是一般人的平均数，艺术就"终结"了。艺术是要对真实存在着的个人说话的，要寻求人与人之间的理解与沟通。

当代社会的艺术产业化（文化产业）与产业艺术化（工业设计），都是这种关系的丧失。艺术的产业化，是以普泛的大众而不是实际存在的个人为对象来说话，是把对象"他者"化。产业的艺术化，是什么也不说，直接满足"他者"的感性需求。

回到人与人的直接关系，是艺术生存之路，逃离"终结"之路。关于这一点，我曾在一篇讨论"艺术终结"的文章中详细地阐释过。

四、趋同与趋异

文化间的对话，或者朱利安所说的"间谈"（dialogue），有各种各样的形式。有一种对话，是谈判，对手面对面通过对话为自己一方争取利益，你争我夺，最后又各自让步，达成协议。战争也是一种对话，达成胜、负、和三类结果，或者介乎三类之间的各种结果。但文化"之间"的对话，要比这丰富得多。

"我"与"你"的关系，就在这"之间"见出。"你"是"我"的面对面交流的对象。"我"和"你"在一起，谈"他"、"她"或"它"。我也可能与你谈"我"和"你"，但那是对"我"和"你"作分析，是客观化或者"他化"地来谈。

"我"和"你"是对手和伙伴的关系。"我"与"你"竞争，也与"你"合作。竞争时是对手，合作时是伙伴。

从一个长时段的、历史演变的角度看，交流的结果是什么？"我"和"你"会不会变成"我们"？那么，这个"我们"又是什么意思呢？"异质邦"会不会全部变成"同质邦"？这当然是人们所关注的问题。

朱利安在谈"绕道中国"时，理由在于中国在印欧语系之外，具有一种与欧洲人不同的语言模式，因而也具有不同的思维模式。这种不同的思维模式代表着一种过去未曾意料到的可能性，从而能给欧洲人以启示。这也许很有道理。将"远西"与"远东"结合起来，最不具有亲缘关系的思想间的结合，同血缘间相互关系最远的人结合一样，最具有优生学的优势。

但是，这种情况只有在研究古典思想时存在。在研究现代文化时，我们所看到的是，现代汉语早已欧化，并且以不可阻挡的趋势被欧化。中国人每年都在通过翻译引进了大量的新词，现代中国人仿照欧洲语言建立的现代汉语语法，对汉语的规范化在施行着潜在的影响。

我们常有这样的一种感觉，即古汉语难译成欧洲语言，而现代汉语容易译得多。由于用英文写作绘画美学的缘故，我常被人问一些有关画论的翻译问题。例如，有人曾问我"气韵生动"怎么译成英文。当然，此语已经很多现成的英文译文了，但这位问话的人都不满意，仍然坚持要问我。我回答说，请先把这个表述译成现代汉语，你译完了，我再译。我用这个方法"后发制人"，自己感到得意，觉得很智慧。但是，我再往深处想一想，这个回答意味着什么？意味着现代汉语具有比古汉语高得多的与英文的对译性。

我常常还有这样的感觉，每次看电视上直播中国的重要政治人物回答记者的问题，只要这些政治人物在回答时引用了中国古诗句或古代词语，我心里就一惊，为现场的口译者担心，觉得难译；同时，我也感到好奇，觉得对口译者是一个挑战：看你怎么应对吧。应对得好，就很佩服，应对得不好，也理解，这的确很难。古代汉语与欧洲语言差得远，不好译，而现代汉语则好译得多。那么，是不是可以由此推论，汉语走向现代的过程，就是它变得"好译"的过程，即在西方语言的影响下，变得越来越具有可对译性的过程。

由此推论，是不是文化的发展，就是一个趋同的过程？翻译家们喜欢说，翻译就是"背叛"。他们是说，翻译总是不可避免地要改变原作的意思。如果文化发展到翻译不再是"背叛"时，或者不那么"背叛"时，语言由于现代生活的发展、交往的密切，而越来越具有对应性时，当终于发明了某种机器或电脑程序，从而使汉语与欧洲语言间可以进行对译时，文化间的差异还存在吗？在那时，朱利安所说的"绕道"所看到的，是否只是自身而已？

未来的文化是单一还是仍将是多元的？如果这只是预言，那不是一篇学术论文应该讨论的。既然学术只能根据材料说话，那它只应该向后看，而不应该向前看。学术不应该为未来算命，因为它不可论证。波普尔说，不可证实，也不可证伪的命题，不应该成为科学研究的对象。然而，这里所涉及的话题，却是一个影响当下、针对当下的话题。

我曾经说过，社会生活的情况对文化的发展具有重大的影响。这些生活过程是处在语言背后，对语言具有重大推动力的力量。文化间的交流对话，以及在此过程中出现的翻译活动，不断地推动着语言间的可译性，这只是文化发展所呈现出的一个方面。实际上，我们不应该忽视的另一个方面，即生活本身却不断制造新的不可译性。人们在文化生活中，不断生产出一些生动、活泼的新词，这些新词是活生生的生活过程的反映，只在一些特定的语境中有意义。一句"环境友好型"，固然让翻译者感到很舒服，但一句"不折腾"，却难倒了许多翻译者。原因在于，前者是通过翻译而造出来的，后者是来自口语。

我们不喜欢人说话有翻译腔，不喜欢人写文章有翻译味。如果说一些学术和政论的话语中，翻译味重，从而与一般民众的生活有距离的话，那也能忍受；但在文学作品中，我们还是喜欢那种更具生活气息、民族特点的语言和文字。一位中国诗人写作时如果考虑自己的作品会如何被翻译，遣词造句时想到所写出的词译成英文或其他欧洲文字时是否好听，那么，这件事是一个丑闻，这个人是一个笑料。

当我们说"长时段"时，需要问的问题是，这么说是什么意思？我们发现了相互对立的倾向，从古代汉语到现代汉语的发展，使得汉语与欧洲语言间的可对译性增强了。但另一方面，这种可对译性的增强不是永远无止境的。或者说，汉语与欧洲语言间的距离被缩短了，但这种距离的缩短又不是无限度直至最终被消灭的。

一万年后，文化间的距离是否会被消灭？谁知道呢？如果随意猜测未来，并将这种猜测投射到我们当下的讨论中去，这不是一个好的研究方法。在猜测未来时，重要的不是未来本身，而只是它对当下的影响。如果回到我们的表述中的话，当下正在经历的过程是，中欧文化之间走在一个从"他"到"你"的过程中。"你"不是"我"，但"你"是在"我"的对面，我们正在对话。

结语

　　结语不是结论。这样的讨论只在澄清思想，很难达到一个结论。正像今天的学术会议也是这样，只是澄清思想。不能像古代的宗教大会那样，宣布一个结论，并把违反这个结论的思想宣布为异端。

　　朱利安给了我们两个概念，对我们思考文化间的问题有很好的启发。第一是"间距"。"间距"不是"差异"。我们借助"间距"而思考，而"差异"是思考的结果。第二是"之间"，我们从与"他"、"她"、"它"之间，转向与"你"之间，实现"面对面"。这不仅是为了对"你"的思考，而更重要的是为了对"我"的理解。

　　未来是复数还是单数？这种思考，是用乌托邦取代异质邦。这不是现实的问题，而是幻想的问题。我们在当下所看到的只是，文化的多样性不能被交往所抹平。恰恰相反，交往所产生的是一个双向过程，既接近又保持距离，既吸引又分开。

　　多样、多元是会长期存在的。多元的意义，仍是相互刺激、打搅，并产生发展的动力。我们看不到一个同质的未来，但我们可以看到共同的发展。这正是"共同"（common）的含义，"共同"不是变成同样，而是共同发展。想起北京奥运会时的一首主题曲《我和你》："我和你，心连心，共住地球村。为梦想，千里行，相会在北京。""我"和"你"之间，会发生很多的事。交往、交流、竞争、竞赛，这是那首歌要说的意思。我们在生活中也是这样，不同的文化在共同生存、相互激励下，获得各自的发展和进步。

"美学的复兴"与新的做美学的方式*

从20世纪50年代起到今天，中国美学经历了三次热潮。我想将这三次热潮分别称为"美学大讨论"、"美学热"和"美学的复兴"。"美学大讨论"，指的是从50年代起开始的对美学的讨论。这一讨论一直延续到60年代初年。随着"文革"的临近，这一讨论才逐渐让位给更为直接的政治和文学论争。"美学热"指的是从1978年起，以"形象思维"讨论为开端的美学热潮。这一热潮一直持续到80年代后期，其后为社会、经济、文化等一些学科的研究所取代。发生于20世纪末年新的一轮美学热潮，我愿将它称为"美学的复兴"。美学的这新一轮的发展，使众多新的话题出现了，在学科内部也发生着深刻的变化。

一、审美批评的困境：从一个小故事谈起

谈到"复兴"，我想首先从一个故事讲起。前几年，有一次闲来翻看一本名叫《文学与哲学》的英文杂志，从中读到一篇小文章，讲述美国一所大学的文学系一位教授的亲身经历。文章说，这位教授有一次和其他几位本系教授一道，给一位外校新毕业来求职的女博士面试。面试官们依照常规问她教育背景和博士阶段研究的情况，博士回答说研究英国维多利亚时代的诗歌。接着，这位女博士就按照要求，从一首诗讲起，用上解构主义、新历史主义、女性主义等各种各样新的主义，将流行的一些批评工具玩得淋漓尽致，展示她对当代理论的了解。听她讲完后，一位担任面试官的教授问道："但是，你认为这首诗是一首好诗吗？"意想不到的是，这个简单的问题难倒了这位能言善辩、能熟练运用现代批评工具的博士，她找

---

* 本文原系2009年5月上旬先后在西安外国语大学、陕西师范大学和南京大学美学高等研究所作的讲演，由西安外国语大学教师王洪琛博士根据录音整理，作者阅读了整理稿并对部分内容和文字作了修改。

不到合适的语言来解释这部作品的"好""坏"与否，无法回答它是不是一首好诗。这位博士是否最终被录用，我不知道，不过，那已经与我们无关了。我们所关心的，是这样一种问话法是否合适。面试官是否可以问这是一首好诗吗？这么提问是否合适？当然，没有学校会做出这样的规定。这位教授事后也自我怀疑：在美国大学的文学系，已经有好些年不教学生怎样谈论诗的"好"与"坏"了。那么多新的主义出现了，不去跟上，行吗？再用老派的做法，用"好"与"不好"，也就是说，用审美评价来纠缠学生，而不问当代最时髦的种种主义，合适吗？几个暮气沉沉的老人，不想跟上时代，也不到学术会议上与学界新锐人物交锋，只是守在家门口刁难刁难上门有求于己的学生，算什么本领？

　　当然，这不是说审美感觉不存在。我们读文学作品，喜欢就读，不喜欢就不读。这里面有"好"与"坏"的问题。我们也可以告诉朋友、同学、同事、家人，今天我看了一部好电影，读了一部好小说。你们可以去看！应该去看！从我称赞的神情中，显示出一种高度的肯定，一种发自内心的欣赏。这部作品好啊！但究竟怎么好？回答是：你去看了就知道了！说不出什么，没有理论的术语可对它进行描述。我所做的，只是用神态、语气，传达一种审美感觉。这是可以的，这种情况也是普遍存在的；但是，光有感觉还不够。

　　我们不能只抒发自己的感觉。这里所说的，不是感觉，甚至不是对感觉的反思，而是这种反思能否纳入到现代批评理论的框架之中。如果我们没有批评的语汇来解说我们的感觉，没有合适的批评理论去回答这部作品如何好，好在什么地方，那么，这种感觉在批评和理论的视野中就不能获得一种存在形式。一部作品给我留下很强烈的经验，使我很感动、激动、兴奋。这个经验有没有语汇来描述它？如果没有，经验就像流水一样消逝了。人的一生就是这样度过的，有经验，无时无地不在，但说不清道不明，后来就忘记了。众多人的无所不在的经验之流，来了又去了，只有理论才能从中打捞出点什么。有了理论，人们可以按照理论去思考经验，从经验中发现点什么，总结出来，记录下来；有了理论，人们就按图索骥，从经验中找到理论的对应物。理论的语汇是需要进入到大学的课堂上，进入到教科书中，再由老师去讲授的；有讲课，有练习，有考查，划定了框架，再由学生在既定的框架基础上发挥，从而最终教会学会，并传承下来。如果老师只是在讲时髦的文化理论，把文学文本当作历史学、心理学、社会学和哲学的文本来研究，不引导他们重视审美经验并对这种经验进行阐释，那么，学生就不会这么做。考学生没有学过的东西，是不公平的。这么说，似乎也有道理。

当然，公平还是不公平，这只是一个虚拟的问题。我们并不知道那位学生是谁，那位教授也许是在说他的一段亲身经历，也许只是编造了这样一个故事而已。故事真实与否，对我们来说，并不重要。文章没有提这位博士的名字。即使提了名字，对于我们来说，也只是一个符号而已。我们实际上面对的是这样一个问题：审美的批评还存不存在？还有没有必要？我们有没有可能建立这样的理论，它不是在一般意义上的辨认：它表达了什么思想？代表了哪个阶级的利益？反映了什么样的社会现象？体现了哪种文化立场？在性别政治中，它起着什么作用？是否宣示了某个亚文化群体的存在？而是，使我们在面对文学艺术作品时，回到对作品的美学的评价，使我们关于"好的作品"的感觉与理论接上轨，用这种理论将我们关于作品好坏的经验打捞出来，留存下来。

美学这个学问，我们曾将它想得很抽象、神秘、高不可攀，其实它是从一些很简单，很具体的问题开始的。从"这是不是一部好的作品"的作品开始，到"为什么是一部好的作品"，我们就行进在通向美学研究的轨道上了。如果审美经验在批评和理论中没有地位，如果问这方面的问题不合法，如果是不是一部好的作品不需要问，如果说这方面的问题已经过时了，那么美学也就过时了，这就是所谓"美学的终结"。如果审美批评被"超越"，经验对于艺术批评来说不再重要，审美经验不成为一个可以研究的对象，那么美学这个学科也就"终结"了。如果审美批评被"超越"后就缺了点什么，如果审美批评还能在新的语境中重新获得意义，那么，"终结"后的美学就有复兴的理由。

二、中国美学的盛衰起伏：从 1978 到 1998

从"美学热"到"美学衰退"，正是由于美学与批评的脱节。20 世纪 50 至 60 年代的"美学大讨论"和 70 至 80 年代的"美学热"，涉及了无数的论题，但核心主题主要有两个：一是美的本质，二是形象思维。"美学大讨论"是从"美的本质"转向"形象思维"，"美学热"是从"形象思维"转向"美的本质"。大体说来，在那个年代，"美的本质"属于美学的哲学一翼，而"形象思维"属于美学的艺术一翼。

1978年，对于中国当代史来说，是关键的一年。从年中开始的真理标准讨论到年末召开的"三中全会"，都是中国当代史上的重要事件。在思想文化领域，这一年是从对"形象思维"的讨论开始的。1977年12月31日，《人民日报》发表毛泽东给陈毅的一封信，由此开启了一场对"形象思维"的大讨论。毛泽东的信发表后，出现了形象思维论文的井喷现象。李泽厚、蔡仪、朱光潜分别在短短的两三个月时间里各自发表了3篇文章。当时还编了许多论文集和资料集，其中最有名的，是社会科学院外国文学研究所编的《外国作者艺术家论形象思维》一书，编选者有像钱锺书这样一些的顶级学者。美学和文学艺术研究者在那个时代的那种热情，今天已经很难想象。

对于中国的文学研究者来说，1978年是"形象思维年"。"形象思维"重视艺术的特性，反对"文化革命"期间的概念化的艺术。后来关于美的本质的讨论、《手稿》的讨论、"人性人道主义"的讨论都与对艺术的审美特性的关注有关。

如果回到我们前面所提到的问题的话，那么，可以这样描述："文革"期间，审美评价只是居于次要的地位。"这是一部好的作品吗？"这个问题在当时会被人理解成：这部作品在政治上正确吗？"坏"作品也不是在审美意义上坏，而是内容有"政治"问题。"形象思维"的讨论，以及因此引发的"美学热"，是要扭转这一点，回到审美评价上来。

强调文学艺术走出概念化、公式化、"主题先行"、"三突出"等方式的文艺，回归其"本来面目"，这是"美学热"时期人们的普遍追求。在这一时期，李泽厚倡导康德美学，审美被看成是无功利的。朱光潜在20世纪30年代所主张的"审美态度说"也重新流行，古老的"距离说"和"移情说"，在80年代的中国焕发了青春。王国维和宗白华也在这一时期受到高度的重视，原因在于他们所代表的康德、叔本华线索的美学倾向和他们将中国美学与西方美学结合起来的努力，符合当时的普遍潮流。

文学艺术的非政治化，在特定的历史时期，能够成为一种政治。"美学热"所具有的要"美"与"和谐"，而不要"斗争哲学"的潜台词，是促成"美学热"的一个重要因素。一种非政治化的要求，成为当时文艺理论体系转换、思想更新、为文艺创作松绑的推动力。

"美学热"也带动了西方思想的引进。在此之前，外国哲学社会科学著作的翻译，有着严格的限制。中国出版翻译书籍最权威的出版社商务印书馆，在"文革"前的选题，主要局限于马克思主义三个来源，即德国古典哲学、英国古典政治经济学和法国空想社会主义。马克思、恩格斯以后的西欧的书，列宁、斯大林以后的俄国书是否可以翻译？这在当时是个问题。商务印书馆也曾出版过一些现代理论译丛，但只能内部发行，不能公开出版。这一禁区是在"美学热"的热潮中打破的。当时，出版了几套丛书：李泽厚主编"美学译文丛书"，甘阳等人主编"文化：中国与世界丛书"，金观涛主编"走向未来"丛书，王春元、钱中文主编"外国文学理论译丛"，这些译丛，不仅具有学术意义，而且具有政治意义。它们对中国思想的转型、学科的发展都起了巨大的作用。此后，当代中国学术从学科意识，到学术话语体系，都发生了深刻的变化。

在改革开放的初期，从文化和文学艺术的角度批判和走出"文化大革命"，是形成"美学热"的重要原因。这一时期逐渐过去。用一种无功利的美学追求来批判"文革"时的工具论，用非政治化来纠正过度政治化，在一个特定的历史时期，会赢得支持和拥护者。但是，文学艺术与社会、政治、伦理、日常生活等等，本来就有着不可分隔的联系。非政治化在改革进程中赢得赞同，是由于当时的特定时代背景和文学艺术的特定状况决定的。经过一段时间，这种倾向所存在的问题就逐渐暴露出来。在一个社会生活迅速发展，不断向文学艺术提出各种问题的时代，无功利的美学最终必然会导致自我边缘化。

从另一方面讲，随着改革开放的深化，经济和社会的各个方面和众多的人文和社会学科，都在吸引着人们的注意。这些学科在中国都处于草创阶段，对于人文学者，特别是一些美学研究者们，有着强大的吸引力，能提供更强烈的刺激。这时，越来越多的人走出美学，走向其他各个学科的研究。

当然，会有人说，美学像20世纪80年代初那样"热"，也不是常态。这是一个专门的学科，只需要很少的一些人进行专门研究就可以了。似乎美学研究的淡化，是一件正常的事。严格说来，这个说法是不准确的。从90年代起，美学只是对一部分人来说，是专门化，而对一般公众来说，它已经过时，不再有存在的空间。1997年，我从国外留学回来，想看看这些年国内出版了哪些美学书，于是，到了北京专门销售学术书的三联韬奋书店。在那里的"美学"类书架下，我只看到两本朱狄的书，一本是《当代西方美学》，一本是《当代西方艺术哲学》，还落满了灰尘，其他美学书一本也没有看到。在那些年，出版社不愿意出美学书，书店也不愿意进货，于是，形成恶性循环。结果是，想买美学书的人买不到，写出美学书的人出版不了。那一段时期，许多著名的美学集刊，从《美学》，到《美学论丛》，再到《外国美学》，都陆续停刊。《美学译文》《美学译林》等美学翻译集刊也相继停办。当然，美学会议还是继续开的，只是在美学会上，谈论的是一些老而又老的话题，提不起人们的兴趣。我的一位同事在一次讨论会上思想开小差，写了一首打油诗，其中有这样几句："美学早乘黄鹤去，长使英雄泪泫然，何能独臂挽狂澜"。他是在调侃我和包括我在内的一些仍在坚持美学研究的人，这样的调侃竟然赢得了不少赞同的声音。

这是美学的最低潮。当时，在国内有传说，外国大学里没有美学系，因此也没有多少人研究美学。听说美学在外国也过时了，这是一个极具杀伤力的传言，但这不是事实。

我当时做的第一件事，是推动中华美学学会加入国际美学协会，在中国的出版物上介绍国际美学界的情况。这件事的直接意义，也许是在告诉国内的学术界，在国外是有美学研究的，而且还有很多人在做这件事。当然，更深远的意义，在于通过中外交流，在国内形成美学话题的转变，推动新的做美学的方式。在滑入到谷底时，回升的时候也就不远了。这是我当时的信念。1999年，我写过一篇小文章，名字叫《美学之死与美学的复活》，将这个信念表述出来。

三、西方美学的困境与新逆转

20世纪西方美学与中国美学走着不同的路。我曾经在几篇文章中都谈到过，在西方，20世纪美学经历了三次转向。

第一次转向是20世纪初期的"心理学转向"。随着19世纪后期"实验心理学"的发展，费希纳"自下而上"方法的提出，心理学美学成为一个潮流。心理学美学是在当时的一股科学取代思辨的大潮流下出现的。一些科学哲学家甚至宣布，思辨哲学到康德就完成了它的历史使命，此后的哲学就应该是科学哲学。美学也是这样，有一种呼声，要求美学不再寄生于庞大的哲学体系之中，而像心理学一样走向实验。20世纪初，当"科学"成为一种信仰时，出现了"实验美学"的强烈呼声。但是，"实验美学"与

"心理学美学"还不完全是一回事。"心理学美学"在世纪初成为一个声势浩大的运动,借"科学"和"实验"这一类上个世纪之初的关键词而获得天然合法性。但是,心理学美学一直处在两难之中,实验不能解决"审美"和"艺术"中的复杂现象,而离开实验,又会滑入到大体系之中。朱光潜先生所写的《文艺心理学》一书,介绍了当时的心理学美学的主要流派的观点。他所介绍的这几家,也正好是这种两难境地的体现。他的书第一章讲克罗齐,而克罗齐却一直对心理学方法持怀疑的态度。第二章讲布洛,布洛是一个热心的实验心理学家,但他的"距离说"却是一种离开实验的内省心理学。其他的各章也有类似情况。这种两难的根本原因在于"心理学"与"美学"的内在矛盾。"心理学"不能解开"美学"的秘密,在当时却硬是给了它一个不可能完成的任务。于是,当时的心理学是实验的,而心理学美学却不是实验的。

第二次转向是20世纪中期的语言学转向。20世纪哲学被说成是语言的世纪,原因在于,在科学哲学宣布取代了思辨哲学以后,一些哲学家们坚持认为,科学哲学所做的只是一些科学研究的方法论研究,这与社会对哲学这个学科的要求相差很远。除了科学研究的方法以外,人类社会生活之中,有着大量的哲学问题,包括对世界、社会、生活的意义追求,对道德伦理,人的价值观随着社会生活的改变,科学技术,特别是生物技术发展,在环境和生态等一系列问题出现后对人与自然关系的看法,等等。美学也是如此。单纯的自然科学方法和实验的手段,并不能解释渗透到人类生活各个领域的人与自然和社会的审美关系,于是,美学在这时就陷入到新的困境之中。在这种情况下,语言学给哲学发展带来了新的契机。20世纪前期哲学的发展,主要是由语言学推动的。语言学改变了人对思维性质的看法。过去,语言只是思想的载体,是传达思想的工具。在语言基础上生长出来的文字,只是使思想传达至远方,留存给后世的工具。20世纪的语言学,使人们认识到,语言不仅是传达思想的工具,而且是思维的工具。我们正是用语言来思考的,语言的边界,也正是思想的边界。这一革命性的思想,对美学和文学艺术的理论,产生了深远的影响。在20世纪,出现了几种不同形式的"符号学"或"符号论"的思想,出现了形式主义和结构主义,出现了以作品为本体的"新批评"和基于语言分析的种种阐释的理论,也带来了作为分析方法的直接移植的分析美学。分析美学将美学定义为"元批评"(meta-criticism),即批评的批评。语言转向所造成的结果,是一个大规模的对"这是好作品吗"这样的"审美批评"问题的偏离。分析美学提出美学研究的"间接性"。美学家不再回答"这是好作品吗"这一类的问题，而只是对批评家所使用的概念和范畴进行语义上的分析。对于分析美学家来说，作品的"好"与"坏"并不重要，重要的是用词是否正确。

分析美学的兴起，为美学提出了新的话题，从而带来了20世纪中叶美学的兴盛。在当代西方美学史上，分析美学是一个重要的阶段，留下了很多宝贵成果。它的成果，首先当然是对批评概念的讨论和论述，从中发现了很多有意义的话题，并在这些话题的讨论中推动了美学学科的发展；其次，分析美学还努力克服此前心理美学的主观倾向，从更具主观性和个体性的心理走向与客体有着更密切关系的、更具社会性的语言；最后，促使分析美学受到普遍欢迎的，还有一个重要原因，就是这种美学对当时的艺术最新发展的关注，以及它为艺术下定义的努力。

第三次转向，应该是20世纪后期美学的文化学转向。分析美学将美学变成一个在西方大学哲学系里只有少数人进行专门研究的学问。这些人用分析的方法，对一些批评的概念进行阐释和澄清。他们保持着一种间接性，回避对艺术作品的"好"与"坏"作用评价。这种研究越做越精深，却使这种研究离艺术，离艺术的创作与欣赏，离人的社会生活越来越远。与美学的日益专门化相反，20世纪中后期，是一个文化研究日益发展的时期。对底层社会的关注形成了对艺术的精英性的挑战，后殖民运动形成了对非西方艺术的重视，对一些亚文化研究形成了对旧有艺术概念的冲击，所有这一切，都极大地拓展了研究者的视野。但是，这又不是以"美学"的名义所从事的研究。在很长的一段时间里，从事文化研究的人远离美学，认为美学是躲在书斋里的少数人所从事的，与社会没有多大关系的学问。分析美学在兴盛时期所具有的，与当时的先锋艺术之间保持的生机勃勃的对话关系，慢慢成为过去。因此，"文化研究"与"美学"形成了一种对立。这种对立，与古老的文学与哲学的对立关系有相似之处，但又有根本的不同。在这里，"文化研究"不仅是指英国的文化研究学派，而且包括法国、德国、美国的一些新的从文化的角度对文学艺术进行研究的流派和思潮，还包括一些与文化相关的运动、组织、机构。这是一个范围宽广、人数众多的文化从业者群体。这些人对文学艺术感兴趣，但基本上是从社会、政治、经济等不同的角度来接近文学艺术的。他们当然不能完全排斥对艺的审美评价，但这种评价在一个相当长的时间里不能成为理论论争或实践活动中的话题。另一方面，美学家们认为，这些自称从事文化研究的人，从哲学水准上看较低，所研究的都不是哲学问题，而只是社会学、经济学等学科可能关注的对象，因此，处于他们的视野之外。在一个似乎"文化研究"者与"美学"研究者各做各事、相安无事的时代，"美学"的实际影响力被蚕食了，一些"不被看成正经学问"，"不够哲学水准"的"文化研究"逐渐取得越来越大的吸引力。

联系到前面所说的"是不是好作品"的话题，我们可能会看到，分析美学的间接性采取的是与"审美批评"拉开距离的做法，而文化研究则走向多样化，特别是在它的开始阶段，"审美批评"被放到了极其次要的地位。

但是，正如我们在前面所说，"是不是好作品"并不是一个无效的问题，这个问题也不会过时，只是在一段时期内没有受到普遍重视而已。到了20世纪末，它们逐渐走到了一起。美学要经过而不是拒绝文化研究。这种美学研究，是文化研究的哲学化，同时也为审美经验重新回到人们关注的中心位置提供了条件。

四、新的做美学的方式

美学的复兴，并不只是说，我们曾经有过"美学热"，后来，美学变"冷"了，现在呼吁它再次变"热"。或者说，将"热"的标准定义为：美学书可以发行多少本？美学的新书有多少种？美学研究生投考人数有多少？美学课在大学里受欢迎的程度？如此等等。这一类数量的指标还只是外在的，相比之下，更重要的是做美学的方式发生变化。这里用"做"这个词，力图强调，美学不是某种放在那里的东西，它有时受人喜欢，有时被人冷落。相反，美学是一批从事美学的研究者们的活动：他们的思考、生活，他们对美学这个学科的理解，他们切入并定位这个学科的方式。那么，什么是新的做美学的方式呢？当西方学者走出分析美学，中国学者走出主客二分的思辨美学之后，美学向何处去，就成了一个问题。不过，这时的美学所面临的，不是无路可循的彷徨，而是生机勃勃的创造和探索。旧的枷锁被打破后，迎来的是新的美学的生长。复兴的意思，主要指的就是这种方式的转换。没有创新，就没有复兴。

用新的方式做美学，首先要做的，是克服伪问题。有一次，我坐地铁上班。在某站上来一位学生，坐在我身边的空座上，拿着一摞复习提纲，背诵起来：某某认为，美是主观的；某某认为，美是客观的；某某认为，美是主客观的统一；某某认为，美是客观性和社会性的统一……背得我心痒痒地，很想和她谈谈，这么学美学不行。但是，我不认识她，而她显然是要去考试，我要是和她谈，她会听我的吗？谈了以后，她考试还能过关吗？对于这位学生来说，重要的是要考试过关。她也许对美学没有什么兴趣，只是必须有这门课的成绩而已。她也许本来对美学还有一点兴趣，这么一考以后，可能就不再有兴趣了。对于我们从事与美学有关的工作的人来说，重要的是做出设计，让掌握了那些知识的学生过关，让美学知识使青年学生感到有趣有用。美学发展到今天，还围绕着这样的问题打转转，浪费脑力、纸张和时间，是很悲哀的。这样的美学，还是不复兴为好。美的主观性和客观性的争论，是一个伪问题。原因在于，那种主客二分的哲学本身就走入了迷途。

还是从动物和原始人讲起。动物没有主客二分，世界只是它们的环境，而不是它们的对象。原始人也是如此。所谓主客二分，是将世界对象化的结果。将世界看成是对象，从而可以进行反思，于是，理性发展起来了。罗素在《西方哲学史》一书中写到，哲学是从泰勒斯开始的，他说万物源于水。这句话的意思是说，西方哲学开始于推测对象背后的东西，从而将对象归结为某种本质。万物是源于水？源于火？源于水、火、土、气四种元素？源于数？源于某种其他的本质？这种思路引导哲学走上了一种主客二分的道路。对象有现象与本质，主体有感性与理性，这都是一种二分的哲学构造出来的。如果我们改换一个思路，克服将世界对象化的观念，就可以回到一个素朴得多的思想上来。对于人来说，最本源的应该是人的生命活动。生命活动是一种生命体与环境的相互作用关系。从猿到人的过程，是在工具的使用和语言的发展中，人不断实现自我改造的过程。人的生命活动以及这种活动的不断改造、改进和进化，是一切认识的根源。因此，人与环境在生命活动和实践中所建立的关系，先于认识与被认识的关系。对象性是在认识的过程中形成的。二分的哲学也是在将认识凌驾于实践之上才产生的。我们是在与世界处于相互作用的活动过程之中，形成对主体和对客体的认识。现象与本质，感性与理性，这一切都是后起的概念。这些概念是以人与世界的相互作用为基础而生长起来。哲学家们都关心"看"的问题，但"看"还是晚于"做"并源于"做"。

具体说来，可以区分两种"看"：一种是"凝视"（gaze），一种是"扫视"（glance）。西方哲学中的"形而上学"之源，就来自"凝视"。将自我控制在静止的状态，或端坐或肃立，定睛看对象，努力看清对象，看到对象背后的东西，这是一种"凝视"的态度。这坐和立，就将自我与对象的关系确定为"看"与"被看"的关系了。边走边看，边做事边看，结合自己的活动来看，看为活动服务，这就是一种"扫视"的态度。开汽车的人需要睁大眼睛看前方，不是要看对象背后有什么本质，而是不要开错路，不是撞着行人或障碍物。其实我们生活中绝大多数的看都是如此。动物的看，是为了看到可能的食物和天敌，以趋利避害，对象的"本质"与它无关。人在日常生活中的看，也是如此。第一性的，应该是为着趋利避害的看，只是后来，才发明一种"凝视"的态度，并把这种态度看得高于一切。

与己无关却又凝神观照的态度，由于希腊社会和文化的状况，在希腊哲学中得到了发展。对于毕达哥拉斯来说，"在现世生活里有三种人，正像到奥林匹克运动会上来的也有三种人一样。那些来做买卖的人都属于最低的一等，比他们高一等的是那些来竞赛的人。然而，最高的一种乃是那些只是来观看的人们。因此，一切中最伟大的净化便是无所为而为的科学，唯有献身于这种事业的人，亦即真正的哲学家，才真能使自己摆脱'生之巨轮'"[①]。按照我们通常的理解，奥运会是运动员的节日，最高一等的，是运动的参与者，而最荣耀的是戴上橄榄枝的获奖者；但按照毕达哥拉斯的哲学，最高一等的却是坐在高高的看台上观看的人。

同样的思想被希腊人使用到生活之中。本来，在现世生活之中，忙碌地劳动着的人，创造价值的人，才应该是最高一等的。但是，按照希腊哲学，无所为而为的人，只是观看、"凝视"、"观照"的人，才是最高一等的。从这里出发，人们发明了种种美好的词语赞美那些"旁观者"：科学、客观、价值中立、不动情、直观事物的本质、无利害地观赏，等等。这进而构成了一个非常大的传统，从古至今，代代相传。从康德开启的古典美学的传统，是这种态度的传承和进一步强化。

新的做美学的方式，也正是从这里开始转变。美学家们要改变姿态。思辨的美学家们赞美旁观，要凝神观照；分析的美学家们赞美间接性，只

[①] 伯奈特：《早期希腊哲学》，转引自罗素《西方哲学史》，商务印书馆2001年版，上卷，第59—60页。

对批评的术语进行分析；今天的美学，需要的是一种"介入"的态度。

美学要介入到艺术的创作和欣赏，介入到艺术的发展之中，介入到城市、乡村的再造和环境的保护之中。所谓的日常生活审美化，就要从这里做起。

现代美学致力于宣传一种思想——人与环境的一致。中国人对"自然美"的研究已经很久了。但过去的研究，主要围绕着两种观点在争论：一种是强调自然的"典型性"，一种是强调"人化的自然"。自然的"典型性"似乎不依赖于人而存在，但存在于这种对自然理解背后的，是黑格尔式的"理念的感性显现"，还是离不开人，而且突出强调的是理性。存在于"人化的自然"或"自然的人化"的观点背后的是一种理性积淀为感性的观念。其实，我们日常环境的美，并不依赖于这种积淀，而最美的自然又常常是人迹罕至之处，这种理论都无法提供说明。

自然美需要新的解释模式。这种模式不应该从人作为人的特点出发，而应该从人与动物的连续性出发。自然的美，是从我们的生活环境适应和喜爱开始的，出发点不是"看"而是"居"。中国古代讲画要"可游可居"，那是理想。要画出一个如果我们住在那里，会感到非常惬意的地方，于是，通过一种移情作用，欣赏那里的美。四川九寨沟本来是人与环境共处的美景，后来为了防止对自然环境的破坏而将人迁出，造出只适合观赏的无人区，按照现代美学来看就是不合适的。人与环境共处，设计出人与自然在共生中的资源循环，这才符合美的理想。

"日常生活审美化"是一个十分现代的概念，也可以是一个非常古老的概念。例如，现代城市兴起，乡村的变化，造成的美的缺失。古代的城市和乡村，都有着自己的风情。前些天到南方，看了一些古代村落，真的很美啊。为什么这些美只是过去的美，新的乡村的美在哪里呢？近年来，城市建设发展很快。北京、上海、广州、深圳这些大都市的繁华程度，连欧洲的一些大城市也望尘莫及。但是，中小城市和农村，与欧洲相比则差很多。在现代化过程中，农村急剧破产，城市与乡村两极分化。居住在乡村的人，再也没有当年的对田园生活的自足感，而只有对城市生活的向往，这样的心态是造不出美的环境的。

再如，最近接触到一些文化工程建设方案，有古城区改造，有新的文化标志性建筑设计。总的感觉是，这些工作都迫切需要美学研究者的加入。什么是美的？什么是丑的？这些问题仿佛本来很清楚，但实际上并没有弄清楚。美的东西被拆掉，建起一些丑的东西，还以丑为美。这是美学研究者没有发言权的表现，但归根结底还是美学研究者工作没有做好的表现。

当然，在艺术这个美学的传统领地，要做的事就更多。从当代美术到当代电影，中国的美学家们都缺席。一些在国际激起了波澜的艺术现象，美学家们没有说什么。欧洲从19世纪到20世纪初的一系列艺术运动和思潮，都与当时的美学发展保持着密切的关系，而中国的美学家们则与这些运动离得很远。

从这些方面看，美学的复兴，既是事实、趋向，同时也是需要。我们来到了一个需要美学的时代，但是，只有转换视角，更新方法，重新定位，美学才能复兴，这个学科才能在中国有辉煌的明天。

日常生活审美化与美学的复兴[*]

我想先介绍当代美学新的发展和论争情况，再转到"美学的未来"这样一个话题上来。前不久，我在《文艺争鸣》上发表和组织了一组文章讨论"日常生活审美化"的话题。在文章写作和编辑过程中，又有一些新的想法和体会，在这里一并提出，希望能引起讨论和思考。

一、什么是美学的复兴？

"美学的复兴"也可以称为"第三次美学热"。这是说，"美学热"以前出现过两次，现在是第三次。有人反对这种说法，说美学作为一门学科，无所谓兴与衰：教育部在学科分类中确立了这样的学科，大学里设了这个专业的教授、副教授，招收着这门学科的硕士、博士研究生；每年都有新的美学文章问世，时而出现一两本美学的新书；这种状态就很好。"美学热"并非正常状态。"美学热"过去了，就进入了专业研究状态。社会不关心，我们自己做，这就很好，这是美学的常态。数学、物理、化学是如此，哲学、伦理学、逻辑学是如此，这些学科都无所谓冷和热。美学也是如此，都是一些专门的学问。专门的学问有专人去做，不在乎出什么名，重要的是学科在延续，有很扎实的成果问世。不要美学的名人，只要美学的专家！

这种说法当然义正辞严，似乎无可辩驳。但我就是想挑战这种说法，说明在过去的几十年里，美学这个学科的状况与中国的政治、社会和文化的种种状况是一直联系在一起的。美学有时盛，有时衰。这种盛衰变化与中国社会的变化有关。说一句大话：国运盛，美学兴；国运衰，美学亡。不要笑！这句话也许有过于夸大美学与时代关系之嫌，也太简单化。我想说的是，这句素朴而口号化的话中，可以放进深刻的含义。

---

[*] 本篇系根据在天津师范大学的讲演记录稿整理而成。

前两次美学热不知在座的同学是否熟悉？我这里介绍一下。

在20世纪50年代到60年代初，出现了第一次美学热。历史上将这一次美学热称为"美学大讨论"。当时围绕着"美的本质"和"形象思维"等问题，展开了学术争鸣。我们今天所熟悉的一些前辈美学家，都在那次大讨论中发表了许多重要的文章。朱光潜和蔡仪等老一代的美学家积极参加了这场讨论。当时年轻的学者李泽厚，更是在这场讨论中一举成名，成为一派美学思想的重要代表。我当年在天津师范大学读书时的指导老师鲍昌先生，也在这场美学大讨论中发表过美学论文。"美学大讨论"使美学一下子成为显学，为许多有理论兴趣的文学工作者所喜爱。

讨论、争鸣和批判，是20世纪50年代到60年代的学术常态。在那一段时期，中国出现了许多有关文学艺术的争论。从批《清宫秘史》《武训传》到评《红楼梦》，批胡风、丁玲，直到评新编历史剧《海瑞罢官》，吹响了"无产阶级文化大革命"的"战斗号角"。这些批判最终都演变成非学术的"大批判"，以学术讨论开始，以整人和使整个社会愈益"左"倾化告终。相比之下，只有"美学大讨论"多少保持了学术讨论的品格。这场讨论无论在学术研究方面，还是在人才培养方面，都为以后中国美学的发展打下了基础。美学的讨论之风，在"文革"前越来越紧的风声中日见萧条。"文革"开始后，美学也就无从谈起了。

我最近发表了一篇文章谈"形象思维"。文章中说到，20世纪五六十年代的"美学大讨论"是以郑季翘的一篇批"形象思维"的文章结束的，而70年代末至80年代的"美学热"又是以毛泽东给陈毅的一封谈论"形象思维"的信开始的。"文革"结束后，从70年代末开始，中国出现了新一轮的"美学热"。我们一般说"美学热"，指的就是这一次。1978年第1期的《诗刊》上，发表了毛泽东给陈毅的一封谈形象思维的信。这是"美学热"开始的一个标志性事件。以此为起点，学者们从"形象思维"的讨论开始，转向关于"美的本质"的讨论，再转向对西方美学的引进、中国古代美学的研究与写作、美学的全面发展。这是一个美学的黄金时期。在这个时期，出版了大量的美学著作，也翻译了众多的西方美学名著。

我正是在第二次"美学热"的时候考上了天津师范大学的美学专业硕士研究生。由于"美学热"的原因，当时美学专业研究生很难考。我考的那一年，招生名额是2名，报名的有45位考生。当然，这不是一个孤立的现象，在很多的地方都是如此。比方说在我现在工作的中国社会科学院，我听一些老先生说当时蔡仪和李泽厚先生招生，只收 5 名，都各有好几百人报名参考。

"美学热"到了 1985 年就开始降温，到了 1989 年以后，就逐渐消退了。我是 1989 年从天津师范大学到国外读书去的，1996 年在国外获得博士学位。1997 年秋天，我回国工作，想看看我不在国内的这几年，出了哪些美学方面的书。中国学术书出版就是这样，本来，学术书应是长销书，但却被当作畅销书出版发行。卖完了就没有了，也不再版。这种情况直到现在也没有多大的改观。我知道这种情况，于是到位于北京美术馆东街的三联韬奋书店，听说那儿学术书比较多，希望那儿还存着一些没有卖完的。那次买书给我留下了很深的印象。我是寻找美学书而来，看到店里书架上，确有一栏写着"美学"。但美学书架子上，根本没有美学书卖。在书店里找来找去，终于在一个转角的地方看到有两本，上面落满了灰尘：一本是朱狄的《当代西方美学》，另外一本还是朱狄作的，书名是《当代西方艺术哲学》。朱狄的名字可能你们都不知道了。这是社会科学院哲学研究所的一位老研究员，写过有关当代西方美学的书。我当年在鲍昌先生指导下研究艺术的起源时，还读过不少朱狄先生写的有关艺术起源的著作和文章。为什么只有两本美学书呢？原因很简单：美学热过去了，美学被宣布过时了。为什么只有这两本呢？我不知道原因。也许是由于别的书卖完了，这两本书曲高和寡还放在那儿。但不管怎么说，书店里只有两本美学书，足以证明当时美学的艰难处境。

当时，国内还在盛传，说国外的大学没有美学系，没有美学这个专业。仿佛是在说，国外曾有过美学，后来过时了。我说是"仿佛"在说，原因是，人们其实也没有弄清楚什么是"国外"。谣言是能杀人的，也能杀一个学科。这个谣言传开以后，人们就觉得，这时谁还在做美学，就是一个过时的人。美学一下子变成了很古老的学问。你好像也没穿长衫，你怎么就做美学了呢？那个时代的人就是这么想的。"低水平"的人问：国外有美学吗？他们的教育部将美学设为二级学科吗？"高水平"的人宣布，在国外，搞美学的都属于很保守的一群人，跟不上时代，跟不上形势。于是，出版社的人看到美学的书就说："这个不能出，出了不就全赔了。"书店的人则干脆不上架。美学书上架，白占地方，而书店的书架不是家里的书架，是不能白占的，空间就是销售量，就是金钱。80 年代时，大学生不管学什么专业的，都人手一册李泽厚的《美的历程》，朱光潜的《谈美书简》。到了90年代，人文学科的大学生也不买这些书了。

这是1997年，我从国外学习了美学后，回国后所碰到的情况。我当时真有生不逢时之感。七七级的学生，好不容易考上大学，过不了几年，人们就开始说，大学生没有什么，现在扩招。花了很大力气考上硕士研究生，毕业后留校。这时，硕士研究生在大学教书好像又变得不那么合格了。大学老师不是博士，终究是块心病。终于出了国，在国外修完学分，用英文写了一本博士论文，答辩完成，以为修成了正果，回国后人们却在说：美学？没有这个学问。我的一位同事曾写打油诗调侃我，说"美学已乘黄鹤去"。

这段时间对美学最主要的冲击来自各种新的批评方法以及文化研究的大潮。这些研究者有一个共同的特点，就是放弃审美经验的研究。他们认为，如果光从审美的角度来研究文学艺术，范围太窄，要从社会、文化的角度来研究。这一思路的确大大拓展了研究的空间，使研究者有了更为广阔的视野。但是，从跨界到越界，并进而出界，研究者走出文学研究，要研究各种社会文化和亚文化现象，组成了学术界的游击队。听说有人在网上写文章，说我寻求中国美学的原创性，但没有找到点子上。要找中国美学的原创性，就应该去找女权主义。这位批评我的人，涉及的范围还不够广。更广的研究者，则几乎研究社会上的一切：政治、经济、民族、社会、历史，等等，各种问题无所不包。这当然是好的，文学的确是一种极其复杂的现象，需要多学科的研究。但是，如果发展到文学研究者们在研究一切，就是不研究文学，那就不好了。

不仅在中国，在西方，最近一二十年，也出现了大致相似的潮流。我在很多地方都讲过一个故事，今天再重复一遍。有一次闲来翻书，看到一本美国出版的学术杂志《哲学与文学》里有篇小文章，讲作者的一段经历。这位作者是某大学的教授，他有一次参加一个招聘面试会。来求职的是一位女博士，博士论文写的是英国维多利亚时代的诗歌。这位女博士用女性主义、新历史主义、解构主义等等现代的批评方法很熟练地分析一首诗。听完后，一位面试教授问了一个问题："但是，这是一首好诗吗？"恰恰是这样一个简单的问题，却把这个学生问住了。学生不知道该怎么回答，说了一些不着边际、苍白无力的话。

在文化研究的大潮下，对文学艺术作品的审美评价正在变得过时：一些原本是文学理论的研究者宣布，他们所研究的是"理论"，而不是"文学理论"；一些原本研究文学史的人宣布，他们所关心的是"思想史"，而文学已经"死了";一些自称是从事文化研究的人宣布,他们的研究与美学无关,美学只是一些研究德国学问的人搞出来的东西,美学界属于一个极端保守的团体。

对于这些"新"的立场,我愿持一种理解的态度。在文学艺术研究长期与美学合一,只有审美的与哲学的解读,而缺乏社会和文化的解读之时,作出某种反弹,从一些偏执但却有深度的思考出发提出一些新的研究方法,当然不仅不应该反对,而且值得大力提倡。的确,美学界长期抱住几部经典不放,又不能从经典中读出新东西,对当代迅速发展着的现实视而不见,老调重弹又不能弹出新意,本身就构成了对新思想的压抑。对于从事理论探索的人来说,片面而深刻的思想火花,永远要比全面而平庸的叙述更有价值。

"越界"与"扩容"的工作本身。这当然也是很有意义的。现代学术的发展,就是在一种矛盾运动中进行的:一方面,现代性带来了学科的划分,研究者被固定在一些固定的学科上,通过专门化以达到创新。我在国外读书时,认识不少理工科的中国留学生,周末常常在一起打乒乓球、游泳。我也问过他们,做的是什么专业。他们就把自己的专业向我描述一番。我听了以后,常常感到一头雾水,他们研究的都是一些很专门的专业里的一些很专门的研究方向。例如,一位研究工业陶瓷的朋友只研究某一种既耐热又耐磨的陶瓷,另一位研究包装的朋友只研究牛奶盒的包装,还有一位研究人造金刚石的朋友只研究轴承上的人造金刚石薄膜。通过专门化,他们研究出了许多很有用的成果,这些成果本身在被运用以后,最终会推动某一具体的制造业的改进。对于他们来说,打破专业界限来一般性地谈论科学,谈论科学与社会生活的关系,只是清谈,没有什么用处的。其实,我们研究人文学科的人也是这样。问一位文学研究家研究什么的。如果他告诉你说,他什么文学都研究。你就可以断定,他没有什么学问。如果他告诉你说,他专门研究陶渊明、李商隐或者陆游,你会对他重视,如果他专门研究法国、德国或某个小国的中世纪、文艺复兴或某个特别时间段的你所不知道的小作家,或者他能说一种已经死了一千年的语言,对用这种语言写的文献下过功夫,你会对他肃然起敬,原因是你碰到了一位专家,专家之学总是有用的,绝学更应该保护。但是,从另一方面看,从事人文学科的人,又在不断地打破专业界限,谈论专业以外的内容。专门化,形成了一种鸽笼式的学科分工,它本身是有弊端的。研究者只看到本学科的内容，而看不到学科间的联系，看不到本学科在人类生活中所处在地位，这就有了局限性。人文学科的研究者就要完成这种学科的超越，走出学科来反观一个学科，看到学科的全貌。因此，专门化与反专门化的矛盾运动，在学术发展的过程中不断出现。在这种矛盾运动之中，身处矛盾一方的人常常看不到另一方。专业人士看不到反专门化运动的意义，而这些反专门化的人，则常常对一些专业研究，甚至是他们所熟悉的专业研究，持否定态度。研究的课题小好，还是大好？人们可以永久地争论下去。搞文学的人，看到历史、哲学、政治、社会、文化、经济等各种学科研究的意义，并吸收这些学科的研究成果，充实自己的研究，这当然是件很好的事。但是，跨出去就不回来，就是无根的游荡了。我曾经打过一个比方：一个可进可出的常住地是家园，一个不可自由进出的常住地是牢笼。这个比方，是在肯定跨界，也是在质疑跨界。不能作无根的游荡，不能无家可归。

回到前面提到的问题上来：审美评价是不是一个合法的问题？我们能不能问这是否是一首好诗？一幅好画？一首好的曲子？或者，更为一般地说，是否是一件好的艺术品？也是就是说，文化批评固然有趣，有时也有用，但审美评价还要不要了？审美经验还是否可以研究？如果是，那么，美学就有复兴的理由。如果没有，那么美学就过时了。

黄鹤能再飞回来吗？如果等不来，我们能否来一次寻鹤之旅？这十几年，我致力于传递这样一个信息：外国不是没有美学。我做了两件事。

第一，国际上有一个美学协会，始建于1913年，至今已经有近一百年的历史了。中国美学家们过去与这个协会有一些零星的联系，也有一些前辈美学家参加过世界美学大会。1995年，我去芬兰的拉赫底参加了第十三届世界美学大会，在会上讲中国的前两次"美学热"。1997年回国后，我就开始推动，促使中华美学学会作为团体会员加入了国际美学协会。在此以后，我参加了几次会：1998年到斯洛文尼亚的卢布尔雅那参加第十四届世界美学大会，2001年到日本东京参加第十五届世界美学大会，2004年到巴西的里约热内卢参加第十六届世界美学大会，2007年土耳其的安卡拉参加第十七届世界美学大会。我与一些同事一道，组织过几次会议：2002年在北京组织了一次有20多位国际美学协会执委会成员参加的会议，2006年在四川成都组织了一次国际美学协会执委会会议，2008年在西安组织了一个两岸三地的美学会。2010年8月9日到13日，在北京大学组织第十八届世界美学大会。这些会议所取得的成果，当然主要是美学的学术交流,让国内与国外的同行相互认识,相互了解,从而相互学习。同时,这些活动也是向国内学术界传递一个明确的信息:国外并非没有美学。

第二,组织一些译丛,将国外当代美学介绍到国内来。对西方美学介绍,在中国经过了三个阶段:第一阶段以朱光潜、宗白华、缪朗山等先生为代表,主要介绍西方古典美学,包括从柏拉图到康德、黑格尔的美学;第二阶段以80年代李泽厚先生组织的译丛为代表,介绍了许多20世纪前期到中期的美学,如克莱夫·贝尔、苏珊·朗格、鲁道夫·阿恩海姆等人的著作。我觉得,介绍与我们同时代的、我们所认识的国外同行的作品,从而使国内的研究与国外的研究同步,是一件有价值的工作。这些年出了一些译丛,包括商务印书馆、四川人民出版社、北京大学出版社、河南大学出版社等,都在编译丛。这些书籍的出版,给国内的美学界带来了新的研究话题。

可喜的是,这些年,美学重新赢得了研究者、一般大众和大学生的欢迎。美学书卖得比以前好了,不仅是翻译的书,中国学者们写的书也开始受到欢迎。一些久以停刊的集刊,例如《美学》《外国美学》等,也陆续复刊,各地都办起了许多美学类的集刊。一些新的中国美学话题被提起,一些国外的美学话题也逐渐在中国生根。

二、复兴什么样的美学

可能你们都知道一本书,德国的沃尔夫冈·韦尔施(Wolfgang Welsch)的《重构美学》。这本书出版后,在中国影响很大。韦尔施是德国耶拿大学的教授,席勒曾在那所大学教过书,现在,大学的全称就叫耶拿弗里德里希·席勒大学。在德国,席勒现在已经是一位文艺之神了。几年前,席勒逝世二百周年,全世界都在纪念。我曾在许多德国城市看到竖立在城市显要之处的席勒雕像,数量远超过其他的德国伟人。席勒代表着一种精神:美是自由。美是自由的游戏,通过这种游戏,人类可以走向自由的王国。我曾写过一篇文章《席勒的审美乌托邦及其现代批判》,试图将这位文艺之神还原为人,让他回到历史语境中,反对将他神化。[①]文中援引马克思、恩格斯对席勒的多次评论,他们对"席勒式"的"德国庸人"的抨击,

---

① 见高建平:《席勒的审美乌托邦及其现代批判》,载《陕西师范大学学报》2006年第6期。

做了一件偶像破坏的工作。从席勒到韦尔施，虽然他们都是这所学校的教授，但思想并不是一脉相承，而是经历了一个漫长的进入美学和走出美学的过程。席勒是要建构美学，韦尔施是要解构美学。韦尔施的这本书的原名叫"Undoing Aesthetics"，意思是美学的消解。[①] 我们都知道，在电脑里按错了一个键，造成文件丢失，一个通常的做法，是按 Ctrl.+Z 键，这个操作就是 undo。做了这个操作后，页面上就回到了按错键以前的状况。这个操作很简单，做完后没有任何影响。回到一个操作以前，再进行新的操作，对于使用电脑的人来说，应是每天都要做无数遍的事。但是，韦尔施想要 undo 的，是整个美学，也就是把从康德、席勒以来所做的一切都 undo 掉。历史与电脑操作的区别，恰恰就在于它不可以重来一遍。如果历史可以重来一遍的话，项羽一定会在鸿门宴上把刘邦给杀了，哪有什么后来的汉朝。任何要让历史重来一遍的说法做法，只是针对当代现实的情况，说点什么，试图做某件事。文艺复兴，以复兴古代世界的文艺和学术相号召，迎来的是一个崭新的近代世界。很多文学艺术上的复古主义运动，都是如此：以回到过去相号召，实现向前发展的目的。

在"美学"（aesthetics）名义下，人们曾经做过什么事呢？这当然就要从"美学"的起源说起。"美学"是什么时候起源的，这是一个有争议的问题，有多种说法。其中有两种说法最具有代表性。

一种说法是，美学是从希腊人开始的。大家可能会注意这样一个区别。西方艺术史一般都从法国和西班牙的原始人洞穴壁画讲起，其间讲新石器时代艺术，一些文明古国，如两河流域文明和埃及文明所创造的伟大的艺术，在经历了漫长的历程之后，才谈到希腊艺术。但是，如果是讲美学史的话，一般都是从希腊人讲起。这种做法，本身就暗示，美学是从希腊时期开始的。在有些美学书中，对此做了解释。例如，鲍桑葵的《美学史》、比厄斯利的《美学史：从古希腊到当代》，都论述了审美意识在希腊人那里的起源，谈到荷马史诗中开始了真正的审美判断，以及前苏格拉底的模仿思想和形式美的思想。其他一些流行的美学史著作，例如克罗齐、基尔伯特-库恩的美学史，等等，都从希腊写起。中国学者们所写的关于西方美学史的著作，学习朱光潜的《西方美学史》，无一例外都从古希腊写

[①] Wolfgang Welsch, *Undoing Aesthetics*, trans. Andrew Inkpin, Londong: SAGE Publications, 1997.

起。最近出版的，汝信先生主编的四卷本《西方美学史》的第一卷的一开头就写道："希腊民族并不是最古老的民族，然而，它是历史的宠儿。"① 于是，美学就从这个民族开始发源。记得罗素在《西方哲学史》一书中说过一句话：哲学是从一个人开始的，这个人的名字叫泰勒斯，他说万物起源于水。② 我想仿此格式造一个句子：美学是从一个人开始的，这个人的名字叫毕达哥拉斯，他说万物统一于数。我们从弦长度间的比例关系，发现了音乐的和谐，我们从万物间的数的关系，可以发现世界的和谐。美似乎有规律可寻，于是，从这时起，希腊人开始了对美的规律的探讨。

另一种说法，则是认为，美学是18世纪才在欧洲出现的。1735年，德国哲学家亚历山大·鲍姆加登出版了一部著作《对诗的哲学沉思》，第一次造出了 aesthetica 这个词，意思是"感觉学"。1750年，他以此为名，出版了 Aesthetica 一书的第一卷。对此，朱光潜先生在他的《西方美学史》一书中提到，自从鲍姆加登正式用"埃斯特惕卡"来称呼他的研究感性认识的一部专著，"美学作为一门新的独立的科学就呱呱下地了"③。朱光潜曾多次重复这种观点。他认为，在鲍姆加登之前的漫长时间里，只存在"美学思想"。只是到了鲍姆加登，"美学"这个学科才出现。④ 对于这种说法，我在去年发表过一篇文章，文章的名字是《"美学"的起源》。⑤ 这篇文章主要想论证，美学并不能只是由于鲍姆加登发明了这个词就诞生。这是一个漫长的过程的结果。英国的夏夫兹博里，意大利的维柯，法国的夏尔·巴图，以及像哈奇生、休谟，法国的百科全书派，等等，众多的欧洲18世纪的思想家们，都对这个学科的形成产生过重要的影响。我们谈论美学这个学科的诞生，必须避免当代社会常会产生的一种错觉，即认为只要宣布某种学科诞生，再组织一批人去研究它，宣传它，最终它就诞生了。美学不能只是通过命名而诞生。只是通过命名就诞生的科学，是伪科学，其实人文学科也是一样。美学这个学科的诞生，是以一些基本的预设为前提的。这些基本的预设，就是开始于夏夫茨伯里审美无功利、内在感官等

---

① 汝信主编：《西方美学史》第1卷，中国社会科学出版社2005年版，第3页。
② 〔英〕罗素：《西方哲学史》上卷，何兆武、李约瑟译，商务印书馆2001年版，第49页。"每本哲学史教科书所提到的第一件事都是哲学始于泰勒斯，泰勒斯说万物是由水做成的。"
③ 朱光潜：《西方美学史》上卷，人民文学出版社1979年版，第297页。
④ 见朱光潜：《美学拾穗集》，百花文艺出版社1980年版，第8页。
⑤ 请参见高建平：《"美学"的起源》，《外国美学》第19辑，江苏教育出版社2008年版，第1—23页。

思想，维柯的诗性思维的观念，夏尔·巴图关于"美的艺术"及相应的现代艺术体系，休谟的关于审美趣味的思考，博克关于崇高与优美的分野，以及鲍姆加登关于感性认识具有相对独立的完善性的思想等，这些思想，汇集到康德那里，形成了"审美无功利"与"艺术自律"这两大信条。最后的综合工作，是由康德来完成的。康德的《判断力批判》标志着美学作为一门独立学科的诞生，而席勒是这个学科的最早的继承者和发展者。人们在"美学"的名义下所从事的一些工作，指的应该是这一时期开始的依托学科概念所做的一些事。

如果我们考察一下从 17 世纪到 19 世纪欧洲美学的发展，就会发现，许多过去没有的观念形成了，许多过去不存在的分类被确定下来了，许多过去没有的社会机制建立起来了。例如，什么是艺术？我们关于艺术，有三个英文词 art、the fine arts 和 Art。这三个词的分野能够很好地展示这种发展。当我们说 art 时，指的是一般意义上的艺术，即从洞穴壁画，原始歌舞开始的艺术。这个词还可以用来指"技艺"等。艺术有着漫长的历史，它们与工艺，与制作，与人的各种活动，没有被截然分开。一些文明古国，如巴比伦与埃及的建筑，都是 art。贡布里希讲希腊艺术革命，说只有希腊人才有 art，是想说明希腊人给艺术带来的独特的进步。从希腊人开始，人们开始反思艺术，将它与生活相比照。从这个意义上讲，贡布里希宣布，希腊人创造了真正的 art。到了 18 世纪，情况有了很大的不同。夏尔·巴图提出"美的艺术"（the fine arts），是想建立一个组合，将诗歌、绘画、音乐、雕塑和舞蹈合在一起。这种建立组合的努力，促成了现代艺术体系的建立，也推动了现代艺术制度的形成。由此更进一步，理论研究者们开始寻找艺术的共同特征，并由此探讨艺术的本质。于是，原本对宗教崇拜对象才具有的那种神圣感，被转移到艺术上来，使艺术有了一种被称为灵韵（auro）的东西，从而有了大写字母开头的 Art。现代意义上的、具有学科性质的美学，是在此基础上建立起来的。

再如想象（imagination）的概念，这本来也是一个古老的概念。人们通过想象，创造出了狮身人面的怪物，人首马身的神，带翅膀的天使。所有这一切，都不能得自模仿，而必须经由想象而创造。但是，这种想象，还只是组合而已。19 世纪的浪漫主义运动，带来了全新的想象概念。这时，想象具有了直接洞察和把握真理的功能，使理智变成感觉，使精神成为肉体，使不可见变成可见，对各种感觉材料进行消化，从而形成新的质。①

还有，审美态度的理论，也是在19世纪得到了发展。本来，自然界中的事物有美有丑，早期的理论家主张艺术要模仿美的自然，欣赏者要在自然中辨别美丑。但是，人们很快就意识到，生活丑也能进入艺术，于是，也有人写关于丑的历史。由此而出现了种种复杂的生活与艺术相互转化的理论。审美态度理论出现以后，就开始形成一种观念，世界上的一切都可以成为审美欣赏的对象，关键是看有没有一种主体的审美态度。由于有了这种态度，世界就成为对象。叔本华认为，对象成了"柏拉图式的理念"，主体完成了去欲的过程，于是对象就成了审美对象，主体就成了审美主体。爱德华·布洛认为，只要有了"心理距离"，对象就成了审美对象。

韦尔施想要undo的，就是这种在18世纪形成，19世纪发展，直到20世纪初年盛行的美学。这是狭义的、现代学科意义上的美学。

除此以外，韦尔施想要undo的，还有另一种美学，这就是"分析美学"。分析美学是从20世纪前期开始的。这种思想的最初的源头，是维特根斯坦的哲学。维特根斯坦本人对美学没有说多少东西。他认为美学不过是伦理学而已。他的一些继承人，如莫里斯·韦兹，也对美学持取消主义的态度。但是，恰恰是在维特根斯坦的理论基础之上，生长出了众多的分析美学思想，并在从20世纪中叶直到世纪末的西方美学界，特别是英美美学界，占据着主导地位。分析美学的基本观点，是认为美学应该是一种元批评（meta-criticism），对批评的批评。在文学艺术的经验之上，大量存在着文学艺术的批评，包括作品评论、作家艺术家评论，有关文学艺术流派和历史的书写活动。我们说创作与批评共同构成艺术，就是强调批评对于艺术的重要性。没有批评，现代艺术就不能成立。甚至从一定的意义上讲，艺术与非艺术，艺术与工艺，高雅艺术与民间和通俗大众艺术之间的区别，就在于它们是否是批评的对象。分析美学所做的，就是从对批评的研究开始。相对于直接面对创作、作品和社会需要的研究而言，美学被解读为这样一种学科，它对批评所使用的术语进行哲学的分析。在生活中，语言使用是与生活过程联系在一起，从而是无所不在的。我们需要一种语言学的研究，分析语言使用中的词汇、语法和修辞现象。美学也是如此，

---

① 这方面的进一步论述，请参考门罗·C.比尔斯利《美学史：从古希腊到当代》，高等教育出版社2018年版，第418—441页。

它是对文学艺术批评所使用的语言,特别是一些专门术语进行研究。分析美学家们研究什么是艺术,为艺术寻找定义,研究什么是模仿和再现,什么是表现,什么是形式,从而对这些词语的用法进行澄清。分析美学对于美学发展所作出的贡献,是极端重要的。在欧美,一些重要的分析美学家,例如,门罗·比厄斯利、阿瑟·丹托、乔治·迪基、理查德·沃尔海姆、纳尔逊·古德曼等许多学者,都对美学的发展作出了杰出的贡献。他们的美学,成为20世纪美学发展的重要的一环。这种美学在中国还没有发展起来,在很长的一段时间里,许多重要的中国美学家对分析美学持排斥的态度。实际上,借鉴分析美学的方法,进行一些概念、术语和关键词的分析,可以对中国美学在学术化和专业化方面的发展作出很大的贡献。我们甚至可以说,中国美学家们需要进行分析美学的补课。

但是,分析美学也确实是有着一些致命的局限性的。分析美学只分析概念,认为美学家不研究美,不研究艺术,只分析语词。这种过分严厉的间接性,会带来美学整个学科的萎缩。20世纪后期分析美学发展的历史,就证明了这一点。美学家们是一些具有高度思辨能力、语言学专业知识、数学和逻辑学训练的专门家。他们所研究的问题,也日益经院化。例如,在2007年土耳其的安卡拉举行的美学大会上,一位分析美学家的发言,探讨叙述是如何可能的。理查德·舒斯特曼在听讲时坐在我旁边。听完出来后,他就对我说,这是一个伪问题。"叙述是如何可能的"这个问题应该还原为"生活是如何可能的"。我们不能从叙述之中寻找叙述吸引人的原因,而应该从它是对生活的叙述来找它吸引人的原因。这个例子,是对分析美学困境的最好的说明。分析美学中生活之维的缺失,使与文学艺术相关的社会和文化研究让位给了一些其他学科的研究者,也使美学之路越走越窄。

我们描绘了从思辨美学到分析美学的发展,说明在西方占据着主导地位的美学,经历了一个转化。这只是一个极粗略的对美学史的描述。实际上,这些思想一直受到来自各方面的挑战。一些来自不同国家的思想线索,如英国文化研究、法国的社会学批评、德国的法兰克福学派,以及美国的实用主义,都对美学构成挑战。

在这里,我举一本书为例。美国哲学家杜威在1934年出版过一本书,书名的中译本叫《艺术即经验》。从原文直译,这本书可译成《作为经验的艺术》。作者的意思是说,艺术从经验的角度看,就是作品,从有形的物质的角度看，只是产品。这本书致力于打破三个界限，即艺术与非艺术的界限，艺术与工艺的界限，以及高雅艺术与通俗大众艺术的界限。作者认为，过去我们研究艺术，探讨艺术的本质，都是从公认的艺术品出发，这是错误的。传统的思辨美学从"美的艺术"出发，分析美学从批评话语出发，实际都不脱从公认的艺术品出发的路子。艺术本来只是生活的一部分，是生产和消费活动的一部分，将它分离出来，并将它们神圣化和神秘化，这是世界转向现代以后带来的种种世界、体制和观念变化的一部分。杜威坚持认为，我们不能从公认的艺术品出发，而应该绕道而行。我们在日常生活中总是习惯于把一个做工特别精良的东西称为艺术，如果这样的话，艺术和生活就没有一个截然的界限。其实古代的很多东西，比方说神庙、神像、宫殿、纪念性碑柱，都是为当时的宗教或者政治统治服务，并不是作为艺术品被创造出来的。在没有现代艺术观念的时候，他们的创造并非心存艺术的目的。因此，艺术与生活并没有截然的界限，同样艺术与非艺术、高雅艺术与通俗艺术之间也并没有这样的界限。

在我们的日常生活中，到处存在着人的作品，这些作品在生活中起着重要的作用。从印第安人的图腾柱、埃及的金字塔、希腊的神庙到中国的秦始皇兵马俑，本来都不是作为艺术作品被创造出来的。但是，他们所具有的观赏性，与艺术没有根本的区别。同样，在现代社会，我们对居室、服装、家具，都有美的要求。我们买一台电脑，一样电器，在质量可靠、功能齐全的条件下，外观也成为一个重要因素。人们的这些审美要求，与他们在艺术的创造与欣赏中所寻找的审美感受，有着连续性。当代美学的任务，不再是像从18世纪开始的美学那样，寻求艺术与非艺术的区分，而是通过这种连续性的寻找，看到艺术的出路，也看到美学与社会改造，与日常生活审美化的关系。

三、美学复兴的社会意义

让我们还是回到80年代的"美学热"，并从这里出发，探讨当代美学复兴的意义。80年代的"美学热"，是在这样一个社会语境中出现的：中国社会刚刚经历了一个极"左"思潮泛滥的"文化大革命"。"文革"将一种激进思潮所可能带来的对社会的破坏，以极夸张的方式，使人刻骨铭心地展现了出来。从这个意义上来说，"文革"教育了全体中国人民，于是，

"文革"后，就开始了思想解放运动。思想要不要解放，这本来不是一个问题。在"文革"最盛行之时，人们也在唱《国际歌》，也喜爱其中的一句歌词："让思想冲破牢笼"。在"文革"后的那个大转型的时期，这句歌词被人们赋予了新的含义。

在这个时期出现的"美学热"，自然会具有强烈的意识形态的色彩，或者说，有着一种对"文革"时代的意识形态进行消解的意义。我曾在一篇文章中提到，中国人从精神上走出"文革"，要比1976年10月6日那个晚上半小时的组织解决，所花的时间要长得多。在这一过程中，美学起过很重要的作用。"美学热"的兴起，有一个标志性的事件，这就是"形象思维"讨论的重新出现。"形象思维"的讨论，对于当时的中国人来说，并不是一个新问题。50年代时，"形象思维"问题就被热烈地讨论过。发表于1978年《诗刊》第1期上的毛泽东给陈毅论形象思维的一封信，是这场讨论的新开端。在此以后，全国掀起了"形象思维"讨论的热潮。这场讨论，早于"实践标准"的大讨论，成为改革开放的先声。

在"美学热"时，知识界有着一种普遍的理论热情。人人读马列，读康德黑格尔，读当代国外的哲学社会科学名著。这个时代被人们称为新启蒙的时代，大家都在如饥似渴地学习着各种新知识。今天常有人讲，那是一个浮躁的时代，但恰恰是这种躁动，使人文学术充满着生机。许多最有价值的思考，都是在那个时代生长出来的。在这种躁动的背后，体现出来的是一种理想主义的精神。前不久在浙江温州开会，在会上听来自东北的一位学者谈80年代，说我们应该珍视80年代精神，要像怀念"五四"精神一样怀念80年代精神。我对这句话深以为然。那是一个充满理想，充满创造性，文学艺术繁荣，美学上充满探索精神的时代。那个时代的出现的"美学热"，以及在"美学热"中积累下来的种种思想成果，是中国美学界的永久的财富。

前面说过，"美学热"之后出现了"文化研究"的热潮，仿佛给人一种错觉，"文化研究"取代了"美学"。其实，事实远没有那么简单。"美学热"体现的是一种"文革"后在中国出现的、以"新启蒙"为口号的理想主义精神。这种理想主义的精神，在为此后的各种学术、社会和经济的发展开拓道路。因此，这是一个必不可少的过渡时期。在"美学热"之后，出现了学科的分化，美学作为公共知识论坛的地位丧失了。美学成了一门专门的学问，在大学继续讲授。此后出现了不少厚重的中国传统美学整理和研究的著作。但是，在理论的新探索方面，脚步放慢了。更重要的是，社会对美学的关注度急剧下降。这时，"文化研究"取而代之，取得公共知识平台的地位。当然，"文化研究"的社会关注度，从来也没有达到当年"美学热"时的关注程度。时代发展了，知识在分化，社会也变得多元化。经济的发展，市场经济的改革，使得整个社会关注的重心被转移。90年代美学的衰退，与经济中心地位的取得，有着密切的关系。在一个需要钱，而且可以赚到钱的时代，赚钱最多的人，就成为文化英雄。

有一次，听一位美学教授谈当年他在四川大学读书时的一件事。1980年，第一届中华全国美学大会在云南召开。会后李泽厚先生应邀转道四川大学作讲演。在学校的大讲堂里，座位上坐满了人，过道站满了人，窗外也挤满了人。对于这所大学来说，李泽厚的讲学，成为大学校园里的一件大事。所有的大学生，不管是学文科的，还是学理科的，都要来一睹这位美学家的风采。我想那个校园里的学生，哪怕已经忘记李先生讲了什么，对此情此景，以后几十年都不会忘记。后来，我又听说，20年后，大概是2000年时，李泽厚先生去厦门大学讲学，贴个大海报，也引来了很多年轻的学生。听众照样很多，照样很兴奋，但大都不知道什么是美学。学生们看到李泽厚老人登台，很失望地说："不是说李泽楷来讲吗？"这场讲演的结果，我就不清楚了。我想以李先生的口才，学生们会欢迎的。只是，如果他讲美学，学生们能否听懂，那就是一个问题了。李泽厚还是李泽楷？这也许能代表不同时代的价值取向。80年代，文化英雄是美学家，到了90年代，文化英雄是经济上的成功人士。

市场经济是一种很好的分配社会资源的方式。市场经济的发展有它的不可避免性。我们的国力不断增强，生活水平不断提高，向世界强国迈进，这一切都要归功于市场经济。但是，经济发展了，更要注意避免土财主现象。我在北京的住处附近有一个小区，打出的口号是"新贵社区"。对于我们这一代读过巴尔扎克、狄更斯小说的人来说，"新贵"是一个很坏的词，与粗俗的暴发户、吝啬、野心勃勃、见钱眼开、要钱不要命，这一类的印象联系在一起。这样的词，居然会被当作小区的名字，也真是时代变了。在北京的某一个街道上，有一个房地产的广告词："开始脱离群众！"这里的小区环境好，是上等人住的地方，没有拆迁户，居民不"杂"，安全有保障，保安很负责，"一般人"进不来。还有，小区安静，房屋间距大，游泳健身方便，车位充足。这些都是自然的要求，可能我们也都习惯了。但是，听上去总有一点不是滋味。

近些年，在美学界有一场关于"日常生活审美化"的讨论。这些讨论的文章都在，具体的内容我就不重复了。在 80 年代"美学热"之后，90 年代时美学被边缘化。在"文化研究"盛行之时，也有发展审美文化研究的呼声。在经济发展的大潮之中，审美文化的研究能做什么？这是一个艰难的选择。前面说过，如果我们的研究只是从"公认的艺术品"出发，路就会越走越窄。在当代做美学，视野要扩大，方法要多样。要关注社会的发展，生活的变化，意识到审美和艺术，只是社会生活整体的一个组成部分，而不是自我封闭的一个小社会、小世界。人的社会生活、经济生活、科学技术、交通与通讯的发展，等等这一切，都会对审美与艺术产生影响。美学研究在这里出现了发展的机遇。这种研究不能是以不变应万变的抱残守缺，也不能随波逐流对所出现的一切唱赞歌，而是在这一发展过程之中，作出一点有意义的思考、呼吁、挑战。

当代社会需要各种各样的东西，需要经济的发展，但是更需要精神的财富，需要对美学、对艺术的重新体认，美学就可以起这样的作用，而且也需要美学起这样的作用。这也是近几年"美学热"重新出现的重要原因。为什么前几年美学无人问津呢？那是由一个社会大背景决定的。为什么最近几年又有这么多的美学书出来了？是因为我们有这样一个社会背景，有这样一个需要。这是美学发展的一个新的契机。美学要针对当代社会生活发言。这不是说，要将美学变成社会批评，而是针对当代社会和当代艺术的状况，用一种理论话语来表述自己的立场，并介入到社会生活的发展中去。沃尔夫冈·韦尔施也持这个立场，认为美学要保持一种独立性和批判的立场。

在经济发展的同时，要追求社会正义。我们现在提，要让老百姓过有尊严的生活。这非常重要。衣不遮体没有尊严，无家可归没有尊严。但是，仅仅追求一种普遍的生活保障，还是不够的。保护尊严所需要的，是一种生活的质量，这就把审美与艺术包括进来。这里我想提一个概念：品味。让老百姓过有尊严的生活，是否也包括过一种有品味的生活。品味不是财富的同义词。有人说，坐桑塔纳是一种品味，坐奥迪是另一种品味，那是用错了词，是变了味。品味是生活的充实，是生活的艺术化。

四、美学与"批判"

日常生活审美化,不等于说所有的人都是艺术家,一切都是艺术。艺术不是一切,而是给人以意义、价值和力量的东西。从这里,我们可以回到一个词上来,这个词就是"批判"。在"美学"这个词下面,我们做了各种各样的事。美学曾经为艺术立法,在浩瀚的艺术海洋之中,提出规则,进行选择,从而推动经典化过程;美学也曾试图从科学的角度对审美和艺术活动进行研究,从而找出审美与艺术活动中的生理－心理学,数学－物理学的规律;美学还试图对批评话语进行语义学的分析,从而通过影响批评来对艺术活动过程进行间接干预。所有这些努力,对美学的发展,都起了推动作用。

我们曾在文学研究所开了一个会,讨论毛崇杰先生的一本新书《走出后现代》。围绕着这本书,许多学者提出了许多意见。后现代是一个现代之后的历史时期,还是一个反抗现代性的运动?我们需要什么样的后现代?是否存在着一个建构的后现代?这些都成为争论的焦点。

正是在这个会上,学者们提出了一个很有意义的思考,这就是:理论的功能。有人将理论家看成是预言家。预言未来会怎么样,后来预言没有实现,就应该证明理论是错误的。有人将理论家看成是设计师,按照这个设计去做,做成了,就证明理论是正确的,做不成,就证明理论不正确。当然,我们也不排除许多人将理论看成一种满足知性消费的游戏,人们读文学,达到一种感性的愉悦,而读哲学,则满足一种知性的需要。读者读一些难懂的书,最后终于读懂了或自以为读懂了,于是产生了快感。许多人绞尽脑汁去下棋,就像许多人拼尽全力去踢球一样,不过是游戏而已。于是,这些人认为,理论著作也是游戏,能给人提供一种别的活动所不能取代的理智的快感,也就达到了它的目的。有人持这种观点,这也未尝不可。但是,除了服务于这两种功能的理论以外,还有没有服务于其他功能的理论存在呢?我想是有的。

让我们再次回到美学上来。在一个新的发展时期,美学要做什么?美学不是跟着社会的发展唱赞歌,而是要坚守自己的批判立场。人文学者应该坚持这样一种立场,这个立场就是去医治社会的疾病。人不仅要吃饭,也需要吃药。这个思想在以前就有了。80 年代就有人提出种种思想,这些思想老是被批判,如异化的观点,人道主义的立场,但是我们不断地清除这些所谓的"精神污染"。现在回过头来看，这些观点用一种独特的语言说出了当时的弊端。随着经济的发展，这些弊端也变得越来越严重。我们需要饭，也需要药。在大众文化从通俗走向低俗、鄙俗，甚至恶俗的情况下，也许有人会说群众高兴就好，但是美学不应该如此，美学应该坚持自身的立场，对这些"病变"进行医治，使社会健康发展。我们要有一个批判的立场，要指出它的弊病，这也许是美学在复杂的现代社会中对自己位置的寻找。当图像时代到来的时候，美学家的任务不是歌颂这个图像时代，而是要说出图像时代给我们带来的浅薄化。当通俗文化到来的时候，美学家的任务是说出通俗文化缺乏深度的弊端，说出我们的社会需要另外一种东西。当网络时代到来的时候，美学家需要说科技不是一切，科技之外需要一种人文立场。所以我坚持认为理论要坚持批判的立场。从事网络文学研究的人给我们描绘科幻小说，图像时代的人宣布文学已经过时了，面对这一切问题时，我们需要美学，需要用美学的立场来批判这一切。也许这种观点是古典的，但是我的这种古典不是以不变应万变，而是在变动的现代社会里寻求一种人文的立场，在这样的立场下做美学。

什么是艺术？*

今天我想讲一个问题：什么是艺术？到美术学院来讲这样一个问题，似乎是在班门弄斧。在座的诸位都在学习或研究艺术，在这方面有大量的实践经验。诸位从自己的经验中，在体会什么是艺术，在创作艺术作品，也在这种学习、体会、创作的同时，将自身培养成一个艺术型的人。有一句老话，诗人的一生就是一首诗，我套用这句话也可以说，艺术家的一生就是一部艺术作品。那么，我能对艺术说一点什么呢？特别是面对艺术家们，我能对艺术说一点什么呢？我是搞美学的，美学属于哲学的一个分支。也许，我是在冒险说一个会遭来反对的话题，如果这样的话，那就算是一个哲学与艺术的对话吧。

由此，我想讲一个故事。在宗白华《美学散步》的初版前，有一个李泽厚写的序言。李泽厚在序言中谈到，艺术可以是写作一本大书的题材。宗白华很赞赏这句话。李泽厚是一位哲学家，而宗白华则是一个艺术鉴赏家和艺术理论家。李说，在他那里并无深意的抽象议论，在宗先生那里却有许多切身的感受。我们今天也在谈论同一个话题，但是，同样的话题在不同人心中产生的意义，却可能会是完全不同的。

一、有没有大写字母开头的 Art？

艺术在英文中，可分 art 和 Art。只要读过贡布里希的《艺术的故事》的人，大概不会忘记其中的一句话：There really is no such thing as Art。这是全书的第一句话，意思是，"真的不存在'艺术'这样东西"。同样的一句话，在全书中多次提起。那么，"艺术"是不是存在呢？如果没有"艺术"，那么贡布里希写的这本命名为《艺术的故事》的书中讲的是什么故

---

* 这是 2010 年前后在中央美院的一次讲演记录。

事？我们这么多搞艺术的人，搞的是什么东西？

我们也许不必接受贡布里希的现成结论，但是，这种表述本身，就反映出一种对艺术概念本身的深刻的思考。贡布里希认为不存在的，是以大写字母 A 开头的 Art。贡布里希接着上面的一段话说，There is only artists，这是说只存在着艺术家。这时，他说的是 artist，用的是小写字母 a。在他的书中，多次用 art，讲古埃及人有 art，又讲希腊人创造了真正的 art。那么，照这样看来，他的《艺术的故事》，讲的是小写字母 a 开头的"艺术"的故事，在用作书名时，由于书名都使用大写，大小写已经无法分辨。

如果这样的话，那么，大写字母 A 开头的艺术是否存在过呢？在我们今天是否存在呢？从这里，可以开始我们的分析。我们知道，在西方语言中，用大写字母开头，常常表示一些具有神圣意味的对象。我们读到这段话，有着一种"从来不存在着一个以大写字母 G 开头的 God（神），只存在着造神和信神的人"一样的感觉。

神不存在，神也是存在的。在今天，一部分无神论的哲学家和科学家们可以说，并不存在着神，可以用自然的、科学的方法来解释世界的起源和发展，解释人类社会的种种现象。但是，历史研究存在过的事实，于是，历史学家就必须站在另一个层面之上。如果不了解宗教在人类历史上的意义，就不能很好地了解历史，不能了解许多社会与文化现象。我们知道，在世界各民族，随着社会的发展，都出现过一些宗教信仰。今天的无神论者反对神的存在，这是考虑问题的一个层次。从史的层次上讲，应该看到这种神的出现，具有历史的必然性。

由此我们来看艺术。我们记得，柏拉图一方面反对艺术，要将艺术逐出他的理想国，但另一方面，他又提出了灵感说，认为诗人是在代神说话。这就是说，有些艺术是要反对的，有些艺术不能反对。这种观点的双重性，说明他实际上在肯定一个 Art 与 art 并存的状况。这种现象从古至今一直存在着。在今天，一方面，存在着一种对艺术的神圣观念，从事文学的人，都愿在家里的书架上放从《荷马史诗》到莎士比亚的著作，这些作品被当作"具有永久魅力"的典范，在艺术中也是这样，从古希腊罗马的雕塑到文艺复兴时期的一些著名艺术家的作品，艺术史家们选出了一些典范，这些典范成为万世楷模。也许，有些人的楷模不是米开朗琪罗或拉菲尔，而是毕加索和马蒂斯，但不管怎么说，但艺术中的典范、经典、楷模，不管什么时候都是存在的；在另一方面，人们又时时对当下的艺术表示不满，认为同时代的艺术违背了这种典范，认为它们不是艺术，甚至在亵渎艺术。这么说来，如果我们今天的、当下的艺术家正在创作的艺术是小写字母开头的 art 的话，那么，那些具有神圣地位的、成为楷模的艺术，就成了大写字母开头的 Art。

在艺术中，这种典范起着非常重要的作用。它们维持着一种精英的标准。过去，西方有一些艺术批评家们不研究活着的艺术家，这条禁令现在也许被打破了。但是，批评家们通过经典的阐释来影响当下的创作，仍是一个通行的做法。没有读过中国与西方的文学名著的人，不能称为是合格的文学家。研究美术的人，也要从历史入手，熟悉一些被称为大师的作品。比起艺术家来说，理论家们也许更加注重经典，在对经典的阐释中发挥他们关于艺术的理论。由此，经典的作品与对这些作品的种种阐释一道，构成对于当下创作不断产生影响的大写字母 A 开头的 Art。它是悬在今天的种种艺术活动之上的，具有神圣意义的东西，它还以其独特的力量，赋予当今的艺术活动以一种神圣的力量。作为我们日常生活活动一部分的以小写字母开头的 art，由于受大写字母 A 开头的 Art 的影响，而变得与其他的人类活动不同。同时，也正是由于这种大写字母 A 开头的 Art 的存在，使得许多人产生对艺术的崇拜，产生为艺术而献身的冲动，产生对纯粹艺术的追求。

二、The fine arts 的概念是怎么形成的？

有一个词，我们今天译为"美术"，这就是 the fine arts。它的原意是"美的艺术"，译为美术，当然也并无不可。但是，由于我们今天的将"美术"理解为造型艺术，将音乐、文学甚至建筑都抛开了，于是，就与这个词的原意相去甚远了。

这个词的原意，是将一些"艺术"合起来，称之为美的艺术，形成一个整体，即现代艺术体系。形成这样的体系，需要做两件事，即为它规定外延和内涵。所谓规定外延，是指将什么样的人类活动规定为艺术。我们知道，文学是一种书写活动的结果。那么，什么样的书写活动的结果，书写活动中哪些结果，可以被称为是"语言的艺术作品"？我们会发现有很多划界上的困难。同样，在造型艺术中，有着各种各样的划界上的困难。我们将绘画列为艺术，但绘画与一般性的图像制作有着密切的联系。我们知道，在日常生活中，图画被大量地使用着。从机械制图，到建筑图样，到日常生活中的装饰、新春的年画、教学的示意图、儿童画、路牌路标，等等，在大量的图画中，分辨出一种被称为艺术的绘画，认为这些绘画与其他的图像制作不同，是一种高等的艺术，这种现象的出现，是历史发展的结果。类似的情况，在其他的一些门类的艺术中也存在。在这些艺术中，都存在着艺术与非艺术的区分。

在艺术概念的形成过程中，更为现实的困难是，怎样将一些门类的手工艺活动与其他的手工艺活动区分开来。欧洲从中世纪后期开始，出现了一些城市手工业行会。在这些行会中，绘画作坊、铁匠、手饰匠、木匠、纺织等，形成一些行会，制定一些行业的规范，避免恶性竞争。在这些活动中，本来并无高下之分，大家都是手艺人。只是后来，这些行业中的一部分变成了艺术，而另一部分仍是手工业，从而其中的一部分人成了艺术家，而另一部分人则仍是工匠。在米开朗琪罗晚年，有人给他写信，信封上写上了雕塑家米开朗琪罗，他很生气，认为这样的称呼是在污辱他。艺术家以自己的职业而自豪的情况，在欧洲出现得很晚。

是什么样的动力，推动着这样的变化？这种动力，就是我们通常所说的现代性或者日本人爱用的近代性。随着生产和社会分工的发展、工业革命、市场经济等，形成一种社会的整体性变化，使艺术的存在环境发生了变化，出现了建立现代艺术体系的要求。

在18世纪的中叶（1747年），一个叫巴图（Charles Batteux）的法国人，提出了 beaux arts，即 the fine arts 的概念。他列举了五种美的艺术，即绘画、雕塑、音乐、诗歌和舞蹈，再加上两种附属的美的艺术，即建筑与演讲术。从此，一种美的艺术的体系被建立了起来。我们今天可能会对其中一部分进行修正，例如去掉演讲术，加进电影、摄影等。这种体系作为一个整体，对我们的影响是极其深远的。我们的艺术学院，艺术家团体，国家和社会对艺术的资助，社会对艺术家的观念，都与这种分类有着深远的影响。演杂技、变魔术、演相声和小品的演员，会感到为自己获得位置，挣得艺术家称号的艰难，而一位钢琴家所要做到的，不是使自己被承认是一位艺术家，而只是做得更好些，成为更好的艺术家而已。同样，为什么美术学院的雕塑系或油画系教授是当然的艺术家，而天津的泥人张或杨柳青年画却在很长时间里不被承认为艺术家的作品？

这种做法，本身有着一种社会学的原因。在欧洲，它与现代社会的形成，也就是我们所说的现代性有着密切的关系。但是，这种体系一经形成，却又出现了一种新的理论追求。这种追求，与 the fine arts 概念的内涵有关。在这种概念的外延确定以后，人们很自然地会问：为什么要将这种本来完全不同的东西放到一起。难道音乐、戏剧、绘画、雕塑和诗歌之间，真的有什么共同的东西，正是这种共同的东西，使得这种组合成为可能？正是这个问题，形成了一个艺术上的大问题，即艺术的本质。艺术是否有本质？是不是由于有了这个本质，一个物质对象就成了艺术品？与此相反，是不是那些还没有被称为艺术品的物质对象，是由于缺少这个本质？依照形式逻辑，似乎本质是一物品成为艺术品的充分而必要的条件。但是，这种本质又在哪里？巴图给的答案是，模仿。后人很快会发现，艺术不必摹仿，通过模仿而制成的物品也不必然是艺术。由此，艺术是再现，是生活的反映，是一种情感的表现，情感的传达，情感的交流，艺术是形象地反映真理，艺术是审美意识形态，等等。理论家们开始了艺术本质寻找的艰难的历程。我们怎样才能为艺术下一个定义呢？一个定义难道能避开被定义者的本质吗？那么这个本质又是什么呢？这成了我们许多学者开始思考的出发点，这也许也是一个使许多学者走向迷途的错误的路标。

三、The fine arts 在中国是怎么出现的？

我们再说说艺术在中国的情况。我们读过中国艺术史方面的书，听过中国艺术史方面的课。但是，我们是否有这样的反思：这个历史，在什么意义上讲是"艺术"的历史。

我们首先要考察的是，"艺术"这个词在中国是什么时候出现的？艺术这个词由"艺"和"术"两个字组成。"艺"字原作"埶"或"蓺"，种植的意思，引申为才能。"术"原作"術"，说文解释为"邑中道也"，即城镇中的道路。两者与今天的"艺术"没有什么关系。古时也有"艺术"两字并用的情况，泛指各种技术技能。古人曾对后汉书中的"艺术"两字并用的情况作为解释，说"艺术谓书、数、射、御，术谓医、方、卜、筮"。使用"艺术"这两个字翻译 art，Art，或者 the fine arts，是一种现代的语言现象。这种翻译最早可能出现在日本，由日本人用这两个汉字来译，后来才传到中国。因此，我们理解"艺术"，要意识到，这是一种翻译现象，不能从字面上来理解这两个字。

上面提到了现代艺术概念和现代艺术体系，在中国古代没有出现。但是，中国古代也出现了一些相类似的将一些艺术门类组合起来的努力。在中国的上古时期，出现了所谓诗乐舞的组合。这时候出现了两种类型的组合，诗乐舞的组合被认为是高等的，因此这一组合与孔所倡导的礼乐制度结合在一起，而礼乐制度，我们知道，被儒家看成是政治制度的一部分，可以通过礼乐来治国。在这里面渗透着浓厚的宫廷艺术和官办艺术的特点，受着礼仪制度的规范，具有明确的政治和教化的目的。至于绘画、雕塑和建筑，上古时期也很发达，但一般被认为是贱工之事，被看成是下等艺术。文人也偶尔为之，但以艺术为自己的专业，就会贬低自己的身份。

到了唐宋以后，出现了诗书画的结合，甚至一种琴棋书画的结合。在中国绘画史上，曾有过一个著名的对比。这就是阎立本耻于被称为画师，耻于被人认为"以艺进"，而王维则自称"当世谬词客，前身应画师"的故事。随着文人画的发展，诗书画的结合，琴棋书画的结合，都成为了一种高雅的生活方式的代表。但是，值得注意的是，中国人并非贡布里希所说，是提高了艺术家的地位，而是有地位的人从事到艺术中去。

两种结合，前一种代表着君子理想，后一种代表着才子理想。它本身从艺术社会学的意义看，都有着重要的意义。但是，我们同时也应该看到，它们都与现代艺术的体系有很大的距离。一个完整的现代艺术体系，以及由此决定的艺术理论模式，即关于艺术本质的探讨，由此决定的艺术教育模式、艺术的社会组织模式，在古代没有建立起来。不同门类的艺术不被认为具有相关性，从事不同艺术门类的人，没有形成一种共同的身份，并给这个身份命名为"艺术家"。

四、怎样看待艺术起源问题？

在艺术理论研究中，有一个问题曾经吸引了众多学者的注意，这就是艺术起源问题。从一件事物的起源来考察该事物的本质的做法，也许是受黑格尔的影响。然而，在中国，对艺术起源的关注，与20世纪20年代和30年代的左翼文化运动联系在一起。

一位俄国的马克思主义理论家普列汉诺夫的著作，曾在中国产生过极其深远的影响。普列汉诺夫认为，艺术起源于劳动。他举了大量的例子证明，艺术起源于原始人的劳动生活。原始人在自己的劳动活动中，形成了节奏感，唱出了劳动之歌。原始儿童的模仿活动，起着劳动的练习作用。我们可能很熟悉鲁迅所谓的"杭育杭育派"的说法，将抬木头之歌看成是艺术的起源。这种说法，是在普列汉诺夫的影响下产生的。倡导这种观点的人，主张艺术的功利性，认为艺术与生产劳动结合在一起。

与"劳动说"相对立的，是艺术起源的"游戏说"。持"游戏说"的人，则主张艺术的无功利特点。游戏本身是无功利的，它是人的过剩生命力的体现。起源于游戏的艺术，从本质上讲也是无功利的。人们的基本生活得到了满足后才游戏，同样，人们的基本生活得到了满足后才从事艺术。

中国学者在20世纪的80年代逐渐形成了一种新的对艺术起源的看法，这就是艺术起源的"图腾巫术说"。他们的根据是，在西班牙和法国南部发现的旧石器时代晚期的洞穴壁画，画得很逼真，但那些画的位置，并不适合欣赏，而更可能是用作与巫术有关的原始崇拜的对象。这种对艺术起源的看法，说明艺术与人的生活有关，但是，它不是人的劳动生活的直接结果，而是从人的观念中产生出来的想象的结果。

我们再来分析这些艺术起源说，我们会发现，所谓艺术起源的问题，处于艺术哲学与艺术史这两门学科之间。艺术起源问题的研究需要考察原始艺术的材料，从而了解早期艺术的情况。但是，这个问题的产生，基于这样一个信念，研究了艺术的起源，有助于研究艺术的本质。同样的话，我们可以反过来说，一些艺术起源的思想，是对于艺术本质观念的投射。这里的因果关系，并不像人们通常想象的那样，从起源到本质，而正好相反，是从对艺术本质的观点出发的。一些现代的艺术起源研究的学派，实际上根据自己对艺术本质的看法，衍生出它们对艺术起源的看法，并为此寻找证据。这种方式，实际上与侦探小说的逆向构思的思维方式一致，先设想一个结果，再推断这个结果所可能具有的种种踪迹。

对于这个问题的认识，我们还可以再深入一步。前面我讲了现代艺术体系形成方面的情况，说明今人所理解的艺术概念，在古代并不存在。因此，那种考察艺术在古代人，以至原始人那里的情况，这些艺术品是出于什么目的创作出来并被人们所欣赏，在当时的社会中起什么作用，等等，实际上仍是将一种现代观念强加给古人。我们的艺术起源研究，具有一种回溯的性质。艺术的概念是现代性的产物。前现代社会没有与我们同样的艺术概念，而在原始社会，更没有与我们同样的艺术概念。于是，我们的艺术起源观，实际上是在回溯我们今天各门类艺术在古代可能具有的对应物。具体说来，从今天的绘画成为艺术的一个门类的事实，寻找原始人类似的图像制作活动的情况；从今天的音乐成为艺术一个门类的事实，寻找原始人类似的音乐歌舞活动的情况；如此等等。这种做法的弊端是，实际上，现代的艺术是现代生活的一个部分，融入到现代人各种各样的生活活动之中。我们将现代人的各种活动的一部分说成是艺术，赋予它一种特别的地位，这是人类生活发展到一定阶段的结果。在原始人那里，本来并没有一种叫作艺术的东西。我们对今天的一些艺术门类在原始社会情况的考察，实际上是将一些在原始人那里并不被当作艺术的活动及其结果抽取出来，与这些活动在当时的具体环境和具体作用隔裂开来，当作艺术活动进行考察。

　　从这一思路再进一步，我们应该注意一个问题，这就是，我们在研究作为实物的艺术品的历史时，同时应注意另一个历史：这种被我们称为艺术品的东西，在当时社会中所起的作用，在当时是什么动机，出于什么样的目的被制造出来的；而这又与当时的社会构造，与这些物品制作相关的社会制度和机构，与当时人对这些物品的观念，都有着密切的关系。将保留下的物品单纯进行排比所形成的历史，是一部片面的历史。而只有将这些物品还原到当时的生活中去，才能形成一部全面的历史。贡布里希说从来就不存在大写字母 A 开头的艺术，只存在着艺术家。问题在于，这些艺术家是在什么意义上才被称为艺术家的？如果他们创作的不是艺术品的话，那么他们还是艺术家吗？由此，我们陷入到一个循环之中。这个循环与艺术本质及艺术起源的循环，具有同样的性质。我们很难克服这个循环，只能提高对这种循环的警惕。明智的做法是：第一，时刻意识到艺术只是生活的一部分，任何划分出来的艺术的独立王国，都是一种人为的行为。我们不能被这种行为蒙蔽住。第二，时刻意识到，艺术观念在历史的发展中，是不断变化的。没有一种永恒的艺术观念，只有一种处在一定社会中的人对艺术观念的不断领会和创造的过程。

五、"为艺术而艺术"概念在艺术史上有什么意义？

　　在艺术史上，曾经在很短时期之中，出现过一个似乎很极端的艺术思潮，这就是"为艺术而艺术"（art for art's sake）。在很长的一段时间里，众多的中国艺术理论教科书和艺术史教科书，都对这种说法持批判的态度。

这种批判，恰恰意味着这种思潮在实际上具有极广泛的影响。这其中的复杂曲折之处，也许需要很大的篇幅，很长的时间，才能说出一个大概。

"为艺术而艺术"代表着一种浪漫主义美学反对古典主义美学重视道德与宗教目的的倾向。这个词，最早来自于一位名叫 Benjamin Constant 的法国／瑞士人（史达尔夫人的情人）于 1804 年记的日记。他于 1803 年至 1804 年的冬天访问了魏玛，与歌德、席勒、谢林等人构成的圈子很熟悉。他写道："我访问了谢林的学生 Robinson，他论康德的美学思想具有一些非常有力的思想。为艺术而艺术，没有目的，因为所有的目的都在扭曲艺术。"后来，戈蒂埃等人主张艺术没有目的，受到马拉美、福楼拜、波德莱尔以及乔治·桑等法国作家的赞同，而在英国，拥护这种思想的人有王尔德和佩特等人。

"为艺术而艺术"的思想，是认为艺术应有着自己的目的，就像做任何事都应有自己的目的一样，艺术的目的就是艺术。我们喜欢艺术，不是为着艺术品所表达的政治、宗教和各种其他的观点，而是由于艺术品本身。

具体到造型艺术，"为艺术而艺术"的思想带来一种对艺术再现价值的超越。艺术的价值不再是再现了什么，甚至不再是表现的逼真程度，而在于线条、色彩、韵律和色调、团块与曲线的组合。正如克莱夫·贝尔所说："欣赏一件艺术品，我们无须唤起对生活的回忆，无须对它所表现的思想与事件的知识，也无须熟悉它所表现的情感。"似乎这样才能表现纯粹的美、纯粹的艺术。

在现代艺术中，对这种思想的讨论成为一个重要的焦点。一批抽象艺术的追求者们，主张"为艺术而艺术"，主张一种没有目的的艺术的美；而另一些像达达主义的现成物、拾得物，超级现实主义等先锋派的艺术，则主张艺术还原为生活。这两种潮流，实际上构成了两种不同的现代主义艺术。现代艺术史家们在争论，是两种现代主义都是先锋派，还是仅仅后者是先锋派。

对于我们来说，更为重要的，是"为艺术而艺术"这个概念的历史意义。由于这个概念，艺术独立的观点找到了自己的落脚点。研究康德的人，也许会发现这是一种对康德思想的简单化和断章取义。但从历史上讲，这种观点的出现，使长期形成的一种倾向得到了一个典型的体现，因而成为一个时代的代表。

也许，真正的艺术是处在纯粹与工具之间的某种东西。纯而又纯的艺术是不存在的。但另一方面，工具不是艺术。

我们再次回到贡布里希的话题：从来就不存在着大写字母A开头的艺术。他的意思是，我们今天的所谓艺术品，在当时都是为着某种实用的目的创造出来的。巴特农神庙，圣彼得大教堂都是为了祭神而创造出来的，古希腊的雕塑和拜占庭的圣像，也都有着宗教的目的。历史上的许多其他艺术品也都是如此。对于这些艺术的研究，需要看到这些被当作艺术品的物品的创作目的。这个道理当然是正确的。但是，我们还应该看到另一点。这也就是，除了实用的目的之外，还有着对于美的追求。并且，这种对美的追求有时有益于对于实用目的的追求。

"为艺术而艺术"的思想，在艺术史上是一个里程碑式的事件。在此之前，人们寻找一种对艺术目的的表达，而在此之后，这成了一个在此基础上发挥新的对于艺术见解的平台。在20世纪的后期，出现了一种艺术理论研究上的文化学转向，这种转向，就显示出走出纯艺术的特点。然而，正是这种转向，凸显出这种纯艺术追求的对一个历史时期的依赖性。

归根结底，艺术理论与时代是联系在一起的。例如，由于工业革命，人类感到机械对人的威胁，从而出现了一种纯粹艺术的追求。当工业革命被信息革命所取代之时，日常生活审美化，美回到日常生活，则成为一个人们更需要关注的重要课题。

六、怎样为艺术下一个定义？

说到这里，我们可以再次回到艺术定义上来。我们所见到的最常见的定义，是一种属加种差定义。例如：直角三角形是有一个角是直角的三角形。我们还有一种发生性定义，例如：非典型肺炎是由衣原体等多种细菌造成的呼吸道感染疾病。这些都是一些较为简单的定义，它们依托于另一些定义而存在。例如"三角形"和"呼吸道感染疾病"等。然而，当我们直接面对一些事物时，定义就会变得很困难。例如，我们能对一张桌子下定义吗？艺术的定义也是如此。

什么是艺术？这个问题我们已经讲了很多了，但是，要想给它下一定义，却是非常困难的。这是艺术理论研究中的一个大的问题。我们用最简单的语言说，也许可以区分这样两种方法，一是描述性的，一是规定性的。

所谓描述性的方法，是指将人们所公认的艺术品的共同特点作一个描述。我们可能很快就会感觉到，这种做法是非常困难的。它的困难之点在于，首先，这种做法具有一种反身性。在众多的物品中，我们认定某些物是艺术品，然后根据这些物品的特点来为艺术品下定义。于是，人们就会问，这种认定的根据是什么。我们在做着一个从逻辑上讲是同义反复的事。如果试图克服这种反身性，摒除艺术品认定方面的任何主观性，那么，我们又会出现新的问题。如果作为定义者的我没有权利说某物是不是艺术品，那么，谁有这个权利？在艺术史上，这种争论从来没有停止过。每一种新的艺术流派出现之时，都被人们说成不是艺术。浪漫派、印象派、抽象主义等，都有过这种遭遇。但后来，人们的看法改变了。艺术定义者，需要对这种公众接受的艺术观念作出描述。

　　作出描述性的定义的人，感到有必要区分一种东西。当我们说某件物品不是艺术时，我们是说，它根本不是艺术品，而是日常实用物品，还是指它艺术水准不高。用更为粗浅的话说，坏的艺术还是不是艺术？这就带来一些挑战。仅仅用古老的、提供审美享受的说法来定义艺术已经不够了。艺术可以不提供美的享受，而提供美的享受的也可以不是艺术。那么，艺术又是什么呢？我们也许可以再次回到贡布里希的话，"只有艺术家"。于是，艺术家的作品就是艺术品。当我们再问什么是艺术家时，我们就必须要找一个出路，打破这个循环。艺术家是被艺术界所认定的。这时，艺术家用作品说话的信条的前面，就加上了一个前提，艺术家要用身份说话。这也许是荒谬的，但不幸的是，这种荒谬恰恰是事实。身份的建立在实际生活中有着与艺术作品和艺术活动的复杂的、长期的相互作用过程，但那些东西被忽略不计了。描述性的定义，主张的就是面对直接的现实，而不是这种现实产生的过程。当一些知名的博物馆收藏了某件艺术品之时，我们再说它不是艺术，已经不再现实，艺术理论家和艺术史家所能做的，只能是接受这个现实，并对之作出解释。这种现象在先锋派艺术出现后，就变得更加具有挑战性。机械制品和装置，拾得的艺术品，从什么意义上讲是艺术品？描述者只是描述。他们保持一个学院式学术中立立场和间接立场。例如，他们认为，艺术是由艺术界所决定的，这种艺术界，由艺术家与批评家，其他艺术从业者，如博物馆的馆长、策展人、艺术表演的经纪人等组成。但显然，这里面带来了一系列更新的问题。

　　规定性的定义具有一种野心，要为艺术立法，说明合乎某种规定的才是艺术，而不适合的则不是艺术。这是一些理论家干预艺术创作的做法。

他们在艺术中作出一些选择，认定某些作品是艺术，而另一些则不是。

艺术的定义中，隐藏着一个重要的预设，即一件物品的价值的获得，必须依赖于它的艺术身份的获得。这就是说，只是一件物品是艺术，才有欣赏的价值，而不是艺术，就没有欣赏的价值。这一事实，成了今天关于艺术的理论探讨的一个重要焦点。

在当代社会，所谓的艺术，是一个多种多样的东西的复合体。即使在严格意义上的艺术，也至少具有三个部分：人们所说的传统艺术、先锋艺术和通俗大众艺术。

传统艺术的艺术身份，是不言而喻的。人们不是根据定义来判定这种艺术是艺术，而是根据传统艺术作品、创作、欣赏的实践，传统艺术的体制状况为根据来确定艺术的定义。

先锋艺术的情况则不同。它们有走出博物馆，试图破坏现成艺术体制的尝试，但是，它们的存在，却正是以它们与博物馆的对立而随时可被博物馆收容的关系为条件。一些现代艺术馆成了非常矛盾的存在物，它里面存放着为抗拒这种存放形式而存在的物品。但是，更为矛盾的是，这种矛盾成为这些艺术家内心的矛盾，一方面做出抗拒被收容的姿态，另一方面，又盼望着有被收容的机会。

另一方面，通俗大众艺术则自然得多。它们的存在与博物馆或类似的体制无关。它们在市场经济的运作中生产而被消费。这是我们在日常生活中大量存在着的艺术欣赏活动，但是，它的艺术身份同样被质疑。问题在于，它们并不借助于这种艺术的身份而得以流传，它的存在也不借助于与某种艺术体制的张力关系。这种关系，只是在艺术家试图改造这种艺术时，才突然被发现。

七、艺术会终结吗？

我们最后来到了一个目前得到普遍关注，又受到普遍嘲笑的大问题——艺术终结。这是一个普遍谈论终结的时代。也许，最有名的是日裔美国学者福山所谓的历史终结。他认为1989年的苏联东欧巨变之后，历史迎来了一个平淡的终结时期。但事实证明，1989年以后的历史并不平淡，变成了一个超级大国在世界的霸权与其他大国的关系和立场的新的组合。

艺术的终结的提出要早得多。它最早可溯源到黑格尔关于艺术的时代被宗教和哲学的时代所取代的观点。在 20 世纪 80 年代，阿瑟·丹托提出了艺术终结的重要命题。丹托的分析具有强烈的黑格尔的色彩，他考虑的不是艺术本身的发展，而是为这种发展提供哲学解释的可能性。对于我们来说，更为重要的，是一种当代艺术是否是"艺术"的问题。本雅明讲机器复制时代的艺术创作时，就指出，当机器可以复制艺术时，那种罩在艺术之上的灵光圈，或者我们所说的用大写字母 A 开头的艺术就消失了。机器可以大量地生产从审美性质上讲毫不逊色的作品。如果我们家里有一个好的音响，我们可能得到并不比音乐厅逊色的音乐享受。我们可以在家里挂上很廉价的我们所喜欢的艺术大师作品的复制品。同学们关心网络，但网络的虚拟空间给我们带来艺术存在方式的变化，使这种神圣感进一步消失。不仅如此，信息技术所带来的，是一种互动性和虚拟性。

　　正如我们所说，艺术并不是从来就有的，它的存在方式也不是一成不变。我们将来还会有艺术吗？如果要回答这个问题，我们就需要回答：什么是艺术？也许，古典式艺术，除了存在于博物馆中，作为历史的记忆以外，会从我们的生活中消亡，但同时，它又深入到我们的生活之中，变得无所不在。

全球化背景下的中国美学

在古代，中国没有一门叫作"美学"的学科，这个学科是从西方引进的。然而在中国，它有一个双重引进的过程，这就是除了引进这个来自西方的学科外，还从日本学会用"美学"这两个汉字来翻译它。20世纪初年，一些留学日本的学生带回了这个名称。日本人称它为 bigaku，中国人称它为 meixue，用的都是"美学"这两个汉字。从这时起，中国学者开始了美学的研究。因此，从某种意义上说，只有20世纪的中国美学史，才是真正意义上的美学史。20世纪前期的一些中国学者也这么看，认为美学在中国是一门年轻的学问。[1]

在我们使用"中国美学"这个表述的时候，就出现了这样一个问题：在此之前有没有美学？对此，我们可以作这样的类比：在鲍姆加登之前，并没有"美学"这个词，但是，人们在写美学史时，仍然从柏拉图、亚里士多德讲起，而不是从鲍姆加登开始讲，不管人们对于鲍姆加登造出这个词，或者说提议成立这一学科作怎样的解读。[2] 同样，一部中国美学史，也似乎应该照此办理，从孔子、老子而不是20世纪初写起。确实，许多中国美学史著作，就是这样写的。这时，我们实际上是在两种性质上讲美学的

---

[1] 著名学者和散文家朱自清在给朱光潜的《文艺心理学》所写的序言中这样写道："美学大约还得算是年轻的学问……据我所知，我们现有的几部关于艺术或美学的书，大抵以日文书为底本；往往薄得可怜，用语行文又太将就原作，像是西洋人说中国话，总不能够让我们十二分听进去。"《朱光潜美学文集》第一卷，转引自上海文艺出版社1982年版第326页。着重号是引用者所加的。

[2] 克罗齐、鲍桑葵、比厄斯利和塔塔凯维奇等人所写的美学史，都是如此。怎样看待鲍姆加登，他是给予一个早已存在的学科以一个名称，还是建立了一个学科？人们围绕这个问题进行过一些争论。我更倾向于认为，鲍姆加登的理论活动帮助推动了现代审美理论的建立，因而"美学"这个词形成在美学的发展上具有划时代的意义。人们使用"美学"这个词指鲍姆加登之前的"美学"和他以后的"美学"，是在不同的性质上使用这个词。当我们说到鲍姆加登之前的"美学"时，具有一种用后来形成的学科对此前的相关思想材料进行追溯和反观的性质。

历史，一是在美学这个学科的建立发展的意义上讲美学史，一是用现代的美学概念来考察古代材料，从而为这个现代的学科回溯出一段历史。

不过，中国美学所面临的情况，与西方仍有很大的不同。鲍姆加登所做的事，是在自身传统中的发展。他只是将在自己的学术环境中逐渐形成，已浮出水面的对知识的划分加以强调而已。当然，这种划分首先在德国，后来在欧洲，都有一个被接受的历史。但是，欧洲人的这种接受，远没有中国人那么艰难，那么具有跨越性。原因在于，在此之前的中国人的思想与中国人关于文学和艺术的写作，具有与欧洲人很不相同的形态。因此，"美学"这个名称来到中国，"美学"这个学科在中国的建立，对于中国的相关方面的研究，带来了什么变化？或者更进一步说，中国人发展自身的美学时，对"美学"这个概念，会带来什么变化？这些都是需要研究的问题。

我感到，试图在"美学在中国"和"中国美学"之间作出一个概念上的区分，对我们进一步研究是有益的，可以帮助我们澄清许多模糊的想法。

一、"美学在中国"的不同形态

对于中国美学的最初理解是"美学在中国"（Aesthetics in China），更为确切地说，是"西方美学在中国"（Western Aesthetics in China）。

正如我们前面所提到的，现代中国的最早一批美学研究者，以留学日本和欧美的学者为主。在20世纪，中国出现了众多的著名美学家，他们做了许多翻译和译述的工作，对于现代中国美学的建立起了重要作用。在这方面，我们可以列举出很多重要的人物。

最早将"美学"这个译名介绍到中国来的，可能是著名学者王国维（1877—1927）。他于1900年赴日本留学，1901年回国，在1903年写的《哲学辨惑》一文，曾提到"美学"一词。[1] 王国维的美学思想深受康德和叔本华影响。在东西方思想的碰撞中，形成了他的《人间词话》和《红楼梦评论》等一系列重要著作。

朱光潜先生从1918年到1922年在香港大学学习，1925年到1933年

---

[1] 收入佛雏校辑《王国维哲学美学论文辑佚》一书。见《王国维文集》，中国文史出版社1997年版。

在英法留学。他是"西方美学在中国"的典型代表。在几十年的学术生涯中，他翻译了从柏拉图、维柯、黑格尔直到克罗齐的许多西方美学的经典著作，还写了一本至今在中国有着重要影响的《西方美学史》。《文艺心理学》和《诗论》一般被认为是他早期的两部最重要的著作。这两本书实际上都是在欧洲完成初稿，而回国后修改补充出版的。[①] 在前一部著作中，朱光潜将克罗齐的形象直觉说，布洛的心理距离说，立普斯、浮龙·李等人的移情说，以及叔本华、尼采、斯宾塞等一些当时在西方流行的学说结合在一起，用来解说文艺现象，并在书中举了大量中国文学艺术作品的例子。他的著作显示出巨大的对于中国文学艺术作品的解释力量，在当时产生了广泛的影响。他在后一部著作《诗论》中，则运用一些西方的诗学理论来解释中国诗歌。朱光潜是那个时代美学在中国的最突出的代表。

与朱光潜同时代的美学家宗白华，却表现出一种与朱光潜不同的艺术追求。宗白华是康德《判断力批判》的中译者。他在年轻时，也曾留学欧洲。但是，他在美学研究中，却努力寻找中国美学与西方美学的不同点。例如，他坚持认为，西方绘画源于建筑，渗透着科学意味，而中国绘画源于书法，是一种类似音乐与舞蹈的节奏艺术；[②] 西方绘画是团块造形，而中国绘画是以线造形；[③] 西方绘画具有一种"由几何、三角所构成的""透视学的空间"，中国绘画具有"阴阳明暗高下起伏所构成的节奏化了的空间"。[④] 当然，这种不同点的寻求，仍是依据西方美学的框架来进行的。他致力于构筑一种艺术上中国与西方二元对立的图景。这种努力，对于中国美学自觉意识的形成，具有积极的意义。这也正是近年来，宗白华

[①] "《文艺心理学》早在一九二九年决定撰写，正式写成于一九三一年前后，当时作者正在法国斯特拉斯堡大学读书。一九三三年作者回国，在北京大学、清华大学、中央艺术学院任教时，曾将该书稿用作教材，并作了较大的改动，增写了一些章节。一九三六年由开明书店正式出版。"引自《朱光潜美学文集》第一卷出版说明，上海文艺出版社1982年版，第3页。"《诗论》是继《文艺心理学》之后，一九三一年左右写作的。一九三三年作者自欧洲留学回国后，在北京大学、武汉大学等校任教时，曾将书稿用作教材，并多次作了修改。一九四三年由重庆国民图书出版社印行。一九四八年三月，增收了《中国诗何以走上律的路》等三篇，改由正中书局出增订版。"引自《朱光潜美学文集》第二卷出版说明，上海文艺出版社1982年版，第1页。

[②] 参见宗白华：《美学散步》，上海人民出版社1982年版，第114—118页。

[③] 同上书，第41页。

[④] 同上书，第84页。

在中国学术界受到普遍欢迎的原因。然而，一种中国与西方二元对立的图景，实际上仍是以西方为一极，以非西方为另一极的思维模式的体现。非西方学术界的"自我"与"西方"概念，持一种对抗西方的姿态；然而，它在实质上与西方学术界的"西方"与"其他"的区分具有对应性。两种区分所形成的，都将是一种以西方为中心，而非西方为边缘的世界图景。

蔡仪于1929年赴日本留学，直到1937年因中日战争而中止学业，在日本前后亦有八年之久。他在日本留学期间受当时在日本学术界流行的左翼思潮影响，接受了马克思主义。回国以后，他在40年代出版了两本重要的著作《新艺术论》和《新美学》两本书，试图在中国建立马克思主义的美学体系。他的美学具有两个方面的特点：一是努力在美学研究中贯彻唯物主义的认识论，强调美是客观的；二是建立一种"美是典型"的思想。对于蔡仪来说，"典型"这个词来源于法国古典主义美学以及恩格斯的一些书信，但是，从这里面我们可以看到某种对黑格尔式美是"理念的感性的显现"观点进行唯物主义改造的特点。①

在一些并非在西方受教育的学者中，我们同样可以看到西方美学的深厚影响。李泽厚就是其中的一个突出代表。李泽厚的美学理论，产生于50年代的美学大讨论。当时的这场讨论对于中国美学的发展具有重要意义，实际上，这场讨论对于当时中国整个人文学科的研究和发展，都具有重要影响。这场讨论的参加者有包括朱光潜和蔡仪等在内的许多重要的学者，而李泽厚在这一时期所形成的理论，在当时受到了人们普遍的关注。李泽厚坚持美学的客观性与社会性的结合，坚持通过历史积淀形成文化心理结构，坚持美和审美的形成和发展对于人的社会实践的依存关系。这种思想在当时呈现出一种独创性，但我们仍可从中看出俄国思想家普列汉诺夫等一些马克思主义理论家的影响。李泽厚后来通过对康德的阐发，以及创造性地改造克莱夫·贝尔、荣格和皮亚杰的一些概念，努力建立自己的思想

---

① "我们认为美的东西就是典型的东西，就是个别之中显现着一般的东西；美的本质就是事物的典型性，就是个别之中显现着种类的一般。于是美不能如过去许多美学家所说的那样是主观的东西，而是客观的东西，便很显然可明白了。"蔡仪《新美学》，引自《蔡仪文集》第1卷，中国文联出版社2002年版，第235—236页。《蔡仪文集》共10卷，是蔡仪一生学术研究成果的总汇。

体系。①

在这一系列理论的发展过程中，中国学者越来越清晰地感受到一种建立"现代中国美学"的需要，这种"中国美学"不是历史上的"中国美学"，也不是"美学在中国"。

二、美学的普遍性与个别性之争

美学的普遍性与民族独特性之争，在中国这样一个非西方的、有着悠久的自身传统的大国中，表现得尤为突出。

对于美学的普遍性，人们试图从这样一些方面来认识，一是理论的科学性质。正像没有中国数学、中国物理学、中国化学、中国逻辑学一样，一些学者在论述中暗示，只有中国的美学家，而没有中国美学。他们认为，美学具有普遍性，它研究一些普遍的美的规律。这其中包括比例、对称、黄金分割等形式方面的规律，也包括形象、典型等超越了形式性，在一些哲学观念影响下形成的概念。在他们的心目中，美学等同于一般的自然和社会科学，具有一种客观性。

一些对中国古代文学艺术思想有着很深了解的人，也试图论证一种思想，即西方所具有的艺术思想，中国实际上也有，只是过去未引起人们重视而已。中国的文学艺术思想，与西方是相通的。

在这种讨论中，如果存在着某种人的因素的话，那么，对于一些人来说，这种观点是以普遍人性为前提的。孟子说："口之于味也，有同耆焉；耳之于声也，有同听焉；目之于色也，有同美焉。至于心，独无所同然乎？心之所同然者何也？谓理也，义也。圣人先得我心之所同然耳。故理义之悦我心，犹刍豢之悦我口。"②孟子的这段话在20世纪80年代的中国美学界具有深远的影响。这时，出现了一种"共同美"的思想，认为不同

---

① 李泽厚的观点可参见他的《美学论集》《美学四讲》《批判哲学的批判》等著作。其中《美学论集》于1980年由上海文艺出版社出版，收入了作者从50年代至70年代的重要美学论文，从中可以看出李泽厚美学思想的建立过程。《美学四讲》于1989年在香港三联书店出版，书中分别讲了美学、美、美感和艺术这四个话题，是一本李泽厚总结他的美学思想的著作。《批判哲学的批判》于1979年由人民出版社出版，并于1984年修订再版。这本书通过对康德思想的评述，展示了他的一些哲学美学的观点，这些观点在他后来的一些哲学提纲中得到了进一步的展开。

② 《孟子·告子章句下》。

阶级的人对美有着共同的感觉。孟子将一种感觉上的普遍性视为既定事实，并以此来论证一种道德上的普遍性，从而暗示着一种共同的人性。"共同美"的思想当时在中国的意义，主要表现为迎合一种"后文化革命"时代中国社会普遍流行的社会情绪。从50年代直到"文化革命"时期的中国美学，受着浓厚的阶级斗争理论的影响，认定不同的社会阶级有着不同的美。"共同美"观点的提出，在当时具有社会针对性。然而，这种在特定时期提出的观点被人们夸大了，形成了一种普遍性的美的观点。

美学的普遍性观念，还因现代中国美学界所具有的强大的心理学倾向而得到加强。从30年代到80年代，心理学美学在中国占据着重要的位置，成为解决美学之谜的希望，而心理学又被看成是一个具有普遍性的关于人的心理的科学。在80年代的中国，阿恩海姆、皮亚杰、弗洛伊德和荣格等一些西方学者的思想，以及他们思想的某种融合，成为中国人建构一些审美心理模式的重要思想依据。在这一时期，科学主义在中国美学界盛行。在"文化革命"期间，人文学科被政治意识形态所取代。作为对"文化革命"的反拨，学术界普遍出现了一种依托自然科学来为人文学科寻找可靠性的倾向。

除了这种理论上的普遍性以外，在中国美学上，还有着一种基于对美学历史理解的普遍性。在许多关于"什么是美学"的介绍性文章中，人们都在重复着一个美学怎样在西方由鲍姆加登和康德等人建立，又怎样传到中国的历史。既然美学是这样一个由近代传入的学科，中国人对"美学"就只有阐释的权利，而没有发明的权利。直到今天，还有不少人对用"美学"两个字来翻译这门学科的正确性问题提出质疑。这种质疑的潜台词，是由于翻译不准确而造成了对这门学科的误解。他们认为，这个词的原义是"感觉学"或"感性学"，应该恢复它的含义，或依照这样的含义来理解这门学科。如果这样的话，那么，美学在它的创始人那里有着一个唯一正确的理解，而世界各国的美学，都走着一个误解—被纠正—又被误解—又被纠正的历史。对于他们来说，正确的理解是唯一的，美学也是唯一的。它在东亚地区被误解，是由于独特的翻译方面的情况造成的。"什么是美学？"这个问题至少有可能以两种方式回答：一是告诉人们"美学"这个词在德文中的原义，二是说这个原义是唯一的。前者是对这个词的起源与历史的考察，而后者意在阻止和反驳任何对这个词以及这个学科内容的改变。这两种回答，都带来一种对美学的历史理解的普遍性。

除了上述理论性的和历史性的普遍性，经济的全球化所带来的艺术商品在全世界范围内的流通，对美学产生着一种虽然没有得到明确的理论表述，实际上却更加深远的影响。最近的20多年来，在包括美学在内的中国学术界，有着一种对西方的渴望。大批的当代西方美学著作被翻译过来。一些外语好一点的美学家们都在开设翻译工厂，这是理论的需要，也是市场的需要。一般说来，翻译著作的销路要远远好于中国人写的学术著作。西方美学著作的翻译，对于中国美学的发展当然是一件好事，这使中国人更多地了解西方美学，在一定程度上对中国美学的发展是有益的。但是，事情并非仅限于此，很多中国学者都已形成了一个习惯，只购买和阅读翻译著作，不购买也很少阅读中国人写的学术著作。中国的美学家们处于两难境地，他们自己的理论创造不仅得不到国外学者的承认，而且得不到中国学术同行的了解。这种两难的局面破坏了中国的学术环境，使得独创性的理论生产不再成为学术的主要追求。

当然，中国学者并非仅仅在翻译，他们也在从事理论的写作。但是，市场的状况和视野的狭窄使他们只能在一种困境中寻找出路。这时，出现了一批追逐西方最新学术思潮的学者。我们知道，中国近些年来的经济发展，在一定程度上是由于利用了中国在技术上与西方发达国家的差距，节省新技术开发的成本，直接引进先进技术，从而迅速提高了生产率。在这些人看来，中国人也可以用类似的方法来发展中国学术研究。直接引进西方最新的美学、文学艺术理论，将它们运用于中国的文学艺术实践之中，从而使中国的文学艺术研究得到迅速发展。于是，这些人总是在追问：什么是西方最新的美学和文学艺术理论流派和思潮？他们不断地宣布，某个西方的流派过时了，现在流行某一种新流派，因此，中国人必须迅速地跟上。在他们的心目中，这种流派的更替，就像技术上的更新一样。技术的更新会提高生产率和使产品更新换代，而新流派的引进也被幻想为具有类似的功能。这些人与前面所述的翻译者们做着同一种类型的事。如果一定要说出他们之间有什么区别的话，那么，这后一种人在普遍性和对新思潮的追逐方面更为积极和投入，同时，他们在持论方面也常常更为偏颇。

与上述几种情况相反，在中国的美学界也存在着另外一种倾向。这种倾向认为，中华民族有着深厚的文学艺术传统、独特的审美传统，以及思想传统，应该对这些传统进行研究，从而形成一种对于中国文化具有独特解释力的中国美学。

对于中国美学的研究，20世纪前期，特别是王国维和宗白华就作出了尝试。这两位学者都致力于运用西方美学的基本框架，对中国美学进行研究，并在这个理论框架所提供的可能性之中寻找中国美学的独特之处。王国维受康德、叔本华和尼采的启发来研究《红楼梦》和中国古代诗词，写出了《红楼梦评论》和《人间词话》，阐发其中的悲剧精神、优美和壮美的差异，但同时又提出"境界"观点，试图说出一些西方文论未能得到确切表述的思想；宗白华试图寻找中国艺术思想与西方艺术思想的相异之处。他们对中国文学艺术的独特特征的研究，对于中国艺术与中国哲学的关系的研究，使他们成为超越"西方美学在中国"的框架的重要的先驱。80年代后期，出现了一股中国美学史研究的热潮，其中比较重要的有李泽厚的《华夏美学》、叶朗的《中国美学史大纲》、李泽厚、刘纲纪的《中国美学史》。除此以外，还有许多对古代中国艺术理论的专题研究。在中国古代的哲学与艺术论述中寻找现代美学的对应物，这种思想固然也是接受了从西方而来的美学思想，并将之扩展的表现，同时，这种研究也体现了一种寻找美学中的中国特性的真诚努力。

然而，在90年代，在一些中国的文学与艺术理论研究者之中出现了一种极端的观点。这些研究者认为，在20世纪，在西方影响下进行的中国文学艺术理论建设，基本上是失败的。中国文学艺术具有与西方完全不同的、独特的特征，与此相对应，中国文学艺术批评也具有自身的范畴体系。运用西方的文学艺术批评概念来研究中国的文学艺术，其结果只能造成对中国文学艺术的扭曲，形成文学艺术中的"失语症"。他们的批判矛头，尤其指向那些追逐西方最新思潮的人。他们认为，引进西方的技术，发展了中国的经济，但是，引进西方的理论，却使我们自己失去了理论。这是两个完全不同性质的东西，两者不能等同。这些人认为，最根本的办法，还是回到古代去，从中国古代的文学艺术理论中汲取营养，直接发展出一种适合中国文学艺术的理论来。本来，有两部分人在持这种观点，一部分具有西学背景的人在后殖民理论的影响下走向一种本土主义，另一部分具有中学背景的人则仍持一种古老的中华中心论。在20世纪末期，这两种思想在中国形成了一种奇特的合流。

在中国，关心和从事美学研究的人，严格说来是由不同的群体组成的。它们中的一部分人从事中国美学研究，另一部分人从事西方美学研究，还有一些文学理论和比较文学，艺术理论和比较艺术的研究者们，也在做着实际上与美学研究者们类似的事。那种主张依据古代理论直接建构当代中国理论的人，在从事文学和艺术理论研究的学者群中表现得最为明显。古代中国关于文学与艺术理论，处于一种与欧洲完全不同的形态。在欧洲，许多文学与艺术方面的思想是由哲学家提出的。这些哲学家注重对文学和艺术思想的系统阐述，注重这些思想与哲学的其他问题，如本体论与认识论问题，与伦理学问题的相互联系。在中国，情况则完全不同。中国的文学与艺术思想主要以文学与艺术家所记述的创作经验组成。中国文学艺术思想的这种特点，在过去被普遍认为是一种缺陷，而现在情况有了变化，这些特点被普遍看成是优点。建立在这种认识基础之上，一些研究者试图对古代思想进行整理，从而建立一种适应现代生活的文学艺术理论。从某种意义上说，这些人试图在做一件事，即从古代中国出发，跳过20世纪的中国，直接构建21世纪的中国美学和文学艺术理论。

三、一般与特殊观念及其在对话中形成的不同美学间的张力关系

美学界很久以来的一系列的争论显示出，怎样才能建立中国美学，什么是中国美学，这本身已经成了一个问题。在这里，我首先要做一个概念上的澄清。在回答什么是"中国美学"时，我们面临这样一个预设：即存在着一种普遍性的学问，叫作"美学"，它回答关于美学的一般性问题；又存在着一系列的，以国家、地区、民族、文化来命名的美学，如印度美学、日本美学、东南亚美学、拉丁美洲美学、东欧美学，也包括中国美学，它们回答各区域所独有的美学问题。这种预设是存在问题的。在美学上，我们不能断定，在某些国家中产生的美学，是一般性的美学，而在另一些国家中产生的美学，是特殊性的美学。其实，即使在一些传统的所谓美学大国，即德国、英国、法国、意大利等国之间，我们也无法确定某个国家的美学是一般性的美学，而另一些国家的美学是特殊性的美学。

从另一个方面看，美学与数学的一个重要区别在于学科与文化与社会生活之间的关系。一定的文化可能会有利于某些学科，比如像数学和一些自然科学的发展，因此，一些数学定理最早由某个民族发现，后来传到其他的民族。文化与社会因素，只是数学发展的前提条件。在历史上，一些国家自身的传统赋予这些国家的数学一定的特色。例如，近年来，一些中

国数学史家就发现,西方的数学更注重从定理出发进行证明,而中国古代的数学更注重计算,这与中国人对待数学的更为实用的态度有关。但是,在数学的发展过程中,不同民族一方面相互影响,相互学习,另一方面,不同民族所发现的原理可以相互通用。我们可以写一部中国数学史,说明数学在中国经历了什么样的发展。我们也可以像李约瑟那样写一部《中国科学技术史》,说明中国人在科学技术上的发明创造。但我们不可能建立一门叫做中国数学或者中国科学的学科。没有中国数学,只有中国人所发明的普遍的数学原理。勾股定理在西方被称为毕达哥拉斯定理,但它们指的是一回事。科学无国界,它是普世性的。

美学的情况则不同。美学存在于社会和文化之中,有什么样的社会和文化,就有什么样的美学。这时,社会与文化状况不仅仅是美学原理产生的前提条件,一个社会的美学观念,从属于这个社会,是这个社会的产物。不同的国家、民族和文化,由于自身的生活状况,经济社会发展水平和各自的文化传统不同,必然会出现审美的差异性。这种差异,没有高下之分,是非之分。审美权利的平等,应是各民族文化权利平等的体现。产生于不同民族文化之中的美学之间,只存在着一种相互交流、相互影响、相互启发的关系,而不能直接地相互通用。从这个意义上讲,一个民族或文化的美学,并不是一种普遍美学的一个分支,不是某种普遍的美学原理在这个民族的实际运用。一个民族和文化在自己的发展过程中,形成了自己的审美观念和艺术传统,这个民族和文化的美学,应该植根于这种审美观念和艺术传统,成为这种民族和文化审美观念的理论表现。

更进一步,那种一般的美学,实际上是不存在的。在逻辑学中,一般并不作为一个实体而存在,它只是从特殊中抽象出来的。世界上并不存在一张一般的桌子,桌子这个词并不存在单一的对应物,它只是所有桌子的总称而已。白马是一种颜色的马。除了白马以外,还有黑马、枣红马和各种颜色的马。但是,马总是要有一种颜色的,并不存在一般的、超越颜色属性的马。柏拉图的三张床的理论认为存在着一般的床,那只是一种古代理论而已。与"床"这个词相对应的作为实物的理念之床,是不存在的。在美学中,一般的美学也同样是一个可疑的概念。任何一种美学理论,都与产生这种理论的民族、社会、文化和时代条件,与这种理论与其他理论所处的对话关系,有着密切的联系。这些美学都是具体的美学,而不是抽象的一般的美学。这些美学所发现的真理,都是具体的,在一定范围内有着适用性的真理，而不是一种普遍的真理。

然而，从另一方面说，不同国家和民族的美学又是相互影响的。20世纪，西方美学，特别是一些美学大国的美学，对中国产生了巨大的影响。这些影响，对发展中国美学起了巨大的作用。我们应该感谢这些思想的引入，而不是对这些影响持排斥的态度。那种幻想中国美学可以退回到传统中国文学艺术理论，从中直接发展出一种现代中国美学的思路，是错误的。我们可以从三个方面来叙述20世纪中国与国外美学对话的发展。

第一，美学对话从接受西方经典到与当代国外美学的直接对话。中国美学的发展是从翻译西方经典开始的。康德、席勒、黑格尔、叔本华、尼采、克罗齐、立普斯和布洛这些名字，早已为中国美学界所熟悉。在80年代，苏珊·朗格、鲁道夫·阿恩海姆等人的著作曾在中国产生过巨大影响。但是，中国美学家直接加入到国际美学界，与国际美学界对话的局面直至90年代才出现，越来越多的中国与西方美学家的互访，实现了学术间的交流。

第二，从将西方理论运用于中国实例，到努力发掘中国自身的理论资源。从20世纪前期开始，在中国美学界流行的做法是，运用西方的美学理论来解释中国的文学、艺术现象。这在今天看来是一个有争议的做法。一方面，我们应该承认，这些学者的这些做法，是有着巨大成就的。我们应该承认他们的功绩，只有这么做，现代中国美学才能建立起来。从传统的中国文学艺术理论，在没有外来影响的情况下直接建立一种现代中国美学，是不可能的。中国美学必须经历这样一段借助外来影响，使中国美学现代化的道路。但是，怎样对待外来影响，有一个从不成熟到逐渐成熟的过程。中国传统的文学艺术理论和审美理论中，有着丰富的美学理论资源。中国人的审美习惯，也有着一些独特的特点。我们在运用西方理论时，常常发现，这些理论并不完全切合中国的艺术和审美的实际。我们过去的理论，采用的是一种将西方理论概念与传统中国理论并置和混合的做法。随着研究的进一步发展，在与国外美学的对话中，立足于中国人审美与艺术的实际，建立独特的中国美学理论的要求，会被提出来。

第三，从只注重西方美学，到与其他非西方美学的对话。20世纪的中国美学，是在西方影响下开始的。在一开始，日本成为西方美学向中国开放的重要窗口，但很快，中国美学家就转向了对欧洲美学，特别是德国美学的注意。从20年代，特别是30年代以后，马克思主义在中国取得越来越大的影响。80年代以后,随着中国改革和开放政策的发展,美学翻译热潮的兴起,更多的20世纪西方美学著作为中国人所了解和阅读。

实际上,在现代中国的文学和艺术研究的许多领域,也存在着类似的情况。古代中国固然有文学和艺术,但现代中国的文学与艺术观念,在很大程度上都是随着西方思想的引进而形成的。我们在现代观念的引导下构成了这样一些学科,并追溯它们的历史,仿佛它们从来就有的样子。我们在谈论古代中国的文学,谈论古代中国的绘画、雕塑、建筑,并写作有关这方面的历史。实际上,这种历史的追寻只不过是我们的观念的延伸和按照我们的观念所作出的选择而已。一种对西方观念的绝对排斥,从而对纯而又纯的中国性的寻求,实际上并不能成立。我们今天所有的对历史的认识和关于历史的写作都是从现代观念出发的,这种现代观念本身,正是在20世纪逐渐构成的。那种依托古代资源来构建一种全新当代理论的想法,不过是想形成一种相对于目前学术界成为翻译机器的情况的另一种学术姿态而已。作为当代各种理论努力的一部分,这固然可以具有自身的位置。但是,它的那种新福音的架势,难免给人以偏颇的感觉。实际上,从另一个意义上说,这也是一种有利于西方中心主义的理论。在今天这个世界上,说自身与西方不同,而不对普遍性与个别性作出具体分析,所带来的仍然只能是一种"西方"与"其他"的两元对立,这种对立所导致的结果,仍然只是西方具有普遍性,而非西方是一个个孤立的"其他"。

四、建立现代中国美学的思路

在全球化时代,非西方国家美学的当代性在哪里,这是个令人困惑的问题。在很长的时间里,人们在提到"中国美学"时,指的都是古代中国美学,如"儒家美学""道家美学",等等。这里实际上存在着一个悖论:一方面,美学是20世纪初才从西方引入中国的学科,在此之前,中国没有一门叫作美学的学科;另一方面,只是古代中国的那些当时并不称为美学的思想资料,才被称为"中国美学"。在中国,人们在很长时间里已经习惯了一个等式,即中国等于古代,西方等于现代。这种等式将一种空间上的关系变成了一种时间上的关系。他们在写作名叫"中国美学史"的著作时,所涉及的都是20世纪以前的中国美学。对于20世纪的中国美学,他们必须给另一个名称,例如,称它们为"现代中国美学"。但是,这种现代中国美学不仅在国际美学界很少受到关注,即使在中国,许多学者也对此信心不足。类似的情况,在提到其他非西方国家的美学时也存在。当我们提到印度美学时,出现在我们脑子里的是古代印度的审美和艺术思想。我们也很少关注现代伊朗或现代希腊美学。非西方国家是否有自己的现代性,怎样建设自己的现代性,怎样对待自己所具有的现代性,这是普遍存在的问题。

在学术圈里,一些中国美学家们目前所做的事是,努力整理一些传统的中国美学概念,例如"气""韵""骨"等,并将之与一些西方美学概念并置在一起,形成一种中国传统概念与西方美学概念并置而混合的状态。这种并置状态实际上并不能构成理论的体系,而只是一些美学的教学体系而已。他们并不寻求体系的完整性,所关注的只是以一个可接受的篇幅,为接受一定课程教育的学生提供一个适用的、可以提供相关学科的基本知识的教材。这种类型的教材,当然有一定的实用价值。但实际上,这些教材基本上还是以西方理论为主,中国的理论术语仅起点缀作用而已。中国理论特有的一些带系统性的思路并不能得到完整的展现,而中国理论与西方理论的内在的差异,也不能得到很好的揭示。

与这些更具学院气的学者不同,在当代中国艺术领域,出现了另一种全球化倾向。中国艺术家们努力在国际艺术界寻求自身的表现。他们中有诗歌、音乐、电影、戏剧等各种艺术门类的艺术家,而以绘画和雕塑等造型艺术尤为突出。他们经过一番努力,在相关的国际领域取得了一些成功,建立了自己的影响,然而,他们在中国国内却受到很多责难。人们指责他们为着翻译而写诗,为了在国际上得奖,被西方的博物馆和画廊接受而进行创作。他们将自己的成功寄托在国际承认之上,至于中国人是否喜欢他们的作品,这对他们来说并不重要。从这个意义上说,他们并没有形成一种真正的具有地方性的艺术,而是制造了为了全球的"地方"。这种实践对于中国美学的发展并没有什么贡献,原因在于这些人并不关注理论。他们所关注的只是一种取得成功的文化策略。然而,没有理论保护的艺术实践是不能长久的。他们中蔑视理论的人终将意识到自己的目光短浅,而重视理论的人却又难以从全球与地方的这种尴尬的处境中解脱出来。

在全球化的条件下,我们是否能有一个区别于"美学在中国"的、具有现代意义的"中国美学"?这是一个我们必须回答的问题。

我认为,中国美学的发展历程,也许会走一条与中国语言研究的发展相似的道路。古代中国没有语法研究。1898年,马建忠(1845—1900)出版了《马氏文通》。这是第一本汉语语法学著作。这本书运用拉丁文的语法,对古代汉语进行研究。用他的话说,是"因西文已有之规矩,于经籍中求其所同所不同者,曲证繁引以确知华文义例之所在"[1]。这本书有开创之功,但又不免有"西方语法学在中国"之嫌。陈望道曾批评他"机械模仿,削足适履",[2] 这是当时的草创阶段不可避免的现象。在这本书之后,影响最大的是黎锦熙(1890—1978)于1924年出版的《新著国语文法》。这本书依据英文语法,对现代白话文进行了研究。这本书在引论中提道:"思想底规律,并不因民族而区分,句子底'逻辑的分析',而不因语言而别异。"他设想不同的语言背后有着共同的、具有普遍性的逻辑。实际上,正如中国语言学家王力所指出的:"黎氏所谓'逻辑的分析'往往是以英语的造句法为标准。"[3] 语言学家张世禄先生在为瑞典学者高本汉的《中国语与中国文》一书所写的译者导言中写道:"胡适之先生说他[高本汉]的《解析字典》:'上集三百年古音研究之大成,而下辟后来无穷学者的新门径。'(《〈左传〉真伪考序》)后来的学者——尤其是中国人——对于中国的语文问题,自然不应当把顾、江、戴、段、钱、王诸人的研究认为满足了,应当以西洋的学术做基础,将中国固有的学说,重新改造一番,以建设一种新科学。"[4]

在此以后,中国的语法研究经历了民族化的过程。许多学者努力关注汉语的独特性,搜集汉语材料,依据汉语实际来制定汉语语法体系。在这种努力中,他们离不开国外的语言学理论。例如,叶斯柏森、布龙菲尔德、乔姆斯基等人的理论,都曾对汉语语法的研究产生过深远的影响。但是,这种理论不能取代中国语言学家们的理论创造,他们必须对汉语材料进行深入而扎实的研究,从而寻找汉语的规律。更进一步说,经过一些年的发展,他们的理论创造会进一步丰富现代语言学理论。世界各国的语言,都有着各自的特点。现代语言学理论的发展,需要建立在对不同语言研究的

---

[1] 马建忠:《马氏文通·后序》,引自吴文祺、张世禄主编《中国历代语言学论文选注》,上海教育出版社1986年版,第179页。

[2] 陈望道:《漫谈马氏文通》,原载《复旦》月刊,1959年第3期,引自胡裕树主编《现代汉语参考资料》下册,上海教育出版社1982年版,第182页。

[3] 王力:《中国语言学史》,山西人民出版社1981年版,第181页。

[4] 高本汉著,张世禄译:《中国语与中国文》,商务印书馆1932年版,第3页。

基础之上。

中国美学的研究也是如此。中国美学研究要更多地介绍当代国外美学的研究，要更多地研究中国美学传统。但是，中国美学有着一个更为重要的任务，这就是研究当代中国审美与艺术的实际，让美学理论在这种对实际的研究之中成长起来。这种实际，就是现代中国人的审美和艺术活动。过去，中国美学研究存在着浓厚的概念化倾向。这种纯粹从概念到概念的研究，是没有生命力的。同时，这种概念到概念的研究，由于脱离了中国文学艺术的实际，也不是真正意义上的中国美学。只有来自中国文学艺术的实际，能够为这种中国人日常生活中大量存在着的活动提供解释和指导的理论，才是真正的中国美学。

只有这样，中国美学才能找到自己的真正根基。它与国外的美学的关系，是一种对话的关系。维持和发展这种关系极为重要。中国美学要不断地吸收美学的最新成果，在一个对话和互动的语境之中发展自身；另一方面，中国美学必须扎根于中国审美与艺术实践之中，从中形成自身的艺术理论。

在我们摆脱了前面所述的一般与特殊的思路以后，我们应以另一种思路来代替它。不存在一种共同的美学，但存在着一种共同的美学发展。这种发展，是建立在一种来自世界各民族、各文化的美学对话的基础之上的。我们发展各民族和各文化的美学，发展民族和文化间的美学对话，就是为这种共同的发展做出各自的贡献。

全球化与中华文明发展的选择

关于"化",中国古代只有华夏化夷狄的先例,而没有夷狄化华夏的道理,这里面包括着一种传统的"文明"与"野蛮"观。华夏代表着文明,而夷狄代表着野蛮。几千年的这种文化格局,形成了一种中华文明的自豪感。然而,这种格局从鸦片战争起被打破。当时的一些目光敏锐的士大夫们就发现,中华文明碰到了一个强劲的对手。这种新一轮的夷夏之争,已经不再能用文明与野蛮之争来说明,这是一个文明间的碰撞,这个碰撞曾对中华文明的生存构成了巨大的威胁。

一、经济全球化所形成的西方文化的优势地位,迫使非西方的文化资源走向自我身份的寻找和确证

我们今天习惯于说一个词,叫做文明间的对话。当然,这个词有反对文明间冲突,求得文明间相互了解的含义。但在历史上看,从碰撞到对话,有着一个过程。对话需要平等的地位。没有平等的地位,就不是对话,而是训话和喊话。传统的中华文明与西方文明相遇,是从碰撞开始的。鸦片战争时,西方入侵者用坚船利炮打开了中国的大门。中国的皇帝开始拒绝对话。在中外交流史上,曾出现了一些今天看来很难理解的所谓礼仪之争,即外国使臣是按照西方的礼节还是按照中国的礼节见中国皇帝之争。过去的一些历史叙述给人形成一种感觉,礼仪之争是中国皇帝可笑的傲慢自大造成的。其实,处于这种礼仪之争背后的是交往方式之争,是在中国的土地上按古代中国皇帝见番邦使臣的方式还是按欧洲人相应的外交场合方式相见之争。礼仪之争的转换,是用炮火来催化的。帝国主义不仅用大炮实现了礼仪之争的转换,而且还轰开了中国的大门。中华文明与西方文明,在鸦片战争出现的是碰撞,而且是一种直接用炮火实现的碰撞。

全球化这个词,有着多种多样的含义。有人说,在古代社会中,亚历

山大大帝东征所带来的希腊化、罗马帝国的扩张、中世纪的十字军东征，都是一种全球化；有人说，近代西方文明在全世界扩展，新大陆的发现，是一种全球化；还有人说，目前的全球经济一体化，跨国资本的发展，世界各国间的新型贸易联系，以 WTO 以代表的各种国际贸易协定的形成，是全球化的表现；关于全球化的一个更新的说法，是将它与信息技术、大众传媒和音像业的发展等联系在一起，认为信息技术、国际互联网形成了新的时空关系，而大众传媒和音像业的发展，更进一步打破了国界，使文化产品的国际化大生产成为可能。从文化研究者的角度来看，重要的不是在各种各样的全球化定义中做出一个选择，而是关注这样一个问题：经济的全球化会不会带来文化的全球化。

经济的全球化进程，是一个不可阻挡的趋势。这种在近几百年来出现，在近几十年来迅速加剧的进程，有力地促进了全球经济的发展，创造了巨大的生产力，改变着世界的面貌。但从另一方面看，全球化在一定程度上意味着价值观传播，意味着全球文化依照单一模式进行改造的危险。

前几年，在世纪之交时，很多从事文化和历史研究的人，对 19 世纪与 20 世纪之交与 20 世纪和 21 世纪之交的中国文化状况作了一番对比，发现实际上我们今天所熟悉的许多东西，那些在人们的感觉中仿佛自古就有的东西，实际上都是 20 世纪这一百年中形成的。我们的学科制度，我们的学科划分的方式，大学和研究院的建制，甚至我们所使用的书面语言和各学科的学术语言，都是在 20 世纪初年才逐渐形成的。怎样看待这样一种转换，甚至包括对"五四"运动的历史意义，在今天学术界都出现了一些深层的讨论。

其实，一些历史的问题，只有进行历史的还原才能理解。在 20 世纪初，中国面临的问题是，寻求通过文化的转化以求得民族的新生。通过接受一些外来的文化，对民族文化进行一些改造，从而实现民族独立与自强，形成迫切需要的在物质层面上的自卫实力，这在当时是最为重要的任务。

由于这个原因，中国人曾经是用一种双重的态度来接受这种全球化的。一方面，中国人被动地接受这种全球化，另一方面，希望通过一种主动的参与来发展自身，解决当时最为迫切的民族危亡问题。

然而，全球化从来就是一面双刃剑。世界上各民族之间，有一些东西是可以趋同的。例如一些技术层面的东西，我们可以制定标准。火车可以变成同样的轨距，电视可以发展成同样制式。但有一些层面的东西，就无法整齐划一。这主要体现在一些精神文化的产品。在这方面，不仅不能趋同，而且有着一种向趋异发展的倾向。这就是在西方"优势"文化的压迫下所实现的区域整合。

二、"文化多样性"的多种理解

在经济全球化的大潮之下，文化怎么办？这是一个在全球范围里引起广泛关注的问题。联合国教科文组织于2001年通过了"文化多样性宣言"，致力于保护文化的多样性。目前，联合国教科文组织和一些国际组织正在努力，起草"文化多样性国际公约"，力图用更加有约束力的方式来保护文化的多样性。

文化多样性是应对经济全球化的一个重要的提法，目前正在得到世界上越来越多的人的广泛认可。文化多样性的观点，最初受到生物多样性的提法的影响。在生物界，人们要保护各种动植物的平衡关系，保护濒危物种。这种自然生态的保护，被认为与人的生存环境有着直接的关系。然而，生物多样性与文化多样性，只具有一种比喻的关系。生物多样性是需要人来保护的。在诸生物之上，存在着一个在力量上占据着绝对优势的保护者。生物多样性保护和发展水平，依赖于这个保护者的保护意识以及基于这种意识的社会动员水平和措施落实情况。同时，人们保护生物的多样性，具有为人类保护更好的生活环境的目的。在这里，人是目的，而生物本身并不是目的。文化多样性的保护，则具有不同的性质。这种多样性的保护，没有一个居高临下的保护者，也没有超越文化，处于文化之外，却又至高无上的目的。文化总是由形成群体的人承担的，它本身就是目的。

一般说来，文化多样性的保护，具有两个不同的层次：一是对存在于世界上的不同文化的保护，特别是一些在经济发展大潮中处于弱势以至于处于濒危状态中的文化的保护；二是对于文化艺术的个性和独创性的保护。这两个层次并非平行并存，而是处在竞争之中。

在一些西方发达国家，特别是欧洲和加拿大、澳大利亚等国家的文化工作者那里，第二个层次的理解得到特别强调。在这些国家中，从事文化工作的人所关心的问题是，随着全球化的到来，文化产品日益由大投资、大制作式的生产和在全球范围内大规模地传播占据主导地位。WTO等一些国际贸易协定所倡导的自由贸易原则，将文化产品的传播包含在内。自由贸易所造成的文化产品在全球范围内不受限制地传播，对这些国家的一些从事小规模的、更具个性、更强调个人独创性的文化产品的生产构成威胁。于是，他们高举起文化多样性的大旗，希望通过对文化产品贸易的限制，对他们的这种更具个人独创性的产品的市场进行保护。

但是，文化多样性的一个更为重要的内容，是对这个世界上更加广泛得多的非西方文化在西方文化的日益侵蚀下的保护，即前一个层次上所讲的文化多样性的含义。

这里当然包含这样的意思，即支持和促进那些非西方的文化形成自己的文化产业，从而经过一段时间的过渡，形成这些产业的国际竞争力。这个含义得到了许多人的关注，也被写进了一些公约的草案。由此造成的结果是，文化多样性满足国际文化市场上的产品供应的多元化。这样的结果，当然是积极的，这应该成为文化多样性的一个积极内容。

然而，这绝不能构成文化多样性的全部内容，甚至不是主要的内容。文化多样性的一个更为重要的含义，是保护那些没有成为文化产业，甚至不可能构成文化产业的文化内容。本来，文化是世界上众多民族的生存方式。世界上的一些民族，特别是一些非西方的有着悠久历史的民族，如中国、印度、波斯等，有着自己丰富的文化遗产。对于这些民族来说，文化多样性最重要的内容，并不在于文化上的生意，更不像今天许多人所说的那样，只是创意产业的繁荣。人类社会的文化生活具有丰富的内容，而文化产业所能概括的只是其中很少的一部分。因此，用文化产业的多样性来界定文化的多样性，本身就是对文化多样性的存在与发展的威胁。对于这些民族来说，他们所面临的是一项重要任务，即对文化身份的寻找、凝聚，并在现代语境中求得发展。

三、文化遗产保存与文化发展

在文化工作中，一直存在着这样一种两难境遇，即文化遗产的保存与文化发展的矛盾。

持前一种立场的人认为传统不可改变。改变后的，就不再是原汁原味的传统。联合国教科文组织通过了保护物质文化遗产的公约，又通过保护非物质文化遗产的公约。对遗产的保存，已经在全世界范围内形成了共识。在这方面，需要有理论上进一步的探讨，但更多的已经是具体执行的问题。

现代生活使许多传统的东西失去了，或者正在丧失，我们需要抢救。我们需要用实物来印证我们几千年的历史。现代化建设、大规模的商业性开发，使得许多传统的遗迹正在迅速消失。于是，这种与建设争速度、争力量的过程，目前在中国的许多经济迅速发展地区到处可以见到。在这种建设过程中，我们已经制造了许多的遗憾，而且正在制造更多的遗憾。在这方面，需要呼吁，学者们也正在花大力气解决。这种工作具有充分的正当性。

我们在保留传统时，所采取的是一种保留传统样本的做法。我们建博物馆，将一些传统的样本保存下来。我们划出一些地方，反对对这些地方进行建设性开发。我们确定一些传统艺术种类，投入资金以延长它们的存在。但是，我们不能将整个世界变成博物馆、保护区，也无法使传统艺术以现在的形态长久地存在下去。社会在发展。对于传统保护者来说，需要一种为传统而传统的态度，需要一种为保护而保护的做法。这是他们工作的原动力。但是，传统毕竟需要获得一种现代意义上的存在。从某种意义上讲，学术界所形成的对传统文化的重视，其本身就是现代学术发展的产物。学术的发展，形成了一种对于传统文化遗留物的现代观念，由于这种观念的作用，才在一个较为晚近的近代，在世界范围内形成一种声势浩大的保护遗产的强烈呼声和一场声势浩大的运动。中国的文化遗产保护工作，也正是在这样的大背景下才形成的。

从另一方面说，对于一些被保护者来说，他们的态度具有两面性。正像生物多样性需要一些凌驾于被保护者之上的保护者一样，这种文化遗产的保护者也在扮演着这样的角色。对于一些已经死了的文化来说，扮演这种角色的行为本身不会带来合法性问题。被保护者已经不会出来说什么话了。于是，保护者成为被保护者的代言者。但是，对于那些仍然活着的文化，保护者的角色常常是尴尬的。他们面临着被保护者是否接受这种保护的问题。

在一些少数民族地区，出现了一些民族风情度假村。在这些度假村中，盖起了一些仿少数民族的民居的建筑。在这里，还跳着民族舞蹈，唱民歌，进行各种民族特色风情的表演，以招待来自各方的游客。但是，这些建筑只是为汉族人和外国人建的，这些表演，也不再是这些民族生活的一部分。如果我们走进真正的少数民族村落，我们会发现，大量新的、用钢筋水泥建的房子已经取代了传统的民居。同时，村村通电视的工程也使传统的歌舞过时。这时，当地的居民会感到，一种学术性的对待传统文化遗产的态度正在剥夺他们享受现代生活的权利。

在一个全球化的语境下，中华民族怎样应对？我们应该做什么样的选择？在这方面，我们会有两个极端的选择：一个选择是回到传统，另一个选择是全面拥抱现代化。这两者都有人提倡。要说明这两种立场，也都可以分别找到许多根据。但是，现实的情况是，世界上各种较大的非西方的文化传统，都在寻找着一种自己特色的现代化之路。前面所说的两者极端的选择，并不是道路的选择，而只是立场的选择，因为它们在实际上都是行不通的。在实际发展中，存在的只有种种处于两者之间的复杂道路寻找过程。

四、本土文化建设及其与世界的关系

在中华文化的发展过程中，曾出现过许多理论上的争论。过去有一种传统的说法：只有中国的，才是世界的。这种说法的意思是，如果要想使中国的文学艺术获得世界的承认，就不能模仿西方，而必须展示民族特色。这种说法符合文化多样性的要求。要想使世界的文化多样，中国人就要加紧努力，发展自己的这一"样"，要想使世界成为多元，中国人就要努力发展自己的这一"元"。

但是，这种说法还只是一般性的提法而已。怎样发展中国这一"样"，这一"元"，其中有着许多复杂的选择。

记得一些年前，我在一个国际会议上与一些与会代表谈起雅典奥运会闭幕式上中国人所导演的八分钟演出。结果是，在场的几乎所有来自欧美的代表，都表示非常喜欢这场演出，而在场的几乎所有中国人，都表示这场演出非常糟糕。对于同一部由中国人导演的作品，中国人与欧美人在趣味上的不一致表现得如此鲜明，似乎可以给我们作理论上的分析提供一些资料。对于欧美人来说，与此前的希腊表演相对比，新鲜的东方情调表演，他们所熟悉的一些东方符号，如太极拳、民歌茉莉的曲调、中国民乐的现场演奏，都使他们耳目一新。而对于中国人来说，早就被用过许多遍的各种中国符号的集合，缺乏中心的主题和逻辑上的连贯性，成为他们感到失望的原因。与这个例子相反的则是大量存在的为中国人所喜欢，在我国台港澳地区也受到欢迎，但却不能被西方人接受的艺术。

由此，我们似乎可以感到一种"全球"（global）与"地方"（local）的矛盾。全球与地方被人们用一个集合的词来表述，即 glocal。在这个结合中，"全球"与"地方"构成一个什么样的关系？如果我们的艺术生产，我们的文化产业，是一种为着"全球"的"地方"，那么，这一"样"和这一"元"还能不能成立？如果它不是为"全球"的"地方"，不能为"全球"所接受，但确实为"地方"所接受，这时，它还是不是一"样"或一"元"？于是，一种相反的说法在流行：只有世界的，才是中国的。这句话的意思是说，只有得到世界的承认，它才能作为中国的代表而获得存在的权利。这句话中还有一层深意，即中国人并不承认自己的欣赏能力，而只承认在国际上的接受情况和国际奖项。我们从中看到了一种全球化的曲折而深刻的反映。

如果我们将这样的情况与前面所提到的文化传统的保存与发展联系起来，就会发现，其中有着一个共同问题：谁的文化发展？！文化多样性本身不应是一种刻意追求的东西，相反，它应是人类生活的多样性的体现。对于一个民族的文化来说，它首先是一种为本民族欣赏的文化，然后才是一种也可以为其他民族欣赏的文化。那种为了"全球"的"地方"，是对"地方"的取消。如果我们回到生物多样性的比喻上来，就可以看到，这种区分是明显的。生物多样性是一种自上而下的保护，而文化多样性是一种作为文化的承载者的人民的选择。

结语：自主创造，建立自己的现代文化

正如本文在一开始就提到的，中华文明与西方文明的对话是从碰撞开始的。在当时，并没有平等的对话。毛泽东说过，从洪秀全到孙中山，都从西方找真理。[①] 当时，我们当学生，西方人当老师。但又发现，这个老师总是打学生。于是，愤怒而委屈，但又无可奈何。21 世纪是中华民族走出这个困境，与西方平等对话的时代。在这个时代，文化会出现双向的运动，一方面是内部的整合，另一方面是外部的互动。发展一种非西方的现代文化，这是一项艰难的任务，但是，这却是我们无可回避的选择。

对于世界文化的未来，有一位中国学者提到一个古老的说法："和而不同。"这句话出自于《左传》和《国语》等一些先秦史书，说的是烹调需要

---

① 毛泽东：《论人民民主专政》，见《毛泽东选集》第四卷，人民出版社 1991 年版。

杂五味，才能出佳肴。不同的文化之间，也要构成一种"和"而不是"同"的关系。然而，针对这种说法，曾有人提出，谁是厨师？也就是说，在一个新的层次上，五味的调和者扮演着主导的作用。对于这个提法，我们可以进一步问，难道只能有一个厨师吗？世界上有着不同的"和"，各种文化都不会是纯粹的，都渗透进了其他文化的因素。这些因素会形成不同的综合，但这些综合都有着各自的主体。一个积极的文化态度是，当厨师，杂五味，去创造。文化是一个动态的创造过程，而不是存在于博物馆里的一堆现成的东西。

全球化与中国文学的身份与姿态

当物质产品的交换所带来的世界各国的原料和物质产品生产相互补充、相互依赖、自给自足的经济被打破，中国应该迅速融入世界大市场之时，文化产品的生产和消费会出现什么样的前景？具体说来，中国文学会面临一种什么样的前途？这不仅对于中国文学研究本身，而且对于中国民族精神的延续，都是一个严峻的问题。

一、全球化过程中的文学及文学研究

民族间交流的日益广泛，全球市场的形成，对于文学的发展影响，既有积极的一面，也有消极的一面。

全球化使原本专属于某一民族的文学成为全世界人民的共同财富。文学原本是在民族文化的基础上生长起来的，具有较强的民族性。民族间的相互往来和各方面的互相依赖，使得"各民族的精神产品成了公共的财产"。[①] 在文学欣赏方面，文学的大量相互翻译，使得一个民族的文学被世界各国人民普遍阅读。在文学创作方面，文学的相互影响也具有明显的表现，例如中国新时期的小说中，出现了许多国外当代文学，如拉美、法、美、俄等许多国家的文学的痕迹；而西方的一些当代诗歌，例如庞德的意象派诗歌中，也有着中国文学的影响。手法的相互借鉴，思想的相互激励，是文学进步的一个重要途径。

然而，这种欣赏的多样化和创作上的相互影响，是否意味着在将来，各民族的文学形成一种统一的大文学中的多声部的合唱？这是一个宏伟的预言。然而，这一宏伟预言的实现，依赖于两个条件：一是世界各民族的平等对话，从而形成双向和多向的影响；二是出现将它们综合起来的力量。

---

① 《马克思恩格斯选集》第一卷，第 255 页。

在目前的条件下，这两个条件在实际的运作过程之中都出现了一些自身的矛盾现象：一方面，对话形成了丰富性，但并不导致融合，而只是相互吸收一部分因素而已；另一方面，综合总是呈现出在一种文化为主体的条件下进行的现象，而这一主体的确定具有强烈的民族和文化上的本位性。

第二次世界大战结束后，随着殖民地的纷纷独立、多元化的世界格局的形成，文学在全世界范围内的发展，并没有走向趋同，而是在趋异。冷战结束和经济的全球化，在目前的阶段并不能改变这一总趋势。恰恰相反，冷战结束使世界由两极变成多极，经济全球化刺激了教育普及和世界各民族人民的民族意识进一步觉醒，一种或几种文化的广泛影响带来的是世界范围内文化意识的加强和反弹，在这种情况下，人们越来越深刻地认识到，这个世界的文学离实现一部多声部合唱还相当遥远。在现有的阶段，人们还只能分别唱，至多有时搞一点对唱而已。

对于我们来说，全球化意味着两点：一是在多极化的世界中，坚持我们这一极，把文学和文学的发展看成是延续民族精神、加强民族凝聚力的一件大事，切实采取适合于文学和文学研究发展规律的措施，花大力气将这方面的工作做好。二是看到，中国是世界的一部分，中国文学不仅是中华民族的宝贵精神财富，而且也是世界各民族的宝贵精神财富。作为精神产品的文学，它本来就是没有国界的。推动中国文学在世界上的传播，促进国内和国外中国文学研究者的相互交流，是一件重要的工作。

二、文学研究的本位立场和本土文化资源

20世纪的中国文学和中国文学研究，从总体上说，是一个在国外文学和文学理论影响下，实现中国传统更新的时期。在这一百年的时间里，几代中国学者翻译、介绍了大量国外的文学作品，几代中国文学理论研究者努力学习国外的文学理论，结合中国的情况加以消化，建立中国文学的学术体系，并试图用它们来指导中国的文学创作和文学研究。在这方面，这些学者成就是巨大的。通过这一段向"西方找真理"的时期，中国人的文学视野扩大了，观念更新了。国外的一些学术成果，是人类精神文明发展的共同财富。吸收这些现成研究成果和经验，对于中国文学和文学研究迅速实现现代转化，具有重要意义。

然而，在一个世纪中，从西方影响，到苏联模式，再到西方影响，经

历了一个大反复。这对中国文学研究，有积极意义，也具有严重的负面影响。一个民族的文学理论，是在该民族的文学实践和该民族的文化传统的基础上生长出来的。这种文学理论被移植到异域以后，会带去一种价值标准，从而对其他民族的文学形成不公平的评价。在中国，情况正是如此。例如，在重视叙述、重视对现实进行再现的文学理论的影响下，给对重视意境和意象的中国古代诗歌带来评价方面的困难；再如，长期以来，人们常将中国上古时代没有史诗和悲剧看成是中国文学的一个不足之处；还有，按照西方的文类学，一些中国特有的文类，例如汉赋、明清小品、现代杂文，都得不到文学上应有的承认。

新世纪文学研究应该持怎样的立场？这个问题在20世纪90年代就已经成为许多研究者关注的对象。当时，有人提出"失语症"问题，这反映出一种对中国文学研究没有自己的话语的焦虑。中国人向西方"学语"一个世纪，却造成了"失语"，这不能不是一个令人震惊的提法。其实，文学是否失语，应该有一个确切的诊断。有些学者针对这种现象提出，中国古代文论的现代化，提出西方文学理论的中国化。其实，这里面的要点在于化。怎样化，向什么方向化。中国文学理论的立足点，应是中国的文学创作实际，是中国文学所起的社会作用的实际，也是中国现存文学遗产的实际，这是我们研究的基础。只有在此基础上，才能谈化的问题。

在研究中国文学的实际时，还应该看到，文学研究不是孤立的，它必须向文化开放。它一方面要与考古学、文献学、史学、哲学、宗教学联姻；另一方面又要考察对文学产生影响的种种社会因素，诸如文学作品的发表和出版机制、杂志、作品的评奖制度，作家的资助制度和生活方式，文学性社团和组织在文学发展中起的作用，学校与学院对文学的关注，文学与影视等艺术形式的关系等方面。前一方面，通过一些年的研究，已有了长足的发展，当然，还有许多工作要做，而后一方面，即文学的社会实现方面的研究，则还非常欠缺。

三、交往、对话的态度与共同发展的目标

正像人们试图要在民族主义和国际主义之间寻求一种合适的定位一样，在冷战结束以后，随着经济全球化的进程在加速，人们又面临着一个在民族主义与普世主义间作选择的问题。在民族主义与普世主义之间，政治家们必

须作出一种明智的选择，针对不同的国内国际情况，调整经济与政治的战略和策略，在两者间把握恰当的力度。然而，在文学与文化层面上，发展民族文化与加强民族文化的研究，则是怎么强调也不过分的。这也就是说，我们应警惕民族主义思想带来的负面影响，但却可以毫无保留、理直气壮地坚持和发展民族文学和民族文化。具体到文学研究方面，必须坚定不移地面向中国人各种文学活动的实际，这是中国文学研究的基础和出发点。

但是，中国文学研究又不可能封闭地发展，我们仍然必须借鉴国外的文学研究成果。新的世纪仍将和20世纪一样，在借鉴大量国外的文学思想和文学理论概念中寻求发展。然而，对于中国研究者来说，我们有理由提出对于国外文学思想和理论的一个重大的态度上的转变。

20世纪，被人们普遍理解为一个中西文学思想碰撞的世纪。如果我们清醒地反思这一个世纪的历程的话，我们可以得出这个结论，这个世纪的碰撞，主要是人家来撞我们。自从鸦片战争中国被撞开了大门，洪秀全开始从西方借上帝以来，我们始终处于一个"从西方找真理"的阶段。在文学和文学理论上，20世纪占据主导地位的就是这种找真理、消化真理、使之中国化的活动。

在新的世纪，我们有理由认为，碰撞还会继续，但可能会从被撞变成对撞。中国和世界（包括西方但又不仅仅是西方）会出现一个相互对话的时代。目前的平等对话，是一个根本的转变。也许在别的学科，这方面转变早就开始了，然而，在文学上，想要真正实现这种转变，还需要艰苦的努力。具体说来，要做这样一些事：

首先是立足本土文化资源，挑战具有世界性的理论。由于西方文化在世界上的强势地位，一些西方学者所创的理论，常常会成为在全世界迅速传播、被认为具有世界意义的理论。有时，这些理论也确实在一定程度上，在一定的范围内具有普遍意义。但是，这仍然是一种有局限的世界性。一些被认为具有普遍意义的理论实际上都是研究者基于自己所能获得的材料，从自己所特有的观察角度出发所取得的结论，受着研究者的视野和立场的限制。中国的悠久文学传统和现代文学活动的大量实践，都给了中国的文学研究者以宝贵资源。如果我们实现这样一种态度的转换，即认为这些资源能帮助我们挑战那些被认为具有世界意义的理论，而不仅仅是补充它们，使它们实用化，那么，这就会是一个重要的进步。我们可以对这些具有世界性的理论的创立者们说，从中国的文学实践中，我们发现了不同的情况，我们所发现的现象能显出这些理论的局限性。我们还要做的事是，要扩大我们声音，说明我们所发现的现象真正具有理论意义，这些发现在进行理论总结以后，可以冲击一些既有理论的基本框架，而不是对它们进行局部的修正。

要实现这种研究，就需要我们去研究世界，加入到对有关学术问题的国际讨论中去。对于一些有关的学术话题，我们必须作出自己的反应。对话意味着共同的话题，不同的声音。有了共同的话题，才使对话成为可能。各谈各的，就不叫对话。而不同的声音，才使对话变得有意义，才不是训话。

谈到话题，当然仍有一个话题选择的权利问题。参加到国际的学术讨论中去，首先还是要求我们去适应既有的话题，也就是说，说人家正在说的话题。在这方面，我们所能做的只是，先加入，在既有话题上显示我们的见识，然后，再逐渐提出自己的话题。我们日常加入到一个圈子的谈话的做法正是如此，当人家正在谈什么的时候，我们作为后加入者，会先听、适应，然而发表对正在谈的问题的意见，最后才能引入我们的话题。个人谈话是如此，发展中国文学界与国际的对话，也是如此。必须在平等的基础上，加入自己的声音，实现学术上的国际对话，从而追求世界文学的共同发展。

四、对民族文化的自信心与准确定位

要加强多极化的世界中的中国文学这一极，我们需要研究中国传统，需要在一个西方强势文化占据着压倒地位的时代坚信中国传统文化的价值。

一个民族的文学经典常常是民族之魂，是文化的载体。传统文学作品的阅读，会使人们形成一种民族认同感。

传统文学经典并不仅仅是一堆放在那里的现成的东西。要使现代人接受它们，需要研究者的努力。其中包括传统的现代编选和阐释。这一工作直接涉及经典走向民众的问题，研究者可以在这方面当一个桥梁。对文学经典，例如古典诗文，要搞现代选本，选出优秀的、适应现代生活的篇目，再给予适合现代人口味的阐释。这对于提高现代中国人的国民素质，具有重要意义。在这方面，应该提倡，让最优秀的研究者也做一些普及工作。对于研究者来说，这有利于他们与社会接触，对于非专业读者来说，也可以从大众读本之中能领略最优秀的精神产品。

传统文学经典是一个思想的宝藏，研究者是一批探宝者。对于探宝者来说，自身理论素质非常重要，否则就会是身在宝山不识宝。新世纪的文学研究者，应实现对文学的历史研究和理论研究的结合。那种在文学研究大类之下，仍然存在的隔行如隔山的现象，将被一些跨学科的研究所取代。文学史的研究者将熟悉理论，思考一些理论问题，而文学理论的研究者将进行史的解剖，从中发现重大的理论现象。带着经过一番理论思考后的眼光对文学经典进行重新解读，会作出对经典的意义和价值的新发现。对于理论研究者来说，一个民族的文学传统由于在民族的心理中扎下了根，因而常常是许多现代思考的源泉。这在国外也是屡见不鲜的现象。一些在文学理论史上具有重大意义的著作，常常是从对经典的再阐释开始的。回到传统，再往前瞻，会使一些创造更加具有根基。

对于传统文学和文化，我们需要有一个准确的定位。一方面，不能妄自菲薄，认为传统已过时，另一方面，也要防止夸大中国文学、中国文化的意义的倾向。中华文明仅仅是世界众多文明中的一种。中国人需要吸收世界各文明精华，丰富自我，求生存，图发展。同时，中国文学与中国文化对世界其他文明圈中的文学与文化，也会产生一些有益的影响。但是，那种不切实际地幻想在21世纪中国文明会拯救世界的思想则是错误的。其结果，并不是中国文明影响了世界，而是使我们妄尊自大、故步自封、趋向保守。这种思想以一种弘扬民族文化的身份出现，恰恰扼杀了民族文化的生机。这是当前存在于中国文学学术界的一种不良的倾向。产生这种倾向的根源，在于对中国文学与文化的身份的错误认定。中国文学和文化是也仅仅是世界文化的一个重要组成部分。在新的世纪里，中国人要努力使中国文学在世界文学中获得应有的位置，但不应该提出超过它的不切实际的空洞要求。

结语：走进全球化

全球化是一个不可阻挡的世界大潮。在文化上，也有着一种主体性的选择，是拥抱，还是拒绝全球化？其实该来的，都会来。理性的做法还是应对和走进全球化。利用全球化有益的一面，防止有害的一面，在一个新的环境中走自己的路，这是必然的选择，也是中国文化发展的必由之路。

你选哪一个哈姆雷特：回到"以意逆志"上来

有一种说法，在一千个读者眼中，就有一千个哈姆雷特。这句话在中国流传很广，但却不知道是谁第一个说的。说这句话，似乎意味着哈姆雷特的形象是读者所赋予的，是多种多样、不确定的。这种说法掩盖了许多事实。确实，不同的读者会读出不同的哈姆雷特来，但这不等于说，哈姆雷特的形象可以任意确定。说一千个读者就有一千个哈姆雷特的人，是站在一个高于读者的高度，将"读者"作为一个类来进行客观考察，发现这类人对哈姆雷特这个戏剧人物在理解上各有不同。如果从单个读者的角度看，这一个人可能会认为，他眼中所看到的哈姆雷特，是唯一的、真正的哈姆雷特，而其他人则是对哈姆雷特有这种或那种的误解。康德在他的《判断力批判》中，就论证了这种主观的普遍性。美的事物在不同人的眼光中是不同的，但这不能证明美就是相对的，对象的美是根本不存在的。相反，对于康德来说，有着一种主观上要求的普遍性。

一、作者中心的形成及其困惑

在阅读中思考作者的本意，原本是一个很古老的观点。在中国，有一句话很流行："说诗者不以文害辞，不以辞害志，以意逆志，是为得之。"（《孟子·万章上》）这里是说，在评论诗时，不要拘泥于文字而误解词句，也不要拘泥于词句而误解诗人所要表达的意思。读者要有一种迎接和接纳作者的意愿，或者说，要有一种同情的理解。这是一种有着久远传统，也长期为人们所接受和习惯的观点。

随着文学的发展，特别是在欧洲18世纪现代艺术观念的形成后，研究者将诗人与绘画和雕塑、音乐和舞蹈等艺术家归为一类，称之为"美的艺术"(the fine arts),而将实用的生活用品制造业归为另一类。由此,当时的理论研究者致力于全面区分艺术与工艺,将艺术看成是一个与工艺、手工和工业制作,与现实生活各种实用性的活动和生产完全不同的一种活动及其产物,强调艺术家的个性、趣味、天才和独创,并以此与工艺区分开,从而使作者研究得到了空前的重视。

研究中的这种倾向,在19世纪得到了强化和发展。19世纪的浪漫主义运动,将文学和艺术看成是作家和艺术家天才的表现。这种天才,并不是我们今天所说的聪明、智商高、能力强,而是指一种原创力。艺术品是花,诗人和艺术家心理的无意识是土壤,生活中的所见所感就像种子,播入土壤中不知不觉地就生长出花朵来。凡俗的现实生活,进入到诗人和艺术家的心灵之中就成为美好的诗篇和艺术品,而其他人却做不到。这就证明,诗人和艺术家都是天才。这样一来,要研究文学,首先就要研究文学家,要研究艺术,首先就要研究艺术家。

19世纪的现实主义,又给文学增添了一个维度,这就是"世界"。现实主义的理想,是要以生活的原来样子来反映生活。而在19世纪,特别是在一些作家那里,萌生了书写现代史诗的欲望。他们以一部或多部长篇小说,描写一个时代的画卷,反映出社会各阶层人的日常生活,他们的各种悲欢离合,喜怒哀乐,抗争、无奈和宿命。现实的世界,是作家所要如实描写的对象。于是,"世界"这个维度就凸显出来,成为文学研究的重要对象。

摆在20世纪文学理论前面的,是这样的既成事实,即浪漫主义所带来的对作者的创作个性的重视,和现实主义带来的对"世界"的重视。

如果说,艾伯拉姆斯将文学的因素分成"世界"(universe)、"艺术家"(artist)、"作品"(work)和"观众"(audience)这四要素的话,他没有能指出的是,这四要素是历史发展过程中,依次走上文学理论研究的前台的。[①] 在19世纪,研究家们所关注的,主要是作者和世界这两者。

这种研究在中国也有着深远的影响。例如,许多关于中国古典小说《红楼梦》的研究,集中在曹雪芹身上,将红学转化为曹学。研究者考证曹雪芹的身世,研究他的家谱。由于他在世时并不有名,留下的记载不多,于

---

① M.H.Abrams, *The Mirror and the Lamp: Romantic Theory and the Critical Tradition* (Oxford: Oxford Press, 1953), p.6. 中译请参见〔美〕M. H.艾布拉姆斯:《镜与灯:浪漫主义文论及批评传统》,郦稚牛等译,北京大学出版社1989年版,第6页。

是研究者四处搜罗，穷尽可能的线索，分析再加推论，力图还原他的传记材料。后来，中国出现了新红学，将小说还原成历史的解读，将《红楼梦》这本书看成是封建社会的一面镜子。这就将文学与"世界"联系了起来。

再如，关于鲁迅的研究，也有这种情况，使关于鲁迅作品的文学研究变成了鲁学研究。专家们研究鲁迅的家庭，书写他的家族故事，他幼年的生活经历，在日本留学期间的遭遇，如何走上文学道路，等等。研究者也联系"世界"来研究。既研究大世界，从20世纪初到20至30年代世界形势的变化和中国社会的变迁，也研究小世界，鲁迅所生活的环境，他笔下人物原型的故事。周作人写过一本书：《鲁迅小说里的人物》[1]。周作人是鲁迅的弟弟，了解鲁迅的家乡和童年，可以说出鲁迅笔下的人物原来是以谁作为原型加工而成的。例如，阿Q是谁，祥林嫂是谁，等等。这既是"作者"研究，也是"世界"的研究，属于作者的小世界。鲁迅的世界，既包括绍兴的那个小世界，也包括当时的中国这个大世界，研究鲁迅，不仅要从鲁迅的身世，也要从这两个世界着手。

类似的情况，在欧洲也普遍存在。莎士比亚在世时并不有名，只是一位专为剧院写剧本的写手而已。关于他的传记性材料，是后人整理出来的。研究者在这方面下了很多的功夫，从而逐步厘清了莎士比亚生平的一些史实。同时，莎士比亚的戏剧也呈现出一个广阔的世界，从宫廷到民间，使各个阶层的人的爱恨情仇都得到了生动的再现。

作者与世界的研究，从某种意义上讲，也是文学研究者职业化的产物。自从文字发明以来，人类的文化生活就处于分裂的状况。识字的人可以阅读，而不识字的人只能依赖于视听。于是，人类就分成两种人，一种是识字的人，被认为是文化人，另一种是不识字的人，被称为文盲。其实，文盲不等于没有文化，只是不识字而已，他们也可以接受种种视听文化，从而获得文化教养。在从上古到中古的漫长时代中，存在着一种专门的文人阶层，这些人既是作家，也是批评家。这时，文学批评并没有职业化。在这漫长的时期里，人们并没有形成试图区分作者、世界和作品的意识。诗人唱和，是一种情感的直接表达。"诗者，志之所之也，在心为志，发言为诗。"[2] 至于孔子提出的："诵诗三百，授之以政，不达；使于四方，不能

---

[1] 周遐寿（周作人）：《鲁迅小说里的人物》，人民文学出版社1957年版。
[2] 《毛诗序》，引自郭绍虞主编《中国历代文论选》第一册，上海古籍出版社1979年版，第63页。

专对；虽多，亦奚以为？"①这种用诗的方式，也是利用文学传达思想情感，从而说出上流社会所特有的雅言。刘成纪在他的一本新书中指出："这里的'专对'，即通过对诗性话语体系的娴熟操作，与他人或他国实现一种符合文明水准的对话。语言在此不但是有效实现政治意图的工具，而且更关乎个体和国家的品位、体面与尊严。"②对于当时的人来说，文学就是一种活动：有人说，有人听，听的人也说，说的人也听。在说与听的过程中，思想情感得到了表达。

历史总是在矛盾中前进的。社会分裂，形成了受教育的群体，从而形成一个专门的文人阶层。这些人既是作家，也是批评家，当然也可能是政治家和教育家。除了他们以外，一般大众很少与文学发生关系。到了近代社会，在国民教育得到了普及，识字率提高以后，文学也就变得普及了。印刷术的发展，助长了这种文学的普及和各种类型的文学的发展。识字再也不是什么了不起的事，文学也不再为少数人所垄断。

面对文学作品，专业的文学研究者很难显示出他们与普通读者的明显差别。一些业余文学爱好者也常常有着自己敏锐的感受力，可以说出自己对作品的很好或者并不很好的见解，并且固执己见。在这种情况下，维护专业文学研究者的职业尊严的做法，就常常是避开与业余文学爱好者讨论文学作品意义的争论，也避开个人性的对作品的感受，而去考证作者的生平、作品所涉及的时代和社会的知识。例如，在中国有着大量的《红楼梦》的阅读者，他们痴迷"红楼"，因"红楼"而发狂生病，但他们不是"红学家"。"红学家"的本领，是关于这本书的与"作者"和"世界"有关的知识，他们对曹家的历史和曹雪芹的身世如数家珍，对书中人物的原型，所描绘的历史、社会和生活有广泛的了解。同样，莎士比亚学、蒙田学、狄更斯学、巴尔扎克学，也都是如此。通过这些知识，他们使自己与一般业余爱好者区分了开来。

这种文学研究者的职业化，还与研究性大学和研究院的兴起有着密切的关系。研究性大学和研究院，是一种近代才出现的社会机构的设置。这种设置的出现，使得一些专门的文学研究者以研究和教学为生成为可能，也使这些人与旧式的文人区分了开来。旧式文人中作者与读者是同一个圈

---

① 《论语·子路》，录自程树德撰《论语集释》卷三，中华书局1990年版，第900页。
② 刘成纪：《先秦两汉艺术观念史》，上卷，人民出版社2017年版，第117页。

子,相互交往、评述、唱和,但很少以文学为专业,更没有职业批评家群体的存在。与此相反,学院培养出了专业的文学研究者和职业的文学批评家。同时,这些学术机构的设置,也推动了各种学问的研究,促使包括哲学、心理学、语言学、社会学在内的各种人文社会科学的学科与文学研究之间的交流。

这时,一个高高在上的文学理论和文学批评的阶层出现了,他们是"学院中人",生活在专门的研究机构之中,对于他们来说,作者和读者只是研究对象,就像生物学家研究动植物的标本,物理学和化学家通过实验研究物理和化学现象,天文学家通过天文望远镜观察天象一样。

上古与中古时,识字的人与不识字的人分离;后来,出现了受过专门教育的人与普通人的分离。只有在后一种分离出现之时,关于文学批评的理论才能得以形成。

二、20世纪文学理论与批评家权力的过度张扬

文学研究以作家为中心,有着久远的传统。在被归结为是朗吉弩斯所写的《论崇高》中,就有这样的句子:"思想充满了庄严的人,言语就会充满崇高。这是很自然的。因此,崇高的思想是当然属于崇高的心灵的。"[①] 前面提到,《毛诗序》中也有"在心为志,发言为诗"的句子。由于浪漫主义运动,它进入到现代批评传统之中。

19世纪的文学理论,要区分艺术与工艺,确定现代艺术体系,从而将文学纳入艺术的门类之下,并将之称为"语言的艺术作品"。这种理论所树立的,是作者的尊严。作家艺术家是一批与工匠不同的人,创作艺术品不是能说会写,心灵手巧,有一些绝活就行。在19世纪,他们被塑造成有个性和独创性,是天才,有高雅的趣味,能超出实用之外达到某种真正的美。

与此不同,从本质上讲,20世纪的文学理论是建立在区分批评与创作的前提下的。这种理论的特点,是努力以各种方式,赋予批评家以职业的尊严。批评家作为一个职业的独立性,建立在这样的基础之上,即他们能

---

① 〔古罗马〕朗吉弩斯著,钱学熙译:《论崇高》,引自高建平、丁国旗主编:《西方文论经典》第一卷,安徽文艺出版社2014年版,第一卷,第414页。

说出一些与作家和艺术家不同的东西。

有一种说法,批评家是知音。艺术家说,批评家懂了。显然,到了这时,这已经不够了。原因在于:第一,一部作品并不仅是批评家懂,其他人也懂。第二,真正懂了的,常常也不是职业批评家。第三,如果只是懂了,只是在那里点头表示赞同,那么,批评家似乎什么也没有做。批评家独立性的要求,迫使他们要说出一些艺术家没有说,一般读者观众也说不出的东西,这才能显示他们存在的价值。

心理分析是批评家的一个工具。批评家对作家艺术家进行心理分析,说出一些他们心中隐密的、他们自己也没有意识到的秘密。这样一来,作家艺术家就不再是自己作品的权威阐释者。批评家借助心理分析这个利器,揭示作家艺术家自己并未意识到的,处于无意识深处的东西。根据弗洛伊德的理论,在无意识的深处,潜藏着强大的心理动力,人的所作所为,所思所感,都是为无意识所推动的。

语言分析也是一个分析的利器。作品的意义存在于作品之中,却不等于作者的意图。作者的意图,要通过语言来体现,他们用语言来思考,而不是先想出一个意图,再用语言表达出来。作者是在创作过程中,用语言思考的同时,也思考出了语言的作品。这就实现了作者意图和作品意义的合一。对于批评家来说,作品的语言分析,促使他们从作品本身出发来获得作品的意义,而不是从通过其他途径猜测到的作家的意图。

20世纪的文学批评,并非仅仅从心理学和语言学的发展中自然生长起来,其中经历了种种复杂的过程,由一些重要的人物,在种种具体而偶然的因素影响下被推动。

众多的关于20世纪文学理论和批评的教科书,都从两个运动写起。这就是英美新批评和俄国形式主义。这两个运动,有一个共同特点,就是走出作者中心论,但它们在性质和色彩上,又很不相同。

英美新批评,正如其名称所暗示的,是批评的实践,以及这种实践中所透露出来的主张。这种主张来源于艾略特(T.S. Eliot)将艺术品当成经验的"客观对应物"(objective correlative)的观点,这种观点认为,意义就存在于对象的媒介之中。在同一时代,像克莱夫·贝尔这样的艺术批评家和苏珊·朗格这样的哲学家,也提出了"有意味的形式",以及情感和感受与对象的形式之间存在着"同形同构"的观点。"新批评"促成了对作品文本的细读,这一批评的潮流从本质上讲是反理论的。对于这些批评家来说，重要的是阅读作品本身，发现其中的肌质、隐喻、反讽、悖论，以及各种技巧，而不是考虑它们的最终来源，与作者、时代和社会的关系。新批评家们大都是批评实践者，很少追求理论的彻底性，也不思考"作者去哪儿了"的问题。"新批评"的最有力的宣言《意图谬见》和《感受谬见》，是 W.K. 温姆萨特这位批评家在哲学家 M.C. 比厄斯利帮助下才得以完成的。这两篇文章，并不是说作者的意图和读者的感受并不存在，而是说，在批评中不要受"意图"和"感受"的干扰，追求经验的客观性。推动"新批评"运动的，是一种人文主义精神。这些人保持着一种对诗的神圣感，相信诗能够守望文明，从而抵御大工业对手工业的取代、功利主义和技术至上主义。但是，他们又不是社会生活的积极干预者，正好相反，他们是逃避主义者，从文本中讨生活。

与这些人相反，俄国形式主义则将文学看成是语言的一种特别的应用，意在改变人们的感觉方式，将他们从日常的、司空见惯并因而麻木的感觉中解放出来。由此，他们提出了"陌生化"等观点。什克洛夫斯基提出，文学是"其使用的所有文体技巧的总和"，由此，重要的已经不再是作者想说什么，而是他笔下的文字中有什么文体技巧。这是一个理论先行的流派。他们不像"新批评"那样，从人文情怀出发，重在批评实践及因此产生的经验，而是从语言学的理论出发，从语言的特异使用的角度进入到文学批评之中。与这一流派相呼应的，是当时俄国诗歌和艺术中的未来主义。这是一批充满着理论激情的青年，在革命潮流的推动下，要创造新的诗歌和艺术。

尽管如此，这两者在重视艺术的客观、排除浪漫主义的对作者的回溯方面，具有相似性。随着此后俄国形式主义向布拉格和巴黎的旅行，以及来自不同渠道的理论在美国的相遇，在 20 世纪后期的文学批评理论中成为主潮。

除了这两种潮流之外，在大致同一时期或稍后，在现象学的阐释理论的影响下，以德国为中心，出现了一种指向读者的倾向。这一思想的来源，常常被归结到海德格尔对人的意识的理解。人的意识投射到世界之中，但不是居高临下地投射，人同时也受制于这个世界。人的思想具有历史性，但这个历史又不是外在的、社会的，而是内在的、个人的。

汉斯－格奥尔格·伽达默尔在他的《真理与方法》一书提出了一个观点："文学作品并不是作为一个完成的东西、一个精心打包的意义束蹦进这个世界的；意义其实取决于解释者的历史处境。"① 在这种观点影响下，汉斯·罗伯特·尧斯提出了"期待视野"的概念，描述对历史上的文学作品是如何被解释和评价的。他认为，对过去时代的文学的阐释来自过去与现在的对话，要把理解看作过去与现在的一种"熔合"："不带着现代和我们一起上路，我们就不可能实现走向过去的旅行。"② 这种观点，实际上是一种综合，所有的理解，既不是对纯粹的客观意义，即文本中所包含的客观意义的理解，也不是纯粹社会学意义上的从属于阐释者时代的理解。它只是一种对话，受制于作品产生时的情境，又带着阐释者的时代所赋予的视角。

另外一位重要的接受理论的代表沃尔夫冈·伊塞尔，则进一步将文本与读者的解释语境化和历史化。对于他来说，批评家的任务不是要解释作为客体的文本，而是要解释文本对读者的影响。文本只是一个潜在的结构，其中有许多"空白"，读者使它"具体化"。

从作品到读者，20世纪的理论在批评研究的道路上越走越远。罗兰·巴尔特写了一篇文章《从作品到文本》，改变着研究指向。作品是一个现成物，而文本是一种生成的过程。文本被放在读者和批评家面前，成了阐释对象，要面对它而生成意义。

陈嘉映在解释文本时，作了一个清晰的区分：不需要阐释的，就不是文本，两人对话，一个人说了，另一个懂了，所说的话就不是文本，报纸上的新闻和文章，也不是文本。文本是像《论语》《孟子》那样需要阐释的东西。这个表述说明了从"作品"到"文本"的历史过程。我们会细读从莎士比亚戏剧到《红楼梦》这样的文本并加以阐释，而对当下的网络小说，会一读而过，不作阐释。批评理论家宣称"作者死了"，这句话可以像"上帝死了"一样，被哲学地理解，也可以从字面上去理解。批评家们等待一部作品的作者死了，将它"文本化"，离开作者来理解它。或者说，作者死了，"作品"才变成了"文本"。研究者也不是去想，作者通过作品对我们说一点什么，他们所想的是：我们能够从这个现成的文本中阐释出什么意义？他们也自然会得出结论，"文本"预示着意义的成长过程，不同的人，不同代的人，都能从中读出新的意义来。这样一来，"文本"概念的出

---

① 〔英〕拉曼·塞尔登、彼得·威德森、彼得·布鲁克：《当代文学理论导读》，刘向愚译，北京大学出版社2006年版，第61页。
② 同上书，第63页。

现，是将从作者到读者的道路极大地延长了。

20世纪后期的理论狂欢，从这些关于作品和文本的理论，到读者的理论，一些具体的文学实践从文学原有的从作者到读者的道路中截取一段，加以放大，进行专门化的研究。

除了这些理论以外，一些从文学理论走向文化理论，希望使用理论对社会政治的参与的流派，也相继出现。例如，关于女性主义批评，后现代主义和后殖民主义的批评，男女同性恋和酷儿理论的批评，都加入进来，出现了理论的狂欢。这时，原本作为批评方法提出的一些理论，最终离开了批评，走向了没有文学的文学理论。如果我们仔细分析就会发现，每一种理论都有自己的处境，都有着自己提出的理由，但它们与文学阅读及其意义的获得，关系却越来越远。

三、文学还是不是意义的传达？

文学理论的狂欢，在被一种巨大的力量推着走，当它走到一定的程度时，人们就会发现，我们已经走到了这样一个地方：一批从事文学的研究者，早就忘了来时的路。他们在谈论：作者死了！作品死了！文本死了！其实，这些说法无非是在说，他们所正在从事的工作，要将这些因素排除在外。离开了作者，离开了作品和文本，文学是不可能存在的，但我们为了看清文学活动的某一局部，可以暂时将其他的局部遮蔽起来。这是一种对文学活动的大过程进行切片研究的做法，所切之片也许是文学活动的重要一环，也可能是由于放大了这一环而看到了过去所未曾看到的内容和方面。但是，切片研究会以偏概全，执着于对所偏重的环节进行细部分析，并对之过分夸大。这种方法更为不好的结果是，由于只看到文学活动的某些要素，无法实现自我超越，因此，就会以死的要素分析代替活的过程本身的研究。

文学是人学。这个口号，无论在国外，还是在中国，都产生于一些特定的语境之中，有着特定的内容。这种对人的研究，也会变成一个空洞的口号。人们可以谈论心理学的人、生理学的人、生物学的人、人类学的人。在这些学科中，人变成了类，成了研究的标本，而在生活中的、活生生的、具有个性的人，却被抽空了。

走出这些科学主义的态度后，人们又去谈论关于各种亚文化，各种政治、经济、文化生活现象。人生活在这些文化之中，但不能归结为这种种的文化现象。在这些研究之中，人被再一次被抽空了。一些原本应该是从事文学研究的专家们，一下子成了各种社会学、政治学、经济学的业余爱好者，他们满足于针对这些专业发表一些非专业的议论。这是一种文学帝国主义现象。从事文学的人到处扩张，走出自己的疆界，对其他各门学科浅尝辄止。

这种努力的结果，常常是适得其反的。如果说，文学研究者是想入侵到这些领域，从外部进入到这些领域发表一些空洞的言论，实现对这些学科的殖民的话；那么，他们所实现的结果，却是反向殖民，使这些领域的零碎知识进入到文学研究领域，使文学研究的领域被肢解。入侵是相互的，在文学理论研究者高奏凯歌，宣称对其他学科征服之时，原本存在着一条从作者到读者，又从读者回归作者的路，却淹没在各门学科所构成的野草和荆棘之中了。

由此，我们再次回到这样一个问题：在一千个读者的眼中，就有一千个哈姆雷特。实际上，这一千个读者仍然可以大体上分成两类，一类是努力实现对作者的原意进行理解的读者。这一类的读者对作品取一种常识的态度，即认识到，文学艺术作品都是作家艺术家们在有意识的状态下创作出来的，在他们的创作中，存在着对意义的表达和艺术表现力的有意识的追求。在表达的过程和表现力的获得过程之中，当然也存在着无意识的因素，但我们无法将意识和无意识这两者截然分开。

作者在创作以前，不一定有固定而清晰的意图。他们是在创作过程中，使自己的意图不断清晰化，从而形成作品的意义。如果作者是在使用语言为媒介的话，那么作者要考虑这种媒介的多种可能性，充分利用语言的表现力，将自己所要表达的思想情感表达出来。运用其他媒介所进行的创作也是如此。然而，从另一方面说，在这一创作过程中，作者总是在一种思想或情感的引导之下，用意识控制无意识，以情感吸附材料，创作出艺术品来。是跟着思想走，还是跟着感觉走？在艺术创作中，很可能是合二为一的。然而，不管思想还是感觉，艺术的创作总是有某种东西在起着引导作用。我们可以说，这种起引导作用的是意图；在作品中显现出来的才是意义。从意图到意义，有着漫长的距离，但不能由于距离远，不能由于意图实现过程的曲折，而否定意图的存在。

温姆萨特和比厄斯利所说的批评的"意图谬误"，就其自身来说，有其道理。文学批评要面对的，是作品本身的"意义"，而不是离开作品做关于"意图"的猜想。但是，我们不能忘记的是，"意图"与"意义"之间具有因果关系。作家艺术家在"意图"的引导下，进入到作品的生产过程之中，也就同时进入到"意义"的生产过程之中。"意图"是生产过程之因，而"意义"是生产过程之果。如果能保持常识的观点，那么，我们就不难看出，文学艺术的接受之路，就应该是这样一个回归之路。用孟子的话说，就是"以意逆志"。我们要从我们所理解的作品之意义，去迎接作家艺术家之"志"，即"意图"，向"意图"开放。

当然，作家艺术家在创作时的"志"，很可能是处在游动之中，转瞬即逝，或者不断改变，甚至会出现文学作品中人物故事违背作者的意图而发展的现象。然而，作家艺术家之"志"的存在，仍是理解作品艺术品的基础。

"以意逆志"还强调一种接受者的主动性。读者和观众总是主动地走在这条回归之路上。接受者要有依照常识，设想作家艺术家意图的存在，从而以这种意图为支撑来理解作品。从作品背后看到人，看到人的行动，人的创造，以及人的喜怒哀乐。否则，作品就是不可理解的。

不同时代和社会氛围中的人，不同教育和知识背景的人，不同个性、性别、年龄的人，对哈姆雷特这一历史上的文学人物的理解也不同。这是许多人爱说的意义的社会性，即作品随着时代发展获得新的意义。但是，除了这一点，还有读者和批评家的意向性，即是否尽其所能地去实现对哈姆雷特的真实理解。如果是，我们就可以将他们归成一类。读者和观众，即作品的接受者，都具有一种意向性。这种意向性，不仅仅是由接受者所具有的条件，即他们的个性、性别、年龄，甚至他们的知识水平和所生活的时代所决定。更重要的是，这由他们对作品的理解持什么样的态度所决定的。是同情地理解，还是有意曲解，这由态度所决定。

这种同情的理解，还要更进一步，要把作者对时代和环境的了解考虑进来。文学艺术品的接受，从根本上讲，还是人与人之间透过作品而实现的相互了解。孟子在说完了"以意逆志"的道理后，又接着说："颂其诗，读其书，不知其人，可乎？是以论其世也。是尚友也。"（《孟子·万章下》）他的这段话，说出了一个对话关系，即作品的接受，是与作者的对话，并且，这是一种朋友的对话。这就是他著名的"知人论世"的观点。对于文学艺术作品，要持同情理解的态度，而要实现这种同情的理解，就要

"知人论世"。

人与人的相互理解是否可能？如果我们抽象地谈论这个问题，可能没有什么意义。可能结果是这样，有人说是可能的，有人说不可能。他人即朋友，还是他人即地狱？这本身是一个无解的问题，所有的回答都是通过阐释附加上去的。但是，如果我们放在一个具体的情境中，就会说，有人是朋友，有人不是。为什么我们与有的人能相互理解，而与有的人则不能理解？原因不仅在于人与人之间的同与不同，也在于理解的意愿。这种意愿，由接受的态度所决定，而隐藏在态度背后的，是立场、利益、欲望和个性。其实，对文学艺术作品的理解也是如此。

从这里，我们可以再来谈论另一种情况，即没有理解意愿的对作品的阐释。批评家并不试图去理解作者，也不愿意预设作者的存在，并以此作为阐释的支点。他们所要做的事，是借助文学文本，特别是一些著名的文学文本，来表达自己的意思。这是一种文学使用的情况。

前面谈到中国春秋战国时在贵族间的社交和诸侯国之间外交中的《诗经》使用。这些使用，特别是《左传》中所记载的对《诗经》的使用，是这种阐释类型的很好的范例。当时的人引用《诗经》的句子，目的在于将他们的表达显得更加雅致，也更含蓄得体。他们的表达，常常不以阐释《诗经》为目的，甚至有时与《诗经》本身的内容无关。

在现代社会中所出现的文学批评专业化的现象，也造成了类似的两种结果：一种是对有关作品的人与世，做出比非专业读者更为深入的研究；另一种是通过文学表达其他的意思，从而达到其他的目的。

学者们对《红楼梦》的研究，既有严肃的人物和情节分析，也有作品所反映的时代和社会的分析。但是，也有人会借用文中的一两句话，说一点别的意思。刘姥姥进大观园借钱，王熙凤对她说："大有大的难处。"此言就被人们当作哲理名言到处运用。富人有富人的难处，大官有大官的难处，大国也有大国的难处。哭穷婉拒求助，可说这句话；面对强敌给自己助威壮胆，也可用这句话。再如，评《水浒》，可以用来赞扬"逼上梁山"的正义性，也曾被用来批投降派。当代生活中，到处有运用对文学经典解读来表达意义，借助名著的权威在民众中赢得亲和感的现象。

在理论家和批评家成为一种职业时，人们会倾向于扩张这一职业权力，任意赋予文学作品以意义。由此，故意曲解也成为一种文学批评现象。

中国古代有一个著名的关于"知音"的故事。"伯牙善鼓琴，钟子期善听。伯牙鼓琴，志在高山。钟子期曰：'善哉，峨峨兮若泰山！'志在流水，钟子期曰：'善哉，洋洋兮若江河！'伯牙所念，钟子期必得之。"（《列子·汤问》）[1]艺术上知音难得，而艺术家内心中也深藏着对知音的期盼。没有知音，艺术就失去了意义。艺术用语言、声音、线条、色彩等媒介，要传达内在的意义，这是很难做到的。这就造就了一种艺术理想，即真正的艺术，就是要实现意义间的传达，从而在茫茫人海间寻觅知音。

俄国作家列夫·托尔斯泰提出："艺术是由这样的一种人类活动所构成的，即一个人通过某种外在的符号，有意识地把自己体验过的感受传达给别人，而别人为这些感受所感染，也体验到他们。"[2]托尔斯泰所追求的，正是这一点，外在媒介所要实现的，是这种内心情感的传达。

无论是中国古代的"知音"故事的讲述者，还是列夫·托尔斯泰，都具有一种共同的特点，他们都不是职业批评家或文学研究者。"知音"的故事，是传说，而托尔斯泰的"传达说"，是作家经验谈。作者意图与作品意义的分离，实际上是文学研究家和批评家们专业化后所产生的职业需要。

当人们形成了不同的职业分工时，世界就被区分为不同的领域，供人们进行专业化的研究。然而，世界本来就是一个整体。从作者的意图，到作品和文本的意义，再到读者的意味，本来是联系在一起的，需要我们用联系的观点来看待这三分，并将它们合为一体。

对于作者来说，他们在写作时，有"理想的读者"。作品是为大众写的，也是为某一个人写的。当作品为着一些具体对象而写时，才有了人情味，有了交流的激情，和被理解的企盼。作者说了，是期望那个人懂了。这样一种个人与个人间的意义的交流，是文学艺术的价值所在。

意义的传达，有可能之处，也有不可能之处。任何作品原意的考证，都没有什么意义，但对原意的虚拟的存在，本身是有意义的。对于读者来说，也有着一种"隐含的作者"。这种作者，不应该通过个人身份的调查获得，而是通过作品体现出来。作品是被创作出来了，这是一个基本的事实，它背后有一个创作者，这是任何的理解的前提。作者克服了巨大的困

---

[1] 《列子·汤问》，引自《诸子集成》第6卷，上海书店1986年版，《列子》第60页。

[2] Leo Tolstoy, *What is Art?* trans. Aylmer Maude, in *Tolstoy on Art* (Oxford U., 1924), p. 173. 本文作者中译。据门罗·比厄斯利所说，该书的俄文版被删改和扭曲，这里所引的话来自艾尔默·莫德(Aylmer Maude)于1898年所出版的英译本,这个版本得到了托尔斯泰的授权。见门罗·C.比厄斯利：《西方美学简史》，高建平译，北京大学出版社2007年版，第281页。

难，实现了作品的创作，理解者要从这一方面去想。通过接触作品，认真地体会作品本身，达到人与人的沟通。

让我们再次讨论这个话题：他人是朋友，还是他人是地狱？至少，文学艺术是人与人之间沟通的桥梁。通过作品，人与人相互理解。认识与了解一个人，有两种途径：一是与他交往，二是去查他的档案。前者是交朋友之道，后者常常是某些组织部门考察干部之道。这两者不同。对应到文学批评上，前者是"以意逆志"，后者是以作家生平考察代替作品研究。我还是认为，交朋友是要交的，就像谈恋爱是要"谈"，而不是只讲"门当户对"一样。感性的直观永远不能被历史调查所取代。但是，从另一方面讲，只有文本分析，只研究作品的接受，作品背后没有人，没有作者在，那也是研究的迷航。

结语

最后，再次总结我们的论述。作者的意图很难找到，但仍是存在的。这是我们理解文学艺术作品的基础。文学是人学，说的不是要通过对人进行科学分析而得出关于文学艺术本质的道理，而是意识到，文学艺术都是人与人之间进行思想情感交往的媒介。文学艺术存在于人与人之间，没有这个"之间"，文学艺术的存在就没有意义。

关于文学艺术的阐释，有着以作者意图为支撑的阐释，也有借用作品实现与作者意图无关的、出于其他目的的阐释。我们要实现这两者的区分，从而指出，只有前一种阐释，才是属文学的阐释。其他的阐释，都是非文学的阐释。其他的阐释也可以存在，但不能以此取代属文学的阐释。

以作者意图作为支撑的阐释，不等于将阐释看成是以还原作者意图为目的，而只是肯定这种意图的存在，从而使阐释获得意义上的支撑，以及常识上的制约。

在"一千个读者眼中，有一千个哈姆雷特"这句话后面，还缺一句，这就是，"但他不是李尔王"。这说明，理解是有限度的。以意逆志，是一种回归。意义在传达过程中生成，并随时代而生长，但仍需要看到这种制约性。玫瑰要生长，菊花也要生长，但它们不会长成一个样。

美学的围城：乡村与城市

人们常说，黑格尔将美学看成是艺术哲学，这种说法大意是对的，但很容易引起人们的误解。更为准确的说法是：黑格尔认为，到了他生活的时代，Ästhetik，即"感觉学"，作为一个学科的名称已经通行起来，但这个名称并不妥当。当时也有人提出，这个学科可命名为 Kallistik，用了 kallos 这个希腊文表示"美"的词根，直译的意思是"美的学科"或"美之学"，但黑格尔认为，这还不妥，理由在于，"所指的科学所讨论的并非一般的美，而只是艺术的美"。① 从这里所转述的意思和所摘引的原文，我们可以看出，黑格尔认为，这门学科最合适的名称应该包含这样的意思，它是"美的艺术的美的学科"（这个表述可以简化为"艺术美学"）。有中国学者提出，要建立"文艺美学"，其实，黑格尔关于美学这个学科名称的讨论中，就已经说出了这个意思。说完上面这段话以后，黑格尔接着话锋一转，说我们姑且用 Ästhetik，即"感觉学"之名，而研究的正是"美的艺术"，理由是，"名称本身对我们并无关宏旨"，但是我们要记住，这门科学的正当名称是"美的艺术的哲学"。②

"美的艺术"（les beaux arts）这个词，最早由法国人夏尔·巴图（Charles Batteux）于 1746 年提出，随后由于被用作巨大的《科学、艺术和工艺详解百科全书》所依据的概念框架的一部分而被人们迅速接受。③ 当鲍姆加登（Alexander G. Baumgarten）1735 年在《对诗的哲学沉思》一书中造出 Ästhetik 这个词的时候，"美的艺术"这个词还没有出现。然而，这并不是说，鲍姆加登不重视艺术。近年来有人说，鲍姆加登提出的是"感觉学"，我们应该回到"感觉学"的含义上来，强调感性，反对理性，重新

---

① 〔德〕黑格尔：《美学》，朱光潜译，第一卷，商务印书馆 1982 年版，第 3 页。
② 同上书，第 3—4 页。
③ 参见〔美〕门罗·C. 比厄斯利《西方美学简史》，高建平译，北京大学出版社 2007 年版，第 136 页。

寻找美学的定位。这种说法，其实是望文生义。鲍姆加登是一位理性主义的哲学家，他"试图依据笛卡尔的原理和理性主义的演绎方法，用形式上的定义和推导，建立一门（主要与诗有关，但也可扩展到其他艺术之中的）美学的理论"①。因此，鲍姆加登心目中尽管没有"美的艺术"的概念，但他在建立这门学科的时候，心目中主要想的还是诗以及其他姊妹艺术。

建立一个被命名为 Ästhetik 的独立的学科，并且将这个学科放在"美的艺术"概念的基础之上，这是 17 和 18 世纪欧洲所出现的一个普遍的人文学科现代化过程的一部分。我曾经在一篇题为《"美学"的起源》文章中，对这一过程进行了描述。②这篇文章试图证明，从英国的夏夫兹博里、意大利的维柯、法国的巴图、德国的鲍姆加登等许多人那里发源的诸思想线束，到了康德那里完成了一个综合，从而宣告了"美学"的诞生。但是，这篇文章仍没有探讨这样一个话题："美学"是在什么样的社会条件下诞生的？

在出版于 2005 年春的《国际美学协会通讯》第 28 期上，当时的国际美学协会主席、荷兰哲学家海因茨·佩茨沃德提出："美学来源于城市生活，后者是前者的土壤。"③这给我们提供了一个新的视角。对城市与乡村的美和城市与乡村的美学，作一个综合的考察，有助于我们对美学的起源作进一步的了解。

一、从乡村的美谈起

佩茨沃德所说的，是"美学"的起源，而不是"美"的起源。"美"的起源，要比"美学"的起源早得多。德国哲学家沃尔夫冈·韦尔施从达尔文那里受到启发，论述动物的美学，这里姑且不论。④我们从原始人的装饰品，从石器、陶器和青铜器上，看到了早期人类对美的追求。李泽厚的名著《美的历程》，就是从原始人的劳动和原始信仰谈起的，他谈到了石器

---

① 参见〔美〕门罗·C.比厄斯利《西方美学简史》，高建平译，北京大学出版社 2007 年版，第 133 页。
② 高建平：《"美学"的起源》，载《外国美学》第 19 辑，江苏教育出版社 2009 年版，第 1—23 页。
③ See Heinz Paetzold, "From the President", in *Newsletter of International Association for Aesthetics* No. 28 – Spring 2005, p. 1.
④ 笔者在另外一篇题为《美学思想的形成和早期希腊人的美》的文章中，涉及这个话题，该文发表在《外国美学》第 20 辑上。

工具的制造和原始人的装饰，认为美的历程是从这里开始的。[1]谈论艺术起源的人，都会引用法国的中南部和西班牙的旧石器时代洞穴壁画。关于创作这些壁画的目的，研究家们众说纷纭。有的说是表现大自然进程的一些符号，有的说是为了进行巫术仪式，有的说是对动物的季节性迁徙的记录，是不同部落家族的图腾符号，也有一本著名的艺术史著作这样认为，"人们也不能排除这样一种可能，即这些令人惊叹的形象的创造纯粹是艺术家们以娱乐为目的把看到的周围世界的真实景象描绘出来"[2]。当然，这只是一种猜测而已。如果说原始人随手所画的岩画有更多的娱乐因素，也许会令人信服，但在物质条件那么匮乏的原始时代，花费那么大的精力作出像阿尔塔米拉洞穴壁画那样的作品，可能性则不大。但是，如果换一个说法，认为这些绘画在服务于其他各种可能的实用目的的同时，也包含并利用了这些绘画的审美因素，那我们也许更能接受。

我们从古代文献中看到，无论是以希腊罗马为代表的古代世界，还是中世纪，人体的美都是一个绕不过的话题。古代世界的人坦然面对人体的美，于是有了精美绝伦的希腊雕塑。早期的基督教哲学家忙于一些更为迫切的卫教的任务，很少涉及美学问题，但是，对美，特别是人体美，他们不得不作出一些议论。议论的焦点，是人体美的正当性。他们思考的问题是，人体的美，是由于上帝造人时按照自己的模样造的，因此留有上帝美的痕迹呢？还是邪恶的诱惑，来源于撒旦？对于中世纪的人来说，这个问题很重大，直接涉及对待人体美的态度，因此争论持久而热烈。我们不是神学家，无须加入其中，并站在哪一派的立场上说话。我们可以从中得到的启发是，这种争论本身就意味着人体美的确是不可忽视的存在，迫使神学家们对这种美进行解释。

美存在于众多的领域之中。这里特别要提出讨论的，是乡村的美。城市是后起的，在工业革命以前，绝大多数的人都生活在乡村。无论对于农业民族，还是对于游牧民族来说，造出城市来，将它作为主要居住处，是前所未闻的事。

过去有一种说法，对自然美的欣赏，是城市生活兴起以后，出于对城市生活的厌倦，有了回归自然的愿望，才出现了自然美。因此，自然美是

---

[1] 参见李泽厚：《美的历程》，文物出版社1981年版，第2—4页。
[2] 参见〔美〕威廉·弗莱明、玛丽·马里安著：《艺术与观念》，宋协立译，北京大学出版社2008年版，第2—3页，引文见第3页。

后来才有的。对文学艺术史的考察,似乎在支持这种说法。原始绘画以动物为主,而很少有原始绘画描绘植物。最早的诗歌也是以写人的故事为主,自然的和田园的风光只是陪衬。无论是在希腊罗马,还是在文艺复兴,风景画的出现都晚于人物画。直到19世纪,风景画和风景诗才随着浪漫主义运动而成为主要的艺术形式。中国的情况也是如此,尽管在中国,对自然风景的描绘在时间上出现要得早一些。唐以前以人物画为首,而宋以后,山水画才跃居为最重要的画种。在先秦时期的诗歌中,自然只是用来起兴,为人和事的描写作陪衬。所谓的"比德",如"仁者乐山,智者乐水",用山水比喻君子之德,审美欣赏的重心没有落在山水本身之上。到了魏晋以后,才出现像谢灵运、谢朓以及陶渊明这样的山水诗人。

然而,将山水诗和山水画的出现看成是对自然美欣赏的起源的证据,是犯了艺术先于自然的错误。

在"美"的历史上,实际存在着的是这样一个过程:人们开始生活在乡村,安于乡村的美,将之看成是他们的家园;只是后来,在城市兴起以后,才开始有城市的美。农民在农耕生活中形成对他们所耕作的土地,他们所种出的庄稼,对绿色的麦田、金色的稻穗、黄色的油菜花、白色的棉花,对他们所居住的村庄,对村前的小河和村后的小树林,对站在小山冈上看见的蔚蓝色的天空,对乡间夜空中的明月和繁星,都会产生的亲切之情;同样,牧民会喜爱一望无际的大草原,喜爱沙漠中的绿洲,远方的雪山,近处的湖泊。这里就是他们的"家园",他们所接触到的最早的"自然美"。这种美会在童年时代就在他们的心灵深处深深扎下根。他们并非是在离开了这些"自然美"的时候,才开始将它们看成是美的自然。相反,如果他们在离开或失去这些"家园"之后,对它们产生无限的追忆和向往,从而产生对自然的爱好,并制作出艺术作品,那是因为"家园"曾经留给他们太深的印象。

艺术中所描绘的自然美不能成为自然美出现的最初证明。宗炳在《画山水序》中说,他作山水画的目的,就是作为自然山水的替代物。[①]对山水的喜爱促使他画山水画,但并不能由此证明,对山水喜爱是从画山水画开

---

① 宗炳《画山水序》:"余眷恋庐衡,契阔荆巫,不知老之将至。愧不能凝气怡身,伤跕石门之流,于是画象布色,构兹云岭。……夫以应目会心为理者。类之成巧,则目亦同应,心亦俱会。应会感神,神超理得,虽复虚求幽岩,何以加焉?"见俞剑华编著:《中国画论类编》,中华书局1973年版,第583页。

始的。山水画作为一个画种，有它自身的历史。这个画种没有出现时，画种内部的传承关系没有形成，画家没有这方面的训练，绘画欣赏者没有接受这一画种的准备和欣赏习惯，这一画种就不能产生或兴旺发达。然而，在这个画种没有出现之时，人们早已经喜爱山水、田园、乡村的自然和人文风光了。

近年来，出现了一种乡村旅游热。不久前，我因参加学术会议的原因，去了浙江金华的附近一个名叫诸葛八卦村的地方。当地人说，这是诸葛亮的后代所建的一个村。诸葛亮是否有后代存活，是否能在蜀汉政权崩溃后，翻山越岭到浙江来安家建村，我没有考证过，也没有发言权。但那个村庄的确很漂亮。青灰的砖瓦建筑群错落有致，既各自成为不同的单元，又相互关联成为一个整体。中间围着一个池塘，有妇女像当年的浣纱女一样，在池塘边捶衣。

诸葛八卦村，使我想到许多风景如画的江南小村庄，江苏的周庄、同里、锦溪、甪直、枫桥、木渎、盛泽、沙溪，安徽的宏村、西递、塔川、呈坎、查济、卢村、南屏、关麓、唐模、棠樾、三河，江西的婺源、流坑、黎川，等等。从南到北，各省区都或多或少有一些可观的乡镇的美。我们所看到的一些美的村镇，常常都有一个共同的特点，那就是交通不便，没有被现代化进程所破坏。或者更为准确地说，是现代化的进程还没有来得及破坏它们。如果可以由此推论的话，可以想见，在早一些年，或者在上一个世纪，这些美的乡镇，会多得多，只是由于20世纪中国所出现的上半个世纪的战乱和下半个世纪的建设，这些乡镇中的大多数都在这个过程中消失了。失去的美使我们对残存的美更加珍惜，于是出现了村镇游。但如果硬要说，当年这些村镇的建设者们并不知道它们的美，而只是由于今天的旅游热才发现它们的美，显然是说不通的。

这几年我常常到欧洲去，去过许多欧洲的大城市，也去过欧洲的乡村和小镇。一个强烈的体会是，欧洲的大城市，除了它们对旧建筑的保护水平和力度比我们大以外，在新建筑的豪华壮观方面，没有多少能使我们感到震撼的。中国的大城市里，最新最美的建筑仿佛在一夜之间拔地而起，建造了现代的辉煌。奥运会带动下的北京，世博会带动下的上海，出现了一个又一个世界建筑史上的奇迹。但是，与此相比，乡村的建设，则体现出巨大的不平衡。我去过奥地利南部的小城格拉兹和萨尔茨堡，去过荷兰的莱顿，德国的特里尔，斯洛文尼亚的科佩尔。每一个小城都有它独特而精致的美。我还有三次白天乘火车的经历，一次是从德国的科隆到法国巴黎，沿途看到了德国南部和比利时的小山村；一次是从佛罗伦萨到罗马，看到了著名的托斯卡那平原；还有一次是从雅典沿伯罗奔尼撒半岛北缘乘火车到奥林匹亚，沿线欣赏希腊海边村庄的美景。欧洲的乡村是美丽的。在森林和草地的包围下，村里的民居似乎随意却又错落有致地结合成一个整体，作为这幅田园画的点睛之笔，一个尖顶的乡村小教堂矗立其间。

中国传统村庄的存在，近年来乡镇游的开发，恰恰说明中国乡村的美，是后来丧失的，而不是从来没有存在过。在现代化的过程中，中国的乡村曾经历了一个"破产"、走向贫困化的过程。现代化意味着大批的人口涌向城市，在城市中讨生活，历经几代人的努力，终于成功地成为城里人。农村成了落后的象征，"农民"成为形容词，意味着土气、落后、没有知识和城里人所需要的见识等。在农村中，只有丑，而没有美。

二、城市农村二元对立的出现

乡村有着其本来的美，从古代的诗歌中，我们看到大量的关于这种乡村美的描述。陶渊明曾充满感情地写下这样的诗句："方宅十余亩，草屋八九间。榆柳荫后檐，桃李罗堂前。暧暧远人村，依依墟里烟。"（陶渊明《归田园居》）乡村的一草一木，都在诗人的笔下充满着诗情画意。这样的诗句在古代诗歌中比比皆是。例如，孟浩然记下了对乡间朋友的访问："绿树村边合，青山郭外斜。"（孟浩然《过故人庄》）王维写渭南杂景："斜光照墟落，穷巷牛羊归。"（王维《渭川田家》）苏轼在徐州时记谢雨途中的所见所闻："簌簌衣巾落枣花，村南村北响缫车，牛衣古柳卖黄瓜。"（苏轼《浣溪沙》）字里行间充满着对乡村的感情。

所谓乡村的美，包括两层含义，一是乡村的景色是美的，一是乡村的景色被看成是美的。本来，在这些诗人笔下的，只是一些农村生活的风情画。这些图画能够被赋予诗情，从而成为美的诗句，固然与诗人的才华有关，但这样的诗句为人们所欣赏，归根结底还是源于对一种对乡村自然生活态度的崇尚。这种态度，在陶渊明的诗句中就表现得很明显："少无适俗韵，性本爱丘山。"（陶渊明《归田园居》）这不应该看成只是由于对城市生活产生厌倦才有的态度，而是本来就有的对待自然的态度。农民不是由于进了城以后，才开始喜欢乡村的。他们是被种种有形无形的力量驱赶进城市，后来才逐渐习惯于城市生活的。这种力量，主要是经济的力量。乡村日益贫困化，田园的生活无法维持，只好进城讨生活。城市在经济上压迫农村，城市美也在压迫乡村美。

山里的村落，从八九间草屋到八九十间砖瓦小楼，小山、小树林、小池塘、小河，一片片或大或小的耕地，再加上作为中心建筑的祠堂或教堂，成为中国或欧洲人千百年的生活环境，成为最早的"自然美"。

都市生活兴起以后，一切都发生了变化。当我们说城市时，具有两重含义，即城与市。最初出现的是"城"。《孟子·公孙丑下》："三里之城，七里之郭，环而攻之而不胜。"《墨子·七患》："城者，所以自守也。"说明城市是军事政治的中心。无论是中国还是欧洲，国王和诸侯们建起了城墙，筑起了堡垒，居住在城堡中，享受着奢华的生活，用坚固的军事工事保护他们所聚敛的财富。普通的老百姓主要还是农民，他们在乡村过着自然的生活，日出而作，日落而息。

"市"是贸易的中心。《易·系辞下》："日中为市，致天下之民，聚天下之货。"最早的市，具有集市的性质。农民生活基本上处于自给自足的状态，生活在这种自然经济状态下的农民，男耕女织，已经解决了吃饭穿衣的问题，只需要用农副产品来换取很少量的他们自己不能生产的物品。捧几个鸡蛋来，换去一把盐，挑一担米来，换去一把锄头，这种交换通过集市来完成。最早的集市只是季节性的或在一定的日子里举行。随着交换的发展，集市逐渐固定化，有商人和手业者长期居住，形成长期的店铺和作坊。

集市还不是城市，并不是所有的"市"都会自然成长为城市。每一个城市都有自己的历史，有着自己形成和发展的原因。有的是因"城"而有"市"，有的是因"市"而有"城"。"城"与"市"相互结合，互为因果，最后合成一体。

一位历史学家通过对西欧中世纪城市形成的情况作了描述。他写道，常见的情况是，在一些古老的"卫戍堡"周围，建起一些新的堡，它们"有木栅的或有城垣的圈围地，形成于封建城堡之外，或者在有古罗马城市的情况下，形成于旧'城堡'（castrum）之外，实际上，它是一个近郊"[①]。"城市的起源，来自一个由商人和手艺人居住着的'新'堡，而不来自'城

[①] 〔美〕汤普逊：《中世纪经济社会史》下册，耿淡如译，商务印书馆1997年版，第415页。

堡'内。后者是由伯爵或主教占据,他住在那里,还有卫士、骑士、'半骑士'和租地农权在他周围。在11世纪,当商业开始兴起的时候,我们看到很多关于行商和外地人定居在一个郊区的事例,这郊区后来用墙垣围绕起来。所以真正的城市,是'新'堡,它不是在11世纪前诞生的,它也不是'老'堡或城堡。"[1] 如果这里的表述还模糊的话,那么,我们也许可以更清晰地表述道:"老"堡是"城","新堡"是"市",常常是先有"城",后有"市",合在一起,就出现了城市。这位作者总结道:"就城市的发展来说,基本的共同原则是:这些城市中心起源于同一个有原动力的和积极的因素,就是贸易。"[2] 这位作者非常强调"市"的因素,但公允地说,"城"的因素不能排斥。由于"城"里贵族、军人和仆从,以及其他依附于贵族的人的居住、"保护"和消费,由于君主、王侯、骑士,以及各种有钱人对奢侈品、工艺品的需要,"市"才发展起来。"城"是政治,"市"是经济,在那个年代,政治与经济相辅相成,紧密结合在一起,这种结合,成为城市的起源。

对欧洲史的考察,可能会使人倾向于强调"市"的作用,原因在于,在欧洲,商人和手工业者在城市政治中起着更为重要的作用,或者说,城市自治的力量更强一些。在中国古代的一些城市中,这种"城"与"市"的因素,结合得就更紧密一些。如果我们看一下北宋张择端的《清明上河图》,就可以明显感到,在一千多年前的北宋都城汴京,官与商有着极其紧密的关系。富庶的大宋王朝的首都,数量庞大的贵族和官员群体依靠来自全国的财富,形成了巨大的消费需求。这种消费需求使繁荣的城市商业活动成为可能。来自全国乃至国外的各种消费品被运到这里,经过各式各样的沿河而建的店铺,流向王公贵族的府邸,流向千家万户。各种各样的人,在这里以各种各样的方式谋生。在这里,欧洲中世纪城市那样的二元组合关系并不明显。巨大的城墙保卫着城里的君臣百姓,他们生活在一起,面对外敌时荣辱与共,生死与共。

当然,从近代社会起源的角度看,贸易和生产的因素在这"城"与"市"的组合中就显得尤为重要了。处在交通要道上的一些城市,"市"的功能会更发达一些。在中国的内河,以及京杭大运河上,出现了一些城市

---

[1] 〔美〕汤普逊:《中世纪经济社会史》下册,耿淡如译,商务印书馆1997年版,第417页。
[2] 同上书,第421页。

群。后来，随着铁路的建设，海运的发展，出现了城市群的转移。西域丝绸之路上，以及后来在东部沿海出现的一些城市，也都是贸易发展的结果。在西方，威尼斯、热那亚、君士坦丁堡，都曾经作为东西方通道上的城市而繁盛一时。后来，好望角的发现和达·伽马的印度远航，促进了像里斯本、加的斯、塞维利亚、波尔多、拉罗歇尔、圣马洛、安特卫普、阿姆斯特丹、伦敦、布斯托尔等城市的发展。[①] 北欧名城哥本哈根，其本意就是"商港"（København）。与中国许多城市称为"州"，来源于行政机构的设置不同，瑞典就有许多城市以 köping（集市）为名，如林雪平（Linköping）、诺雪平（Norrköping）、纽雪平（Nyköping），等等。

工业革命、新航道和新市场的出现，使城市成为商业和制造业的中心。城市带来工作的机会，带来财富的积累，城市里巨大的世俗和宗教建筑带来新的美。也正是在这个基础上，才出现了像巴黎、维也纳、佛罗伦萨这样一些艺术之都。城市成了制造业、商业、政治和文化的中心，也成为教育和研究的中心。

前面说过，乡村美先于城市美，但涉及艺术时，城市艺术与乡村艺术就呈现出完全不同的情况。艺术可分两种类型：一种是依赖于强大的经济实力的公共性的艺术，如巨大的政府官邸、博物馆、剧院、大教堂，其他地标性建筑，巨大的群体性雕塑和绘画，大型歌舞戏剧表演，等等；一种是依赖于个人独创，或者平等、自由、非正式的小圈子交流而出现的艺术，如抒情诗、小型而具有独创性的绘画和音乐作品，等等。这两种艺术的兴盛，实际上都与城市的兴起有关。

乡村的公共艺术，不能形成巨大的规模。除了帝王贵族要在乡间建离宫别墅，或者教会或其他宗教团体由于某些特殊原因要在乡间建立大型宗教建筑外，在古代社会里，在乡间耗巨资建大型建筑和艺术作品是不可能的，一所乡间小教堂可以成为周围许多乡村农民的心灵寄托处。由于观众数量和消费水平的限制，乡间也不能有大型的戏剧和歌舞的演出，流动的剧团或马戏团不定期的造访，就足以让一方的乡民惊喜兴奋不已了。

从另一方面看，乡村也不适合发展私人艺术。像陶渊明那样的隐士诗人的出现，毕竟有着其特殊的原因。他经历了一个从入世到退隐的过程，

---

① 参见〔美〕詹姆斯·W. 汤普逊：《中世纪晚期欧洲经济社会史》，徐家玲等译，商务印书馆1996年版，第679页。

从而形成一种反入世的精神支撑点。他也有着一般乡民所没有的交游圈子，如与高僧慧远的交往，以及个人的生活空间。另一类情况就是寺院和修道院也有可能会提供安宁的创作空间，不过，那是另一种群体生活。一般说来，乡村的文化生活是相当公共化的，个性发展的空间很小。我们都有这样的经验。在农村，如果谁家来了一个客人，立刻就受到了全村的关注。当杜甫回到羌村里，立刻就会"邻人满墙头，感叹亦歔欷"（杜甫《羌村三首》一）。唐代如此，今天也是如此。谁家来了客人，谁家有婚丧嫁娶的事，都在全村人的关注之中。而在城里，只要不成为事件，家庭的悲欢离合，仅仅与这个家庭有关。

城市里，特别是大城市里，具有着一种适合于文化生长的土壤。城市是最好的隐居地。人们可以接触到最新的文化潮流，又隐身在人群之中。本雅明和阿伦特都注意到，城市里有一种"游荡者"（flaneur）。"游荡或游逛事实上不只是打着呵欠到处闲荡而已。它是一种文化态度和文化政治，因为它产生了各种文化作品，如小说、抒情诗、绘画、散文、随笔、摄影、电影等等。"[1] 城市使这样一种人的存在成为可能，这种人有着丰富的信息来源，却又不承担着权力所带来的责任，从而有可能以自由的心态对社会进行观察和介入。城市使文学艺术的爱好者形成一个个的小圈子，而独创性的艺术，正是从这些小圈子中兴起的。如果人们熟悉20世纪30年代上海亭子间的生活，就知道所谓的城市游荡者是怎么回事了。从这些亭子间里，生产出了20世纪中国人最引以为骄傲的一批文学艺术作品。从18世纪到19世纪的巴黎、伦敦等一些大城市里，也有着大量类似的"亭子间"，在这些亭子间中，源源不断地生产出文学艺术的世纪精品。

从本质上讲，现代资本主义文化，是一种城市的文化。正如《共产党宣言》所说："资产阶级使乡村屈服于城市的统治。它创立了巨大的城市，使城市人口比农村人口大大增加起来，因而使很大一部分居民脱离了乡村生活的愚昧状态。"[2]

这种文化正如上面所说，有两种类型。资本主义生产积累了大量的财富。"资产阶级在它的不到一百年的阶级统治中所创造的生产力，比过去一

---

[1] 〔德〕海因茨·佩茨沃德：《符号、文化、城市：文化批评哲学五题》，邓文华译，四川人民出版社2008年版，第77页。

[2] 马克思、恩格斯：《共产党宣言》，见《马克思恩格斯选集》第一卷，人民出版社1972年版，第255页。

切世代创造的全部生产力还要多,还要大。"[①] 当资本家们积聚了巨额财富以后,他们与封建君主和贵族一样,有显示财富的癖好,只是表现得更为粗俗,更为直接罢了。一方面,他们以国家的名义,建起了国家剧院、国家博物馆;另一方面,大资本家常常也是大收藏家,他们通过对艺术的收藏,实际上在推动艺术的生产。

第二种类型是个人独创性得到高度发展的文学艺术。这些艺术反对资本主义社会所形成的金钱交换的原则,追求审美无功利和艺术自律。从艺术家个人的角度看,这种追求是真诚的,它促使了纯艺术的诞生。但从更广的社会角度看,这种审美现代性的追求,会成为整个社会的现代化的一部分。

在艺术集中到城市,城市和乡村构成二元对立之时,乡村就不仅在经济上破产,而且在审美上也失去了自主性。我们今天到乡村去欣赏民居的美,与这些民居的建筑者和拥有者的欣赏,已经有了很大的不同。我们只是像看待古迹,看待异域风情一样地看待这些建筑的美。这种美曾经是民居建筑者自己的美,是他们的家园,对于我们这些旅游者和观赏者来说,它们只是观赏对象,是对象化了的存在。它们是美的,但不是我们自己的美。

三、城市与美学

让我们再次回到海因茨·佩茨沃德的观点:美学来源于城市生活。怎样理解"城市"与"美学"间的因果关系,这当然是一个很复杂的问题,对此,可以有多重解读。

第一重解读是欧洲中世纪后期和近代社会早期的一种"造城运动"及由此形成的种种社会机制上的变化,为艺术生产向现代转型准备了基础,从而为美学的形成准备了基础。

如果说艺术是一种生产的话,那么,这种生产总是在一定的社会机制之中进行的。这种社会机制规定了生产、流通、消费,并通过消费影响进一步生产的途径。

[①] 马克思、恩格斯:《共产党宣言》,见《马克思恩格斯选集》第一卷,人民出版社1972年版,第256页。

在中世纪后期，欧洲的一些城市里出现了行会。一位历史学家这样总结道："它们与市民阶级的产生和城市的形成同时发生；而且，在它们萌芽时，就是组织起来的自由商人或手艺人团体，以保护他们摆脱不自由的竞争和同等团体的竞争。"[1] 行会是城市特有的社会组织形式，出现在当时欧洲许多的城市之中。不同的城市之中，行会的数量和形式有同有异，例如，13世纪时，在佛罗伦萨，就有七个大行会，十六个小行会。[2] 行会是商人和手艺人组成而成。究竟建立哪些行会，不同的城市之间有差别，这是由各地方的经济条件、原料和市场情况决定的。

从中世纪后期开始，在欧洲还出现了一种新型的社会机构，这就是大学。最初，大学与中世纪的修道院有着某种渊源关系，但是，从学习的内容和办学的目的上讲，大学与修道院有着根本的不同。从本质上讲，大学是城市兴起、市民社会发展的产物。考察大学起源的研究者们注意到，在埃及、中国和印度，也有着古代的高等教育，但大学的起源，应该归结到中世纪晚期的意大利和法国的城市的兴起。随着中世纪后期经济和社会的发展，特别是城市经济生活的发展，对知识和学术有了新的要求。无论是像法律这样的世俗的知识，还是像神学这样的宗教知识，都成为社会迫切需要的教学内容。从体制上，西欧最早的大学与行会有着密切的关系。最早的大学，如博洛尼亚大学和巴黎大学，都带有学生或教师社团的性质。学校的各种决定，都效仿行会，由学生或教师做出。在博洛尼亚大学，大学的重大事务由学生联合会决定，而巴黎大学则由教师联合会决定。由于适应了社会发展的要求，相互竞争着的世俗君主、教会和工商阶层都对大学的发展予以支持，从而使这种新型的社会组织在欧洲以至在全世界发展起来。这种社会组织机构，最初是效仿行会而建立和发展起来的大学，就逐渐脱去了行会的色彩。

---

[1] 〔美〕詹姆斯·W.汤普逊：《中世纪晚斯欧洲经济社会史》，徐家玲等译，商务印书馆1996年版，第539页。

[2] 〔美〕汤普逊：《中世纪经济社会史》下册，耿淡如译，商务印书馆1997年版，第440页。"大行会包括下列七种行会：（1）公证人，他们长于法律；（2）进口布匹商(Calimala)，他们的业务，是输入外国布匹并把它们染色加工，使式样更加美丽；（3）银行家和钱兑商；（4）呢绒布商——呢绒业行会，是佛罗伦萨最富的行会；织造呢绒是它的主要工业；（5）医生和药剂师；（6）丝商；（7）皮货商。佛罗伦萨小行会，通常有十六个：屠夫、鞋匠、铁工、皮革工人、石匠、葡萄酒商、烘面包工人、油脂商、猪肉屠夫（与一般屠宰分开的专业）、麻布商、锁匠、武器匠、马具匠、马鞍匠、木匠、旅馆主人。"

在中世纪的大学中，所教的科目有所谓的"三艺"（trivium）和"四艺"（quadrivium），前者包括"文法""逻辑""修辞"，后者包括"音乐""算术""几何""天文"。这里的"艺术"与以后的"美的艺术"相差很远，但将这些科目的学习确定为学生教育的基础，应该看成是走在通向现代艺术概念形成的轨道上。

随着社会的发展，艺术的地位也在改变。首先是绘画和雕塑逐渐获得与诗歌同等的位置。在欧洲，从古罗马时的贺拉斯（公元前65—前8年）起，就开始将画与诗作比较。但在贺拉斯那里，这还只是偶然的顺便提及而已，并未将两种艺术进行复杂的对比，并寻找它们在本质上的一致性。[1]文艺复兴时期，由于当时绘画艺术的发展，绘画与诗歌的地位引起了热烈的讨论。"直到16世纪中期，绘画、雕塑和建筑才组合成'arti di disegno'（设计艺术），这些艺术家才逐渐地与具有文献学识的人一道，被接受为人文主义社群中的一等公民。"[2]到了17世纪，夏尔·迪弗雷努瓦（1611—1668）将贺拉斯的话从其语境中抽取出来，将诗与画看成是"姐妹艺术"（这是《绘画艺术》一书的开篇词）。[3]

关于音乐，文艺复兴时期就有很多人对音乐中的一些理论问题进行了探讨。其中比较重要的有扎利诺在1558年出版的《和声惯例》以及著名物理学家伽利略的父亲加利莱伊的《古今音乐对话》（1581年）。在笛卡尔思想的影响下，出现了像约翰·马特森的《完美的乐长》（1739年）和让–菲利浦·拉莫的《和声论》等众多的著作。这些著作除了对音乐原理本身作出了深入的探讨外，还有一个重要的意义，这就是通过理论家的关注，使音乐也成为一种高等的艺术，从而为音乐加入诗画组合准备了条件。

夏尔·巴图于1746年出版了《归为同一原理的美的艺术》一书，将音乐、诗、绘画、雕塑和舞蹈这五种艺术说成是"美的艺术"。巴图提出，这五种艺术是以自身为目的的，与他所谓的"机械"的艺术不同，后者是以实用为目的的。巴图还提出，在以"自身"为目的的艺术与以"实用"为目的的艺术之间，还有第三类，即雄辩术与建筑，它们是愉悦与实用的结合。提出"美的艺术"，并认定它们是以"自身"或"愉悦"为目的，

---

[1] 贺拉斯的原话是："诗歌就像图画：有的要近看才看出它的美，有的要远看……"（见《亚里斯多德〈诗学〉 贺拉斯〈诗艺〉》，人民文学出版社1962年版，第156页。）
[2] 〔美〕门罗·C.比厄斯利：《西方美学简史》，高建平译，北京大学出版社2007年版，第99页。
[3] 同上书，第135页。

这是通向美学这个学科建立的重要一步。五种"美的艺术"的结合之中，最关键的就是诗、绘画和音乐三种。这三者分别用了语言、图像和声音这三种不同的媒介。这三者能够结合，其他艺术的结合，就再也没有什么理论的困难了。绘画加上雕塑，音乐加上舞蹈，"美的艺术"概念以及相应的现代艺术体系也就因此而形成。这一体系不断发展，从诗发展出各种形式的文学，从戏剧发展出电影、电视等各种形式的综合视觉艺术。从此以后，艺术史的发展，不再是孤立的各门艺术的历史的独立发展，而是被综合在一起，并且与一种被称为"美学"的学科形成互动。一件作品的艺术地位的获得，就不再仅仅是由于本身的审美价值，而与既有的艺术体系所形成的观念和理论具有了密切的关系。

"美的艺术"的概念，在做了很多修正以后，被《科学、艺术和工艺详解百科全书》用来进行辞条的安排，从而流传开来。更为重要的是，这一概念后来就成为体制建构的基础，人们据此建立与艺术有关的各部门，包括艺术的生产、经营、销售，以及理论研究和批评的部门。艺术本来是在作坊里制作的，受制于行会。"美的艺术"概念，恰恰是它冲破行会束缚，从而走向现代的标志。脱去了行会色彩，就形成了今天我们所熟悉的某种可被称为"艺术界"的社会机制。这时，艺术家再也不是工匠，也不再属于行会，他们从城市的普通一员，转而进入了城市中的上流社会。他们中的许多人，是通过大学的教育才具有艺术家的能力和身份的。艺术品的生产、流通和消费，都依赖于城市这一人口、财富、知识集中的地方才能形成。因此，"艺术界"必然以城市为中心，而现代美学既依存于大学之中，也与这种"艺术界"有着相互依存的关系。

美学来源于城市的思想，还可以有另一种解读：成为现代美学支柱的一些基本概念，都是随着城市的形成而形成的。

关于"美学"的起源，有很多的混杂的概念。一般说来，西方美学史都是从古希腊写起。但正如朱光潜等人所指出的，美学是从 18 世纪才开始的，在此前所具有的，只是"美学思想"。[①] 我们至少在两个意义上讲"美学"。从古希腊毕达哥拉斯和柏拉图开始的美学，只是广义的美学，或者用朱光潜的话说，是"美学思想"，而在两千多年以后，由鲍姆加登发明了 Ästhetik 这个词，中文将之译为"美学"。在此以后，再经过一些年的

---

① 朱光潜：《美学拾穗集》，百花文艺出版社 1980 年版，第 8 页。

发展，到了康德，美学作为一个学科，才建立起来。到了黑格尔的时代，这个名称被普遍接受。

美学作为一个学科的建立，依赖于几个关键概念的确立。第一个概念，是审美无功利。审美无功利的思想，最早由英国哲学家夏夫兹博里提出。夏夫兹博里于1711年发表了他的一些重要著作。他的本意在于批判霍布斯关于自然状态的人是自私的、为欲望所驱使的思想，主张人有一种"内在的眼睛"或"道德感官"，通过这种感官形成对对象的直接而非功利的把握。

第二个概念，是"美的艺术"。这个概念由法国人夏尔·巴图提出。巴图认为五种"美的艺术"都以"自身"或"愉悦"为目的，都可归为一个单一原理（他认为是"模仿"），这是通向美学这个学科建立的重要一步。

第三个概念，是"感觉学"。中文被译成"美学"的 Ästhetik 一词，是由鲍姆加登于1735年在《对诗的哲学沉思》一书中提出的。他自己对这个发明很重视，并于1750年出版了以 Ästhetik 为书名的著作的第一卷。他原计划写出多卷本著作，可惜没有能够写完。鲍姆加登建立这门学科的意图，在于论证"感性"的独立性。鲍姆加登是一位理性主义哲学家。他赞同莱布尼茨和沃尔夫所提出的"美是完善"的观点，提出对理性的完善与感性的完善作出区分。他认为，如果说理性的完善，是一种善的话，那么，感性的完善，就是美。

上述一些概念的结合，再加上"天才""独创""趣味""想象"等概念的提出或被重新阐释，为现代美学的形成奠定了基础。

现代美学作为一个学科，是依托对艺术的理解而建立起来的。"美的艺术"的概念以及相应的对现代艺术体系的建构，鲍姆加登从对诗的理解出发而形成的美学观，都是现代艺术观念与现代美学的相互依存关系的证明。

过去有一种说法，说康德重视自然美，而黑格尔重视艺术美。这种说法是不正确的。康德所重视的，其实仍然是艺术美。认为康德重视自然美，是从康德《判断力批判》一书论述顺序而得出的一个错觉。《判断力批判》从"美的分析"和"崇高的分析"开始，其中举了许多自然美的例子。康德的论述从自然美出发，并不等于他认为自然美高于艺术美。相反，对于他来说，艺术美是一个复杂而特别值得重视的对象。为了分析复杂的艺术美现象，他必须从单纯的美的现象开始。康德抽象出一种纯粹的美，从而关上了与功利、道德、概念和目的相关联的大门，然后，在接触到复杂的审美现象，特别是艺术美的时候，他又悄悄地将他关在大门外的一些东西从后门放了进来。因此，这不过是他的一种叙事策略而已。

从整体上看，现代美学都是以艺术美为核心的。我们在本文的一开始就已经说过，对于黑格尔来说，美学不过是关于"美的艺术的美的学科"，或者"美的艺术的哲学"而已。这种表述代表着现代美学的主流。黑格尔在讨论自然美的时候，提出了一个自然能够成为美的原因，这就是"灌注生气"。[①] 自然美本来应该先于艺术美，但"灌注生气"的说法，就将艺术美与自然美的关系颠倒了过来。这种颠倒，并非黑格尔个人的颠倒，而是一个时代的颠倒，甚至可以说，是整个现代美学的颠倒。

20世纪初流行的审美心理学，仍以艺术为中心，实际上是文艺心理学。心理学家们举了大量的自然美的例子，但是，他们像康德一样，最终都是把重心落实到艺术上来。到了世纪中叶，分析美学的重要代表、英国美学家理查德·乌尔海姆也提出，自然物之所以美，是我们将自然物"当作"艺术品来看待。[②]

乌尔海姆的观点当然是不正确的。自然物之所以美，是在人与自然的共生状态中形成的。自然是人的环境，因而是人的"家园"。在人离开自然，从而将自然当作"对象"之前，自然对于人来说，就已经是美的了。"灌注生气"说也是不正确的。"生气"本来就存在于自然之中，并不是有待于人们从外部将它"灌注进去"。但是，从另一角度说，"灌注"和"当作"的学说，都反映了历史的一个阶段。在这个历史阶段，"美的艺术"出现了，"美学"出现了，城市统治了乡村，于是人们开始用城市的眼光看待乡村，形成了一种不是"在家"，而是"回乡"的感觉。生活在自然之中时，对乡村的自然美，有一种亲和感、依恋感，回到自然之中时，对这种美，就有了一种将之当作对象，甚至居高临下的"赞赏"。

城市形成和发展以后，艺术出现了高低之分。乡村的艺术是民间的，城市的艺术有精英的，有通俗的。"美的艺术"概念的形成，现代艺术体系的建构，美学作为一门现代学科的出现，都在强化艺术的精英立场。现代艺术的历程，是精英艺术与美学理论相互作用下发展，并带动其他类型艺术向前发展的历程。

乡村艺术家要发展，就要进城。莎士比亚如果不到伦敦去而留在斯特

[①] 〔德〕黑格尔：《美学》，朱光潜译，第一卷，商务印书馆1982年版，第149—171页。
[②] Richard Wollheim, *Art and Its Objects*, Cambridge: Cambridge University Press, 1980, pp. 103-104.

拉福，就不可能成为大剧作家。无论是文学、音乐、绘画，还是其他艺术，都是如此。艺术家们要到大城市，到中心城市去，才能成为大艺术家。

前几年在一次会议之后，我和几位来自欧洲和美国的美学家去了四川的九寨沟，并看了当地的艺术演出。演出很精彩，在演出结束时，一位美国美学家说：演得太好了，他们应该到纽约去演。我感谢他这么看重中国的乡土演出，但他的这句话使我深思：为什么演得好就要去纽约？

当然，这位美学家绝非恶意。相反，他充满善意地道出了一个普遍存在的事实：一位乡土艺术家要想成名的话，先到省城去，再到上海、广州等大城市去，到首都北京去，再下一步，就要出国。等到这位艺术家在巴黎、伦敦、纽约打出了名，那就真有名了。这种城市对乡村在文化上的统治，中心城市对其他城市在文化上的优势，通过各种形式体现出来，呈现出一种等级秩序。

四、进城与出城的双向运动

当代美学的处境，仍可以用钱锺书的绝妙比喻来形容：城外的人想进来，城内的人想出去。但是，这里使用这个比喻，已经不再是个人生活中的围城现象，而是在一个学科在宏大的历史进程中所展现出来的复杂的内部运动，与城市的发展和困境这一相互矛盾的现象联系在一起。

从一方面看，美学在城市中诞生。由于美学理论的强化，艺术中的精英倾向得到支持，高雅艺术得以形成和发展，城市的文化优势也得以维持和强化。城里有大学，有完整的教育体系，有科学和技术，有大批懂得艺术并欣赏艺术的有教养者，这些人群是精英艺术存在的基础。城市是政治和经济的中心。这种中心的地位，产生了艺术需求。具体说来，需求有两种：一种是政治意识形态性的，使艺术中渗透进社会和政治的观念；二是娱乐性，让艺术占据城市中所出现的富裕者的剩余时间。很少有美学理论简单地偏向这两极中的一极，而只是在这两极中寻找自己的位置和姿态。是既帮政治家说话，也看重商人的钱？还是主要帮政治家说话，不太看重或无须看重商人的钱？还是只看重商人的钱，而不理会政治需要？还是既在政治上保持一种挑战性，也对商业文化持一种不屈服的态度？种种的态度，形成形形色色的美学理论，这些理论有些与艺术实践保持着密切的互动的关系，有些深居大学或研究院的高墙之内，以其厚重的学术气息间接地影响着艺术的生产与消费过程。

城市当然还是文化的中心。在文化上，城市对乡村起着虹吸作用，将乡村的艺术人才吸引到城市里来，在城市里使这些人才受到训练，利用城市的文化优势，使他们成名成家，从而继续吸引更多的乡村青年涌向城市。城市是艺术品的生产地和销售地。过去，乡下人也许要进城才能买到一本书，订购一幅画，或者看一场戏，从而购买了城市生产的艺术品。城市是生产和贸易的中心，也是艺术生产和艺术交易的中心。这种现象发展到今天，情况就有了很大的改变。城市对乡村在文化上的影响，已经更具有渗透性，具有无所不在的特点。生活在乡村的人们只要打开电视看看电视剧，去影院或者哪怕是在村头的打谷场上看一场电影，打开收音机听听音乐，或者到互联网上漫游一番，实际上都是在购买城市里生产的文化产品。种种乡村的娱乐消失了，乡村在文化上"破产"了。

城市不仅在政治和经济上，而且在文化上也统治着乡村。民歌变成了城市里音乐厅歌唱的民歌，民间舞蹈变成了城里大剧院里演出的原生态舞蹈。依据着城市的等级，艺术也被划分等级。从而有所谓城镇、中小城市、大城市、中心城市、国际大都市之分，以此形成艺术的阶梯，让艺术家们爬梯不止。

但是，从另一方面看，美学中又总是存在着一种根深蒂固的反城市倾向。如果回到美学史来讨论这个问题的话，我们可以看到，现代美学是从鲍姆加登和康德开始的，它适应了现代艺术体系建立和艺术发展的要求。作为一门学科，美学在新古典主义潮流中诞生。法国新古典主义理论家布瓦洛在《诗的艺术》中写道："好好地研究宫廷，好好地认识都市，二者都是经常地充满人性的典式。"[①] 新古典主义对典雅趣味的追求，对艺术中的形式因素的强调，都深深地渗透到作为一个哲学学科的美学之中。然而，当欧洲艺术上的浪漫主义潮流取代了古典主义之时，美学也发生着深刻的变化。如果说，审美无功利、艺术自律等一些现代美学的基本原则是对城市所形成的市场原则的补充，从而从属于城市的话，那么，从浪漫主义时期开始，到大自然中去，追求荒野的感觉、异域的情调，就已经成为一个潮流，这个潮流，是美学走出城市的倾向的开端。

进城与出城，这是20世纪美学的一个大困惑。浪漫主义之后，艺术

---

① 〔法〕布瓦洛：《诗的艺术》，任典译，人民文学出版社2009年版，第54页。

史上并没有迎来一个出城潮，相反，伴随着现代化过程的是大规模的"造城"，城市这个人类所发明的文明的奇迹，在20世纪以前所未有的速度发展着，成为艺术家们不得不面对的现实。在整个世界都被城市文明深耕了一番以后，乡村的自然对于人来说，已经不再是家园，而只是度假村了。朱光潜曾经举过一个例子："一个海边农夫当别人称赞他的海景美时，常会羞涩地转过身来指着屋后的菜说：'门前虽然没有什么可看的，屋后这一园菜却还不差。'"[1] 这个著名的例子在20世纪50年代美学大讨论时，受到了许多人的抨击，说这代表了剥削阶级的审美观。在今天摆脱了那个时代的大批判话语体系之后，我们再来看这个例子，就可以发现：喜欢那一园菜，是一种家园式的审美，欣赏者是乡下人；赞美海景，却是城里来乡下的度假者会有的感受。让自然成为我们的环境，当一名真正的乡下人，对于现代城里人来说，已是奢望和空谈了。空谈能否实现，关键要看世界怎样发展。

城市文明走到头了吗？似乎没有。新的城市仍在迅速地建设之中，像迪拜的哈利法塔那样的建筑史上的奇迹，正在被创造。更高的楼正在计划中。谁是下一个？这已经不再重要。

城市文明以后，还会有新的文明出现吗？这个问题在今天提出来，也许还不适时宜。为文明的前途占一卦，不是我们所应做的事。但是，提出一种乡村的美学与城市的美学相对应，提出乡村的美学可以对城市的美学有所补充和有所匡正，也许是我们可以做到的事。设想一种关注环境和生态的生活，通过美学研究，提高对自然的亲近感，这并非不可能。提出对精英的艺术重新定位，不是将它们看成是惟一的和封闭的艺术，而是看到它们与日常生活中的各种美的追求之间的互动关系，这更是我们可以做到的。围城现象在于有一个城墙，如果在今天，城市还没有过时的话，那么，城墙则的确是一种过时的设施。它在军事上过时，在商业上过时，在文化上也过时。新的美学要建立在对这种文化城墙的拆除上，建立在拆除了文化城墙后的城市和乡村之间。我们说要看到高雅艺术与通俗、民间艺术间的连续性，看到艺术与工艺间的连续性，看到艺术与非艺术间的连续性，这当然是对的，但更为根本的，是要看到城市与乡村之间的连续性。新美学的建构，要从这种连续性开始。

---

[1] 朱光潜：《文艺心理学》第二章，见《朱光潜全集》第1卷，安徽教育出版社1987年版，第218页。

论城市美之源

在今日之中国，城市是一个热门的话题。这个话题在中国的流行，也许与它在国际上流行有关，与像刘易斯·芒福德这样一些人的著作被译成了中文有关。但恰恰相反，更重要的是，这是一个重要的中国话题。与城市相关的问题，在中国人的日常生活中，被严峻地提了出来，激发着他们的思考。实际上，中国学者对国外有关城市研究的关注，也源于他们自身的所面临的问题。

几千年以来，中国一直是一个农村和农业人口占据着主导地位的国家。农村人口在漫长的传统社会中，占据着中国人口的百分之八十以上。只是在最近20多年中，中国的城市人口才急剧上升。从20世纪80年代到21世纪20年代这半个世纪，将是中国城市快速发展的时期。可以预见的是，农业人口会从百分之八十，变成百分之二十，翻一个个儿。这是中华文明的一个彻底改变。过去我们都说，中华文明本质上是一种农业文明，中国人面朝黄土背朝天，靠农业养活自己。直到今天，我们仍然可以这么说。每年中国共产党中央所发的第一号文件，都与"三农"（农村、农业、农民）有关。这说明"三农"的重要。无农不稳，要想维稳，治本之策是解决好"三农"问题。但是，这种格局目前正在改变。城市将会变得越来越重要，城市的问题将会成为政治家关注的中心，也会引起学术界越来越多的关注。

今天，无论我们住在中国的哪一座城市，都会亲身感受到城市面貌的迅速变化。有客人从外地、外国来，常说的一个重要话题就是城市变了样。我住在北京，前几年有一次回到瑞典斯德哥尔摩，有一种时光停滞了的感觉。我曾在瑞典留学，对斯德哥尔摩很熟悉。离开一些年再回去，感到在那个城市，时间仿佛凝固了：没有什么变化，一切都像我当时在那里的样子。房子没有变，马路没有变，公共汽车的线路也没有变，甚至连公共汽车的时刻表也没有变。对此，我很有感慨，对那里的朋友说，你们是生活在仙境中啊！洞中方七日，世上已经千年。这几年我在北京，城市变化太大了，亲眼目睹了许多郊区新城拔地而起。一些地方不久前还是农田，转眼间盖起了几十幢高楼，再过两年就成了闹市区。在斯德哥尔摩，一百年的房子不算老，越老越有味道。而北京是座新城。在北京，三十年前的房子只是劳动新村，二十年前的房子还不入流，跨世纪的房子偶有可观，奥运会前后的房子引领时尚。

一、千城一面的焦虑

城市在迅速长大，变高变胖，这是当下中国到处都在发生的现实。可以大体作这样的估算：在经济总量每十年翻一番的同时，城市人口也是每十年翻一番，人均居住面积也每十年翻一番，再加上人均商业、旅游、教育、行政用房翻番，机动车数量翻番，以及由此而造成的道路和停车场翻番，出现了GDP呈代数级数增长，城市规模呈几何级数增长的态势。于是，平房变成了楼房，多层变成高层，又竞相出现超高层。由此，镇变成了市，小城市变成了大城市，大城市变成了巨型城市。

迅速的建设，改变了人们的生活状况，也改变了城市的面貌。人们在欣喜之余，也产生了一个焦虑：千城一面！其实，不仅千城一面，而且城里的小区也千区一面，商店千店一面，道路千路一面，大楼也千楼一面。

城市与城市之间，已经没有什么区别，只有名字的不同。我们看不到城市独特的城市风貌，特有的城市文化。一个城市除了有几个地标性建筑外，其他的建筑都一样，而地标性建筑也在相互学习模仿。

小区与小区之间，也只有档次的区分，由楼与楼之间的密度、绿化程度、房屋的形制、小区管理水平，以及地理位置、交通情况，等等决定。这又可归结为房屋的造价和出售价格的区别。有多少钱，就办多少事。与个性特征无关，质变成了量，美变得可用金钱来衡量。小区是如此，街道、公共设施也是如此，其中很少有文化的因素，或者说，"文化"被归结为"档次"，文明只是钱袋的文明。

造成千城一面的原因，是多种多样的。在短短的几十年中，实现在这么广大的地区将城市全部重建，怎么能不千城一面呢？

城市的风貌，与人们的想象力在一个具体历史时期的同一性有关。而且，一个时期有一个时期普遍采用的建筑材料。现代建筑材料与古代的就地取材不一样，具有超地域性。建设无非是用钢材、水泥，再加上表面的贴材，各地都一样。一个有趣又有点可叹的例子是，有一段时间，人们觉得白色的瓷砖好，干净、亮堂，一下子这种瓷砖流行全国。再过一段时间，有人不满，写文章说白色瓷砖像公共厕所，于是瓷砖颜色一下子变了，现在流行砖红色。由此，我们可以从瓷砖的颜色判定建筑的年代，与城市个性无关。

当然，建筑的统一性，可以是有意为之。一些公司企业实行标准化，在自己的连锁餐馆、旅店、商店、住宅、公司等中，让建筑本身就有着明显的标志，以彰显天下一家。在全世界，瑞典的家具日用品店"宜家"（Ikea）都有差不多的式样，外墙刷上瑞典国旗的黄蓝二色。最近中国流行快捷酒店，有一个叫"如家"的连锁店，外墙刷明黄色，这在中国几乎各个城市都能看到。

当人们责备"千城一面"之时，其实，我们还可以问这样一个问题：为什么不能千城一面？打一个比方说，娱乐界常常炒作明星们穿衣"撞衫"，两个人在同一个场合不约而同地穿了同样的衣服，于是被描绘成"惨不忍睹"。有时，小报记者们还进一步穷追不舍，迫使电影女明星们时时处处防"撞衫"，一件衣服别人在公开场合穿过了，或者自己在某个场合穿过了，就不能再穿。

其实，普通老百姓买衣服就不怕"撞衫"。不仅不怕，而且还有意识地相互学习。朋友同事买了一件衣服，看着穿得好，就问在哪儿买的，也去买。商店的营业员向顾客推销衣服，也喜欢说：这一款卖得好！卖得好的衣服，"撞衫"的可能性就大，但普通老百姓对此并不乎，他们对自己的选择常常没有把握，于是从众。明星为服装代言，服装模特穿着衣服走台，就是要老百姓去跟着模仿，也是抓住普通人的从众心理。大家都努力去与明星"撞衫"，又迫使"明星"翻新花样。

同样的情况也适用于城市建设。对于一般老百姓，无所谓千城一面，也不在乎千城一面。他们要的是房屋结构合理，外观好看，小区的各种设施方便，购物、交通、教育、绿化、停车、文化生活，这些因素都很重要。如果是临着一条河或一汪池塘，靠近一个公园，离闹市不远却又能闹中取静，那就更好。至于设计上是否与另外某个房子或小区雷同，则并不重要。有时，雷同还成为夸耀的资本。这个小区的设计学习了钓鱼台国宾馆，那个小区的老板是一个北欧迷，听说这个小区的设计者曾考察过加利福利亚的民居，如此等等，如果不是开发商为了提高楼盘价格和销量，也是小区居民为提高自信，以自我安慰、自我夸耀的说辞。

其实，过去的官邸、寺庙，甚至佛像都雷同。有人专门研究佛像的美，但他们也无奈地发现，千佛一面，除了做得精细一点，贴的金多一点，体积大一点，佛像之间的个别差别是很小的。只有相隔时间很长时，才能看出差别。于是，人们可以根据一个时代的同一性和不同时代的差异性，写出佛像艺术史。

我们今天对这种雷同不以为然，但对于当时的人来说，为什么不能雷同呢？不雷同，是一种艺术要求。穿衣、住房、造佛像，本来并不是艺术。

于是，克服千城一面，与克服千房一面、千寺一面、千佛一面一样，背后有着一个动力源的问题。那么，这种动力来自何方？

二、城市作为艺术

个性化的追求，是随着艺术的冲动而出现的。也许，我们可以给艺术以各种各样的定义，但有一个定义，可能绝大多数人都同意，这就是艺术要有个性。

追求一物既实用也美观，这可以是普遍的要求，而追求一物与众不同，这是特别的要求。如果说前者是一般生活的要求的话，那么后者也许与现代艺术观念有关。康德认为，艺术家要有"天才"和"灵感"，艺术要有独创性。艺术可以模仿现实，但一件艺术品不能模仿另一件艺术品，模仿了就不再是艺术了。天才的作品，是不遵守规则，却制定规则，不效仿别人却能被别人效仿。

克服千城一面，所包含的意思，就是将城市当作艺术品看。一所房子，一座城市，正像一件衣服一样，如果是日常生活用品，就不怕重复。但是，如果是艺术品，就不能重复。同样，城市也是如此。

一座城市能否成为一件艺术品？这可以作为一个问题来思考。这种思考能给我们很多启发。

让我们从一个例子谈起。巴西首都原来在里约热内卢。为了开发内陆，改变国家的发展重心，也受现代主义艺术观念的影响，20世纪50年代时，在当时的总统库比契克（Juscelino Kubitschek）的领导下，两位有名的巴西人，一位城市规划家卢西奥·科斯塔（Lucio Costa），一位建筑师奥斯卡·尼米叶尔（Oscar Niemeyer），造了一个城。科斯塔拿出总体方案，尼米叶尔设计了一些最主要的建筑。这个城市的形状像一架飞机，机身是公共建筑，机头驾驶舱的地方，有一个"三权广场"，总统府、国会和最高法院这三项行政、立法、司法最高权力就集中在这里。接下来的"前舱"中有各部办公大楼和大教堂。这架"飞机"的"后舱"是文教区、体育城和电视塔，"机尾"是火车站。两边的"机翼"是居民住宅小区，设有托儿所、学校、运动场、影剧院、医院、商场、餐馆，等等。住宅区没有名称，只有号码。在"机翼"与"机身"的连接处，有一些大商店、高级旅馆、银行大厦、医院和国家大剧院。1960年4月21日，巴西正式迁都于此。一架面向东方的巨型飞机由此启航，标志着这个后来进入"金砖"（brics的第一个b，就是指巴西）行列的国家开始了飞向现代化的航程。

电视塔顶上，有一些望远镜，供游览者观赏市容。望远镜旁写着这样几个英文字：Landmark of Modernity（现代性的地标）。在我们今天热衷于谈论"现代性"和"后现代性"的时代，这座城市一点也不"后现代"，它把现代性的精神演绎到极致：理性，全设计，成为一个完美的整体，各部分之间的关系合乎逻辑。

1987年12月7日，这座城市被正式列入联合国教科文组织"人类文化遗产"名录。这也许表明这种城市建设的思路得到了认可。的确，这座城市代表了一个时代，代表着一种精神，这就是整体设计、全面规划的精神。这种精神在许多的城市里出现过，只不过在这里体现得最为充分罢了。

将城市当作一件艺术品来建设，进行完全的设计，这是一个现代的追求，这种设计，当然不是没有弊端的。

首先，将这座城市当成艺术品，那就意味着，这座城市是一次性地、一劳永逸地建成的。关于这个城市的以后的工作，只能是修缮。再在这座城市里建任何新房子，只能是对这件艺术品的破坏。没有人在一幅画在画完几十年后再去添几笔，添上去的只可能是败笔。很少有人一生都在改写一本小说，即使有，也不是现代的做法。米诺岛的维纳斯臂断了以后，就不能再加。

其次，这座城市要按照设计规定来控制人口数量，除非有房子空出来，不能有新的移民。城市的空间是固定的，多少民宅，多少商店、学校、餐饮地、供水，等等，都要按照设计要求执行。当然，也可能会有一些弹性，比方说，让可住四个人的房子住上六个人，但不能再多了。据说，巴西利亚设计住 50 万人。人口增加时，只能住到卫星城去。在一个固定的、设计的空间中，个人只能接受既定的居住环境，而不能主动地建构这种环境。

还有，这个城市也缺少传统城市所具有的街角。歌中唱，小城故事多，那是由于有街角。没有街角，没有邻里间的各种关系，就没有了故事。一部《伊斯坦布尔》，写出了曲折幽深的伊斯坦布尔城的一些家族故事。一部《城南旧事》，给人以无穷的回味。

在这座城市里，社会治安比里约热内卢和圣保罗要好得多，原因是在这里，无业游民没有生存空间。无业游民中可能有一些犯罪分子、小偷小摸者、行乞卖艺者，但是，无业游民作为各行各业的后备军，其中又蕴藏着巨大的创造力。没有上海的亭子间，大概中国现代文学史会失色很多。至于艺术家，成名前大都是无业游民，成名后也无固定职业，是多业游民。在居住的空间被严格规划的城市里，思考和灵感的空间也会受到严格的限制。

从以上的意义上讲，巴西利亚只是一个城市的特例。我们可以建一个这样的城市，我们在现有的城市里，也可以建设这样的一些区。但是，城市的规划并非只有这一个意义，我们也绝不能说，不像巴西利亚，就谈不上城市规划。

翻看城市的历史，大概可以说明，人们实际上是一直在进行着城市的规划的，只是古代的人对城市规划的理解不同。在中国，汉唐时的西安、洛阳，就有着严格的规划。棋盘格型的城市，也像一局棋一样，是一个整体。但这个整体又要和城市发展的实际情况相妥协，在一种博弈中发展。这种情况到了宋朝的开封，就有了很大的不同。商业文化的兴起，打破了过去的严整格局。城市有了更自由的发展，出现了政府行政性用房与商业性用房之间的互动。

抽象地谈城市的发展，我们也许可以说，城市是两部分组成的，即城与市。城是政治、军事的中心。古代的城堡，在欧洲，是一些诸侯的宫殿和军事要塞。中国古代也是如此。在各地政府的所在地，形成了一些城。人们筑围墙，挖护城河，有将军统领，设士兵把守。市是商业性的，人们要交换自己的产品，于是，从每隔几天一次的集市，到有了固定的商铺。有店、有作坊，常住居民增多，市就成形。城要与市结合，两者互补。城中的人要消费，而且要求的产品档次还很高，于是提供了市场，市里工商业的从业者，对城有着依附关系。同时，城里的人也不能离开市而生活，他们的日用生活补给从市里获得。欧洲的小诸侯，筑一个小城堡，只知保护自己的家族。市常常被围在城堡外面。保卫城堡，是贵族的事，与市民无关。贵族也管不了市民的事务。中国的城墙将城和市都包括进来，也使官员和商人，贵族与平民有了一体感，他们在城市遇到危险时，可以共同应敌，平时，也对市民有更多的管辖。

回到我们的话题上来，像巴西利亚那样凭空建立一座城市的，只是特例，是政府在一定的思想指导下，在一定审美观支配下的特别行为。这不可能成为城市建设的通例和样板。从财力上讲，建不起，从实用上讲，也没有这个必要。在通常的情况下，城市都是要面对既有的情况来建设和整治。我们在许多情况下，不是建筑一座城，而是改造一座城。

这涉及一个时间性的问题。巴西利亚式的城市建设，花了三年多。1956年决定，1957年开建，1960年完成。这固然花了时间，但从美学意义上讲，它没有时间性，原因是，它是按照一个设计图建成的。作为过程的时间，没有在城市中留下痕迹。三年中，房屋是先后建的，还是同时建的，除了建筑工程上的实际意义外，并没有留下美学的意义。我们只是把最终的结果当作一件艺术品，当作画或雕塑一样的艺术品来欣赏。

然而，除了这个特例之外，一般的城市建设都是有时间性的。它有自身的历史，例如一些古城，一些古老的街区，留下历史的沧桑感。这里所说的，还不是如此。我想在这里说，城市的改造，有着这样一些时间性策略：建立一些新区，形成新的商业区、文教区，发展新的观光景点，调节城市的重心，从而吸出旧城的人口，最终对旧城进行改造。同时，辅以文化建设，形成这个城市的故事。这需要十年甚至几十年，经过不断的改造，积累名城之名，让时间的痕迹留在城市之中，形成深厚的积淀。

我们拍一张照片，照片有时间，哪一年哪一月哪一日拍，拍了哪一个季节的景色，拍的人和被拍的人有年龄，拍摄的人的衣饰打扮展现时代，等等。但是，拍摄是在一瞬间完成的，没有也不可能有摄影师劳作的痕迹。但作画就不是如此。无论是油画还是国画，都有笔踪笔迹，展现出作画过程。建城也是如此，在一个漫长的时间里，城市在一些"策略"指导下成长，于是，城市就有了时间，有了历史。

城市的发展，需要大策略。建立引力场，使城市在一些规划的制约下，受引力场的力量支配，向一些方向发展。例如，火车站原先都是在市中心，为了转移中心，建一个新火车站，城市就被它吸引过去。与此相似的，有地铁或轻轨线路的设计，机场、码头的选址，等等，也能起这样的作用。

城市的发展，还需要无所不在的小设计。在这里建一个街心公园，那里建一个广场。中国人有一个好习惯，早晚出来集体锻炼、打拳、唱歌、跳舞，以及抖空竹、放风筝等，相互免费教，聚在一起交朋友。这种现象在西方很少见到。鉴于此，城市设计要为这种活动留下空间。

城市有一个自然生长的过程。一个地方为什么会有一座城市，原因可能是多种多样的。可能会有各种各样的偶然的原因。我们听说过这样的故事，某个大人物做了一个梦，由于这个梦的原因，他要在某个地方建一座城。我们也熟悉，为了纪念某事，或由于某个祥瑞的征兆，建成某座城。但是，归根结底，为什么在一个地方，有了一座大城市，这可以从政治和经济方面找原因。政治的原因，形成了城，经济的原因，形成了市。

城市的建设，需要有设计，一般说来，作为政治中心的城，都是有一定的设计的。这方面的例子，在中国最典型的是唐代西安城和明清两代的北京城。对于各个城区的功能，有着完整的规划。但设计所及，也主要是皇城和各功能区的规定。对从事经济活动和市民居住的区域，也只能是规定范围，进行适当的管理。这一类型的城市，有这样两个特点：

其一，这种设计也是建立在政治规定的模式上的设置。中国上古时期就有明堂设计的规定，对于宫殿、庙宇和其他祭祀场所，都有相关的规定。这种建设和区域规划也是陈陈相因，与按照一种艺术构思形成的现代性城市，有着根本的区别。

其二，尽管有一些政治活动区域的设计，但这只占城市的一小部分。城市从总体上讲，是在长期的历史发展中不断变化，自然生长和城市规划的微调相结合的结果。在这过程中，积累了长期发展所形成的历史感。不同时期所形成的建筑相互叠加，构成配合或博弈的关系。时代留下痕迹，建筑间竞争、争奇斗艳，形成城市建筑的良性互动。

除了这种作为政治中心的城市具有强烈的规划意识外，更多的城市，则具有自然生长的特点。在生长过程中，自然河流的利用、道路的设计、交通设施的安排，如车站、码头的建设，重要的中心性建筑，都具有引力的作用。种种因素的博弈决定城市的发展走向。

从这种情况看来，可以形成这样一些思考：如果我们把市当作一门艺术，它所具有的特点，与我们通常对艺术的理解，有很大的区别。那种希腊神话中将城市说成是凝固的音乐的说法，只是古代人的浪漫幻想和现代性的愿望和企图。城市全面按照艺术构思进行设计，只是一些例外的尝试。就城市建设的一般情况而言，人们做不到，客观的条件不允许，财力也有问题，同时，这么做也没有意义。我们更应该强调的是建设过程中的博弈和引导的观念。

博弈可以是炫富性的：一种"比你更富有"的炫耀冲动，促成建设上的攀比现象。但博弈也可以是引导性的，在既有基础上的对策，对城市既有状况进行功能上的改善。当然，这也可以是美学的，对城市进行超越功能性的、为着审美目的的调整和改造。城市不是一天建成的，不是一年建成的，也不是一代人建成的。一代又一代的人在城市中拆除旧城区，建起新城区，形成了城市的物化的历史，也形成了动态过程中的作为艺术的城市。

三、城市与山水

像巴西利亚那样的全设计的城市，当然很少。这座城市的确可称为是"现代性"的展示。只有到了现代，人们才能克服诸如水源和交通以及建筑技术等各方面的困难，搞全设计的城市。人们并不是想到要在哪里建城市，就可以在哪里建的。古代的那种由于某个故事而建设城市情况，大多也只是神话而已，是城市变得有名了，进行自我溯源时，制造出来的。绝大多数的城市都经历了一个自然生长的过程。从村落生长成城镇，又从城镇生长成小城，再由于种种政治、经济、军事、交通、贸易，也包括文化等各方面的原因生长成中等、大型的城市。这个生长的过程，实际上是城市不断被改造的过程。在这个改造过程中，不一定出现一些全新设计，而更多的是出现一些新的城市引力场，如建起了一所大教堂或市政厅，建起一个新的商业区，也包括建设车站、码头、机场、地铁线等，从而改变城市的重心，使城市发展方向得到调整。而城市正是在这种调整过程中，出现一些具有吸引力的点，由这些点生发出一些小设计，如规划某个街道，使商铺的分布更合理，等等。

与全设计的城市不同的另一种类型，是山水城市。这些城市之美，依赖于对自然地理条件的选择和城市建设与地理条件的契合。

山水原本是自然风景，在一些艺术家的观念中，这与城市对立。"市井"是一种生活方式，"林泉"是另一种生活方式。我们常常将前者过于庸俗化，将后者过于理想化。美国生态学家罗尔斯顿倡导"荒野"精神，这只能作为一种伦理和美学信念而存在。人类需要荒野，但人类却一直是永不止息地破坏荒野，并且将荒野的破坏看成是自己"本质力量的对象化"，是文明成就的显示。

人类在一个地方筑城聚居，正如前面所说，原因可能是多种多样的。在其中，选择好山好水之地筑城，应该是一个自然的选择。良禽择木而栖，君子择地而居。所谓的风水，其中就有这种含义，选择上风上水之地去居住，这可能是个人的选择，也可能是群体的选择。选地建城，这是大事，当然得三思和请教智者。风水先生之事，是将这种选择神秘化，同时，也借用人们的神秘观念来加强对选址大事的决心。中国古人讲山水要可游可居。居住下来，就可以吸引更多的人来居住。正像走的人多了就成了路一样，住的人多了，就成了城，来交易的人多了，就成了市。

古代筑城，第一要义就是水。水对人太重要了，人畜饮用，草木生长，都少不了水。古代人受引水蓄水的条件限制，于是只能在河畔建城。在古代，水道还是最重要的运输通道，城乡间运输，城市间运输，以至于长距离的货物运输，都离不开水。话说运河，说的大多是运河沿岸的城市的故事；长江之歌，唱的主要是两岸的城市之歌。

谈到水，在欧洲，最著名的是水城威尼斯。城里到处都是水，有大水道，是城里的主干道，有各条小水道，各种水船穿梭来往。临河的建筑很漂亮，被河映照出倒影，更有一种灵动之感。有河就有桥，站在一座桥上看另一座桥，另一座桥和桥上的人是我的风景，我和我站的桥也成了别人的风景。威尼斯的这种景色，大概是其他的城市无法相比的。

在中国，常有城市自称"东方威尼斯"。其实，威尼斯只在威尼斯，其他的地方都不是。不过，不同的地方，也各有自己的水之美。威尼斯很奇特，但成也在名气，败也在名气。成为旅游胜地之后，在威尼斯老城里，已经很少见到居民。前不久去周庄与绍兴，两个以水著称的小城。周庄完全变成了旅游景点，太多的游客，太精巧的装修；相比之下，我倒是更喜欢绍兴的那种原生态味道。在江苏、浙江、安徽、江西和南部其他一些地方，有许多小城，使人留连忘返。水是构成这些城市之美的最重要的因素。江南美，正因为那里是水乡。"日出江花红胜火，春来江水绿如蓝"，说的都是水之美。

水大概成了漂亮城市的基本条件。落日余晖下的佛罗伦萨河，能给人一种感动；一条塞纳河使巴黎成为浪漫之都；伏尔塔瓦河成就了布拉格之美。穿过欧洲中部的莱茵河，培育了一串德国最繁华最美丽的城市。在奥地利，有一些原先由于诸侯的领地而形成的名城，如格拉茨、萨尔茨堡，等等，都有一个基本的格局，一条河，一个古堡，一个教堂，在这个基础上，再增添一些附加的建筑。

除了水之外，山是成为城市之美的第二位的因素。山给了城市以立体感。重庆由于山而有了"天上的街市"之称。武汉建设一些大学时采取了一些很好的做法，给一所大学一座山，于是，在武汉就有了一些全国最美的校园。要想看更为纯美的山城，到西藏去吧。圣洁的雪山，成为美丽城市最好的背景。

山水城市代表着的，是与巴西利亚那样的全设计城市正好相对的另一极，依山水之势而建。在这方面，还是巴西的另一座城市里约热内卢最为典型。这座城市沿海而建，城市呈现出一条狭长的带状，一边是大海，一边是悬崖峭壁。其间有几公里到十几公里的平地，城市的建筑就密集地挤在这片平地上。这座面朝大海，背靠高山，有着悠久历史的城市，只能在既有条件下，巧作安排。整个城市的美，都体现在对海和山的利用之上。从1502年葡萄牙人发现这个地方，并起名为里约热内卢（一月的河）以后，人类用五百年之功累积建造出了一个古老而充满活力的城市。宽阔的沙滩成了人们最好的游乐和运动场所，到了晚上，沙滩足球场上灯火通明，少年男女们伴着足球长大，其中很有可能会出现未来的足球巨星。高高的山上，点缀着一些房屋和雕像。其中就有山顶的巨型基督像，电影《2012》在以大无畏的精神毁灭所有代表性的人类文明成果之时，也选中了这个雕像。

根据既有的山水之势建筑城市，有着与全设计城市不同的历史。这不仅体现在要对地理环境的充分考虑之上，而且，更重要的是，这种城市的建设的历史，一般都是对自然环境的不断适应、克服，并使更多的自然状态进入筑城者的思考视野的历史。

自然的条件并不总是一下子就可以被利用的。常常会是这样的情况：人们发现了风景之美，于是居住进去，并因此而改变所居住的环境，并且，由于居住，对既有环境熟悉，并对环境进行改造，使城市的进一步开拓和扩充成为可能。与此同时，新的材料和建筑技术的发明和采用，使人有可能克服过去不能克服的困难，如在一些过去无法建筑的地方建起了房子，或者打通了过去没有打通的隧道，或形成了其他的交通途径，如建起桥梁、公路、地铁、铁路、机场，等等。在此基础上，城市得到了发展。由此形成了层层的积累，从而城市在增长过程中，留下了时间的痕迹。不是一次总体规划，而是许许多多的小计划，在几十年，甚至几百年的积累过程中逐渐累积成的城市，有一种厚重之感。

中国古人重视山水之美，风景尽在山水之中。对于他们来说，寄情山水，是远离都市，但另一方面，他们又要山水可游可居，于是他们又在山水之中筑城。其实，不仅中国人如此，欧洲人也如此，选择风景优美处筑城，这是美学选择，同时也是生态选择。符合生态的，就是美的。

但是，城市又在创造新的山水之美。里约的基督山以建筑点缀山，整个城市就像一首诗，通过山来点题，有了诗眼。在斯德哥尔摩，几百座桥把一些海边的岛屿联系在一起，水城的自然风光与人文风光实现了完美的嫁接。城市对山水有着依附性，山水又给城市建设以创造的空间，城市建设要突出这种山水的美，而不是遮蔽它。

城市与山水的关系，从古代到现代经历了一些重大而根本的变化。古代的城市依山依水而建。有一次，我去欧洲的小城萨尔茨堡，那座城市典型地代表了古代城市的建城原则。城市需要水，于是建在一条小河上。水供人畜饮用、洗涤和各种日用，水供工业和手工业的使用，水道还能提供廉价而快捷的运输通道。水边有山，山上筑有城堡，那是诸侯居住地。借助山和水，在一个战乱的年代，诸侯可以实现自卫、自立。在这种有山有水的地方建立城市，并使之成为诸侯国的政治、军事中心，这是当时自然而然的选择。这样的城市，在今天看来，成为了绝美的景观。但这不是客体化的、仅供观看的景观，而是可参与的、可在其中生活的景观。

还有一次，我去浙江金华附近的诸葛八卦村，这些号称诸葛亮的后人的人们在深山中的一片平旷之地上，建起了一个小小的村落。村中小河和池塘，倒映着旧式民居的青瓦白墙，池塘中农家妇女在洗菜捶衣，构成了一幅旧式乡村小镇的景象。

现代城市对山水的选择，却在致力于制造一些专供欣赏的景观。例如，在一些大型建筑前设置一池水，以便倒映水景，强化建筑造型的效果。近年来，还盛行一种艺术，即大型实景山水的演出，这些都是很好的尝试。2011年广州亚运会的开幕式，在室外举行，充分利用了珠江，这也是一个好的创意。

四、城市、意义与美

要克服"千城一面",正如前面所说,不能为克服而克服,不能为了与众不同而搞怪。一个城市需要意义,这个意义表现为城市的符号。但这个意义不是凭空就有的,而是在这个城市的建设中形成的。

为什么人们在某一时期,在某一个地方要建一个城?为什么有些城建了以后就衰败了,而有些城却长盛不衰?为什么有些被破坏后还会重建,屡建屡毁却又屡毁屡建?原因在于这里需要一个城。这个原因,就成了这个城的意义。它包括城市在政治、军事、经济、交通等方面所具有的作用。

然而,在直接的实用意义之上,城市还有着其他的意义,从而使城市获得额外的名气。

城市的名气可以来自于历史。我们可能会由于历史的原因去看一座城,看一些重要的历史事件的发生地。当你在雅典,住在苏格拉底广场旁亚里士多德街上的赫拉旅馆,出门仰望高高耸立的帕台农神庙之时,自然会发思古之幽情,即使帕台农神庙仅只剩了一个房屋的框架,而广场、街道、旅馆只是托名而已。在巴黎街头,历史的厚重感会扑面而来。这儿是巴士底广场,那儿是巴黎圣母院,还有蒙马特尔高地、拉雪兹神父公墓,都是有故事的地方。列宁说过,革命不像涅瓦大街那么平坦,于是,到彼得堡去旅游,都要看看涅瓦大街,在那里走一走,体验一下它的平坦程度。当然,那儿还有冬宫和夏宫,有阿芙乐尔巡洋舰,有十二月党人广场。前天听一位朋友说,他对彼得堡的建筑不感兴趣,只是巴黎的模仿而已。我可不同意,许许多多的历史事件在那里发生,赋予了那里的建筑不一样的意义。去罗马,人们要去看看斗兽场,尽管只是残缺的古建筑的遗迹,但它的意义是古代角斗士的血所赋予的。人们也要去看看恺撒被刺地点,那只是一些土堆,但那曾经是重大历史事件的发生地。我去洛阳时,曾好奇地问玄武门在哪里,尽管那里已经没有什么可看的了。我没有去过滑铁卢,有机会很想去看,历史是在那里被改写的。最近去徐州,住的地方一出门就能看到淮海战役纪念塔,那也是一个曾经改写历史的地方,一场大战定了乾坤。其实,这些地方,有的有遗迹,有的早已经面目全非,但我们所看重的是,这里的历史能赋予人们以想象的空间。

城市的美常常与历史的联想联系在一起。从一个较长的时段来看,这种影响又是相互的。名城吸引名人来,名人又使名城更加有名。这一循环,像许多循环故事一样，本身也许只是一个空洞的陈述而已。但如果将它放到城市成长的过程之中，让历史给这一类城市故事增添多彩的细节，就会变得丰满而有血有肉。这种城市故事的关键，在于历史活在了当代人的生活之中。这种历史的传承，更多的是今人的选择。名城的历史是今人给城市定位的资料，今天怎样做城市美学的文章，那是今人的事。做出来的，也是今人的文章。

文学艺术也能赋予一个地方以意义。李白的两句诗："故人西辞黄鹤楼，烟花三月下扬州。"两句诗写了两座城市和一条江。今天，这两座城市的人，都在用这两句做文章，进行城市宣传。黄鹤楼是在眼前的，扬州城是憧憬中的，即所谓扬州梦。最近一些年，扬州人用这句诗意，搞起了每年一度的"烟花三月"节，呼唤人们去圆梦。有一次在北京看到一个主要由瑞典的退休老太太们组成的旅游团，名字叫"沿着沈从文的道路"。她们不远万里来到中国，要到凤凰去，寻找沈从文笔下的湘西。读一批19世纪俄国和法国小说后，再去彼得堡和巴黎，感觉就会完全两样，那里的一切都被涂上浪漫典雅的色彩。这条街是列夫·托尔斯泰笔下的彼埃尔伯爵居住的地方；那个剧院里，安娜·卡列尼娜常去听歌剧；雨果曾常常在这个公园里散步；左拉常常到那个咖啡馆喝咖啡；这一切都能给人特别的感受。屠格涅夫游走在彼得堡和巴黎之间，在两座城里都留有他的身影。伊斯坦布尔本来早已经是名城了，但我们的知识仅限于圣索非亚教堂和蓝色清真寺。读了帕慕克的小说，人们一定会增加对这个城市的深度与厚度的理解。

艺术教会人们看城市。我不知道是否是通过画家的发现，伦敦人才会欣赏城市的雾，但我对北京胡同的欣赏力的提高，的确从一些摄影作品中获益匪浅。看完一些照片以后，我们才知道，一些过去被认为破旧、肮脏和乱糟糟的胡同，却可以是如此之美。听说丽江曾差点儿被拆了，经过一番争论，才最终保留下来。今天，这个问题早就不存在了，艺术家早就教会从一般民众到地方官员如何去欣赏丽江老城的美。在维也纳街头，听到人哼小曲，也会侧耳细听，是不是舒伯特的旋律。到了布拉格，脑子里全是德沃夏克的音乐。绘画与音乐，可以使城市变成风景，配上节奏与旋律。

在艺术改变人的眼光方面，更明显的例子，可能是电影电视了。早在20世纪70年代时，我去无锡梅园，就听人说，拍摄根据巴金的小说《家》改编的电影时，鸣凤在那里采过梅花。美国电影《廊桥遗梦》中的那座桥，早就成为旅游热点。去奥地利，导游会给你讲《音乐之声》是在哪座花园拍摄的，茜茜公主曾在哪里住过。

历史、文学和艺术，都构成城市的故事。这些故事提供了城市意义的另一面，这就是超越直接实用功能之上的城市文化的层面。城市之美，并非存在于一种超越实用功能关于城市的纯粹装饰和美化之上，而正是存于城市生活之中。然而，正是这种历史、文学和艺术意义的阐发，使城市有了文化的内涵。一个政治上的中心，不等于有了文化，但可将政治文化融入到城市之中；一个纯粹军事上的堡垒，也没有文化，但古战场常常能成为最有文化意蕴之地；同样，一个商业中心可能只有生意，没有文化，但商业文化能够成为城市故事的最动人的内容。城市之美的背后，正是这些文化因素在起作用。

寻找城市的意义，其结果是，我们的文学和艺术的观念，会渗透到我们的观看之中，并进而影响我们的城市保护和建造。于是，我们按照文学和艺术来建城，城的发展方向由于我们的观念而改变。在今天，更为重要的是，我们通过意义的阐释来为城市定位，并因此而"打造"城市。我们常常听到人们讲"打造"城市，擦亮城市"名片"。这里面有着积极的意义，说明建设者们有了城市意识。但是，这里特别要警惕的是一种对城市意义的过度阐释。过度阐释，是对城市所可能具有的意义的随意取舍和任意夸大。

对此，我想说这样两点。

第一点是，要实现古代与现代的平衡。有传统，有现成的故事，这本来是好事。历史、文学和艺术的故事，可以成为现代阐释的重要源泉，用得好，有着很大的意义。但是，古代与现代的平衡很重要，没有平衡，古代就不再是优势，而反过来成为包袱。北京是一个古城，但也是一座现代城市。只强调古代是不对的。正像中国是一个文明古国，也是一座充满朝气的现代国家一样。古代与现代需要平衡，没有这种平衡，只能带来误导。

第二点是，要实现旅游和生活的平衡。中国古人在谈到画时，讲可游可居。这里的游，不是我们今天意义上的旅游，而是一种进入，克服图像的客体化。与此相反，旅游业是一种将城市客体化的操作。城市需要看上去美，需要吸引远方的人来观看。但是，片面地发展观看效果，也会带来问题。

城市不只是建设来供外来游客看的。城市建设的服务对象，首先应该是这座城市的居民，其次才是外来游客。这就像家一样，如果在房屋装修时，装修得像是展览馆或宾馆一样，只让来客喜欢，所满足的是一种被夸奖后的虚荣心。这实际上是装修上的失败。家是供人住的，而展览馆是供人看的，功能不一样。一座城市也是如此，首先要城里的人感到住得舒服，其次才是看上去很美。

在这里，要提出这样一个问题：城市之美是为谁的？如果城市之美只是为了制造景观，那么，这样的美与建造一个博物馆和画廊让人们观赏，是没有什么区别的。我们说，城市是大地的点缀，是文明的象征，这一切都不错。但是，这又不是最重要的。城市是人们居住之所，它的美有一个前题条件，就是很好地解决居住的问题。如果这个问题没有解决，那么，只是让人们化身为景观，供其他人观赏，这个美就有局限性。

举一个例子，一些少数民族地区近年来造了不少民族风情度假村。这是一种文化产业，为当地赚了不少钱。将外国的和汉族的游客引进来，唱歌、跳舞、抛绣球、假结婚，住竹楼、土楼。这是一种景观化，实际上，在当地真正的民居被大量破坏之时，风情度假村里出现的是假民居，在真正的民俗已经迅速消亡之时，在度假村里保留的是假民俗。

许多地方建造的城市形象工程，即所谓努力"擦亮"的"城市名片"，也是如此。所建的，无非是高房子、宽街道、大广场，再加上一些假古董。这种建设的思路，最根本的缺陷在于，是建设出来供外人看的，而不是当作自己的城市来建设的。

城市建设要有审美的维度，但审美维度绝不是景观化维度，恰恰相反，美学要明确指出这种景观化维度的反审美特性。景观化的特点，是建造一些炫目的景观，使城市具有震撼的效果。景观化可能有政治和商业这两方面的动机。这些动机，在前现代社会中就有，但在现代社会中，这方面的问题变得尤其突出，被高度放大。

在一个后现代的时代，建筑、城市、环境建筑，会出现什么变化？

在美术和音乐中，出现了一个重要的倾向，这种倾向被美学家们描绘为美和艺术的分离。艺术本来是追求美的，艺术中的美要比生活中的美更高，更集中，更有普遍性。但这种观念到了20世纪的后期受到了挑战。许多艺术品表现出不美，或者它们成为艺术品与是否美无关。阿瑟·丹托嘲笑了那些试图从形式上分析杜尚的《泉》的美学家。如果这样的话，那么，什么是艺术呢？艺术成了事件，艺术等于吸引注意力。在这种情况下，艺术品不再追求美，也不必用是否美来妄加评价。

超越了审美的艺术走向何方？超越了审美的建筑走向何方？超越了审美的城市走向何方？现代建筑所追求的，是更高、更怪。只有这样，才能吸引注意力。被关注，就有故事，就著名，就会出现故事的进一步累积，从而使建筑更有名。

近年来，外地人到北京，已经不再去世纪坛，而去鸟巢。鸟巢在建设时，也有人觉得怪异，说不上好看，但那里不会冷落。它还会红几年，原因在于奥运会电视记忆还存在人们心中。这种记忆淡忘以后，会是一种什么情况？我不知道。

结语：城市的生命与作为生命的城市

综上所说，城市有可能是设计而成的，也可能是自然生长起来的。设计而成的城市，走到一个极端时，就将城市当成一件艺术品，依照一个统一的构思来建造。我们造一个大厦，可以这样设计：一楼是商店，二、三楼办公，四、五、六楼居住。我们也可以这样设计一个单位的小区。有一次到国内的某个研究单位去，发现它们设计得很合理：整个单位由四幢楼围成一个长方型，长方型的两个长一点的边，是办公大楼和居住大楼，两个短一点的边，一边是客房和饭厅，另一边是一个托儿所和小学。这样的设计，当然很好。其实，中国的许多大学，也是这样的设计，里面有办公楼、教学楼、餐厅餐馆、咖啡馆和茶舍、宿舍、图书馆、运动场馆、商店、银行、医院、书店、打印复印店、印刷厂，甚至还有菜市场、水果摊，一应俱全。设计好的学校，给人以整齐有序感。

城市能否这样全设计？这可以从两个层面回答。第一，这样是否行得通；第二，这样是否好。本文对此的回答是：行不通，且不好。巴西利亚当然很好，但只能有其一，何况那样的时代也已经过去了。

本文提出了历史和时间维度的引入问题。我们过去建设，总是强调在白纸上画画，这是一种现代性的思维。实际上，白纸上画画的情况很少，除非把既有的一切全部推倒重来。我们总是在既有的现实上增添一些新的东西。

在城市里，有一群人在这里居住、活动、建设。这些人把这里当作自己的家。他们一座又一座，一组又一组地建筑房屋。所有新的建筑，在设计时，都是针对既有的环境所作出的对应性安排。它们或者顺应环境以求和谐，或者在炫富心态支配下以求突出从而形成相互攀比；或者是点缀环境以求整体的美，或者是与众不同以彰显独特的艺术追求。所有这些，都留下时间的痕迹，显示出城市发展过程中人的活动的身影。城市建设会有一些规划，但这种规划不是全设计，而是城市增长的路线图，给发展中的城市以总体上的引导，使它按照自身的规律，健康地成长。

最后，提出这样一个问题：城市为谁而美？城市建设是要追求美的。这本身没有问题。但追求城市的美，也会将城市建设引向歧途。城市是要给人观看的，但同时也是供人居住的。只是给人看，使城市景观化，并不能造成真正美的城市。

我们看一些小镇上的民居，会发现，只有那些真正的民居，而不是现代仿造的假民居，才能使我们感兴趣。我们去少数民族地区，那些真正的土楼、竹楼、苗寨、羌寨，要比民族风情园里的假苗寨、假羌寨要漂亮得多。有些地方为了吸引游客，在风景区里点缀一两个寺庙，那种寺庙怎么看都是假的，不伦不类。

所有这些，总结为一条，只有生活本身才是美的。一座城市的美，要融入到这个城市的活态的生活之中，构成一个活的生活环境，得到城市里居民的认可，使这些人将这座城市当成自己的家园，认同它，拥有它，归属它。这时，城市就有了生命，而这种有生命的城市才美。

有一次，我去扬州的高旻寺。寺里有一位90多岁的高僧，破例出来与我聊了一个多小时。他对教义极其精通，又能与时俱进，将教义在时代和生活中化用自如，这使我感动，也使我佩服。这些年，高旻寺在他的领导下，大兴土木，重建佛塔，建圆型会客大厅，又建五百罗汉堂。所有这一切，都是最新的建筑，但一点也不给人以"擦名片"、造形象工程之感。他们在造自己的佛堂，把一份虔诚的心放了进去。

我们也都有这样的经验，一些城市的主要建筑没有任何创意，是别的城市的低级模仿，居民小区凌乱不堪，但是，如果走进居民的家中，你会发现家家都精心装修过。许多家庭的装修，也许从设计上讲很不专业，但可以看出，都是用心之作。

这对我们的城市建设是重要的启发。避免千城一面，不能为避免而避免，也不必像明星防"撞衫"那样刻意求新求怪。最根本的一条，是要有家园感，像建设自己的家那样用心。

建造自己的家园，让居住在城里的人可游可居，使他们对城市的历史感到骄傲；使他们像打开自己家门迎客一样，建造和展示城市景观；使城市像一个生命体一样健康地在时间中、在历史中成长。这是避免千城一面之道，也是真正的城市美之源。

西方当代美学的发展

对20世纪西方美学的历史做一个简单的描述，是一件困难的工作。这种工作的困难性，首先就体现在对"西方"概念的理解上。"西方"可以有多种概念，因而，任何有关"西方"的历史叙述，都会随着"西方"概念的不同而发生变化。例如，在俄国是否属于西方的问题上，中国的文学理论研究者们似乎在持双重标准。在他们看来，俄国形式主义文学理论无疑属于20世纪西方文学理论的一部分，但俄国的马克思主义文学理论似乎就不是。原因在于，俄国的马克思主义文学理论在20世纪50年代为我们所接受，成为当代中国文学理论的基础，而不再被看成是一种外来的东西了，而俄国形式主义在走着一条向西传播的道路，从莫斯科到布拉格，再到巴黎，直到80年代才又为我们所重视。这方面的特点，有一点像中国人对佛教与基督教的不同感觉。中国人有一种天然的感觉，认为佛教是本土的，而基督教是西来的，尽管在实际上，两种宗教都是从西而来，并且佛教是西天取经而来，而基督教是从东方的海上舶来，它们影响中国只是在时间上有先后差别而已。

一、何谓"西方"？

长期以来，"西方"这个词早就超出了地理方位的含义，英国人并不比法国人或德国人更"西方"一点，尽管地理位置在西边。美国人也绝不比欧洲人更"西方"一点。相反，美国人是从欧洲，即他们的东方接受西方影响的。古代中国人的西方净土是印度，而印度对于欧洲人来说，是东方之东。

从历史上讲，在很长的时间里，东方具有远高于西方的经济与文化水平。最早的文明可能是生活在两河流域的苏美尔人；希腊文明是在埃及和两河流域文明的影响下产生的，甚至人有说，作为希腊文明发祥地的克里特岛，实际上是在古埃及文明的影响下形成的；耶稣诞生时，有三个东方来的博士向他朝拜；对于欧洲人来说，基督教是从东方传来的；在中世纪早期，西欧在不断的动乱和蛮族入侵中度过，而同时代的东欧，有着一个恒定不变的拜占庭帝国，这是希腊文化与希伯来文化的结合，这个文化的存在对西欧后来的发展，有着深远的影响；文艺复兴之后，西欧的文明才超过了东方的水平，但文艺复兴的思想资源，又是来自东方，是东正教保存的古代经典。

考察历史上的种种"西方"概念：有时，它指一种文明，即希腊罗马文明，或基督教文明的合流；有时，它指宗教，即首先是新教，也包括天主教，在较少的意义上包括东正教，一般不包括伊斯兰教和佛教；有时，它指一种文化，即经济上以自由经济为代表，政治上以议会、立宪、选举制度等为代表；还有的时候，它也指种族，一个黄面孔的美国人来到中国，我们一般较少将他们看成是西方人，尽管他们可能是"黄香蕉"。这些概念有时所指的对象重合，有时则不重合。

近年来，又出现了一种新的观念，即古老的欧洲与要在学术思想上成为新中心的美国之间的区分。我们知道，在过去，一个画家只有到巴黎去，才能成为世界知名的画家。一个人要学好纯正的英语，只有到英国去。在今日的世界，似乎出现了一种现象：现在，一种文学艺术理论，正像哲学与心理学理论一样，只有借助于美国的学术界，才能走向全世界。在美学上，我们看到，格式塔学派原来是一个德国的心理学流派，但到了美国才发扬光大起来。我们所熟悉的苏珊·朗格的思想，来源于卡西勒，是一种新康德主义。法兰克福学派原来在德国的法兰克福，但在美国才得以发展。20世纪中叶流行起来的分析美学，最早来源于维特根斯坦的哲学，但后来的一些主要代表人物是一些英美学者，特别是在美国，直到今天还在大学哲学系占据着重要的位置。美国的学术界接纳了来自全世界的思想，使之走向全世界。老欧洲与新大陆，似乎已经不再是一个文化的整体，它们之间的区分变得越来越大。

也许，我们可以进一步说，所谓的西方有中心与边缘之分。例如，前面说，首先是新教，也包括天主教，在较少的意义上包括东正教。但面对新欧洲的出现，这种说法是否会有所改变？冷战过后，一些东欧国家加入欧盟，这方面的可能性加大了。还有，犹太教呢？原本是一个东方的宗教，在现实国际政治的影响下，看法在改变。受"9·11"事件影响，反恐同盟的出现改变了过去的一些西方与非西方划分的观念。还有，美国黑人的爵士乐是否是西方音乐？毕加索向黑人雕塑学习，为什么到他那儿就变成了"西方"艺术了。中国古代的艺术，也曾对西方产生过巨大的影响，例如在法、英、德，以及其他一些欧洲国家，在18世纪就有所谓"中国风"（Chinoserie）的艺术。但是，影响不是在同一层次上的。现代西方对非西方的影响，成为一个主流，而西方所接受的非西方的影响，是根据西方社会当时的需要所进行的一种选择。

有人提出一些极端的理论：西方不是西方，西方不存在，等等。我们承认这些极端的说法有时能帮助我们发现问题，正视问题。但是，"西方"还是存在的。不同的"西方"概念具有不同的外延，这些外延的重合处，也许构成一些被称为核心的"西方"，而非重合处，则成了边缘。当然，这么做有一个危险，即将这种核心与边缘之说赋予文化上的价值观，隐喻着一个从中心向着四周放射的文化旅行模式，这是我们要力图避免的。实际上，一个放射性的模式并不能说明世界文明发展的现实，自古以来，各文明间就存在着并存、对话、相互影响、相互吸收的关系。世界是一张相互联系之网，而不是从一个中心向其他地方投射下自己的影子。

不仅是在西方与西方以外的关系是如此，即使是被认为构成西方的核心的一些国家，如英国、美国与德国、法国之间，也有着一些明显的文化上的差别，在哲学、美学、文学和艺术上，有着各自不同的历史。我们有时喜欢将西方的一些流派看成是前后交替的关系，似乎一个新的流派兴起了，就取代了一个旧的流派。实际上，不同流派之间存在着在各自的国家里独自发展，又相互对话、相互影响的关系。新的流派出现了，旧的流派仍然存在。有时，经过一些年，旧的还会变成新的，又重新流行起来。不仅理论发展在各个国家里并不同步，而且理论与文学艺术的批评之间，也有着各种各样的关系。一般说来，批评实践滞后于理论。当批评家们还在运用较老的理论工具时，从事理论工作的人已经在发展一些新的理论思路。但有时，批评实践也推动着理论的发展。这种错综复杂的局面都对总体描述带来巨大的困难。

尽管如此，我仍然认为，一个总体的描述是可能的。我们无法在一个总体描述中包括所有的情况，但我们仍然可以通过一个总体的描述，看出一些主要西方国家美学发展的共同趋向。对于美学研究者来说，对这个趋向的认识是重要的。这一认识可以帮助我们了解自身的定位，有助于我们在研究文学时的方法上的选择,更为重要的是,有助于对我们的研究对象有一个清晰的意识。

20世纪的西方美学,主要经历了三次大的转向,第一是心理学转向,第二是语言学转向,第三是文化学转向。我想试图以这三个转向为纲,对这个世纪的美学和文学艺术理论作一个描述。

二、美学的心理学转向

20世纪初的美学最显著的特征,可以概括为形而上学的消退、艺术自律性的发展、科学主义的兴起。

19世纪的美学理论,是在一些哲学上的大体系的阴影中存在的。自从18世纪鲍姆加登、康德等人建立美学体系以后,美学成了哲学的一个分支。在康德之后,谢林、黑格尔、叔本华等人,都试图在一些哲学体系中对艺术作阐释。这些大体系的建造者都面临着一个共同的任务,或者实际上在做着同样的一件事,即在哲学体系上为艺术和审美划分出一块独立的领地,从而论证艺术存在的独立价值。从历史上讲,这种活动是具有重要意义的。当艺术从其他人类活动中独立出来,成为一个独立的精神部门之时,需要在理论上对这种自律性进行论证。

一个实用性行业的存在,并不需要理论论证,因为它的实用性就为它的存在提供了理由。一位铁匠打了一把锄头或一把刀,并不需要理论来确立他的活动的正当性和必要性,只要他的产品有实用的价值就可以了。画家画一幅画,如果是画神像,或为人画肖像,也无须发展出一种理论来说明它的存在的理由。它的存在价值也是由它的实用性提供的。但是,当我们要说存在着一种东西称之为"艺术"(Art),而且是用大写字母A开头时,我们就需要证明它的存在了。其实,不仅是这个由大写字母A开头的艺术,而且当人们将不同的艺术门类放在一道,组成一个 the fine arts,认为这些人类活动或者这些活动的产物之间存在着某种共同的东西,有足够的理由认为它们属于同一类之时,就出现了在理论上对它进行论证的需要。

19世纪的许多艺术理论,都是在证明这一点。当然,证明这一点是很困难的,于是需要巨大的理论努力,哲学和美学在这种努力中发展起来,起着支撑这些证明的作用。

19世纪的美学理论,在赋予艺术这种特殊的魅力,或给它罩上特殊的光环，使它具有神圣性和神秘性的同时，也开始将艺术家看成是一些特殊的人。在这个时代，作家和艺术家的创作个性进入了研究的视野。人们开始觉得，作家和艺术家的个性、他们的特殊生活和创作习惯，以至于他们的生活和创造道路、他们的个人传记，都是一些值得特别注意的东西。一个工匠是怎样学艺，怎样度过少年和青年时代，读过哪些书，受过谁的影响，这些并不能进入研究者的视野。注意艺术家的这些特点，说明艺术的地位在发生变化。值得写传记的人，就已经是一个非凡的人。但艺术家的传记还不仅仅具有一些外在的意义，即满足于一般读者对名人身世的兴趣，而且具有帮助人们理解艺术作品，甚至说明艺术作品的本质的意义。这本身是一种艺术研究的进步。这种发展与浪漫主义的兴起有关。有一本著名的书用镜与灯作比喻，说浪漫主义使灯的比喻成为可能。而灯的比喻带来的结果就是，与其研究灯光，不如研究灯本身。作品研究被作家传记研究所取代，但是，在世纪之交，在科学主义思潮的推动下，更可靠的对灯的研究，是作家和艺术家的心理。

心理学的转向是世纪初的一股大潮流。早在19世纪末，就出现了一些被称为"自下而上"的美学追求，希望美学能够告别大体系，从审美与艺术现象出发。到了20世纪，这种倾向进一步发展。美学与艺术研究者不再从哲学体系推导对于艺术和审美现象的结论，而是从心理学寻求答案。"心理距离说""移情说"等，就是在这样的背景下产生的。这些学派从世纪初叶一直到世纪中叶，都对美学与艺术理论的教科书起着重要作用。心理学转向究竟能走多远？究竟能为文学与艺术的研究做多少事？这是20世纪前期美学与艺术理论界普遍关心的问题。

20世纪的西方美学，也许可以说是从三个人开始的，他们的思想，都具有强烈的心理学色彩。第一个人是克罗齐，他于1900年给意大利那不勒斯的蓬塔尼亚研究院提交了一篇论文，名字叫《一种作为表现的科学和一般语言学的美的根本论题》，后来，在1902年，这篇论文以《作为表现的科学和一般语言学的美学》一书出版。这本书提出了审美等于直觉、等于表现、等于艺术的思想。第二个人是桑塔耶那，他于1896年出版他的名著《美感》，提出美的对象是客观化的快感。第三个人是弗洛伊德，他于1900年出版《梦的解析》。

在当时，具有影响的审美心理学学说，有"心理距离说"和"移情说"。爱德华·布洛的"心理距离说"讲与宇宙人生摆出心理距离，将康德的"无功利"改造成一种"去功利"的观点，将康德、叔本华的大体系简化为一种简单的心理动作，从而一下子赢得了广泛的赞同。立普斯讲"移情"，用主观情感投射的思想解释对于对象的审美，为一种古老的物活论思想提供现代科学根据，成为一种有影响的观念。当然，这些思想仍是用内省的方法，与当时的心理学发展并不同步。

在艺术中，更为直接的影响来自格式塔学派。格式塔学派强调心理的整体性，运用这种思想，鲁道夫·阿恩海姆对视觉要素及其结合进行了分析。除了这些派别外，艺术心理学的思想还体现在一些艺术史和艺术批评家的论述中。例如，贡布里希的《艺术与错觉》自称是一部艺术心理学论著。苏珊·朗格《感受与形式》的论述方式也具有很强烈的心理学色彩。

"精神分析"的兴起，则对于文学艺术的研究产生着深远的影响。"精神分析"的思想探讨了人的深层心理，寻找心理活动的内在动力，这成为20世纪一个重要的艺术心理流派。

美学中的科学主义精神，对于理论家们是一种诱惑。这种诱惑促使他们走出一些形而上学的大体系，这具有积极的意义。但是，一些当时并不成熟的科学手段被强行与艺术研究扭在一起，对于研究并不一定能起积极的作用。

联系到文学艺术，我们可以发现，这一时期的美学与艺术理论，与19世纪的理论具有一种连续性。这种理论的特点是，艺术自律、艺术与美的结合。但是，这些理论中也出现了一些超出前一段时期理论的特点。其中比较突出的是，重视艺术的抽象性。美学家们努力寻找一种纯粹的艺术理论，试图用这种理论来概括所有艺术的共同特点。这种追求，与19世纪末和20世纪初的一些艺术追求，特别是后印象派的艺术理论相互呼应。

当然，在这个阶段，也有一些哲学家例外。20世纪初年得到迅速发展的马克思主义美学，更多的从社会学而不是心理学的角度来研究文学艺术问题。同时，马克思主义的研究对于艺术自律的观点始终持批判的态度。马克思主义的美学，在苏联、东欧和中国得到了接受和发展。而在欧洲，这种理论也有着许多优秀的成果。

这个时期的第二个重要思想是现象学与存在主义的美学。存在主义关注人的存在、人的状况、人的心理，但对学院式的心理学持否定的态度。这个在德国与法国产生广泛影响的思想美学的贡献，直到今天仍被人们所关注。

这个时期的第三个偏离主要学院派的心理学的思想是实用主义美学。在实用主义的哲学影响下，曾产生了一个重要的心理学流派，这就是所谓的机能主义流派。在另一方面，实用主义美学，以杜威的《艺术即经验》为代表，也曾对美学的研究产生过巨大的贡献。特别是杜威对艺术自律的批判，对艺术与日常生活关系的研究，至今仍具有重要意义。但是，在很长的一段时间里，这一派别并没有多大的影响。在美学界，最主要的潮流，还是心理学美学，以及后来在语言学转向的影响下的一些美学派别。

三、语言学转向的深远影响

美学的语言学转向是在心理学的转向之后一个更为重大的事件。20世纪常被哲学家们说成是语言学的世纪，就是为了说明语言学的广泛影响。如果说，心理学的转向具有取代一些大的形而上学体系的特点的话，语言学在这方面起着更为重要的作用。

在语言学的转向中，起着最重要作用的是一个被叫做索绪尔（Ferdinand de Saussure，1857—1913）的瑞士人。在他死后，他的学生们根据讲稿和讲课笔记整理出版了《普通语言学教程》（1916）一书，为20世纪的一些重要语言学、哲学和美学思想奠定了基础。在这本并不厚的书中，提出了一系列极其重要的思想，成为语言学和哲学、美学等各学科的一个新的出发点。这本书的一个最为重要的思想是，没有离开语言的思想，没有清晰的语言就没有清晰的思想。语言并不表达一个内在的思想，我们正是用语言来思考的。思想并不处于语言背后，而是处于语言之中。用索绪尔自己的话说，语言与思想正像一张纸的正面与反面，我们是不能将一张纸的正面切开而不切开反面的。这一个看似简单的思想，具有革命性的意义。

在文学艺术的研究中，这种思想启发我们，不应从作品之外来寻找作品的思想。一部作品的思想就处于作品之中。作家与艺术家是在创作作品之时，创作出了与作品形式同在的作品的思想，而不是先有某种思想，再寻找一个形式将它表现出来。于是，对于文学艺术研究者来说，重要的不再是研究艺术家的传记，也不是他们的创作心理，不是离开作品去研究作家与艺术家可能的思想，而是研究作品本身。作品是一个客观的研究对象，它自身具有意义。不仅作家艺术家的身世和对他们进行的心理研究无助于我们解读作品的意义，甚至作家艺术家本人，如果他们还健在的话，也不再是作品意义的最权威的解说人。对于作品接受者来说，重要的已经不是作家艺术家所叙述的作品的意义，而是作品所实际具有的意义。这就是许多中国理论家所说的作品本体。应该指出，这里的"本体"一词，是一个很容易引起误解的词。这不是西方的"本体论"（ontology）意义上的"本体"（onto），不是通常所说的一般意义上的"在"（Being），不是康德的"物自体"（things-in-themselves）或"本体"（noumena），而是在"作品的意义何处寻"意义上的"本体"（如果这也能叫"本体"的话）。许多中国学者在研究时，将这一系列的"本体"一锅煮了，结果越说越糊涂，浪费了纸张和脑力。

在文学理论中，我们常常说的俄国形式主义、布拉格学派、法国结构主义、叙事学、符号学以及英美新批评等，都具有一个特点，即回到作品本身，对作品进行细读，等等，实际上都从属于这个倾向。这些流派，有的是在索绪尔理论的直接影响下产生的，有的则间接受益于由于索绪尔理论的影响所形成的理论局面。

文学理论和批评中的这种倾向，必须以一个条件为前提：艺术是自律的，艺术并非生活的直接反映，它自成体系，自我满足。如果说心理学派仍以作品以外的人的心理活动，即创作者与接受者的心理活动为研究对象的话，那么，语言学的转向强调，只有艺术作品本身才能成为研究的对象。

这些流派研究的对象各不相同，有的研究诗的语言与日常生活的语言的不同之处，说明怎样实现"陌生化"（defamiliarization），怎样回到作品文本本身，克服"意图谬误"与"感受谬误"；有的研究作品本身的结构，并讨论作品的叙事模式；等等。

在美学上，在世纪中叶出现了在维特根斯坦哲学影响下产生的"分析美学"，这个在一段时间内占据着统治地位的美学流派，致力于讨论一些文学艺术批评中的概念，即进行概念的分析（美学成为元批评）。这个流派的重要代表人物有莫里斯·韦兹（Morris Weitz）、门罗·比厄斯利（Monroe Beardsley）、乔治·迪基（George Dickie）、纳尔逊·古德曼（Nelson Goodman）、阿瑟·丹托（Arthur Danto）和约瑟夫·马戈利斯（Joseph Margolis）等人。有一本带有教科书性质的书，在西方的大学里曾产生过一定的影响，这本书就是吉尼·布洛克的《艺术哲学》。这本书分析了美、艺术、再现、表现等一些概念。另有一本塔塔凯维奇的《六概念史》，从历史的角度分析了几个重要概念的历史。这些书都成为美学史上的重要著作。中国没有经过分析美学的洗礼，一些美学中的概念，没有得到很好的研究。近年来，一些人致力于概念的梳理和分析工作，这是非常必要的。

与语言学转向相伴的，是西方的艺术先锋派时期。分析美学致力于概念的分析，这似乎是取一种不直接讨论文学艺术的作品，而从事批评的批评的工作，从而保持一种间接性。但是，这种讨论实际上仍保持着一种对艺术发展状况的关注。例如，分析美学所热衷讨论的艺术定义问题，就与先锋派艺术发展的状况有着密切的关系。

语言学转向的影响是深远的。今天，在理论界，越来越多的人对文本批评、概念分析，都持批判的态度。但是，我们不能否定这一时期的理论探讨所取得的积极成果。下一个阶段的许多研究，都是建立在前一阶段的研究成果的基础之上的。

四、文化学转向的多种含义

在20世纪后期，美学、文学与艺术的研究，出现了一个新的潮流，这就是我们常说的文化学转向。

早在60年代，一些在语言学影响下发展起来的美学和文学艺术理论流派占据着主导地位时，西方的美学与文学艺术理论就开始酝酿着一些根本的变化。到了世纪末，这些新的潮流终于占据了主导地位。产生这种变化的原因是多种多样的，有内部原因，也有外部原因。但从根本上讲，是由于这样三点：第一，作为研究对象的文学艺术本身的变化；第二，理论模式的变化；第三，世界经济政治格局的变化。

在20世纪的前期，康德以来的审美无功利与艺术自律的模式，尽管一直受到人们的挑战，但其根本地位并没有动摇。美学上的语言学转向，不但没有动摇艺术自律的意识，反而由于其文本中心主义，加强了这种意识。本来，先锋派艺术是以挑战艺术自律的姿态出现的，但出现于20至30年代的一些先锋派（一般被称为历史上的先锋派，以区别于60年代以后出现的新先锋派），实际上并没有威胁艺术的存在。反艺术的挑战，刺激了人们对艺术存在形式和条件的反思，促进了理论的发展，使这一时期出现的一些新的理论更加具有弹性。60年代以后的新先锋派则与此相反，它已经不再挑战艺术概念，而对既定的艺术概念取妥协的态度，成为艺术概念的维护者。这些艺术已经不是在博物馆之外挑战博物馆的存在，而是以挤进博物馆为荣了。

与此不同的是，在这个时期，另一些艺术现象带着更为巨大的力量，在静悄悄地摧毁已有的艺术概念。我们说它们是静悄悄的，是指它们不像先锋派那样发表一个又一个的宣言，而是利用市场的力量、艺术欣赏群体的变化、科学技术带来的人的欣赏习惯的变化，改变了艺术的生产和流通的总体格局。

受这方面影响最为明显的，是理论研究者对通俗文学和艺术态度的改变。通俗艺术过去一直存在，它们不是艺术理论家研究的对象。长期以来，有着一种"雅"与"俗"之别。这种区分对于理论研究者来说，是与艺术概念联系在一起的。只是"雅"的艺术才是艺术，才能进入理论家的视野。"俗"的艺术并不构成理论研究的对象。这种情况在20世纪后期有了很大的改变。理论家不再对通俗文学与艺术持鄙视的态度，这些艺术成了合法的研究对象。

与通俗艺术对精英艺术的冲击相比，更为严重的是，文学、绘画、音乐等艺术门类本身，都受到前所未有的挑战。市场和技术使艺术生产中出现了重新洗牌的局面。电视、网络、现代音像技术排挤了人们的阅读时间，也就挤掉了文学生存的空间。这时，一个新的课题出现了。图与词之争会给文学带来一个什么样的未来？跳出对文学这个艺术门类的关注，我们会面临这样的问题：如果说有什么艺术的终结的话，那么，终结后的艺术是什么样子？未来的艺术会以什么样的形式存在？文化产业的发展会怎样改变艺术的创作、制作、流通和接受的状况？

其实，在今天，我们的日常审美活动，早已不再是古典的对纯粹艺术的欣赏了。我们在博物馆里消磨的时间，要远远少于我们在电视机前消磨的时间；我们阅读历史上文学名著的时间，要远远少于我们阅读报刊上的通俗性文字的时间；我们穿上礼服到音乐厅里正襟危坐的时间，要远远少于我们听通俗流行音乐的时间。如果说时间就是金钱、时间就是生命的话，这里倒是挺适用。失去了人们欣赏时间的精英艺术，遇到了财力匮乏和生存危机。

这种已经出现的潮流，由于经济的全球化、文化产业在全球范围内的竞争，而变得更加猛烈。经济因素与社会、政治、文化因素相互影响，普遍主义的经济思维模式与多样性的文化思维模式在相互作用，使文学艺术理论面临着一个更为复杂的现实，从而对理论的生产提供了更多的制约因素。

在20世纪的后期，文学艺术的理论和批评模式也在发生变化。这些理论和批评模式包括后结构主义、后殖民主义、女性主义、新历史主义，等等。在美学上，也出现了后分析美学、审美文化批判、日常生活审美化研究、环境和生态美学研究，等等。这些研究中有着多种多样的倾向，依据着不同的理论资源。其中比较重要的，有来自法兰克福学派的文化批判思路、法国艺术社会学思路、英国文化研究学派，以及美国的新实用主义，等等。世纪之交的文化学转向，还表现为一种经济全球化与文化多样性的关系。经济全球化并不带来一种文化的一体化，相反，它促成了在文化上的民族意识的觉醒。于是，在一些非西方国家生产出来的理论，受到越来越多的关注。

除此之外，从20世纪后期到21世纪之初美学的一个新的发展，就是非西方美学的崛起。美学研究本来似乎是以一些西方美学大国为中心的。非西方美学受到重视，也许可以从20世纪90年代开始。这里，我说一下世界美学大会的情况。在1995年芬兰拉赫底会议上，设立了非西方美学专题，1998年的卢布尔雅那会议上，继续了设立这个专题。到了2001年的日本东京会议，情况则有了很大的变化。在这会议上，设立了日本美学、中国美学、韩国美学、东南亚美学和印度美学五大亚洲美学专题，受到了全体代表的关注。这象征着在21世纪，非西方美学将会受到越来越多的关注。2002年10月，我们在北京召开的国际美学大会，也是这方面努力的一个组成部分。2004年巴西里约热内卢会议，也有不少非西方美学的发言。当然，这次会议受地域影响，主要以南美的参加者和美国的参加者为主。但是，这个势头要发展下去。2005年，在英国爱丁堡召开了一个亚非美学与艺术的会议。在2006年，中国成都组织了一次"美学与多元文化研究"会议，会议进一步推进了这种非西方美学的主题。

如果要在这纷繁复杂的世纪之交的各种流派之中寻找一个主要倾向的话，那么，也许可以说，从康德以来的艺术自律的思想遭遇到新一轮的挑战。黑格尔就有过关于艺术终结的思想。黑格尔认为，艺术的时代将被哲学的时代所取代。马克思曾提到过，资本主义生产方式，与一些艺术生产部门，如诗歌，相对立。在20世纪的80年代，美国美学家阿瑟·丹托提出了艺术终结论。正如我们前面所说，艺术并不是从来就有的。现代艺术观念，是随着现代社会的建立才形成的。一个以大写字母A开头的Art，一个各种艺术的组合的 the fine arts，是现代社会的产物。如果是这样的话，那么，随着社会的发展，这个概念出现了某种改变，是毫不奇怪的。

结语：美学与艺术向何处去？

我们的问题是，在今天，美学向何处去？艺术向何处去？艺术概念不可能没有改变，问题只是，它会以什么样的形式改变。有人说，艺术死了，美学死了。提出艺术终结的阿瑟·丹托，也认为艺术终结不等于艺术之死。艺术终结以后，还有艺术，只是它的性质在改变。

如前所说，艺术自律的思想遭遇到新一轮的挑战。本来，马克思主义的艺术观，就是强调艺术与社会生活的联系，与艺术自律和审美无利害关系的观点是格格不入的。杜威强调艺术与非艺术之间的连续性，提出艺术要从文明的美容院转变成文明本身，也具有这方面的倾向。后现代思潮所强调的文化的多样性，后殖民主义所强调的不同文化之间的差异性，都在质疑一个普遍主义的美学观。这些发展为非西方的思想因素加入到美学的主流之中创造了条件。

未来的艺术是什么样子？我们需要等待，看它会怎样发展。未来的美学是什么样子，则需要我们去创造。也许，中国与西方二分的概念会进一步受到挑战。将来不会再存在一个以西方为一极，以中国为另一极的美学上的两极格局。这种两极格局，不过是西方中心主义一个翻版。我曾经说过从"美学在中国"到"中国美学"的发展，但从另一个方面说，这种"中国美学"并不是只具有中国意义的中国美学，它是具有世界意义的中国美学。也许，马克思、杜威和儒家的因素，都可以加入到美学中来，对中国美学进行再造。

日常生活美学在当代中国的意义

日常生活美学的意思是说，在我们的日常生活中，到处有美学现象，应该得到我们的关注，并对它们进行美学研究。这种观点，似乎并不新鲜，在中国，这些见解似乎古已有之。我们曾遥想三国人物，追慕魏晋风度，梦回盛唐，依据《清明上河图》去体察当年汴京开封的都市风情。我们也习惯于欣赏生活中的美言美行，美情美景，美色美味。今天，看到有人倡导日常生活美学，并将之当作最新的美学思潮，不禁会感到困惑。为什么要把旧话当作新话来说？今人在谈日常生活美学时，古人早就生活在美的世界中了。旧话新说，能说出什么意思来吗？

一、日常生活美学与中国传统

在现代美学出现之前，世界上许多民族和文化之中，都有着一些前美学的观念和实践。这些观念与实践，与日常生活紧密联系在一起。古埃及建筑中的庄严、盛大和神秘，希腊人对人体美的发现和塑造，本来就与他们的生活和信仰联系在一起。使西方人产生强烈印象的日本人的茶道，是日常生活美化的一个重要表现。中国烹调对色香味俱全的重视，也能上升到美学的高度。参与国际美学界活动的中、日、韩三国的美学家们，常常谈论东方审美意识。对这种审美意识的研究，就是要从日常生活开始。

中国古代有着高度发达的礼仪制度。在被奉为儒家经典的"十三经"中，就有三部与礼仪有关的书，分别是《周礼》、《仪礼》和《礼记》。重视"礼"，原本源于政治的需要，但这种古代的政治，不是今天政治家的政治，而重在"治"，要治国、治民，将"礼"渗透到全社会的日常生活的方方面面之中。婚丧嫁娶、寿诞喜庆、不同地位和辈分的人相见，都要有仪式，给日常生活加上一些规定的动作，并对这些动作提出美感方面的要求。

在上古时，礼要配乐，实施乐教和乐治，完成一种艺术与政治、日常生活的无缝对接。这是上古时代的理想。孔子梦见周公，梦见的是一种政治乌托邦。从天子到诸侯再到士大夫，在一种礼仪制度下和谐相处。也许，在他的心目中，周公时期的人就生活在这种在礼乐配合下的美的世界之中。

到了中古时期，有"文人四友"之说。文人要琴、棋、书、画兼通，尽管涉及艺术，但其重心不是在艺术，不是追求艺术技能的高超，而是在人，通过一些高雅的活动，显示高雅的生活方式。

对于人的评价，中国古代常用"潇洒""清逸""俊俏""雅致""庄重""华贵"一类的词，这代表着对生活中的人在行为举止、形象姿态方面的赞美和追求。日常生活中的这些词，都在展现古代中国人的美学观。宗白华讨论过"错采镂金"之美与"出水芙蓉"之美的对立，其主要对象也不在艺术，而在日常生活。

在一次国际会议上，一位韩国学者在发言中论述了"风流"这个概念。他认为，这个概念无论在中国，还是在日本和韩国，都有着深远的影响。我们熟悉这样一些诗句，如："风流总被，雨打风吹去"，"惟大英雄能本色，是真名士自风流"，"数风流人物，还看今朝"。在这些中国诗句中，"风流"包含了众多的意义。它不是"伟大"，不是"英武"，大致可说是"杰出"，但又是一种特别的杰出。在今天，这是一个流行的词，从"风流人物"所具有的杰出，到"风流才子"所强调的不拘一格，再到"风流韵事"所指的有故事的男女关系，同一个词意义多样。对这种词义关系，不能简单的平面化，认为简单地共有几个意项，而是在不同的意项间，有着某种联系。

中国古代的一些概念，例如"气""韵""逸"等，游走于人物品藻、自然和社会的描述、诗品、画品、书品等各界之中，形成对各领域的评述。过去，我们总是将之看成是词语在各界的相互借用。实际上，这种跨界，所反映的是各领域所共有的一个感性层面。

在汉语里，我们将 aesthetics 翻译成"美学"，将 the aesthetic 翻译成"审美"。本来，这个词来自希腊词，意思是"感性"。主体与世界接触，我们通过眼耳鼻舌身，获得"感性"的感受。针对这种"感性"的感受进行思考，获得"理性"的知识。"理性"的知识以"感性"的感受为基础，又反过来影响"感性"。"感性"上升为"理性"，"理性"又回到"感性"，从而在不断的循环中增进对世界的理解。这种意义上的"感性"，只是指获得感受而言,并没有价值评价在内。从"看"到"看到",到"理解",这是有距离的,同样,从"看"到"喜欢"到"热爱"或"迷恋"也是有距离的。我们可以一看就喜欢,一见就钟爱,但在心理学的分析中,这仍然是两个过程。

当人们将 the aesthetic 这个词理解成"审美"时,就将价值评价放了进去。什么样的"感受"是"美"的,从而成为有价值评价的"感性"?这是一个美学上的大问题。本文会回到这个问题上来,但在这里,我们可暂且得到这样一个结论:游走在各界之中的一些评价性的词语,吸引人们对各领域的感性方面的关注,从而尝试建构一种审美价值观。

二、现代美学的传入

现代美学的一些基本概念,是在 18 世纪逐渐形成,并在 18 世纪末期由康德实现了综合。在 18 世纪中期,出现了两个概念,对现代美学的形成起到了极其重要的作用。这就是由德国人鲍姆加登提出的 aesthetics 和由法国人夏尔·巴图提出的 the fine arts 概念。康德将这些概念与这一时期的英、法、德等国的哲学家们所创立的诸如"趣味""天才""审美无功利""崇高"等概念结合起来,并且与认识论、伦理学既分立又相互呼应,形成了美学这个学科的雏形。现代美学的形成,经历了一个漫长的过程,从夏夫兹博里到康德,有了初步的体系,再到 19 世纪,得到了进一步发展。

18 世纪的美学,有一个中心的任务,这就是区分艺术与工艺。夏尔·巴图所提出"美的艺术",到在《百科全书》派的学者们推动下形成现代艺术体系,完成了"艺术"与"工艺"的区分。这时,诗歌、绘画、雕塑、音乐、舞蹈等艺术与手工艺人所从事的诸如钟表和金银手饰,以至铁匠、木匠、石匠等匠人的制作区分了开来。根据这种现代艺术体系,形成了相应的学院、研究院,相应的大学教学体系,相应的杂志、报刊专栏、艺术史著作,包括音乐厅、歌剧院和话剧院、艺术展览馆和画廊等现代艺术设施。美学上的艺术中心观也不断得到强化,到了 19 世纪初叶,黑格尔作美学讲演时,就直接认为,美学应该命名为"艺术哲学"。

一部现代中国美学史,是从 20 世纪开始的。在 20 世纪初年,以王国维为代表的一些旅日学人,在日本接触到现代美学,并将之介绍到中国,开启了严格的学科意义上的中国美学的历史。朱光潜曾区分两种美学，一种是鲍姆加登以前的美学，另一种是从鲍姆加登开始，现代美学建立以后的美学。他将前者称为美学思想，后者称为美学。将这个观点用于中国，可以这样说，1900年以前的中国美学，都是这种"美学思想"，只是在1900年以后，"美学"这个学科才引入中国，在中国建立起来。

同样，"艺术"这个词，也是在这一时期引入中国的。中国古代并没有大写字母A开头的Art，也没有the fine arts这样的关于艺术的集合。中国古人讲"艺"，原来只是"种树"（埶，像手执木置于土中），后来引申为才能。中国古人讲"术"（術，《说文》注："邑中道也"），后来有"方术"的含义。两字也有合用的情况，不过是指这两方面的意义的结合而已。所谓的"六艺"，指礼、乐、射、御、书、数，是教育体系，也不专指今天的"艺术"。

美学和艺术的概念，都是通过从西方引进，才进入到中国的。在引进的过程中，借道日本，从日本学到了许多东西。中国与日本都用汉字，因此，在翻译欧洲语言的一些术语时也相互学习，将一些概念引进过来。

美学来到中国，带来了美学分析的方法，提供了哲学与艺术结合的机遇。这一时期，也是现代意义上的中国研究性大学建立的时期。美学进入大学的课程表，开始有人编写美学教科书，艺术史和艺术批评史被写作出来，出现了大批的艺术杂志，建立了各种艺术的机构。这一切都是在这一大的过程中形成的。

在今天，有人说要回到过去。他们提出了一个错误的现代图景，认为在中国，原本有发达的中国美学，后来引进了西方美学，于是中国美学就被污染了，现在要清洗掉西方美学的影响，还原纯正的中国美学。其实，历史发展自有其必然性。他们所要还原的中国美学，其实也是在西方美学的影响下建构起来的。在此之前，中国只有"诗评""文评""画评"和"乐评"，一些建立的直接感受性层面的品评记录。这是美学生长的土壤，但还不是美学。

过去是回不去的，以民族主义相号召没有出路。我们所要做的，只能是面向当代的现实来建立现代的中国性。是否是"纯粹"的中国，其实并不重要；重要的是，是否适合当代中国的需要。

三、西方美学与现代性

当我们谈到西方美学时,很容易将古代与现代意义上的美学混淆起来。我们所熟悉的一些西方美学史,也会强化这种印象。例如,鲍桑葵的《美学史》、比厄斯利的《美学史:从古希腊到当代》,都是从古希腊写起。朱光潜的《西方美学史》,以及中国最近几十年来的多种西方美学史著作,都是从古希腊写起。关于美学史的这种写法,鲍桑葵曾有过一个解释,说从希腊人开始,有了对美和艺术的反思。但是,这种对美和艺术的反思,离美学作为一个学科的建立,还有着很大的距离。

"美学"作为一个学科,是现代出现的。从17至19世纪,在欧洲的几个主要发达国家,出现了一系列建立新学科的活动。这种活动的主要推动力,是一些研究院和研究性大学的建立和发展。欧洲的一些大学在建立的早期,主要是以神学院为主。除了神学的知识外,也教一些通识性的人文知识。在17世纪,开始有部分自然科学,例如物理学被建立。在18世纪,学科创立运动进一步发展,在哲学和人文研究中,一些学科得以建立。而到了19世纪,社会学、心理学和政治学等一些学科建立起来。"美学"就是在这一诸学科创立的大过程中,依托研究性大学的机制而应运而生的。

从古希腊时的毕达哥拉斯和柏拉图开始,经历了两千年的美学思考,到了18世纪,美学作为一个学科才得以建立。美学学科的出现,有其偶然性。在18世纪中叶,德国出了一个鲍姆加登,法国出了一个夏尔·巴图。这两个人的出现都是偶然的,他们在当时都是小人物,所写作的两本书,也非才华横溢,刚发表时,影响也不大。18世纪的法国,名流辈出,前有孟德斯鸠、伏尔泰,后有卢梭、狄德罗,是一个星光灿烂的时代,像夏尔·巴图这样的文人,淹没在群星之中,并不见其光芒。18世纪的德国,虽然文化上不像法国那么辉煌,但前有莱布尼茨,后有康德,鲍姆加登在哲学史上也很少有人提到。然而,他们的书中所提出的概念得到广泛的接受,由此推动了一个重要学科的出现,这却是一个并非偶然的现象。

许多人谈到西方美学家,主要讲四个人,即柏拉图、亚里士多德、康德、黑格尔。实际上,这四人在美学上的性质,是完全不同的。柏拉图和亚里士多德的时代,还没有一门被称作美学的学科,他们的美学,是后人根据已经建立起来的美学的研究对象和内容,在他们那里寻找对应物,从而整理出来的。他们的著作中,谈到了美和艺术,包含有朱光潜所讲的

"美学思想",但还没有建立起"美学"来。康德和黑格尔,则是继鲍姆加登以后的美学的重要创立者。从某种意义上讲,美学这个学科,就是以德国古典哲学为蓝本起来的。直至今天,一些反对美学的人仍然在说,美学是一些德国人搞出来的东西。他们的意思是说,美学并非是一个有着明确对象的学科,而是在一个特定的历史时期里,由一批人建立并加以宣传的近乎思想流派性质的学问。这种观点当然是不正确的,但也并非一点道理没有。他们所指的,就是指由鲍姆加登提出,并由康德和黑格尔发扬光大的这个学科。

这是一个需要美学并且出现了美学的时代。现代学科制度的发展,与现代社会的需要联系在一起。从中世纪,经文艺复兴,到启蒙运动的兴起,艺术的主要赞助人已经从教会僧侣,变成世俗贵族,进而变成资本家,这三种人在完成着对艺术赞助的接力。赞助者的品味,影响着艺术史的发展。同时,艺术也改变着这些赞助者的品味。在教会垄断教育时,艺术是神学教育的工具。教堂里的圣像和宗教故事画、宗教音乐,是艺术的主要内容。显示神的存在,讲述宗教故事,是艺术的主要目的。当世俗贵族从乡村走向城市,带来的是古典主义的宫廷趣味,对王权的崇拜,对战争的纪念和对英雄的赞美。

资本主义兴起以后,贵族与新生的资产阶级的竞争变得愈加尖锐。在这种社会的大变动中,我们会发现,艺术在这里起着独特的作用。一方面,作为一个通过经济活动悄悄地占据了统治地位的社会阶级,资产阶级在急于改变自己的土财主、暴发户的面目,通过购买和赞助艺术品来改变自己的形象。另一方面,他们在经济活动中形成的习惯,以及由此形成的功利主义的世界观,与注重精神的艺术层面形成尖锐的对立。市场经济的发展、功利主义的哲学兴起,使原本的政治和哲学的平衡被破坏。这时,许多文学家和艺术家甚至通过赞美贵族来抨击唯利是图的资本家们。这是一个分裂的时代,一方面,在启蒙的旗帜下,功利主义的原则冲破了过去经济政治活动中的重重枷锁,实现了社会的进步;另一方面,一些重要的思想家已经尝试对其进行补救。在精神枯竭的时代,艺术成了社会的滋补剂和解毒药。

由于失去了传统的教会和贵族的支持。新生的资产阶级的艺术品位需要教育。艺术不再是在庇护之下依赖于私人的趣味而得以生存,而是日益公众化,依赖有待于教育的大众的趣味而存在。由此,用于说服人们对艺术的接受，支撑艺术的欣赏和批评活动的理论，就显得越来越重要。现代美学正是在这一过程中形成的。也由此，形成了美学中根深蒂固的艺术中心主义。美学就是艺术哲学，美学主要的研究对象，就是艺术。

在19世纪，综合了法国和英国在文学艺术中的浪漫主义运动的成果，继承了德国的哲学和心理学的研究成果，美学这个学科走向成熟。

这种美学的核心，是在肯定和强化美与艺术的结合。艺术是美的，美学的对象也主要是艺术，这构成美学的基本信条，也推动着美学的发展。传入到一些非西方国家的，也正是这样的一些美学的体系。进入到中国美学教科书的美学，主要分成三大块，即美的哲学、审美心理学和艺术学。在这三部分中，前两部分，都是在为艺术学研究做准备。

到了20世纪，随着先锋艺术的出现，在美学领域出现的一个重大变化，是出现了分析美学。分析美学与实用主义、现象学与存在主义以及符号学等学派并存，但由于其直面正在流行的先锋艺术，并对其作出阐释，从而具有更大的影响。分析美学提出了一个口号：艺术与美无关。他们认为，艺术不一定是美的，可以与美的欣赏无关，而美学只研究艺术，而不研究美。这种观点，尽管在西方也已经成为过去，被许多新的流派所超越，但却在当下的中国，正在产生着越来越大的影响。

四、回到经验上来

分析美学的一个重要缺陷，是脱离审美经验。这种美学研究关于批评的术语，认为美学是"元批评"，即"批评的批评"。从20世纪后期，到当下的美学中，出现了各种新的美学观，认为美学要研究环境和生态、城市和乡村，回到人的日常生活实践活动中。这些观点，代表着美学的一个重要的转折，即使美学从艺术中心主义中解放出来，走向日常生活。

在当代美学研究中，有一种错误的观点，即认为西方美学主张艺术中心主义，而东方美学主张生活美学。艺术中心主义过时了，因而西方美学也过时了，现在到了用东方美学来解救美学这个学科的时期。

正如前面所说，艺术中心主义的形成，在一度时期里，与西方的经济、政治状况，以及西方学术界对艺术的期许有密切的关系。到了20世纪，又与分析美学面对先锋艺术的崛起而试图为之辩护有关。然而，分析美学只是诸种美学流派中的一种而已。

日常生活美学，可以从 20 世纪其他的一些重要哲学流派中找到源头。在这其中，最重要的还是杜威的实用主义美学所代表的回到经验的思路。

杜威认为，要打破艺术与工艺、高雅艺术与通俗艺术、艺术与非艺术的界限。

我们过去都设想，艺术是与生活不同的世界。艺术模仿现实生活。模仿不等于再造。一位木匠造了一张床，另一位木匠照样再造了一张床，这不是模仿。只有画家照着床的样子画了一张床的图画，才被称为模仿。于是，模仿不等于被模仿。画家所画的床，就与木匠所造的床属于不同的本体论层面，或者说从属于一个不同的世界。由此，我们看待这两个不同世界之物，也要用不同类型的知觉。我们在日常生活中有关于世界的五官的感觉，而对艺术品，需要有"内在感官"。这种"内在感官"，18 世纪初的夏夫兹博里就已提出，并由哈奇生发展。在今天，仍有许多人有意无意地重复，提出诸如"内视"的观点，试图在五官之外加上新的感官。

杜威认为，艺术不是与生活绝缘的，艺术的世界，也不是与现实生活完全不同的世界。它们只是现代生活世界的一部分而已。杜威提出了一个形象的比喻：山峰并不是一块放在平地上的石头，而只是大地的起伏处。同样，艺术也仅仅是现实生活中的某种突出的地带，而不是与现实生活完全不同的另一种东西。山峦起伏本来就是大地的风景，在一座座山峰的下面，是地壳运动所造成的起起伏伏，而不是在大平原上被安放了一块块的巨石。在愚公移山的故事中，夸娥氏背走太行、王屋二山，那只能是神话，山都是有根的，是背不走的，这个根就是大地，它们与大地是连续体。

由此，就可以理解，艺术所提供的经验，与现实生活中的经验，在本质上没有什么不同。人没有"内在感官"，所有关于"第六感官"的说法，都仅仅是神话而已。但是，经验也有不同。杜威认为，寻找审美经验的独特之处，不要在经验的性质上，而应该从经验的组织形式上来找。这就是他所谓的"一个经验"的理论。人都有对经验的连续性和完满性的追求。对一个经验被打断，就会产生不快感，而圆满地完成一个经验，就会产生愉悦感。

艺术所能提供的，就是这种"一个经验"。一件艺术品，有其"有机整体"。无论是文学、视觉艺术，还是听觉艺术、视听混合艺术，都要有开头、中间和结尾。有通过铺垫推向高潮后再结束，也有平铺直叙、似断若连但最后仍见出完整性。这种整体性的要求，为的就是满足"一个经验"。无论是创作还是欣赏，人内在的完满性推动经验的前行而又对经验进行着评判性的反应。

这种对完整性的要求，被艺术的创作和欣赏活动所激活，得到训练，却又不仅限于艺术的创作和欣赏。有过并习惯于"一个经验"的人，就被熏陶出艺术的品味来，又进而将这种品味移植到非艺术的各个领域，进入到日常生活之中。我们看环境，是回到对自然的欣赏，也是将在艺术中陶冶的情操和品位移植到自然中来。我们会在评价风景时说"风景如画"，这就是将"入画"的眼光投入到对自然的欣赏之中。我们在看待生活时，会说生活中充满故事，读了小说，觉得生活中到处都有情趣。艺术进入生活，在生活中看到艺术，这种艺术与生活的结合，在改变着对现实生活的看法，也改变着美学本身。

五、接续传统之道

走出以德国古典美学和英美分析美学为代表的美学传统，使美学回到日常生活之中来，需要接续传统，从传统汲取资源。当人们带着抒情的语调，说传统是血脉，传统是基因时，我们应该清醒地回到一个唯物主义的基本观点上来，这就是经济基础决定上层建筑，社会存在决定社会意识。时代在改变，任何传统都要随着时代的变化而变化。

在肯定了这一条基本的原理，说出了决定性的第一句话以后，才能接着说第二句话：传统是宝贵的资源，对我们建设现代美学，具有极其重要的意义。

现在又到了诺贝尔奖的获奖季，不由得想起2015年中国人屠呦呦获奖引发的争论。屠呦呦所领导的团队，因提炼青蒿素治疟疾而获得诺贝尔奖。有人认为，这是中医药的胜利，有人认为，这是现代化学的胜利。这个争论能够很好地说明传统与现代的关系。传统的中医，只是通过"神农尝百草"的办法得到了的验方而已。我们需要在现代医学和化学的基础上，对它进行分析，运用现代化学方法，实现对青蒿素有效成分的萃取和合成，使之成为现代医药的一部分。思考这一问题的基础，应该是现代化学、生理学、病理学理论，而不是中医的五行相生相克理论。

同样，古代人的日常生活中，有着许多美的因素。古代自然观，有人与自然协调一致的观点。古代人的政治生活中，有着追求和谐共处的理想。

这些传统，需要放在现代语境中进行思考，在现代美学理论体系中对之进行吸收。

过去，我们对传统美学的研究，有根据西方理论挑选古代美学中的要素，从而进行组织的倾向。在这种情况下，我们只看到西方理论运用于中国和其他非西方美学的一面，而不能看到中国和其他一些非西方美学对于推动西方美学发展的一面。

实际上，西方美学理论走到今天，面临着种种的问题。正如韦尔施所说，我们今天要建立的，是美学外的美学。美学要走出传统美学的框架，建构新的美学，不再以艺术为中心，而是将关注点投向日常生活之中。

在这种情况下，传统应该成为美学的改造力量，要从传统汲取资源，对当代美学进行一场彻底的改造。

结语

我们不是要拒绝西方美学，而是在当下，西方美学也在转折之时，实现弯道超车，发挥后发优势，使中国美学赶上去，走在世界的前列，与世界美学平等对话。

美学改造的一个核心内容，还是在于"新感性"的建构上。美学研究的对象，不能局限于诸如自然、社会或艺术的方面或领域。它所研究的应是生活的一个维度，即感性的维度。从这种维度出发，所有的事物都能成为美学对象，只要它能达到完满的经验，或者说"一个经验"。

这里所说的"新感性"，不是"理性积淀为感性"，而是感性的提升，用审美的眼光看世界，感受世界。

论艺术与技术间的距离与"间距"

在当代科学技术迅速发展的时代，艺术的处境如何？是否还会存在？以什么方式存在？学术界在思考、争论，并由此成为学术的焦点。由于这个问题与我们的生活密切相关，也由于研究者众多，所涉及的现象复杂，应该分别进行研究。我想在这篇文章中，集中探讨一个概念，即艺术与技术的距离，并由此而思考一个概念："间距"。

一、从艺术与技术的差异说起

"艺术"这个词从词源上讲，与"技术"说不上有什么"距离"。曾经有过一个时代，"艺术"即"技术"。

在欧洲，艺术与技术两个词从词源上讲，是联系在一起的。Art这个词来源于古印欧语系的词根ar，意思是"将东西结合在一起"，由此形成了拉丁语的ars，即skill，即技能、技艺的意思。由此形成的古法语的art，以及英语的art，都保有skill的含义，这个意思直到今天仍然存在。"技术"这个词的英语technical、technology，都来源于希腊语的tékhnē，可追溯到印欧语系的词根tek-，意思是shape和make，即"构形"或"制造"。

其实，在中国也是如此。"艺术"一词来源于"艺"和"术"。"艺"字的旧写法是"埶"，像手执树种在土里。中国是一个农业国，因此"技艺"主要指"园艺"。后来，这个字写成了"蓺"和"藝"，被普泛化为"才能"之意。孔子时讲"六艺"，指"礼、乐、射、御、书、数"六种技能。"礼"指执掌礼仪之事，"乐"指礼仪时的音乐舞蹈，"射"指射箭，"御"指驾车，"书"指书写，而"数"指数字的计算，即那个时代的数学。"六艺"是用来教育"国子"的六个科目。"术"字的旧写法是"術"，意思是"邑中道路"，后引申为"手段""策略"，以及"方术"的意思。"艺术"的连缀，在古代也出现过，但意义与今天不同。

许多学者引用这样的词源,证明"艺术"即"技术"。他们试图论证这样的观点:艺术性就是技艺精良。艺术总是与"做""制作""生产"有关。"艺术"不是"审美"。"审美"是感觉、认知、接受,而"艺术"是"做",是以生产某种事物为目的活动。当然,不是所有的"做""制作""生产"都是艺术。只有"做"得好,"操作熟练","制作精良",才具有了艺术性。

如果我们到皇室贵族的旧宅参观,会看到许多过去的能工巧匠的产品,例如金银手饰器皿、陶瓷制品、漆器玉器,这些都是高妙的技能的展示,也被当成艺术品来展出。在生活中,到处都有艺术。优秀的工匠,如木匠、铁匠、泥瓦匠,当然,还有更受人尊崇的一些人,如造钟表的、磨镜片的,都是一些了不起的人。三百六十行,行行出状元。这些"状元郎"们,就成了艺术家。我们还说,领导是一门艺术,说当领导像弹钢琴,十个指头有轻有重。这些都是"艺术"这个词的允许的用法。我们对于"艺术"这个词的理解,不能完全脱离这些用法。

然而,从另外一个方面看,现代艺术概念,源于"the fine arts"概念的提出。这个概念最早由夏尔·巴图(Charlse Bateux)提出。这个词被翻译成"美的艺术",后来也简化为"艺术"。这个概念将各种高等的或"美的"艺术放在一道。于是,艺术家就不再是工匠。所谓现代艺术体系,说的就是这一点。这种结合,由于后来《百科全书》派的采纳而被广泛接受,到了康德写作《判断力批判》时,已经成了一个既成的事实。这种艺术与美、趣味、灵感、天才等概念联系在一起,成为与工艺完全不同的东西。

由于这种集合,以及在不同的艺术门类之间寻找共同性,即艺术性的努力,又形成了大写字母 A 开头的 Art 概念。这一概念试图将 Art 与 art 区分开来。大写字母 A 开头的艺术,是说艺术不再只是技术。它有一种 auro,即灵韵,像是凡人有了灵光圈,就成了佛一样。看过电视剧《西游记》的人,都会对最后的结局印象深刻:如来佛金口一开,唐僧和孙悟空就成了佛,头上顿时现出灵光圈,金光灿烂起来。从 art 到 Art,也有这样的效果。一种本来与技术、工艺结合在一起的 art,这时被"神化""圣化"了。它的这种地位是被授予的。当然,不是由于某个神来授予,而是由于社会的发展,艺术与工艺的区分成为一种社会的需要,而这时,有人辨识出这种趋向,将之明确提出来,并加以命名。

《庄子·养生主》中讲庖丁解牛的故事。庖丁解牛,精彩绝伦。王说,技何以能达到这等水平，庖丁说，这不是技，而是道。这是说，在生产和劳作中的技术性追求，到了一定的程度，就达到了一种仅仅靠技术不能解释，或者人们不愿意仅仅用技术来解释的状态，这可以称之为"道"，或者"神"，或者其他什么名字。于是，"道"是"技"的延续和发展呢，还是反"技"则"道"行之？在这里，不可作非此即彼的区分，更合理的解释，是亦此亦彼。

"道"是"技"的飞跃和升华，又与"技"保持着距离。它们之间的关系，有连续性的一面，又有区分的一面。更重要的是，这不是一般意义上的区分，而是"间距"，即通过保持距离而得以成立的。这也就是说，既不是由于"同"，也不是由于"异"，而是由于"异"中有"同"的一种相关性，"道"依托"技"而存在，"艺术"依托"技术"而存在。

"美的艺术"的体系，大写字母 A 开头的艺术，都致力于做一件事：区分艺术与技术，同时也区分艺术家与工匠。这种区分非常重要，现代美学，实际上就建立在这种区分的基础之上。巴图说，艺术是模仿。他这里模仿的意思，是说艺术不同于工艺。工艺制造世界，艺术再造世界。木匠造一张床，或者任何一个工匠制造某一样实用的东西，都是在制造世界；而艺术家则不同，他不造一张床，而是画一张床。所有的艺术家都有一个共同的特点，他们模仿世界的形象，造与一个与这个实用的世界不同的艺术的世界。也正是由于有了这种现代艺术观念，所有关于艺术是天才的作品，艺术需要灵感，艺术是情感的表现，艺术是一种独立的有机整体或小宇宙，以及种种的美学的范畴，才有所依附。现代美学才据此生长出来。

从这个意义上讲，现代美学的核心追求，就是证明：艺术不同于技术，不同于工艺，不是日常生活。艺术的世界是另一个世界。艺术要以它与工艺的不同来显示自身的特殊价值。

这种艺术与工艺的区分，并不等于艺术不要技术，或者反技术，而是说，艺术有着除了技术之外的另外的追求。中国古代绘画中的诗书画结合的理想，正是画家要把自己与画匠区分开来的追求。通过这种追求，将人文的因素结合到绘画之中，以此压制技术的因素。在画评中出现的大量的对匠气、圆熟、谨细的批评，都体现出一种艺术与技术的矛盾。

从这里，可显示出"间距"这个词的意义，它不是某种既定的"距离"，而是通过形成和保持某种"间距"而获得存在。

二、现代技术的新挑战

传统社会中的艺术与技术之间，呈现出静态的相异而相关的关系。这时的技术，主要包括两种，一是手工业的技能，二是对科学知识的运用。前者是经验性的，即长期操作经验的积累形成的一些只可意会而无法言传的能力；后者是可以用某种语言或符号的形式表述出来的知识，例如几何学对于绘画和建筑，解剖学对于人体雕塑，这些成系统的知识，影响着艺术家，使他们或者有意识地并且创造性地使用这些知识，或者无意识地受到这些知识的影响。

经验与科学知识又常常结合在一起。在中世纪，许多工匠都接触过科学，并且后来的科学家们许多也出自这些工匠。一些画家和建筑师，以至木匠、石匠、铁匠，也受着一些实用几何学的影响。在工匠中，有着一种对科学的崇拜，并且常常将一些科学知识，当成经验性技术的核心。正是在此基础上，欧洲社会的现代转型，是以对科学的尊崇开始的。意大利文艺复兴时期，一些最优秀的艺术家常常同时也是能工巧匠。他们能作画，作雕塑，也是建筑师，甚至还能架桥修路。他们希望通过对科学知识的把握，证明自己来自工匠，又超越工匠。在那个时代，最好的艺术家同时也是自然哲学家。他们通过科学，特别是解剖学、透视学、色彩学，证明他们是自然奥秘的揭示者。他们是将科学植入工艺的倡导者。他们并不追求一种离开科学和技术的艺术，而是致力于采用当时最先进的科学和技术，在艺术中显示人通过科学技术武装而形成的对世界的认识。

现代技术与传统的手工艺，有着巨大的差别。现代技术建筑在科学的基础上，而不仅仅建立在经验的基础上。科学有着巨大的力量，改变着世界，也改变着人们对世界的审美趣味和审美观。在这时，艺术对技术的逃离和克服，都不再成立。技术的胜利使艺术无处可逃，也对艺术构成了巨大压迫。如果说，传统的科学还仅仅是一些智者对世界的洞察，因而仅仅是经验性的话，现代科学则由于其巨大的改造力量而改变着世界，因而也改变着人们的感觉。

现代技术所造就的大生产，与原有的那种对手工艺的欣赏有着根本的不同。我们对手工艺的欣赏，是对受局限的技术条件下工匠能力的欣赏。在这种欣赏之中，有着一种经验性的体验。工匠能做到，我却不能做到，于是佩服。这种欣赏，以有限性为基础。艺术欣赏的有限性很重要，只有以这种有限性为前提，才具有可比性，欣赏者与创作者也就可沟通。听一个人唱歌，欣赏演唱者的嗓音，基础是欣赏者自己的声音，以及他所了解的人的发声条件。欣赏一幅书法作品，成为欣赏基础的，是欣赏者自己在写字实践中形成的经验，以及建立在这种经验基础上的欣赏者的书法知识和见识。经验性的实践和认识，成了艺术欣赏的基础。

这种对艺术的理解，在现代技术所形成的大生产中，遭遇到了前所未有的危机。

现代生产条件，将创作与欣赏完全隔裂了。生产出来的产品，以其通过对各种技术能力的充分运用，造就了新的美，这种美以线条、造型、材质、色彩所构成。这种生产的基础，是现代的社会生产分工。给欣赏者所提供的，也不是他们自己的经验可以比拟的，对创造性能力的欣赏，逐渐沦为直接的感官刺激。无所不在的美，所体现的不再是能力、独创性，以及创作者与欣赏者通过艺术品所进行的情感交流。这时，美就失去了其本意，出现了处处皆美却不美的状况。

现代的企业竞争中，有着一种对"美力"的崇拜。美的产品在竞争中处于有利的地位，于是鼓励着生产者对美的追求，也鼓励着一种比艺术更有活力的行业，即设计业的发展。这背后潜藏着的是对技术和金钱的崇拜。当然，我们无法阻挡这种"美力"的流行，并且，随着现代大生产和竞争的激烈，这种"美力"的作用，会越来越强大。我们所要思考的是，面对无所不在的美，艺术该怎么办？艺术不能被淹没，不能完全随波逐流。恰恰在这里，艺术与技术的差别就显示出来。艺术要针对流行的现实发言，要说出一些新的东西。

实际上，当代艺术具有了一种与18世纪的艺术类似的使命。当时的艺术要将自身与工艺区别开来，因而产生了"美的艺术"的体系和概念。当代艺术也是如此，当代艺术家所追求的，是要将自身与大生产所造的产业的艺术化，以及艺术的产业化区分开来。

产业的艺术化，即对产品的外观造型的设计所具有的，超出其功能需要的追求，形成产品利用"美"而不是功能、服务和价值来相互竞争。

艺术的产业化，通过大规模生产，使艺术成为面向大众的"美"的引导者。

这种状况，既是对艺术的一种驱离，也是艺术发展的新契机。艺术在被产业逼得无所事事之时，在寻找自己的出路。这就是，重新塑造一种与技术和产业精神不同的艺术精神，形成"间距"，并在这种精神的引导下，形成一种新的艺术。

从这个意义上讲，先锋艺术有其可取之处。当沃尔夫冈·韦尔施说，处处皆美时，艺术要提供"震惊"，他是在为先锋艺术作辩护。我在这里，当然不是对所有的先锋艺术，持毫无保留的认可态度。实际上，许多先锋艺术的尝试，历史证明是失败的。即使有一些成功的作品，也是不可复制的。它们只是一个个事件，一种姿态而已。

它们作为事件的记录，被历史保留下来，这绝不等于代表了一种艺术尝试之路。在先锋艺术那里，最起码康德关于天才的论述，被证明不再适用。康德认为，天才不遵循任何规则，但却制定规则，天才不效仿，但却被效仿。先锋艺术不但不效仿，也不可被效仿。它们只是事件，通过事件推动艺术的变化发展。

然而，先锋艺术所具有的对技术的自由态度，却给人们在思考艺术与技术关系时，带来了新的思路。艺术具有不同的出发点、不同的意义，它属于另一个层面的追求。它不同于技术，也不反技术，而是与技术保持着一种"间距"。

三、文学与技术的复杂关系

如果说，最早的文学是口传文学的话，那么，我们可以说，文学并非起源于技术。口头的文学，从民歌到传说故事，都不依赖技术手段而存在。这里当然也有技巧和才能的要求，有唱得好与不好，讲得是否生动之分。对唱山歌，也会有人对得上，有人对不上。不仅如此，口头文学也会出现专业化的现象。从荷马家族到今天的一些现代少数民族的史诗传人，都具有专业化的才能。文学自古就有着一个口传的传统。这种口传的文学，与后来高度发展了的书面文学相比，具有单纯性。

但是，文学是注定要受着技术的"污染"的。这种"污染"，从文字的出现就开始了。文字的发明，是人类文明史上的重大事件。古代中国人对文字作出这样的描绘："昔者仓颉作书，而天雨粟、鬼夜哭。"（《淮南子·本经训》）人类以"文"而"明"。一般说来，所谓的"文明"史，就是指有文字记载的历史。有了文字，就有了书面文学。

有了文字，便出现了一个很重要的问题，即文字与语言的关系。长期以来，流行着文字是语言记录的观点。这种观点的产生，与拼音文字所产生的误导有关。随着现代语言学的发展，这已被证明是错误的。语言本质上是听觉的，而文字是视觉的。文字起源于要记录和传达意义，起到备忘的作用。它与语言是一种相遇的关系。

在这方面，汉字是一个很好的例子，它不是拼音文字，因而也不是依托语言而产生的。关于文字的起源，中国人的理解是："上古结绳而治，后世圣人易以书契。"也就是说，汉字来源于记事的符号。"六书"之中，指事与象形，都直接表达意义，并不表示声音。这些都意味着书面符号的独立性。文字最初并不是声音的记录。甚至可以说，最初也不必是一字一音，而是一字一义。只是后来，才发展出"形声"，出现了与声音的相遇。有人提出，"六书"以外，还有一种造字起源，即"徽号"。这个说法很有意思。许多古字，本来就是氏族的符号，它可以源于图腾标志的符号化。它们在表意时，并不以其读音为中介。

书写的视觉符号所具有的这种独立性，影响着文学的性质。文字不再仅仅是听的艺术，而更是一种视觉的艺术。有了文字，人类开始了一种活动，称之为"阅读"。阅读与用文字记录语言不是一回事，而是一种反向的活动。根据文字，依托书面语欣赏习惯，获得与语音的一定的联系。文学是供人们阅读的。阅读的习惯，影响着文学的形式。阅读使人获得知识，阅读也成为帮助记忆，方便传达，以至于沟通人群的工具。

阅读有阅读快感，它并不仅仅依赖于将文字还原成声音，而是有着自身的独立性。它与声音有关，又不只是声音。存在着建立在形象、语言和意义相结合的基础之上的阅读快感，这使得对语言的精细加工（精练简洁）、反复推敲（炼字，意境和韵律）、规范化（克服口语的局限），从而留传后世，实现文学上的积累，都成为可能。

中国古代的诗歌，都与文字有关。诗经有口传的传统，但也已经有了一定程度的书面化。楚辞则不同，是在书写成为流行习惯的基础上创作出来的。作为楚辞发展的汉赋，已经高度书面化。汉赋这种文体的流行是一个很好的例证，它追求奇字怪词，极度地铺陈，离口语的文学相差很远，恰恰反映出书面语独立不久时对书面化的刻意追求。

文学的下一步发展，就与印刷术以及书的历史联系在一起。一些欧洲的文学史研究家们提出，印刷术出现了，史诗就变成了小说。当然，不仅是小说这一种文学体裁依赖于印刷术。印刷术所带来的是一个文学的时代，即以印刷术为中心、以书籍为主要载体的文学时代。

在中国，印刷术发明较早，但以雕版印刷为主，而现代印刷的兴起较晚，从而有一个漫长的早期印刷时期。在明清时期，文学呈现出种种过渡时期的特点，有了不少的小说，但由于印刷费用昂贵，这仍是有限的。只是到了晚清以后，引进了新型的印刷术，才出现通俗小说和报刊的大量兴起的现象。

在当下，新的媒介也正在对文学产生深刻的影响。现在已经很少有人继续坚持网络文学仅仅是传统文学的网络化。实际上，传播方式的变化，必然会带来文学本身的深刻变化。

在今天，一方面，网络文学有了巨大的发展。人们可以给出许多惊人的数字，说明每年有多大数量的网络文学被生产出来，网络文学收益有多少，网络文学的读者数量有多少。

信息技术的发展，带来的是一个新的争议：技术与信息的关系。关于这个问题，在学界有着深重的误解。有一种说法，称为"媒介即信息"。本来，媒介是媒介，信息是信息。媒介是信息的载体，信息通过媒介得以传播。火车上装了一车的大米，火车是媒介，大米是信息。我们不能说，火车就是大米。由于火车不通，一个地方发生了饥荒，在这一特定情况下，人们可以说，快点修好铁路，铁路就是粮食，火车就是大米。这时，这种说法是有道理的，但超越了这一语境，将这种说法移到别的语境中，就会导致荒谬的结论。

新媒介的出现，必然会带来文学的一次新的革命。正像印刷术的出现所形成的书面文学的繁荣一样，文学必然会出现在新的媒介上，在这里安家落户，生根开花。从这个意义上讲，媒介使新的文学形式成为可能。

然而，正像艺术从来不会融合到技术之中，而是与技术保持一定的距离，通过"间距"的形式存在一样，文学也是如此。它会被媒介的发展拖着向前走，但同时又保持着自己的独立性。

最好的文学不是追随技术发展最快的文学，又不是离新技术太远的文学。我们一般说，在技术上持"中庸"的态度，这就是保持"间距"，而这种态度的特点，还在于文学作为艺术的一个门类，有着自身的与技术不同的内在目的性。

文学的本质何处寻？这原本是一个形而上学的问题。过去，我们从公认的文学作品出发来寻找，结果发现这种本质无处可寻。但是，如果换一个角度来看，就可以看出，这里所问的是，文学从本质上讲是一种什么样的活动？从这一思路出发，我们会发现，文学与阅读有着不可分离的关系。有各种各样的阅读，但只有文学，将阅读本身与所读内容完美地结合起来。

文学最初是口传的，但现今的文学已经是以阅读为主体了。文学的口传之源永远会成为影响文学的一种力量，并且也是文学与技术保持距离的一种外在影响力。文学要以活语言为背景。但是，文学语言不是口语，要与同时代的口语保持一定的距离。这种距离依赖教育而维持，但当这种距离过大时，距离的克服又常常成为文学革命的力量。

在新媒体所推动下的图像时代，文学所面临的是另一种挑战，这就是视觉艺术的冲击。图与文双方的对立，会长久地存在，并不会因媒介的变化而使一方一劳永逸地战胜另一方，只是使二者的关系呈现出新的面貌而已。文学以阅读为主体，文学作品不能"看上去很美"，而要"读上去很美"，这是文学存在的最根本的理由。文学既是视觉艺术，又不同于其他的视觉艺术。图与文总是保持着一定的关系，但文学要以保持与图像的距离而存在。

四、面对新媒介，人文学者的使命

在过去的一些年，无论在国内，还是在国外，新媒体研究者都花费了太多的时间，告诉人们未来会是怎样。他们也许是受技术研究者的影响，开始将另一个领域中流行的观念引入到人文学科中来，向人文学者们发出预言。对于这种做法，人文学界像对待其他的种种做法一样，一般都持开放的态度。这种开放的态度，也许是人文学界的研究充满活力的原因。但是，这些预言也常常不可靠。

这种幻想，可能会带来对于未来世界的浪漫的想象，也可能会带来无端的恐惧，问题在于，这一切都没有任何意义。对于儿童读者，也许会有一些类同科幻小说带来的乐趣。对于众多的成年人来说，这不过是一些奇异的故事而已。前几年看一部充满高科技镜头的美国灾难片《2012》，主题是面对自然的灾难时，人的情感和责任。其实，无论社会、时代、技术如何变化，还是要回到这个主题上来。

在国外，一些技术研究者编织这样的故事，有着一种宣传效果，让政府、大公司和公众愿意为相关的发展投入更多的金钱。从这个意义上讲，这类的故事是需要的。人类新的研究领域、试验性的领域，常常不是由于实际需要，而是由于某种理想或幻想，由于人类的某种好奇心，才发展起来。好奇心需要一些非直接功利性的资金投入，需要一些神奇故事的支撑。对于这一切，文学研究者没有参与，却跟着造梦。

当然，造梦是需要的。但对于人文学者，更重要的，还是清醒的思考，给予这一切以正确的定位。

许多当代马克思主义文论研究者，都持一种救赎的立场。这种立场来源于"异化"的观念。马克思在早期常使用一个词："异化"。他认为，资本主义社会是一个异化的社会。一个最根本的异化，是劳动的异化。劳动生产出了价值，也生产出了剩余价值。剩余价值转化为资本，资本家是资本的人格化身，资本家压迫工人。于是，是工人生产出了自己的压迫者。

由于这一最根本的"异化"，产生了一系列的"异化"。资本主义社会的种种社会病，都是"异化"造成的。例如，机器对人的压迫，理性对人的压迫，规则对人的压迫。

感性化，也是一种对人的压迫。人所制造的东西，使人无法安宁。在这一切面前，人变得被动、无助，成为物、感觉、欲望的奴隶，成为"单向度的人"。

由此，出现了一种"救赎"观，认为艺术是救赎。原本，宗教是救赎。现在，审美代替宗教，于是艺术也是救赎。

艺术不是宗教。艺术有时也能起"救赎"的作用，但本质上不是"救赎"。宗教代表着与现实力量相反的另一种力量，以为或被认为是社会之药。这时，宗教与生活只有对立，而无"间距"。艺术则不同，既不同于生活又与生活保持一段距离，不遵守与生活同样的逻辑，又对生活起作用。因此，从这个意义上讲，艺术是生活的营养品，是滋补剂。

艺术要跟上时代，利用技术，但又不是唯技术主义。技术为艺术提供了条件，艺术要利用技术。技术对艺术试图控制，艺术又要摆脱这种控制。在这种"更近"与"更远"的张力关系中，艺术通过保持"间距"而求生存，求发展。

结语：新媒介中审美如何可能？

作为总结，我想将我们的立场再次澄清。在新媒介面前，艺术并非致力于对它与技术的距离作刻意的保持。在技术之外，艺术有着独立的追求。然而，技术总是纠缠着艺术，迫使艺术与它形成或保持某种关系。

艺术需要利用不断出现的新媒体，通过对新媒体的驾驭，获得艺术发展的新动力。但是，艺术又不是新技术的同义语，它总是保持着独立的趣味。对于艺术家来说，归根结底，技术是为艺术服务的。在不断出现的新技术面前，艺术家感受到巨大的冲击，但是，作为艺术家，他们需要的是调动与升华内在的力量，克服这种冲击，从而成为新技术的使用者。

新技术滚滚而来，层出不穷。对于艺术家来说，不能驾驭的新技术，就离它远一点，能够驾驭的新技术，就离它近一点。在这"远"与"近"之间，形成一种"间距"。"间距"的态度，就是艺术的态度，"间距"的立场，也正是艺术家应取的立场。

生态、城市与救赎[*]

两天的紧张而热烈的会议结束了。会议的主办者安排我作一个总结，其实，对于内容这么丰富的讨论，是无法作总结的。在这里，我只能说说自己听会的三点体会，与大家分享，也请大家批评。

一、关于生态美学的哲学思考

关于生态美学，有很多的论述，形成了一个专门的美学研究方向。据我的理解，生态美学的研究，还是得从基本的美学问题开始。它是美学的一个分支，同时也是探究美学基本问题的一个思路。

在现代哲学中，曾经经历了一个重大的转向，这就是会上一位前辈学者所描述的，"从我思故我在"到"我在故我思"。笛卡尔提出"我思故我在"，将思维看成是最终的实在，因此确立了理性主义的传统。思维与存在的统一性，被理解成归结为思维。"我在故我思"就是这个命题的反命题，它具有普遍的意义，并不仅仅是存在主义者才这么说。思维不过是"存在物"的机能而已。没有人，无所谓大脑，大脑是人的一个器官；同样，没有大脑，就没有思维，思维是大脑的功能。这些都是基本的事实，只不过是在很长的时间里，由于种种哲学传统根深蒂固的影响而被混淆和颠倒了。

仅仅提出"我在故我思"，问题还没有解决。什么是"我在"呢？这个基本的问题，还等待人们去回答。在历史上，各派哲学都曾试图给出自己的答案。例如，有人曾提出，"我说故我在"，将语言看成是最初的实在；还有人提出"我爱故我在"，将情感看成是最初的实在。当然，人们可以

---

[*] 本文原系作者在由中华美学学会主办，在浙江开化召开的"生态文明的美学思考"学术研讨会（2011）上的总结发言。在发言记录的整理过程中，作者做了一些修改和补充。

更为具体地说，在消费时代，"我消费故我在"，在网络时代，"我上网故我在"，"我发博文或微博，故我在"，如此等等。作为一位学者，你可以说，"我发表文章或参加学术会议，故我在"。如果你不出现在学术界，人们就不知道你。你需要通过你的学术活动来表明你的存在。一位政治家要通过"我发表言论和参加竞选，故我在"，一位商人要通过商业活动而存在，一位作家艺术家要通过创作作品而存在。世界不是某种静态地摆在那里的东西，而是各种各样人的活动。人也不是某种生理学和解剖学的事实，而是人的活动。将上述种种表述归结到一点，那就是："我作故我在"。重要的是我们做了什么，我的存在就表现为我在"作"和"做"。我们在活动中改变了世界，也改变了自身，因而在我们与他人和世界的互动关系中存在着。在生命活动的过程中，形成种种意识的反应，这是一切思维之根，所有最抽象的思维，都在此基础上生长起来。

这样一来，我们就归入到了一个哲学层面的话题：是"泰初有道"，还是"泰初有言"，"有情"，"有思"呢？我还是想归结到一个结论："泰初有为"！

我们今天讲"实践美学"，是在多重的意义上讲的。其中至少有两个可清晰分辨的意义：第一，美的基础是实践；第二，当今的哲学美学，要引入对实践层面的思考。前者是寻求对美的研究的进入角度，后者是将生活和艺术的实践活动引入到美学研究的领域。这里先讲第一层意义。

在西方美学史上，曾有着各种各样的关于美的思考。总括起来，有着两个倾向：一是客观主义的倾向，从对象中寻找美；二是主观主义倾向，从人的心理寻找美。

客观主义倾向的哲学，在纷繁复杂的世间万象中寻找世界的规律。这种哲学要将世间万物统一到某一种物质或特性上来。当希腊人说，万物统一于水或气的时候，他们在强调世界的变动和转化；当他们说万物统一于火的时候，他们强调一物在他物的消亡中诞生；而当他们说有不可分割的原子存在时，强调的是世界不变性。客观主义的美学也是如此，从物的特性来界定美学。当毕达哥拉斯说，世界统一于数，他所强调的，就是世界的美，因此，毕达哥拉斯可被称为第一位美学家。当世界符合了数的规律，几何的规律，运动的规律，就有了美。这种思想可能通过巴门尼德影响了苏格拉底，并在柏拉图那里定型，构成了欧洲美学的形式主义大传统。近现代的一些形式主义美学，也可以从这里找到源头。

主观主义倾向的哲学，将注意力放到人这一面，从主体方面寻找对世界认识的根源。他们探讨世界与我们的认识的关系，探讨我们对世界的认识是否可能，以至于我们依据什么样的条件，才形成了对世界的认识。在美学上，这就形成了对美的"趣味说"，即对象的美依据于主体对客体的选择；和对美的"态度说"，即对象的美依赖于主体的状态。前一种学说仍认为，客体的性质是它们成为美的对象的候选条件，主体的选择使这种性质得以实现。后一种学说则认为，主体的态度决定了对象是否美，不管什么样的对象，只要主体有某种态度，都有可能成为美。

将美的基础看成是实践，既是对客观主义美学，也是对主观主义美学的克服。无论是客观的美学，还是主观的美学，都是一种静观的美学。世界在我的对面，我以一种旁观者的身份看待它，并对世界的美产生困惑：它是由于对象的原因，还是由于我们自身的原因，而成为美的呢？于是，各种美学流派的分歧由此而生。

但是，我们从来没有思考过一个问题：世界为什么是在我的对面呢？我为什么要以一种旁观者的身份来看待它呢？本来，我生活在世界之中，世界就是我的环境，或者说，我是世界的一部分，世界是我的"无机的身体"。我是由于我的生命活动，与周围的世界发生交往的。这种生命活动，在逻辑上应该优先于我对世界的认识。人们只是为了改进既有的生命活动，才产生了对世界的认识和思考。首先是我的存在，然后才有对这种存在的改进。这种改进，有从无意识的改进发展到有意识的改进的发展过程，但是，我们固然可以通过定义的方式，对无意识和意识进行区分，在实际上，从无意识的行为到有意识的行为，其间有着连续性，有着大量的无法划界的现象。认识只是与对行为的有意识的改进有关。尽管在事实上，认识与实践，总是构成循环，认识促进实践的发展，而实践运用认识到的知识并对这种知识进行检验，但是，正像鸡与蛋的相生的循环最终要归结为一种哲学的解决一样，认识与实践的循环，通过引入哲学的分析，可以找寻一种解决的方案：实践在逻辑上先于认识。

由此回归到美学：美归根结底是在人的实践活动中形成的，美的形成通过实践却对实践的功利性有一定程度的超越。

直接的实践性的对象，并不是美，但美又不是与实践性没有关系的对象。在中国，一谈到实践美学，就想到"人的本质力量的对象化"或"自然的人化"，这些观念背后在指向上都有一个错误，即把对美的欣赏归结为人的自我欣赏的泛化。人在对象中看到自我的印记，看到自我力量的确证及其表征，于是就有了美。这种观点是把美拔高了，看成是一种理性向感性的积淀。

其实，人对于事物的美的感受，最初只是从一种在与环境的共存所形成的亲和感之中生长出来的。在与环境的共存中，会产生种种感受，这种感受有正面的，也有反面的，由此产生肯定性的情感和否定性的情感。这种情感的泛化是事物美的基础。中国古人说山水画要可游可居，是在画中寄托对美的山水的理想。这种理想，不是确证人的力量，也不是"人化"，也许，那句含义模糊的话，可能会暗示出几分道理：美是由于"显示出生活或使我们想起生活"[①]。

当代实践美学在发展中出现了一些用"创造"和"生存"概念来补充"实践"概念的观点。这些观点的出现，表明研究者看到了实践美学的一些问题，但却在对它进行改进时，做出了错误的选择。用"创造"来补充"实践"，是不必要的。理由在于，实践中本来就包含着创造，两者之间本来密不可分。大工业将设计与生产区分开来，从而设计被看成是创造，而生产成了机械的活动，不再是创造。这不是"实践"的本来的理解。将"创造"从"实践"中区分开来，是机器工业形成之后出现的对"实践"的误读。至于艺术的创造，那属于另一个层次，在艺术中，创造与实践也是联系在一起的。用"生存"来补充"实践"，如果用来弱化"实践"中所具有的使对象"人化"的含义，那是有意义的。确认美来源于实践，又确认实践是人的有意识的活动，就会带来很多的弊端。强调"生存"也许会纠正这种片面性。但是，"生存"必须同时用来强调人与环境的共存关系，而不是存在主义所具有的强化主客对立，主体间对立的含义。那种将主体与对象隔裂开来，从而突出"主体性"，又将他人看成是地狱，并进而在人与人的矛盾冲突之中磨合出一种"主体间性"，不是一个好的哲学思路。这都属于先造成种种分裂，再以种种方式寻求它们之间的重新弥合，这些思路都会带来重重误导。

目前中国流行的"实践美学"，还有一个很大的弊端，这就是其中的人类中心主义的偏见。研究者们将"美的本质"归结为"人的本质"，以

---

① 车尔尼雪夫斯基语，见车尔尼雪夫斯基：《艺术与现实的审美关系》，周扬译，人民文学出版社1979年版，第6页。

人与动物的差别作为理论的支点,从而给这种理论带来了很大的弊端。美学思考的原点,不应该是人与动物的区别。我们所应该追寻的,是审美感受之源。

达尔文曾揭示了从动物到人的进化过程,从而在理论上重创了从文艺复兴以来的人类中心主义。猿在一个漫长的过程中,一步步地变成了人。对于生物学家来说,这一过程具有连续性,进化的步骤环环相接。只是到了哲学家这里,才抽取其中的某一个因素加以强化,并将之说成是从猿到人的最根本的动力。人与猿的区别,曾经被说成是理性、伦理、语言、情感,等等。恩格斯说,是劳动,是制造工具和使用工具的劳动,于是,打制第一把石斧,成为从猿到人的标志。从哲学上讲,从猿到人转化的时间点并不是最重要的。重要的是揭示从猿到人发展的动力,从而展示这种表述的哲学暗示。本来,从猿到人的进化,是一个漫长的过程,各种各样的因素都在起作用。我们不过是在研究,这种"人猿"或"猿人"在与生存环境的互动中,哪些生存手段被采用,而它具有决定性的意义,可被看成是标志着人科动物出现的外在指标。这种研究如果能回到原语境,就会发现在其过程之中有着大量的复杂性和偶然性。

达尔文对动物的美感做了大量的研究,得出了许多精彩的结论。如果要完整地理解达尔文,应该包括这样八个字:适者生存,美者生殖。我们一般只用前四个字,来强调他关于物竞天择的思想。达尔文发现,在动物做性的选择从而繁殖后代的过程中,美起了很大的作用。从蝴蝶美到孔雀美的形成,都与性的选择有关。美的动物获得更多的交配机会,从而生殖后代的可能性会更大。一些鸟类对美的要求,要比与人更为接近的猿类要强烈得多。原因在于,猿类的性权力的获得,可能更依赖强力,而不是美。我们长期以来阉割达尔文,只接受他思想的前半段,而不接受后半段,正是由于我们在美学中受着人本主义世界观的钳制,这是美学落后于生物学之处。

当然,我们可以采取一种命名的方法,坚持认为,人对美的欣赏,叫作审美,而动物没有审美,只有本能。这种用命名的方法来绕过动物美感,固守人本主义的做法,其实没有多大的道理。对此,我们当然可以进一步详加分析。但那是需要专门论述的,不能在这里多讲。我在这里所想要说的是,那种以人与动物的区分作为理论支点,用人的本质来论证美的本质,从方法论上讲,有着一个根本的错误:不是从考察动物与人的实际出发,而是从一种抽象的本质出发。

那种以人的本质来论证美的本质，以人兽区分来论证美的根源的做法，根源在于一个误导，即美学是伦理学。维特根斯坦说过，美学不过是伦理学而已。我们也有"美善同意"，真善美统一的观点。如果将这些观点用来强化人类中心主义，就构成了一种理论的循环，原因在于，这些观点本身也是在人类中心主义的支配下形成的。实践美学所强调的"积淀说"重视转化，即功利的转化为非功利性的，实用的转化为审美的，也是把美学看成伦理学。

人们对美丑的区分，是感受性的，而对善恶的区分，则是思考性的。从这里，我们可以引入一种生态的观念。生态美学，强调的是一种人与自然共生的关系。在此基础上，可以产生美与丑的观念，也可以产生善与恶的观念，其间很难说谁先谁后。

二、城市个性的形成

会上讨论的一个重要的主题是城市。实践美学的另一个维度，是在哲学美学中引入实践层面的思考，实践是丰富多彩的，可以包括很多方面的问题，其中也包括"城市"。

会上的许多研究者，都对"千城一面"的现象有一种焦虑感。过去几十年，中国城乡面貌发生了很大的变化，这种变化正在向广度与深度发展。旧城被拆了，或者虽没有拆完却已经变了味道。新的楼盖起来了，道路拓宽了，城里有了大广场，有了种种地标性建筑。也许，可以套用某位作家的某部小说的名字：看上去很美！的确是如此！城市变得亮丽了，长高了，有了天际线，成为立体的城市。高楼用钢材、铝合金、玻璃装点，再加上灯光，成为五彩城市。然而，如果你从南到北，从东到西，走过一些城市以后，就会有一个感觉：新城市都是一个样，仿佛是照一个模子套出来的。并且，城市的总体规划，仍普遍给人以粗糙的感觉，城市建设好像是在完成一些紧迫的任务，而不是精心打造一个在其中生活的家园。在我们花费了许多的人力和财力以后，城市是变美了，还是变丑了？竟然仍是一个问题，并且越来越使人感到是一个严峻的问题。

一座城市在建设中，会受各种各样的因素的影响。在其中，模式的复制是一个重要的因素。这种情况在古代就有，地方衙门的设计，常常是简化版的皇帝的宫殿。民居可能有反向的模仿，地方民居的设计，给京城贵族的住宅建设提供灵感。公园的设计就更是如此，皇家园林学习私家园林。一座城市的各功能区的划分，也有着一定的模式，各个城市都差不多。北京的天桥相当于天津的南市。有这么一批人，有这么一类城市的活动，总要给它一个去处。模仿是无所不在的。在城市建设的过程中，到处都存在着相互学习的现象。

相互学习并不一定就注定要取消个性。模式出现后，会顽强地复制自己。复制的理由可以是由于设计上的懒惰，也可以是传统的力量与结构性需求的结合。对于一般城市居民来说，千城一面当然不好，但是，话又说回来，与其他城市是否相像与我何干？只要住得舒服就行。相反，要做到不千城一面，倒恰恰是他们要冒风险的事。普通的同龄女孩子们在一起，听说谁买了一件衣服，就打听在哪儿买的，也去买，并不忌讳相同；只有到了一定的层次，比方说在演艺界或其他某种需要争奇斗艳的聚会上，美女们才把"撞衫"当成一回事。那么，城市是否需要个性，个性从何而来呢？

城市个性的来源，可能是地方的地形、气候。一座城市，依其地形，山势和水源，粮食的获取，与交通线的关系等各种原因而形成。这些客观的因素，对于一座城市风貌的形成，是决定性的。古代人为什么在此处而不是在彼处筑城，都有着自己的理由，有非常实际的原因。这些原因，可能是经济上的、政治上的，更有可能是军事上的。但是，一座城市的风貌，仅仅是由于这些外在的原因而决定的吗？这仍是一个问题。我们可以在此基础上，往前再想一步：同样的条件，不必产生同样的城市。背后还有文化之根的影响，还有艺术家的独创。

关于新旧城的结合，会上有代表提出"拼接"概念，并且举毕加索的艺术为例。每一座城市都有着自己的历史。在一般情况下，我们都不是从无到有，而是在既有的基础上建设城市的。城市的历史，可以是财富，也可以是负担，关键在于我们怎么去应对。艺术中有"拼接"，老材料赋予新用途。房屋有"拼接"，老房子接出一块新空间来，别有风味。城市也有"拼接"，有老城区，有新城区，新老城区并存和互动。

当然，艺术可以"百花齐放"，城市建设也是如此。几年前，为了参加第16届世界美学大会，我和一位朋友一道去了巴西。大会在里约热内卢召开，会后，我们去了巴西利亚。里约与巴西利亚，可被看成是两种城市的典型。里约是一座古老的城市，依海而建，离海不远处是山，在海与山之间，有一片平地，城市就建在这片平地上。一条长长的带状城市，有沙滩，有海湾，古建筑与新建筑错杂在一起。由于有山有水，使人感到城市错落有致，提供了一种自然的美。巴西利亚则是另一种类型的城市，它全部由建筑师们设计而成。城市的形状像一架飞机。机身部分是公共建筑，机头是总统府、国会大厦和最高法院，接下来是各部的办公大楼，再后面是大旅馆、银行、电视台、博物馆、教堂、剧院、大商店，等等。机翼是民用建筑，被划成许多的小区，小区里有生活用品出售，有小餐馆，民居的形制整齐划一，分别编上号。我站在电视塔上用望远镜俯瞰全城，望远镜旁刻有英文字：Landmark of Modernity（现代性的地标）。似乎现代性就意味着理性的设计。巴西利亚是一个很好的试验地：一座在沙漠边缘，完全凭借国家的指令，由艺术家们凭空建造起来的城市，可以在这里实现各种艺术的理想。

　　巴西利亚代表着将城市当作一件艺术品来建设的思路。当然，我们还可以有另外一种城市设计的思路，这就是将城市看成是一个活物。实际上，城市从它形成的时候起，就具有一种活物的特性。一座城市有着自身的历史，这是一种既定的存在。城市就是在这个基础上长大的。城市里的古老的街道，看上去杂乱无章，街上有人在游荡，有各种各样的小铺子，有各种亭子间和小阁楼，但这其中充满着活力。一些最富创造性的文学艺术作品，就从这里生长出来。这里出现的各种文化现象，引领着新的潮流。

　　还是说那次去巴西，读一本旅游手册，其中讲到，巴西利亚理性、整洁而富有艺术感，但巴西的部长们，还是喜欢到里约或圣保罗去度周末，那里才更有意味。这句话我当时不太懂，现在也不完全懂，但觉得作者写这句话时，一定有很多言外之意。

　　谈到城市的生命，有一件事，我感到似有启发。我前年回家乡扬州，曾去了城南高旻寺。高旻寺是一所著名的禅宗寺院，过去很有名，但"文化大革命"时，破坏很厉害。扬州有一个平山堂，"文革"时没有受到破坏，原因在于鉴真大和尚曾当过那儿的住持。后来鉴真东渡日本，带去了中国文化，在日本很有名。为了对外交往的需要，听说是周总理特别批准，平山堂被保护了下来。与此相反，高旻寺不仅没有得到保护，还受到双重的破坏。1966年夏红卫兵在"破四旧"时，冲进去砸了一番。后来1967年在两派斗争中，这里又成为一派的据点，被另一派围攻，损失极其严重。塔倒了，房子塌了，里面藏的佛经刻版，被当劈柴烧了。这一段历史，我过去只是听说，于是在一位朋友的帮助下，去了高旻寺。使我大感意外的是，高旻寺修复得很好。由于朋友介绍的原因，寺里将我当作贵客，一位90多岁的高僧出来与我聊了很长时间。他反复向我讲一个意思：佛家的道理，与其余各家的道理，与当前国家所提倡的公民行为准则，有很多的相通之处。临告别时，他还送了我许多书，其中不少是他自己写的将佛教教义通俗化的小册子。随后，他的一位弟子陪我参观了这个寺院。听这位弟子说，由于高僧的影响力，有大量的善款流入，近年来大兴土木，重建了佛塔，建了一个大型的圆型会客厅，还正在建巨大的五百罗汉堂。这座寺庙重建后的景观，我觉得还是很好的。这比一些地方政府为了吸引游客在风景区建的寺庙，要好得多。那些为了吸引游客而建的寺庙，看上去就怎么也不会舒服。寺庙没有自身的主体性，而只是风景区的一个元素，就不可避免地粗疏而空洞。与此相反，寺里的僧人自己得到的钱，自己建的寺庙，似乎怎么建都能建得漂亮。

其实，城市建设也是如此，依照形象工程的思路去做，钱就白花了。今天的中国，一些城市的小区常常本身并不好看，但如果你到一些人的家里，就会看到，许多家庭都精心地装修过。其实，装修曾经是并且现在仍然是许多的家庭展现艺术才华的机会。如果把这种才华放到小区，放大到城市建设上，那么，城市就有魂了。

我们都有一个感觉，在欧洲，许多小城非常漂亮。例如，我曾经在萨尔茨堡住过几天，还曾由于乘错车的缘故，意外地在格拉茨停留过几个小时。当然，更不用说像卢布尔雅那、布拉格这样的城市了，都在那里住过十天或半个月。城市虽然不大，但去了以后，都给人以惊艳之感。这启发我思考一个问题：这些城市为什么能建得这么漂亮？原因就在于，那里曾经是一些诸侯的领地，诸侯们是把这些城市作为家族的事业来建设的。如果一位高僧把一座寺庙的建设作为毕生的事业，如果一位校长把一所大学作为毕生的事业，如果一位市长把建一座城作为自己的毕生的事业，都会建得非常好，建出自己独特的风貌和特色。

由此回到我们的主题：一座城市需要有城市的个性。这种个性的形成，有种种外在的因素，即地理、气候等条件，有城市的历史和现有城市状况的影响，有经济因素、交通因素等原因，有了这些，城市才有活力；但是，更为根本的，城市应该是作为一个生命体存在，应该是一些人将城市当作自己生命的一部分，当作自己的"无机的身体"，城市才会有活力。

三、美学的救赎与田园城市的理想

近些年，在中国的美学界，掀起了两股风潮，一是生活美学，一是审美救赎。

关于生活美学，学术界已经谈得很多了。有人发起了一些争论，也有人作出了一些澄清，这里不拟多说。温饱问题解决以后，文化消费的问题就提了出来。同样，经济生活的改变，迫使美学家对此加以关注。美学将落脚点放在新的生活方式的兴起之上，这一点本身并没有错。重要的不在于研究对象，而在于面对这些对象所持的立场。当经济学家们主张通过刺激消费以发展经济之时，美学家是否应该推动和赞美这种消费，例如，将美与时尚、奢侈品消费、高等级生活方式的追求联系起来。

主张审美救赎的人，对这种经济生活改变所带来的变化持悲观的态度，认为美学不应该制造生活的迷幻药，而应该成为社会病的诊断者、心灵的抚慰者、生活的解毒剂。

在这次会议上，有先生发言提出，在像日本福岛地震和核电站事故这样一些大灾之后，美学应该起一定的作用。这一点，也许没有那么明显，也没有那么直接。当然，面对大灾难，各行各业都要救灾，美学家也不例外。如果能以自己的专业来救灾，当然很好，如果不能，也得去救。但美学家救灾不等于美学救灾。美学家在救灾中能起什么作用，我不清楚，可以探讨。批判的武器不能代替武器的批判。空喊美学的救赎，没有什么用处。

然而，在中国，美学确实起过救赎作用。"文革"在政治上结束以后，中国人的心灵世界仍然被"文革"意识形态紧紧地锁住。这时，出现了"美学热"。一些美学的议题，大量出现的美学文章和著作，大量国外美学著作的翻译，在文学艺术界，在思想界，也在青年学生中产生了巨大的影响。我在许多文章中都一再强调，当时的"美学热"，对思想解放起了巨大的作用。这就是救赎。当时有人重提"救救孩子"的口号，要"救救被'四人帮'坑害了的孩子"（刘心武小说《班主任》中语）。其实，"美学热"所救的，已经不仅是孩子，而是中国的文艺界和思想界，并通过文艺界和思想界，救"文革"后中国年轻的一代人。可以毫不夸张地说，由"美学热"所引发的"蝴蝶效应"，在中国激发了波澜壮阔的思想解放运动，造就了使中国产生翻天覆地变化的改革开放。

其实，欧洲18世纪的美学，本来也有着一种救赎的功能。在哲学上，理性主义被强调到极致以后，强调感性认识以及相应的感性对象的"完善性"的追求，成为现代美学的起源。这就是说，美学起到了把人们从理性主义的桎梏中解放出来的作用。到了19世纪，浪漫主义的运动，尼采对酒神精神的呼唤，也具有类似的效用。非理性成为理性的解毒剂。从本质上讲，现代美学的起源，以及它所强调的审美无功利和艺术自律，与资本主义兴起所形成的哲学上的功利主义倾向，具有对应和互补的作用。

今天的美学，仍有着救赎的使命，但美学所面临的社会情况已经大不相同。在早期资本主义社会，艺术要以自身的"拥有美"并且"为了美"的特点，来区别于实用物品的生产。在今天，这种情况被逆转了。艺术首先被让位于文化产业的生产：以更低廉的价格，更好地对媒介的使用，更有效地利用资本的力量，制作出面向更多人群的文化产品。艺术家还培养出大批的艺术设计家，他们从事着各种工业产品的外观的设计工作，从而形成美的泛化。在这种情况下，艺术被迫与美分离。一个被美充盈从而无趣而无度的社会，造成人的心灵的迷失。在这种情况下，美学要针对现实发言，用使人震惊的艺术唤醒迷幻的现实之梦。

当代美学的另一个救赎的维度，可以用美学的围城来表述。"围城"现象，本来是说城里的人想出去，而城外的人想进来。美学之城，是不是也有这种"围城"现象呢？美是来源于乡村的，来源于人与自然的互动的关系之中，这就是前面所说的"亲和感"。然而，美学作为一个学科，却是来源于城市，是城市发展的产物。我曾经在一篇文章中提到过"围城"和"拆墙"的比喻。我在这次会议的发言中，也讲了这一层意思。当然，那篇文章没有把"围城"现象以及相应的"拆墙"的做法说清楚，现在借此机会再说几句。

拆墙，即克服城乡二元对立，不能靠当下正在出现的这种双向运动来实现。在当下，一方面是乡村里的人，通过考试、打工等各种方式离开土地，到城市里发展。对于他们来说，离开土地，成为城里人就是成功。在城里没有立住脚，又回去了就是失败。乡村对于他们，只是退路，失败后，让"故乡的风故乡的云"来为他们"抹去创痕"。创痕抹去了以后又怎么办？再到城里去打拼。打拼成功了，成为城里人；打拼失败，就再回来。不停地折腾，直到折腾不动。另一方面，是城里人要到郊区去购买别墅，以对乡村的拥有来证明他们的成功。他们自称是再去种地，第二次上山下乡，但谁都能听出，这其中包含着成功的城里人的洋洋得意。即使不买别墅的城里人，也免不了到乡间度假，不远千里万里去旅游，看远方的奇景奇事奇人，完成对乡村的短暂的拥有。这种城市与乡村的双向运动，造出城里的贫民窟和打工者所居住的地下室，郊区的别墅和偏远地区的民族风情园。所谓的拆墙，应该是通过城乡一体化的改造来实现的。这里面包括城市的田园化和乡村的城镇化，让现代农业与现代工业结合起来。生态美学，应该是呼唤和引领这种城乡改造的学问。这里既需要"实践美学"，更需要美学的"实践"。

生态美学不是生态科学，生态科学通过对生态状况的描述、科学数据的统计，告诉我们目前生态问题如何严重，造成这种生态问题的原因，应该采取哪些措施。生态美学也不是生态哲学和生态伦理学。生态哲学揭示事物间和生物间的相互联系，以及实现平衡的规律；生态伦理学基于生态哲学对事物间和生物间相互联系的认识，提出处理相关问题的道德规范。生态美学是从生态的角度看待美学的问题。既然是美学，它就仍然是感受性的，不依赖于抽象的思辨和外在的规范。正如前面所说，人在与周围环境共生的生活过程之中，产生了一种对环境的亲和感。这种亲和感，是在生命活动中产生的，相对于哲学和伦理学，它具有第一性。哲学依赖于对这种人与环境关系的反思，伦理学建立处理这种关系的行为规范，这些都是建立在对这种关系的直接感受之上。因此，最初的美学，应该具有生态美学的性质。我们今天谈的生态美学，是哲学、伦理学和美学都背离了生态的原则以后，尝试实现的一种回归。前面说过，毕达哥拉斯试图将世界归结为数，从而创立了美学。他同时也就使人们对美的理解背离了生态的精神。在此以后，所有的美的规律的寻找者，都在背离生态精神的道路上越走越远。只有回到多样性，回到人的多样活动本身，美学才能找回生态精神。从这个意义上，这的确是一种救赎。

目前，美学家们在使用着各种思想文化资源，从维柯到海德格尔，再到中国的儒道释，来实现美学的救赎。这些研究本身是有价值的。在会上，我们听到了许多这方面的发言，对我们有很大的启发。但是，怎样在现代社会激发一些传统思想的活力，仍是一个需要我们探讨的问题。

美学的救赎，与艺术的救赎，不是一回事。艺术的救赎，可以是在当代艺术产业化和产业艺术化的状态下，造出另一种东西，来宣示真正艺术的存在。美学的救赎，应是在日常生活审美化的时代，指出感性的充盈和美的泛化失去了趣味,保持一种批判的立场,对无趣和无味的批判,从而呼唤趣味。同时,生态美学本身,也起到救赎的作用,在城乡一体化的建设过程中,美学需要也能够为我们提供一些更为根本的东西:什么才是真正的美?什么才是我们真正想要的东西?美学围城的城墙被拆除以后,怎样建立我们的生活环境?

结语:作为理论视角的生态美学

我们要在美学的研究中引入生态的视角。从这个视角所看到的,是一种开放的美学。美学不再只是"美的艺术哲学"。从鲍姆加登所关注的美,到黑格尔所关注的艺术,再加到感性的美,美学走过一个循环。这个循环,是否定之否定,实现的是螺旋上升。这种否定之否定的美学,从对现实的感性态度入手,从探寻对世界的亲和感出发,以实现对环境的家园式感受为旨归。我们有很多的理论问题需要解决,我们有更多的现实问题需要解决。在这个过程中,美学能够起多大的作用,就看我们做出多大的努力了。

漫谈艺术与市场的关系

在当代市场经济的情况下，在消费时代，艺术会发生什么变化？市场和消费会赋予艺术这个概念什么新的意义？我们讲艺术，总觉得有那么个东西在那儿。哪些东西是艺术品，哪些不是，这对于我们来说似乎一目了然。文学、书法、绘画、雕塑、音乐、舞蹈、戏剧，这些是艺术，其他的就不是。界限好像是很明显的。但实际上，这个界限从来就没有明确过。艺术与非艺术的区分是人为的，是历史的构建。关于这一点，我曾写过一篇关于"艺术边界"的文章，这里就不再重复。

一、艺术遭遇市场

今天我想讲这样一个问题，艺术走向市场以后它与美学的关系。艺术遭遇市场后，是变得更美了，还是不美了？是质量高了，还是降低了？当一件东西没有走向市场，我们说它是一件产品；如果它被拿去卖了，就成了商品。从产品到商品有什么变化？

对此，我们可能会有一些朴素的想法。当它在成为商品的时候，它有一个专业化过程。当一些人在专门做某件事，以此谋生的时候，他可能会把它做得更好一些。记得我幼年时，住在一个城市街区里。有一位邻居全家人都没什么正当职业。那个年代是一个计划经济的年代，如果一个人不在哪个单位工作，就处在社会底层，以各种各样的小生意勉强维生。我们住的地方附近有个电影院，他们一家人就经常在电影院门口卖花生瓜子。他们当然要支起大锅，自己炒花生，学会专门技术。于是，每到了过年过节，我们就请他帮着我们炒花生。炒花生要做到外面不焦，里面很熟，既中看又中吃。对于我们这些非专业人士来说，是一件很困难的事。他们就能做得很好。由于要去卖，炒得要有卖相。这就是一种专业化，通过专业化把这件事做好了。干一行爱一行专一行，他们是不是爱这一行，我不知道，但起码是懂这一行，会这一行，就能做好。但是，我们有没有想到，会有另一种正好相反的情况？

我们都有这么一个经验，出门要吃饭，吃饭到哪儿去吃呢？我有一个建议，要想吃得好，别在火车站附近找饭店。原因是，火车站附近的饭店，顾客都是来去匆匆的旅客，是为了充饥，整个的过程就是付钱、上菜、吃饱、走人。他们根本就不考虑吃的好还是不好。并且，客人吃得好不好，对于饭店来说，也不重要。饭店里接待的这些客人，也许是一辈子再也不会来的一些人，由于这样的原因，饭店就用不着提高质量，只要快点上，样子过得去，吃完快走，给饭店腾出位置给下一拨儿客人，那就可以了。这样的饭菜，肯定没有家里烧的好吃。这是一种产品成为商品后却造成了质量下降的规律。

我们有一个印象，老字号的饭店，传统街区里面的饭店就要好得多。一般说来，那些品牌、老字号，是从那儿酝酿起来的。我们现在总是在说要寻找"中华老字号"，实际上，我们寻找的过程，与它的原生状态是两回事。老字号是在这样一种地方沉淀下来，生长出来的。在那里，饭店的主人与顾客都是熟人的关系，宾至如归。客人来了以后，北京人不是"你要什么"，而很喜兴地招呼："来啦！"好像你就应该来，像家里的亲戚来串门。北京现在还有一些饭店叫什么"家中家""家外家"，名字很怪。北京有一家老字号饭店的名字是，叫"到家尝"，真是大俗达到大雅了。纯粹的京味饭店，所有跑堂的都是青年男性，清一色的小伙子，擦桌子的时候，左手一块抹布，右手一块抹布，动作干净利落。当你进去的时候，门口第一个看到你的跑堂的就喊一声"来了"，进去的时候一路有人喊"来了"，很热闹，给你一种宾至如归的气氛，饭店要追求这么一种氛围。服务水平也是如此，饭店的名言是"第一次不来是你的错，第二次不来是我的错"，主要是赚回头客。

车站附近的饭店，根本就不指望你再来。而老街区的饭店，它就是指望你再来，希望你常来。我说的这两种饭店实际上是两种完全不同的模式，也是现代两种不同的社会。我们的社会可以分成两种，一种叫做生人社会，一种叫做熟人社会。传统的社会就是一种熟人社会。你在乡村，哪家来了一个客人就是全村人的客人，或是"便要还家"，或是"咸来问讯"（《桃花源记》中语）。现在到了小城市里也是这样，在小城市里办点什么事情，你会有一个本能的想法，去找关系，托熟人。假如我现在到一个县级城市工作，我会很不舒服，原因是什么呢？我是一个生人，他们办一些事本能地去找一些熟人，我找不到人。外来户办什么事都很不顺，因为人家在这知根知底，从幼儿园到小学到中学都在一起，好多都是同学关系、同乡关系，各种各样的沾亲带故，七大姑的闺蜜，八大姨的发小。这使得办什么事都是依赖于一种熟人关系网。现代社会则是按照规定，能办就办，不能办就不办，你到北京、上海这样的大城市，就是这种感觉。

整个现代化的过程就是熟人社会逐渐消失，生人社会逐渐形成的一个过程。再回到火车站门口的小饭店的话题上来。它所处的是一个生人社会，它服务的是一些可能永远不认识的顾客，你来了以后，吃一顿饭就走了，连这个饭店的名字都不会记得，更不会再来这个地方。它如何生存？很简单，就是外表门面显眼一些，看上去好像还干净，上饭上菜快。

但是，它如何取信于顾客，这是现代社会造成的一个话题。现代社会如何取信于顾客？我们大家都很熟悉的一个办法——品牌：从麦当劳、肯德基到马兰拉面、吉野家。当你对质量条件、卫生条件没有信心的时候，找品牌连锁店吧。找根本不知名的店时，对它的卫生条件和质量根本没一点把握。

其实，我也去。在北京，我很不愿意去什么必胜客、肯德基、麦当劳，原因是，这些连锁店的食品太不好吃了。有时，我在所里开会，后勤上说到肯德基去订快餐，我说，别订肯德基。但是，我自己有时候也去吃，特别是在国外时。到国外有两种情况，一种是去第三世界的国家，或者去一些文化传统与我们相差比较远的国家。我去过巴西、印度等国，到了那里，你对那些饭店的口味和卫生条件没有把握，怎么办呢？在街上找饭吃，看到麦当劳的牌子，立刻有一种似曾相识的感觉，到那去反正能吃饱，好不好就无所谓了。还有一种是到一些发达国家，比如说法国、德国、丹麦、瑞典，进那些西餐店时常常有点犹豫。因为第一次去尝尝就可以了，西欧所有东西是极贵的，比如说你到一个饭店里去给你一块肉，一点点米饭，一点点蔬菜，一个盘子托上来，二十欧元，二十欧元就两百块钱，而麦当劳六欧元、八欧元就行了。到一个国家，好饭店当然要进去几次，但是你不能总是去。到了国外，像我们这样不算穷当然也不是特别富的中国学者，出了国后反而会在麦当劳、肯德基那寻找亲切感。

品牌标志显示出现代社会与古代社会的差别。古代是一个熟人社会。要穿衣服，就买块布，找熟悉的裁缝量体裁衣。在现代社会，你只能买某种品牌的衣服。可以买你熟悉的品牌，你喜欢的品牌。但你是不认识裁缝的。如果是找裁缝定做，那就很昂贵了。古代社会你要是缺一件手工艺品，比如菜刀、锄头，你去找某个手工艺人，认为他打的刀好，结实耐用。现在，你家里要想买什么电器的话，肯定就是买牌子了，什么松下、索尼、海尔、格力等。现代社会将人与人之间的直接关系隔离开来了。

二、艺术从属于自己的时代

我这里所描绘的这一切，你们可能都很熟悉。生活就是这么变过来的，一切都在改变。在此基础上，我们可以考虑这样一个问题：当这一切都改变了，回过头来看艺术品的时候，它也变化了。艺术存在于不同的时代，是针对着不同的时代和社会来发言的。当我们说什么叫作艺术的时候，你们觉得好像是一个很浅、很简单的问题，其实这个问题并不简单。我们现在讲艺术的定义时，会有人问，艺术需要定义吗？我们讲什么是艺术时，会有人问，这是需要进行理论研究的话题吗？实际上，我们需要对此做两个层次的回答：第一个层次，是对孩子们教育时，告诉他们什么是艺术品；第二个层次就是从理论上说明什么是艺术，什么不是艺术。对这两个层次问题的回答是完全不同的，但我们常常将之混淆了。

我们常常会认为艺术从来就有。从原始艺术，到古代艺术，再到中世纪艺术，等等。但是，我们一直以来都存在这样一种争论，这就是，帕特农神庙、米诺岛的维纳斯是艺术吗？

帕特农神庙是艺术吗？它是神庙。米诺岛的维纳斯是艺术吗？它是神像。宙斯像、阿波罗像、狄俄尼索斯像，与基督像和圣母像一样，都是神像。我们什么时候把它们说成"艺术"的？是后来才这么叫的。那么它们是艺术吗？我们说"是"。这里我们可能说了一些很绕的话。艺术是一个后起的概念，我们拿着这个概念来说此前的物品，将在艺术概念形成之前的艺术，也叫作艺术。

当然，这个问题又造成了进一步更复杂化的问题，这涉及词源学。英语中原来就有"art"这个词，中国也有"艺术"这个词。这些词原来的意义，都不同于现代人所赋予它们的意义。中国人所说的"艺"，本字是"埶"，像人手执树种到土里，后来才有"蓺""藝"，又简化为"艺"。最早的"埶"可能与种植有关，后来引申为技能。孔子讲"六艺"，其中许多与现代的艺术无关。"术"是什么呢?"术"的本字为"術",意思是"邑中道路"。后来有"方术""术数"一类的说法。把"艺"和"术"合起来构成一个概念,形成我们今天所指的"艺术",这是一种现代现象,是19世纪末20世纪为了翻译英文的Art时才出现的。而这个词在西方怎么形成的呢?在西方也是这个情况,art最早的意思来源于拉丁文的"ars",是指一种技能。有时,这个词也指"方术",比如说读《哈利·波特》中出现的魔法就是用的"art"。本来这个词的含义很泛,所指的对象也很广。将这个本来很泛的所指对象中的一部分加以突出,是18世纪出现的。18世纪有一个不很有名的法国人夏尔·巴图(Charlse Bateux)提出,将诗歌、绘画、雕塑、音乐、舞蹈放到一起,将它们称为"beaux-arts"(美的艺术),说这些东西跟工艺是不一样的。一位普通石匠只是对一块石头敲敲打打,做成一件物品,他与米开朗琪罗这样的石匠不同。一位作画人的绘画达到怎样的水平,才可以称为一位画家?古时候,他是手艺人。画画的、雕塑的都是手艺人。中世纪时候的西欧,人分成三个等级,一是社会高层的教士,这些人是神职人员,神职人员掌握上帝的道理,也就掌握了所有的知识,因为他们掌握了事物的实质。二是贵族。当我们说贵族的时候,头脑当中想的是法国贵族,是那些很高雅,身上喷过香水,穿着燕尾服的贵族。实际情况不是如此。最早的贵族是乡村的土地贵族,相当于中国的地主,但文化水平还远不如中国以耕读为本的乡绅式地主。他们通过军功和世袭拥有了土地,但其中很多人却是不识字的。对于这些贵族来说,最重要的还是练武,是去打仗。三是城市手工艺者和商人,这批人慢慢发展成资产阶级。一批原本最弱的、最没有力量的人后来变成了最有力量的城市资产阶级。由于商人、手工艺者们组织起来,形成了行会。行会保护他们的利益,避免恶性竞争。有一个行会,共同定价,共同管理。你看欧洲经济史,佛罗伦萨、威尼斯都有很多行会。从文艺复兴开始,高度发展起来。在这些行业之中,谁高谁低是很难说清的。最了不起的应是被教皇、君主、有钱人所宠爱的行业。有几种匠人可能会比后来的艺术家的地位要高。第一是首饰匠,他们可以帮国王打王冠,给贵族们打造各种各样的首饰,处理最贵重的金属。这些人跟上层打交道打得火热,可能地位要高一些。第二种是钟表匠。钟表匠很受人崇拜,很多人喜欢钟表。今天的故宫,有一个钟表馆,收藏了许多慈禧太后的钟表。当时中国驻欧洲的使节们有一个很重要的任务,就是帮慈禧太后收集各国的珍奇钟表。这在今天看来似乎不可理解。但是，当我们想到，在当时，能够上上发条，弄个钟摆就能够把时间指得那么准，这是一个奇迹。布拉格的街头有一口大钟，过一刻钟就会有小铜人出来跳舞。所有的游客都在那儿看，我也在那儿傻看过。那口大钟完全是靠机械做出来的，历史悠久，现在还能用。现在还有一些人在收藏钟表，当然全是要机械表，我现在所戴的电子表是不值钱的。能把机械表做得那么精确准时，在今天来说已经超出了使用的范围。18 世纪的一些哲学家说"人是机器"，其实你可以接着说，在他们那个时代，所能想到的机器不可能是电脑、计算机，当时没有这些东西。他们所能想象的"机器"就是钟表。对于他们来说，人是比钟表更高级的机器。在那个时代，艺术家们并没有特别的位置。这个位置的培养，要归功于诗歌。将其他几门艺术，如绘画、雕塑、音乐、舞蹈这些东西提升到诗歌的水平，这个观念是 18 世纪形成的。这个时代的人们致力于做一件事情，就是把艺术和工艺区分开来。艺术是高雅的，工艺再复杂，也只是与技术和技能有关，但是艺术不是技术。现代艺术观念天生就有一种区别于技术的追求。

由此，他们发明了一个词叫作"Art"，大写字母的 A 开头的艺术。有没有大写字母开头，是很不一样的。从"god"到"God"就是一个转换。现在你看一些英语书，古希腊的一些神，都以小写字母"g"开头，古希腊的神没什么了不起，实际上跟人差不多，只是比人本领大一些，还不会死。基督教的神则不一样了，它无处不在、无所不能，于是就有了大写字母"G"开头的"God"。大写字母"A"开头的"Art"也是如此，它与小写字母"a"开头的 art，不是一回事。

找到共同点，这就开始了现代建构，艺术家就变成了跟平常人不一样的人。很多美学家研究：艺术是什么？艺术是一种个人的独创，艺术是天才的作品，这是康德的话。天才不遵守规则，但是为世界制定规则，天才就在于他做出来的东西不遵守规则。但如果毫无规则的话，那就是胡闹。我瞎弄一个东西，那叫艺术吗？不是！我做出来一个东西要使它成为规则，尽管它本身没有遵守规则。这是康德对艺术与规则关系的理解，与他关于艺术的其他一些观点联系在一起。他说天才的作品是一种独创，是一种灵感的产物。

归结到单一的规则，它是模仿吗？它是表现吗？它是有意味的形式吗？各种艺术的门类，各种艺术品，将它们都称为"艺术"，是认为，它们都有一个共同点。那么，这个共同点究竟是什么？这时候，就开始了一个概念的区分,开始了我们要划定一类的东西叫作艺术,并认为艺术与日常生活中的普通事物是不一样的东西,与工艺是不一样的东西。艺术作品不同于工匠的作品。艺术家原本就是工匠,现代艺术观念形成以后,就有意识地强调,艺术家不是工匠,艺术作品也不是工艺品。这些概念是18世纪才出现的,是一种现代的产物。当然,你可以简单反驳说,这些概念古代就有。的确,在古代就有工艺的高下之分。中国古人就说画家作画不要有匠气,也说百工之事是低下的。但是,将零星的古代概念集中起来,构建一个现代艺术体系,对"艺术"与"工艺"的区别进行完整的解读,并建立相应的机构和教育体系,这一切都是18世纪才出现的。

三、"现代性"是如何形成的

现在一些书总是在说"现代性"。我有时候就听烦了:你说说清楚,什么是"现代性"?弄一个概念来唬我们干什么!我们到欧洲艺术的博物馆里,就会发现,16世纪有16世纪的艺术,17世纪有17世纪的艺术,18世纪有18世纪的艺术。它们之间的区分非常明显,让我们一下就能辨认出。那么,在这里"现代性"意味着什么?一个时代有一个时代的艺术,同样,一个时代也有一个时代的文学。你可以对这些由时代造成的差别进行具体的分析,分析清楚就好。为什么一定要立出一个"现代性",以此与"前现代"相比别呢?

有一次,我在一个学术会议上,听一位英国人讲了一个题目,说莎士比亚所写的不是文学。莎士比亚所写的剧本,怎么能不是文学呢?我读过一本书,讲英国文学的伟大传统,就是从莎士比亚开始,到某个现代的作家,好像是萧伯纳。终点不好确定,今天的英国,好作家层出不穷。起点是确定的,从莎士比亚开始。谁要是反对,说莎士比亚写的不是文学,只是被人们笑话。但是,这位研究者,就是想通过这个极端的例子,说明一个事实:文学史上曾出现过一个断裂,出现了某种被称为"现代性"的东西。

说莎士比亚写的不是文学的人,是想说明,只是到了18世纪后期,以至19世纪时,才出现了对文学的一种新认识,将文学看成是语言的艺术作品。这种认识,有待于我们前面所讲的"现代艺术体系"的构建。在此之前,没有现代艺术体系,也不存在基于现代艺术观念的对各艺术门类的分类。

莎士比亚本来只是一个写剧本的人，那个时代的人没把他当作一个作家，就像曹雪芹一样，没人把他当作作家，他写的故事很好，大家就抄抄，他自己却穷困潦倒。莎士比亚当然赚了很多钱，回乡去买田买地。他刚开始是很贫困的，犯了一点小罪，别人抓他，他就跑了，在伦敦混出名堂来后才回去。他那个时代的人只是把他当作一个写剧本的，那个时代人们很看重剧院演员而对剧院写脚本的人不大重视。但是，他混到了一个大剧院，写了很多脚本，后来整理一下子出版了，回过头来一看，才觉得这个人真了不起啊。

从18世纪构建"beaux-arts"的体系开始，文学成为艺术的一种，被拉进了这个体系。文学受到了社会的重视，开始撰写文学史，对文学家的个性进行研究。浪漫主义在鼓励这种发展，仿佛文学家、艺术家就应该是一些特别的人，与常人不一样。

我们再回到刚才这个话题，为什么会出现现代艺术观念，是现代生活变化了？是机器大工业？瓦特发明了蒸汽机？是工业革命？这种经济的力量在推动人们的社会生活发生深刻变化，于是现代社会来临了。

现代社会来临的一个最大的标志，是一些现代学科的建立。美学就是在这样一个时代才出现的。

朱光潜说的美是无功利的。对待古松有三种态度：一种态度是木材商人的态度，看到一棵松树，想到它可以打什么家具，这比较低俗；第二种是科学家的态度，它属于哪一科、哪一目，这是科学思考；第三种是画家的态度，我不管它是哪一科、哪一目，我看重的是它的姿态、它的形象，这是排除了功利的思考，排除了科学的思考，是纯粹地对于形象的直觉，这种态度是一种审美态度。

朱光潜绝不是这种观点的第一位发明者，那么是谁发明了这种观念呢？发明者在18世纪。这种观点不是从来就有的。18世纪整整一个世纪在慢慢地推动这种观念的形成。这是一个漫长的过程。18世纪初英国有一位美学家叫夏夫兹博里。夏夫兹博里是一个贵族称号，他是第三伯爵，他爷爷是夏夫兹博里第一伯爵，那是一位很重要的政治家，在英国很有地位。他爷爷雇了大哲学家洛克做秘书，洛克同时又做了夏夫兹博里第三伯爵的老师。当时英国的一些名流，例如霍布斯，也是他的老师辈。但夏夫兹博里毕竟是一位贵族，他不喜欢洛克的自由主义，也不喜欢霍布斯的功利主义。他说这些观点，特别是霍布斯的观点不对，不是人之初性本恶，不是只有永远寻求满足的欲望，人不是只有恶根，也有善根。夏夫兹博里继承了一点新柏拉图主义的精神，他说人有一种内在的感官，这种感官是一种道德感官，于是我们对事物有了一种无功利的态度。就像人的本性一样，我们现在也能想象一个社会底层的人可能会把人想的很恶，一个处在贵族阶层的人可能会把人想的很善，因为他们的成长经历不一样，这是自然形成的一个东西，夏夫兹博里把这种东西带到了学术当中，所以他最早提出了审美无功利，这背后是"内在感官"说。他的思想被后来的例如哈奇生等人所接受。夏夫兹博里的无功利思想、鲍姆加登关于美学的观念、休谟的趣味说、博克的优美和崇高的区分等，所有这一切汇到一起，流到了康德那里。从18世纪初到世纪末，几乎有一个世纪的时间，种种有关美和艺术的思想在发展，到了康德《判断力批判》出现时，现代美学体系终于成形。这个体系形成以后，被后人继承，又回传到法国，构成了唯美主义传统。我说这段历史的意思是，不要把无功利的观念绝对化。这种观念是时代的产物，是针对当时社会状况发言的。如果是这样的话，18世纪的现代艺术观念、现代艺术体系，18世纪的美学观念都是如此，都是针对那个时代和社会发言的，是致力于对社会进行补偿。当霍布斯、卢梭这样一批人鼓吹社会契约而不是君权神授或血统时，似乎是代表了社会正义的一面，但这实际上反映的是一批新兴资产阶级所代表的一种价值观念，一种非常功利主义的价值观念。现代艺术观念站在社会观念主流主导之外或之上，用艺术所追寻的另外一个世界或另外一种观念来补偿这个功利观。艺术是在补偿，回到一种趣味，回到一种灵感，回到一种高雅的观念。

这里还有一个问题，即艺术代表什么？正像我们刚才说的，开始大工业化了，现代化了，当看到卓别林的《摩登时代》的时候，我们看到人成了生产线中的一环。人被分工，社会被分工，这是一个不可避免的事实。文明是什么？文明就是分工。一个人需要专门做一件事，专业化才能把东西做得特别好。工业的发展当然需要这么做，每个人就相当于大机器中的一个齿轮或螺丝钉。我们说一个人是铁匠，他能打制出刀、锄头，这很正常，而如果说，"我是造电脑的"，这句话就很可笑。电脑不可能是你一个人造的，有很多的人参与，有很多的工序。现代社会的所有东西的制作，都是一个大的分工，所有的东西都是大家造出来的，是一个配合严密的体系生产的结果。在这种情况下，艺术恰恰代表另一个东西，代表个人的、手工的、独创的，这样一种追寻代表与现代追求完全不一样的另外一种追求，艺术在保存着个性和个人的独创，这构成了一种补偿，是对社会生活的一种补偿。如果说生活在消灭了你的一切快感的时候，那么艺术在补偿这一切。现代社会给我们带来的东西太多太多了。今天停电了，乘不了电梯，需要爬上来，我们就很不习惯。古代社会没电，电没有发明的时候我们照样过。其实不仅仅是这一条，我们社会生活中的一切都是这样。我们的大学要在课堂上这么讲学，以前不是这么讲的，以前上课没有课堂。大学是怎么起源的？房龙曾经在《人类的故事》当中趣味地讲大学的起源。大学就是有人有话要说，站在街头讲他的道理，很多人来听。他讲的真不错，第二天再来讲，还有人来听。第三天来还有人听。他天天来讲，所以聚了很多人来听，大家都觉得他讲的很有道理。当然最早讲的是关于宗教、人生的道理，很多人来听，觉得很受教益。后来，下雨了。下雨怎么办呢？到屋子里面去讲，于是，就这么定下来，别到外面去讲了，风吹日晒雨淋的，就在屋子里面讲，在固定的地方讲。后来教会发现这个事情很好，很支持。手工业者也觉得好，也支持。贵族们也觉得这件事不坏。教会与贵族和手工业者竞争激烈，常常为很多的事打得不可开交，互相争权夺利。但他们在这件事上意见高度一致——办大学。大家都愿意出钱，都觉得这是增长知识的。于是，大学就开始了。大学不是古代的传教，也不是中国古代的太学制度，它是现代工商业形成以后出现的。世界上最早的大学是博洛尼亚大学。我某年夏天去了一次。大学为什么在那里起源呢？因为那个地方工商业很发达，得到行会的支持。我们大学制度的引进，生活的改变，这也是现代的产物。刚才说到了我的一篇文章，其中说了一个现象：上班。上班是一个现代现象，古代人不上班。古代人无所谓上班和下班，手工业者无所谓什么上班和下班，前店后家，我关门了，你敲一下门，照样可以开门做生意。到了后来，有了一个制度，要去上班，要准时。我们现在就养成了一个准时的观念，刚才来的路上我就一直在想，别迟到。准时这件事很重要，成了文明的素质。有一次去巴西开会，看到了几个人，就跟他们聊天。他们是什么人呢？他们是鞍钢的，巴西有很多好的铁矿石。他们说："我们还是想去，但又有些犹豫，我们有一个前车之鉴，就是之前我国有个钢铁公司在那儿栽了。"为什么在那儿栽了呢？因为该公司那个领导人也是头脑一热：巴西那么多好的铁矿石，这么便宜的劳动力，自然条件好，我们去吧。到那儿去办厂子，投资了一大笔钱之后发现了一个问题，当地人没有准时上班的习惯，你说叫他八点钟来，他十点钟来了，你批评他、开除他，工会就找你抗议，很麻烦的。劳动纪律形成不起来，干什么都不行。把他们全部开除掉，从中国雇一批工人来，又不准。国家限制，有劳动法，弄得他们进退两难。其实这是一种全世界的现象，你去一些国家，这些国家的经济为什么发展不起来呢？就是他们的人还没习惯于准时上班。没有习惯于上班好好干，下班好好玩。文明会把这些习惯根除掉。这些国家终将成为经济上强大的国家，但需要这些国家的人习惯于准时上班、准时下班。这个习惯也许需要一两代人的时间慢慢地形成，有一个漫长的磨合期。工厂里的老板们，外来的投资者会寻找一些典范，树一些榜样，中间总有一些人还是会准时上班好好干的，给这些人多点钱，给他们多点工资，其他的人跟着慢慢做慢慢学，这会改造整个民族的习惯。过去，也有人说中国人这一类的劣根性。等到中国经济强大了，就不会有人这么说了。所谓的劣根性，不是由于血统，而是由于习惯，或者说，由于一些受到某种"文明"教养出来的人的眼光。被现代文明"驯化"，当然会带来一些好的习惯。我们要准时，要遵守分工，要把自己所专的那一行做得特别好。但是这一切会带来了另外一些东西，这就是现代社会面临的一些问题。

四、艺术之中"终结"的是什么？

当代艺术研究中面临这样一些问题：总是有一些人在说艺术的终结。他们是在说什么呢？艺术终结了吗？还有艺术啊。艺术面临着很多问题，说由此艺术就要"终结"，也许是夸大其词。但是，这毕竟告诉我们，今天的艺术跟以前不一样了！如果说，一些夸张的话，大言欺人，故作姿态，提醒了我们开始注意以往一向被我们所忽视的问题，那么，它也是值得的。你到北京的"798"，到"宋庄"去，看到那里的艺术不再追求美，当你看到艺术与美分离，变得丑、怪、恐怖、恶心，甚至变得与美丑都没有什么关系时，这些艺术品还是艺术吗？如果不提供美，那么，为什么还是造这些艺术？为什么还有那么巨大的影响？有一次我在美国《时代周刊》封面上看到岳敏君的画，其中配了一篇文章，说这幅画卖五千多万美元。照那时的兑换率，要值四个亿。在这个校园里，不算地价，有这么多的钱，几排的大楼都建成了。一幅还活着的、还年轻的画家的画啊！现在找到范宽的真迹,你也卖不到这个价。

现代艺术变成了一个很特别的现象。当然这是很特殊的情况。但也可以说,中国的先锋艺术可是了不得。几年前我到奥地利的一个城市萨尔茨堡,参加一个美学方面的会。那是莫扎特的故乡,一个充满艺术情趣的城市。我远远地看到古堡上面有一条街,街上有两个中国字,就过河爬到那座山上去。当时正是枫叶正红的时候,那座山太漂亮了,上面两个中国字终于看清楚了,有点奇怪,是"麻将"两个字。原来是一些中国的现代艺术家在那搞了一个展览,在那里展完之后,收拾收拾,然后搬到维也纳再接着展览,这些年,中国的先锋艺术在西方很受欢迎。去年年底,12月份的时候,我去德国的一个城市卡塞尔,在那开一个美学方面的会。开完会之后,一位老师说明天带我们到城里走走,正好有一些中国的艺术品。那就走吧。当时下着大雪,我去时也没准备鞋子衣服什么的,但盛情难却,只好跟着她,顶着雪就在城里走。去看什么呢? 在城市的中心公园里有一些中国当代艺术家在那儿展览,其中就有许多当代中国艺术家的作品,有些我叫不上名来。

先锋艺术在国外影响很大,但是先锋艺术有一个特点,就是美与艺术的分离。过去,情况不是如此。艺术本来就是为着美的目的而造出来的。工艺与艺术有什么区别吗? 那就是:工艺是用的,艺术是美的。这是我们本来的一个概念,为什么说"the fine arts"用"fine"或者叫"beautiful",也就是说,当它是"beautiful"的时候,它才是"art"。美的制作品成了艺术,不美的,就不是。18世纪的艺术观念在形成时,背后就有着这个共识。到了20世纪,这个共识遇到了危机,艺术跟美没关系了,现代艺术跟美脱离了。现代艺术与美相脱离的背景是什么呢? 就是到处都有美的时候,艺术就不讲美了。

什么叫作到处都有美呢? 可以用两个词来说,即"艺术的产业化"和"产业的艺术化"。"艺术的产业化",是文化创意产业。文化创意产业本来是指,艺术品一旦被工业化地生产,过去所讲的个人的、天才的、独创的、独一无二,那一类的概念就全部失效了。大量的复制使我们来到了机器复制和电子复制时代,艺术处在了另外一种处境中。我们过去对此持谴责的态度,认为艺术的产业化,或者说文化创意产业,取消了艺术,使人们品味低下,进而认为它们为极权服务,是纳粹时代的产物。近年来,越来越多的人认为,这种谴责过于严厉了。文化产业需要发展,通俗大众艺术应该允许流行，一般公众的审美趣味应该得到尊重。但是，这并没有排斥这样一个问题：在文化创意产业之外，还是否允许艺术存在，允许一种保持独创性、非工业化的、显示个人独特趣味的艺术存在？艺术发展到今天，不是艺术家们要排斥文化创意产业，而是文化创意产业要取代所有的艺术。这时，要不要有艺术的绝地反击？这才是问题的实质所在。

另外还有"产业的艺术化"。设计成了一个比艺术更受关注的专业。无所不在的设计需求，造就了一个繁荣的就业市场。在消费时代，基本的实用要求已经满足，产品的竞争，已经从功能性转向了审美性。当手提电脑的质量问题不再成为主要关注焦点时，外观看上去好看就变得很重要。当汽车的基本质量问题解决后，外形是否好看，成为选择时的主要考量标准。这时，开始有女性电脑、女性汽车。需要有专门的女性电脑，女性汽车吗？要。不但电脑、汽车要分男女，还要分青年、中年、老年。美的设计，给我们带来生活的舒适和惬意。市场、竞争、消费主义，推动商品的改进，带来美的生活环境和设施。艺术的精神渗透到商品的设计之中，我们的日用品被美化了，我们周围的一切都变成了设计的结果，这时，艺术在哪里？艺术还有没有生存的必要了？我们还是否需要日常生活用品之外的一种物品，叫作艺术？

沃尔夫冈·韦尔施有一本书叫作《重构美学》。这本书致力于解决在出现了"艺术的产业化"和"产业的艺术化"之时，艺术怎么办的问题。我们迎来了一个电子的时代、消费的时代、全球化的时代，所有的一切已经不再是机械工业、资本主义上升期的时代，而是处于一个消费主义的时候，我们的美学面对着一些新问题。沃尔夫冈·韦尔施代表着一种精英的艺术立场，认为在处处皆美之时，艺术要使人警醒。他在说这样一个思想，也就是说艺术不再是功利主义盛行的社会的补偿，不再是补品，而是药，要治社会的病。于是，丑的、怪的、恶心的东西都可以进入艺术。当你总吃甜的东西得了糖尿病的时候，你要吃一点苦的东西。这是经济发展到一定程度的产物。有一次，我乘印度的国内航班，空乘小姐拿了一个托盘，托盘上是硬的水果糖，许多乘客一把一把地抓起来放到口袋里。你可以想象，在中国，如果空乘小姐拿出水果糖，肯定不受欢迎。这就是处于不同的经济发展阶段的表现。我的家里有很多水果糖，在楼下的超市里买东西超过一定钱数的时候，就可以随手抓一把水果糖带走。我的手还不小，也张开大手去抓。带回家以后，总是想着有小孩来的时候给他吃，但到我家里来的小孩也不多,所以时间长了就扔掉了。当处在完全不同的生活状态的时候,人的追求是不一样的,那么艺术也是如此。经济社会发展到一定程度,就像在生活中不吃甜的东西一样,艺术也不追求美的东西了。

我们回到艺术终结的话题。一位美国的美学家阿瑟·丹托写了一篇文章《艺术的终结》,后来这篇文章被放到了一本叫作《哲学对艺术的剥夺》的书里,这本书的中文译名为《艺术的终结》。后来他又写了一本书叫《艺术终结之后》,一直在炒这个话题。在20世纪80年代,"终结"的话题不仅是美学家和艺术家们谈,各种学科都在谈。南京大学就编过一套书叫"终结丛书",把"意识形态的终结""历史的终结""哲学的终结"都放到了一起。但是,各种不同的终结的意思是不一样的。丹托的"艺术的终结"与弗朗西斯·福山所讲的"历史的终结"就有很明显的区别,虽然都是讲终结,都来源于黑格尔,但是所说的是不一样的。

我们知道黑格尔曾经说过终结,他说历史是一个进化的历史,他说的进化不是我们说的一般的进化,比如说历史的进步、艺术的进步、工业的进步、视觉的进步。视觉的进步:画画过去画得不像,现在画得越来越像了,雕塑雕得不像,现在雕得栩栩如生了;技术的进步:以前雕塑没有那么好的工具,现在有好的工具了。这种进步当然是数不清的。现在各种各样的工艺、电影、电视等,到处都有进步,而且这种进步很明显,我们可以真切而实在地感受到。但是,黑格尔所说的,不是这一类的进步,而是理念的进步。他是把社会整体纳入到一个巨大的进化过程中。从自然界、生物界到人类社会,再到人的精神的发展,经历了一个从艺术到宗教到哲学的过程,最后归结到哲学。对于他来说,艺术是理念的感性显现,宗教是理念超出了感性,到哲学则是理念回到自身。

他的体系暗示了一个结论:艺术会终结。艺术会让位给宗教,宗教会让位给哲学。这当然引起了一个很大的话题,这个话题就是:终结以后的艺术会怎么样?黑格尔死后,我们迎来的是艺术的繁荣时代,而不是艺术的终结。那么,他的理论破产了么?其实,他说的不是这个意思,他是在说,艺术曾经在精神领域起主导地位,从艺术过渡到宗教、过渡到哲学。据此,他提出了一个跨越具体精神领域的共同进步观。他与另外一些人,如科耶夫和福山不一样。俄裔的法国人科耶夫,是20世纪非常著名的黑格尔学家。科耶夫曾经在法国的公共讲堂上讲黑格尔,讲了好多年,但是他的思想代表着右翼的黑格尔倾向，例如他引用黑格尔的观点说：历史终结于1806年，当时拿破仑战胜了奥匈帝国。这是很怪的一句话，并且我觉得这句话从一个俄国人嘴里说出来是不可思议的。他是站在自由民主的精神上来说这句话的。我想象，俄国的知识分子都是读列夫·托尔斯泰的《战争与和平》长大的。这本书从一场大战写起，小说的主角安德烈受伤了，躺在战场上一动不动，拿破仑骑着马从他身边过，天空中白云在移动，由此发出感慨就是：人总是渺小的，天空中移动的云才是伟大的。托尔斯泰是在说，不是某一个人通过某一场大战创造了历史，历史有着它自己不以人的意志为转移的规律。

法裔俄国人科耶夫说，历史终结于1806年，日裔美国人福山说，历史终结于1989年。这一年东欧发生了巨变，社会主义灭亡了，于是开始了自由民主的一个时代。这些全是带着强烈的右翼色彩的观点。

左翼色彩的丹托很受马克思的影响。马克思早年说过，共产主义是什么，共产主义就是人超越分工。刚才说分工是文明的结果，是现代文明带来了按时上班的结果，是我们干一行爱一行，上班拼命干，下班拼命玩，这是现代文明给我们带来的一切。现代文明全部建立在这个基础上，然而共产主义是超越这一切的。马克思说应该是上午钓鱼、下午打猎、晚上再写作等，一个人不管是哲学家还是什么人，都应该什么都会。[①] 他想象的是，分工是不可避免的，分工是文明的象征，给社会带来了巨大的变化，但是这一切要被超越。也许，这是乌托邦，但乌托邦有时会照亮我们的生活。阿瑟·丹托也在说这样的话，一个人早上可能是具象主义者，下午可能是抽象主义者，他可以做各种各样的事情。

这个时代就是"艺术终结"，这是说艺术不是向一个方向发展进步了。艺术终结的意思是不再进步，而不是不再存在。但同时，他也说，这个世界是很大的，不是说艺术终结了，艺术就没有未来。他是说，西方的现代性形成以后的大写字A开头的Art，就是现代艺术观念。这个观念下的艺术终结了，来到了一个多元主义、众声喧哗、不同民族可以创造出自己的艺术的时代，而不只是单一的以西方为中心，放射性地将艺术传播到全世界的时代。

---

① 马克思、恩格斯：《德意志意识形态》，见《马克思恩格斯文集》第1卷，人民出版社2009年版，第537页。

这时，艺术会怎么样？我们怎么看这个问题？艺术在今天的处境如何？工业革命的时候，艺术有什么变化？消费时代，艺术是什么样的处境，有什么变化？《共产党宣言》中写道，当物质财富极大丰富的时候，社会就会在自己旗帜上写上各尽其能、按需分配。但是，我们现在会发现许多新的问题：什么叫作物质财富的极大丰富？什么叫作需要的充分满足？我们今天恰恰面临的是这样一个时代，我们的需要是在被不断创造出来的，我们不知道这个需要，是厂商们不断地去制造各种各样的需要，去刺激着我们的消费。经济要发展，就要消费，所以要制造消费。经济危机的原因，被理解成缺乏消费信心，老百姓不敢花钱。发展经济的唯一之道是提高老百姓的消费信心。这个话我曾经感到很奇怪，为什么会这么说？但是大家都这么说，也觉得很有道理。经济学家都这么说，政治家们、各国的领导人都这么说。政府在做的事，就是增强消费信心。这种做法，使我想起这样的一个例子：有一次我去澳门，参观赌场。我当然不会去赌，不赌不是因为我不想挣钱，而是对我的手气缺乏信心。但是，不参赌，参观参观总是可以的吧。我特别想去看看赌徒的眼睛。听说，赌徒的眼睛都是红的，我要去看是什么样的红。我去了以后，惊讶地发现，澳门赌场的服务极好，一条龙服务。首先是提供免费午餐、晚餐，以节省赌徒的时间。另外，赌场可提供一张免费回香港的船票。还提供什么呢？赌场外有很多当铺，这些当铺在香港都有连锁店，你如果当掉东西的话，在香港就可以赎回，不用回到澳门来。这样，你就可以放心地把身上的每一分钱、每一件值钱东西全部赌光，放心地、无后顾之忧地回到香港去。制造一种福利制度让你无后顾之忧，可以放心消费，这是一种经济模式。什么都不用怕，这个社会反正会给你兜着。这也许会带来经济短暂的繁荣，但是，不用我说，你们也会知道，这样下去会带来很多问题。

另外，审美本来是无功利的。美是什么？是一种趣味，是高雅的东西，而不是炫富。向人展示我多有钱，有多富，是很倒胃口的。但是，现代社会恰恰是这样，认为美是财富的象征。回过头来看那句话，马克思说"劳动创造了美"，"人也是按照美的规律来造型"。现在的企业家们、生产商都这么做了。当生产商按照规律把美创造出来的时候，艺术家无需把美再创造一次。所有的美都有统一标准。我们有种种说法，从补偿到救赎：艺术要起救赎的作用。在一篇文章里我曾经说过，艺术不再是迷幻药，要成为生活的解毒剂。那句话也仅仅只说到此为止。

说完这一切，我还是想回到一个故事上来，并以此来结束今天的讲座。古希腊有一位哲学家叫毕达哥拉斯。他是一位很古老的、柏拉图之前的哲学家。毕达哥拉斯是一位数学家，一位有神秘色彩的宗教领袖，但也具有科学精神、数学精神。比如毕达哥拉斯定理就是我们中国的勾股定理，也就是直角三角形两个直角边的平方的和等于第三条边的平方。这个定理在西方是毕达哥拉斯或者他的学派发明的。毕达哥拉斯还是很具有神秘色彩的教派领袖，是希腊最早信奉灵魂转世观念的人。毕达哥拉斯问了一个问题：参加奥运会（古代奥运会）的有三种人，一种人是看比赛的、一种人是去比赛的、一种人是做生意的，这三种人谁最高贵？这是完全古代式的问法：谁最高贵？这三种人后来代表了现代社会的几种人：看比赛的人在古代是贵族，不下场，就在那儿看，是旁观者。做生意的人代表着现代的商业、文化产业，这么多人聚在一道，总要吃喝，也就提供了商机。还有一种是运动员，运动员赢得比赛，赢得锦标，城邦会给他们塑像，给他们戴橄榄枝，他们是城邦的骄傲，是英雄。毕达哥拉斯的问题是：谁最高贵？你们会认为，当然是运动员，我也这么认为。但是，毕达哥拉斯的回答却是：看比赛的人最高贵。毕达哥拉斯不能代表所有希腊人的看法，我不相信所有希腊人都这么想。但是，我相信毕达哥拉斯影响了希腊的哲学家们，让他以后的哲学家们都这么看。这包括柏拉图、亚里士多德，以及几乎所有的希腊哲学家们。这代表一种精神，即旁观者精神。旁观者不动情、无功利，努力看到存在于事物背后的本质，看到它背后隐藏着什么运动规律。他们所要达到的，不是我行动上参与进去，而是我在精神上进入对象世界之中。这代表着希腊的哲学精神，即看到事物的本质，从变动的世界中，看到不变的本质。这本来是个奇怪的提问方法，却引出了对希腊哲学传统的最清晰的描绘。希腊科学也是这样。希腊科学跟现代科学不同，希腊古代的科学是观察的科学，是旁观，而现代科学是实验的科学。当他们想知道事物的本质时，就采取观察的态度、科学的态度、不动情的态度。

然而，在今天，我想说的是，不管希腊人的旁观者态度多么有理由，传统有多么深厚，我还是想回到一个运动员式的、参与者的立场上来。对于我来说，仍是运动员最高贵。我相信，这也是希腊人原本的态度。他们崇拜那些赢得桂冠的人，认为他们中最优秀的人已经达到了半神半人的英雄的水平。他们原来也有着一种参与精神，但这种精神被毕达哥拉斯式的旁观精神、被哲学压抑了。

结语：回到艺术家的原创上来

　　回过头来说艺术，我们能不能回到这样一种传统上来：艺术归根结底，不是社会的药，不是要治社会的病。艺术是生活本身。还是回到一种原初的、个人的、独创的、创新的精神上来。这是艺术本来的意思，这也是艺术走出"终结论"危机之道。

　　在此，我想回到我最初说的一个话题：个人和个人之间原初的关系。火车站门口的小饭店，没有个人和个人的关系，它是人为的。他炒给你们的菜他自己才不吃呢，把你们喂饱了，把你们的钱挣来了，这是一种付钱走人的关系。传统街区里，有着人与人的个人关系，这种关系下才能炒出好菜。现代人有一种还乡的精神，说我一辈子吃的最好的是我妈给我炒的菜、烧的饭。我妈、我姐、我妹、我妻、我女儿烧的菜，才是最好的菜。这是一种纯粹的个人关系，也许技术没有那么纯熟，没有那么专业，没有接受专业分工的训练，但是它所代表的个人的、人和人之间的直接关系，随着现代社会来临以后在艺术中能不能保存？我们说艺术各种各样，文化产业也被说成艺术了，除这个以外还有什么？能不能保留着个人的独创的精神？强化这种精神，这样的艺术才是真正的艺术。这也许是一种乌托邦，在现代社会里是一种过时或者太超前的想法。但是，乌托邦有时候是可以照亮生活的。

重新寻找美学的当代意义

2010年8月,在北京召开了第18届世界美学大会。来自世界各地的美学家们都在思考这样的问题:在今天怎样做美学?怎样将这个学科向前推进?怎样使这个学科适应时代的需要?一些来自美国的美学家们,倾向于一条思路,这就是:走出康德,走向杜威。康德美学被总结成两条:审美无功利和艺术自律。于是,杜威所提出的重新确立三个连续性,即艺术与生活、艺术与工艺、高雅艺术与通俗大众艺术之间的连续性,成为走出康德体系的动力。在当今的美学语境中,康德成为严守学科界限,从而使知识鸽笼化的代表,而杜威所引领的,是一条不是从公认的艺术品出发,而是"绕道而行",从日常生活出发来研究艺术的道路。然而,回到日常生活,所带来的并不是艺术的复兴,而只是艺术的危机。艺术应该从哪里寻找自己的意义,这才是我们迫切需要思考的问题。

一、现代美学在诞生之初的追求

现代美学是从18世纪的欧洲开始的。在当时,随着经济社会的发展,在欧洲出现了这样一种潮流:将艺术从日常生活中分离出来,形成一个独立的世界。1735年,德国人亚历山大·鲍姆加登出版了《对诗的哲学沉思》一书,在书中提出,存在着一种专属于知觉的完善,相对于理性,这虽然处于低层次,但却是独立的,应该据此建立一种"感性认识的科学",这就是"美学"(aesthetica)。1746年,法国人夏尔·巴图神父发表了一部名为《归为同一原理的美的艺术》(*Les beaux arts réduits à un même principle*)的著作,其中提出了"美的艺术"(les beaux arts)的概念。他认为,诗、绘画、音乐、雕塑和舞蹈都应该包括在这个集合之内,这种集合所依据的是一个单一的原理,即对"美的自然"进行"模仿"。作为哲学家,这两位在当时都没有很高的地位。如果我们查阅涉及这一段时期的哲学史著作,会发现很难找到他们的名字。但他们所提出的概念却被学术界迅速接受，与其他一些人所提出的概念，如意大利维柯的"诗性智慧"，英国夏夫兹博里的"无功利性"追求和"内在感官"说，休谟的"趣味"说，以及其他英、法、德等国的众多思想家的各种观念一道，共同推动着美学作为一个学科的成熟。美学作为一个学科的形成，以康德的《判断力批判》的出版为标志。上述种种概念在康德的《判断力批判》一书中完成了一个综合，从而促成对"艺术"和"美"的本质性追求。

这是一个启蒙的时代，现代艺术和美学的概念，是与这个时代的特征联系在一起的。要理解康德所做的似乎是纯逻辑的建构工作，实际上有必要进行历史的还原。从意大利文艺复兴开始，随着城市的兴起，欧洲社会开始了一种"文明化"的进程。做一个文明人，既包括阅读和谈论优美的诗歌小说，定期去剧院，收藏珍贵的艺术品；也包括不当众做出一些"不雅"的行为，待人接物要有"修养"，诸如不在公共场合打架骂人，不随地吐痰乱擤鼻涕，不随地大小便，说话不带脏字，尊重妇女，以至于谈吐高雅，衣着高贵，等等。这些似乎都是高雅的封建贵族的行为，与粗俗而唯利是图的中产阶级无关，但其中实际上有一个共生的关系：只有在市民文化得到发展，大都市兴起，社会财富积累到一定程度之时，这一切才有可能。在金碧辉煌的宫殿前，在庄严肃穆的教堂里，在美丽芬芳的花园中，在宽敞明亮的广场上，人们就要求与之相称的得体的行为举止。于是，原本不能断文识字的乡村贵族们涌进了城市，追求并创造起时尚来，这种追求后来变得越来越夸张，造就了一种集道德和审美为一体的贵族传统，贵族们借助皇权的力量，以形成一个高雅的圈子，并用他们的高雅来与"粗俗"的中产阶级进行竞争，迫使中产阶级们也附庸风雅。

"美的艺术"形成，所根据的也是相同的原理。在市场经济发展的同时，奢侈品市场也在发展。但是，奢华不是艺术。涌流出来的财富促成了生产的等级之分，区分出满足于基本生活需要与满足于奢华享受这两种产品的生产。随着市场日益繁荣，两种生产被划分得越来越明晰，社会依据财富的占有而清晰地划分为阶级，艺术也就获得了存在的基础。一些早期的经济和商业中心，常常也是艺术的中心，例如意大利的佛罗伦萨和中国的扬州，都曾经是如此。

但是，现代艺术概念的产生，并不能与财富的积累和集中构成直接的对应关系。相反，它表现为非功利性，与财富的观念相对立，并且蔑视财富。其根本原因，恰恰在于当时社会的发展，需要一种文化的力量来制衡它。作为对奢华的制衡，一种来自宗教的力量，推动艺术与欲望的脱钩，在现代艺术概念的形成过程中，曾起过重要的作用。黑格尔排出艺术、宗教、哲学三阶段，认为艺术之后是宗教，实际情况正好相反，宗教的世俗化，恰恰是推动现代艺术体系和概念形成的动力。

这里说到现代艺术体系和观念，指的是两个方面的意思。现代艺术体系，指的是将诸种艺术结合在一道，构成一个集合。现代艺术观念，则与对艺术本质的寻找联系在一起。巴图提出了一个富有深意的思考，即艺术是"模仿"。这种说法似乎极其古老，没有什么新意。其实，"模仿"说的重新提出，是有意义的。巴图把"模仿"这个词从柏拉图式的否定性的概念，即对艺术从形而上学（包含真理的成分较少）和伦理学（取悦于灵魂的低下部分）角度所作出的否定，变成一种肯定性的概念（构成一个不同于现实生活的独立世界）。到了康德之时，"美的艺术"不再是 les beaux arts，而是 schöne Kunst（beautiful Art）了。一个单数的、大写的艺术，指向其内在含义，而不是这个词所指称的各艺术门类的集合。

美学的诞生是为一种追求服务的，这就是生活的品味。品味与财富，是现代生活的两翼。中产阶级对财富的追求，成为世界向现代转型的动力。与这种追求构成对立而最终成为互补关系的，正是对品味的追求。好勇斗狠转变成温文尔雅；土匪流氓没有出路了，工商界领袖的时代到来了；粗俗而直接刺激欲望的低级表演，转变成对经典文学作品和艺术大师的杰作的欣赏。这些都是整个社会从野蛮向文明大转变的外在表现。像夏夫兹博里伯爵那样的贵族趣味，表面上与霍布斯的政治哲学构成尖锐对立，实际上两者都反映了当时的时代需要。康德美学所肯定的，正是这种转变。康德美学代表着一种区隔的力量，区隔背后有着历史的必然性，正像城市与乡村的区隔，从而"使乡村屈服于城市的统治"（《共产党宣言》语）一样，资产阶级在占据了统治地位以后，在趣味上就把封建贵族的一套接了过来。甚至可以说，在欧洲，贵族的高雅化与资本家财富的积累是同时发生的。

二、艺术与生活间关系的当代定位

杜威所代表的那种连续性的寻找，则与此相反。如果说，康德美学是

18世纪的诸种美学思想的集大成的话，那么，杜威美学则是从19世纪的一种思想倾向中发展而来，这种倾向就是，对艺术进行心理的还原。由历史的原因形成的区隔，可以通过心理的原因引入而得到解构。艺术被还原为经验，从日常生活经验到"一个经验"再到审美经验，杜威致力于通过经验的普遍性而重新建构起艺术与生活的连续性。

两种美学大潮背后，分别有着两种不同的时代推动力。高雅艺术的建立，起着建立"有教养的"现代社会的作用，这也是那个时代的需要。但是，确立差别与打破差别，经济上的自由发展与不同等级的人平等权利的追求，用高雅艺术对民众进行教化与让民众自己的审美经验得到确证，总是处在一种双向运动之中。杜威美学是后一种力量的代表。

那么，杜威赞成什么样的艺术呢？他似乎说了，也似乎没有说。他认为，由于阶级划分，一方面是高雅艺术日渐苍白，一方面是下层人满足于粗俗的刺激。社会的发展，要求打破这种社会阶级和阶层的划分，建立起全民的艺术来。杜威的理想是："艺术的材料应从不管什么样的所有的源泉中汲取营养，艺术的产品应为所有的人所接受。"[1] 他认为，自康德以来的艺术，是"文明的美容院"。"美容院"不是广大的普通大众的公共场所，而只是上流社会人士进行自我美化的私密场所。艺术尽管也是以大众的名义建构起来，但18世纪以来所建立的现代艺术概念却是为着"小众"服务的。当然，"小众"也有"小众"的意义。圈一个花园，在里面精心培育奇花异草，让有雅兴的人去欣赏，并且使闲情逸志得到进一步的培养，这没有什么不好，但它有其局限。"小众"的艺术，是现代社会的美和艺术的培育的温床。培育者也想将它大众化，以此对全民进行教化，但常常做不到。

这种"小众"的艺术，在当代社会受到几重的挑战。

艺术的创作被"创意产业"（creative industry）产品的生产所取代。这种生产行为，创造出新的消费行为：艺术的欣赏被创意产业产品的欣赏所取代。人们可以援引从康德直到阿多诺的观点对这一切进行谴责，但这是无济于事的。在滚滚而来的商业化浪潮面前，这种谴责声就像在挂满高音喇叭的广场一角的几个人的自言自语一样，谁也不会听见。创意产业原来叫文化产业（cultural industry），或者译成文化工业。那个名称不好，艺术家本来是强调他们不是工人，文化产业使他们回到了工人的地位。"创意"

---

[1] 杜威：《艺术即经验》，第398页。

一词使他们与创造联系了起来，尽管这仍是产业。艺术家通过创意，使自己成为生产流程之中的一个环节，而不像过去那样，通过置身于生产之外，与生产（按照一定的规则和一定的流程，照一定的样本和图纸来制作）相对抗，来强调自己的独特性。

非艺术的生产中出现大量的对美的追求。从汽车到手机，从电视到电脑，外型漂亮是决定其销售量的重要因素，美的时装、美的家具、美的居室，再由此进一步，美的建筑、美的街区和美的城市，我们生活在一个美的世界之中。这一切本来都是很好的现象。在功能之外，加上美的因素，造出又合用又漂亮的产品，这是人们的普遍的追求。这是一种美学向各种生产领域的殖民，人们还努力创建一个被称为"应用美学"的学科，试图解决的就是这方面的问题。

两种对"小众"艺术的挑战，似乎都是积极的。这样一来，艺术不再是"美容院"，而是世界之美的制造工场了。

作为一个生活在19世纪后半叶和20世纪前半叶的人，杜威没有预见到许多当代社会的发展。他当时所存有的，只是一种艺术的民主化的思路。走出"小众"，走近大众，这是他的艺术理想。这种艺术理想，与美国的通俗大众艺术的潮流结合在一起，尽管杜威自己也许不会承认这一点。当舒斯特曼将这种美学与"拉谱"艺术和身体的感受结合在一起时，确实是杜威思想的一种自然而然的发展。杜威的理想是，随着社会的变革，精英艺术的苍白无力，通俗大众艺术的粗俗而商业化的倾向都被克服。

当代美学的一个大趋势，是大写字母A开头的Art（艺术）的消亡。美学界有流行的"艺术终结论"的说法，一般都说黑格尔和丹托。黑格尔宣布艺术让位给宗教，最后让位给哲学。这种描述，与我们今天所说的艺术没有什么关系。黑格尔的意义，仅在于提供了一个整体的发展观而已。丹托所宣布的艺术终结，与大写字母A开头的艺术有关。但他说艺术终结后还有艺术，只是不再在精神领域占据主导的地位了。与黑格尔和丹托不同，杜威是不赞成艺术终结论的。对于艺术的未来，他有着一种理想主义的表述：随着人的生活的富足，艺术会得到繁荣；艺术的繁荣是文明的质的最终尺度。但是，什么叫作艺术的繁荣？在一个科技和商业催化下产生的现代文明中，艺术的位置又在哪里？这些都是没有回答的问题。

三、艺术要对社会生活起作用

艺术的性质是历史和社会所赋予的。正像18世纪的英、法、德等国的社会状况促成了现代艺术体系的诞生一样，从19世纪末到20世纪初年美国艺术的状况，对杜威试图挑战传统的艺术概念，起着重要的推动作用。实际上，两百多年来，在世界各个国家，出现了无数的关于艺术本质探讨理论和学派，这些理论和学派的背后常常有着深刻的现实内容。倡导什么样的艺术？将什么样的艺术看成是"真正的"艺术？这都是由时代决定的。艺术理论与艺术的创作和欣赏实践之间，存在着各种各样的对话关系。理论与实践通过这种对话关系相互促进，相互提高，这构成一个小循环。在这里，我们更加需要注意的是，在这个小循环之外，还存在着一个大的循环。这就是说，理论与实践的这种对话是在一个更大的语境中进行着，这就是经济、社会、历史和政治，是人们的日常生活的进程。

从上面所讲的意思，我们可以总结出这样的道理：美学与艺术理论，是从属于它们的时代的，人们关于艺术本质和艺术定义的思考，也与它们所属的时代联系在一起。但说到这儿为止，并没有说出所要说的全部内容，甚至还没有说出主要的内容。

历史上的理论，常常可以区分出一些不同的线索。具体的观点会随着时代的变化而变化，但人们切入社会的姿态会不同，对艺术的期待不同，人生的抱负也不同，这其中却又各自有着自己的传承性。

19世纪的欧洲，与艺术自律和审美无功利并存，就有着一条强调艺术的社会责任的思想线索。例如，法国诗人维克多·雨果就曾试图调和浪漫主义与作家的社会责任，提出"为艺术而艺术也许是好的，但为进步而艺术是更美的"。英国文学家罗斯金认为，最伟大的艺术，是"向观众的心灵传达最大量的最伟大的思想的艺术"。马修·阿诺德认为，诗应该是对生活的批评。列夫·托尔斯泰认为，艺术要传达他所谓的"爱的宗教"。这种强调艺术的社会责任的思想，在许多国家都有着其重要的代表人物。

这样一个大的语境，可以帮助我们理解19世纪中期和后期马克思和恩格斯关于文学艺术的许多论述和通信，它们具有特别重要的意义。这是一笔宝贵的财富，在当代美学走出康德，与杜威和其他一些当代西方美学对话的语境中，有着特殊的价值。艺术要批评生活，揭示历史规律，塑造理想，表现典型环境中的典型人物，在商品拜物教的洪流中注入反异化的力量，这些思想尽管已经过了一百多年，仍使我们感到亲切和富有启发，成为当代美学建构的最重要的思想源泉。

前面提到，单纯的物质产品生产的发展和财富的积累，不能造就艺术的繁荣。这一点马克思曾特别强调过。在编入《剩余价值理论》一书的手稿中，马克思指出应该历史地考察物质生产，指出物质生产与精神生产关系的复杂性。他发现，"资本主义生产就同某些精神生产部门如艺术和诗歌相敌对"。[①] 马克思的这一观点，不能简单地理解成也是一种"艺术终结论"。他认为，如果将物质生产当作"一般的物质财富生产"，"而不是当作这种生产的一定的、历史地发展的和特殊的形式来考察"的话，就会失去"理解的基础"[②]。

马克思的意思是说，并非社会财富增长了之后艺术就必然繁盛，不能将物质产品的生产与精神产品的生产作简单的对应。在历史上，资本主义生产本身曾创造了巨大的物质财富。在大致相同的时间里，一些资本主义国家，也的确出现了许多艺术的精品。但是，如果将这两者简单地对应起来，那只是庸俗唯物主义的观点。资本主义生产本身，与艺术和诗歌是相敌对的。但恰恰是这种对立，促进了文学和艺术在这些社会中的繁荣，也促成了现代艺术概念和美学这个学科的形成、发展和变化。原因恰恰在于，美学这个学科所鼓励和倡导的艺术曾经起着一种平衡资本主义从萌芽到发展所带来的种种弊端，对社会进行修补的作用。

当代"艺术终结"的理论及其产生和发生影响的原因，在于传统的艺术遇到了来自市场和科技发展的挑战。

市场进入了一个消费主导的时代。在物质匮乏的年代，生产者占据着主导地位，记得在计划经济年代，每个经济部门都有一批公关能力强的能人，叫作采购员。商店里需要采购员，采购来的东西不愁销售，有货物就能赚到钱。工厂里需要采购员，采购来了原料就能开工。现在的情况不同了，能人都去当推销员了。对于经济部门来说，有市场才有生路。通过这一变化，消费者成了上帝。这本身没有问题，但往前再走一步，就走上了一条消费社会的不归路。正像上帝是人创造出来的一样，这个消费者也是可以被创造出来的。通过刺激消费，创造新的消费，提高消费水平，现代

---

① 《马克思恩格斯全集》第 26 卷，第 1 册，第 296 页。

② 同上。

商业社会创造了奇迹，也带来了灾难性的后果。这种灾难不仅出现在资源、环境领域，也出现在文化、文学、艺术领域。

网络和信息技术也在创造奇迹。我们见到许多的统计数字，说明网络在改变着我们的生活，说明由于载体的变化，文学艺术在这个过程中发生着深刻的变化。我们看到大量的文章，论证从造字到造纸，再到印刷，带来了文学的深远变化，从而论证网络的创造者是新时代的仓颉、蔡伦和毕昇。这当然是正确的。但从这里再往前走一步，就开始出问题了。研究者们由此论证：媒介即信息、媒介即艺术、媒介即文学。他们畅想着网络的未来，设想我们可以通过网络旅行而进入到后地理时代，通过网络社区的发展而移民赛博空间，通过生物与电子与人的结合而迎来一个后人类的地球和宇宙。依我所见，什么都可以"后"，就是不能"后"人类，那是在宣布人类的末日。

无论是消费社会还是媒介科幻主义，都是发展中迷航的表现。对此，我认为还是应该回到马克思的思路：物质财富生产的发展，并不一定就有精神产品的生产与之直接对应；但是，物质财富生产所带来的社会变化需要精神产品的生产来对它进行相应的调整、制约和平衡。

结语：艺术应该成为生活的解毒剂

艺术应该成为生活的解毒剂而不是迷幻药。当日常生活中到处都美之时，艺术所提供的，应该是力量和警示；当信息技术的发展造成了"媒介即艺术"的幻象时，还是要坚持文学是人学、艺术是人的艺术这些古老的观点；当消费驱动下奢华之风不止之时，艺术要展示，那不是品味！

这是一种介入的美学。美学家不能扮演书报检查官的角色，对艺术横加干预，而应该通过对话的方式对艺术评述；美学可以通过阐释艺术本质和定义的方式，给社会所需要的艺术提供支持；更重要的是，美学应回到一种批判的立场，在论争中使自身得到发展。经济在发展，社会在进步，人民在过上有尊严的生活的同时，也需要过上有品味的生活。这是当代美学的追求，这也是艺术家的使命。

美学的文化学转向[*]

一、文化学转向的背景

20世纪的西方哲学和美学，以及在哲学和美学影响下的文学艺术的研究，都经历了三次转向。这三次转向分别是20世纪初叶的心理学转向，20世纪中叶的语言学转向和20世纪末的文化学转向。前两次转向构成了文化学转向的背景。

（一）心理学转向

从古希腊开始到西方18世纪的美学和文艺理论资料，主要呈现为两种形态。第一种形态是作家和艺术家的随感式的文字，其中包括一些文集的序跋，例如巴尔扎克和雨果为自己的作品或作品集写的序言，史达尔夫人对莎士比亚的评论，罗斯金为报纸和刊物写的随笔性专栏，歌德与爱克曼的《谈话录》。这些片段是作家为了表明自己的观点，或者是为自己的创作做辩护而所写或所讲。这些随感式的文字中，有许多的真知灼见，但是，随着美学和艺术理论研究成为一个专业，就开始了一种美学领域的学术性写作的追求。

美学上的学术性写作，也可以溯源到古代希腊。如果说，柏拉图仍只是写一些对话体著作的话，那么，亚里士多德就已经开始了对包括"诗学"在内的许多专门学术著作的写作。到了德国唯心主义兴起以后，美学成为大体系的一个组成部分。从康德经费希特、谢林、黑格尔，再到叔本华、尼采，一系列的大体系的建构者们，都将美学看成是他们的体系的组成部分，从而写出专门的具有体系建构性质的美学专著。

美学上的两种文本并存，两条线索并行，似乎是自古以来就有的现象。

---

[*] 本文系根据作者2009年秋天在中国社会科学院研究生院讲演的录音整理而成。

但到了19世纪，第三条线索开始出现，这就是美学上的心理学倾向。

19世纪的艺术，是随着一个重要的运动而开始的，这就是浪漫主义。浪漫主义重视个性、激情、天才和创造力，从而在艺术的各个领域都开辟了新的天地，在艺术史上书写了新的一页。

从理论上讲，浪漫主义重视天才，认为艺术是天才作品，艺术家与普通人是有区别的，他们是天才，也只有他们才能创造出天才的艺术作品。因此，并不是所有人都能够从事艺术创作的。艺术不像食物、衣服等日用品，它是没有什么实用价值的东西，但是这个世界也离不开它。艺术与日常世界绝缘，独立于生活之外，自身构成了一个艺术世界。浪漫主义逐渐形成的这种观念流传开来，促使人们思考怎样去研究文学艺术。文学艺术的历史研究者们就开始关注艺术家的生活时代，他的生活经历、性格、创作道路等，这形成了书写文学史的固定模式。到了19世纪后期，一些具有科学主义倾向的研究家们就开始对这种研究模式表示不满。

在德国唯心主义泛滥之后，唯物主义倾向开始抬头。我们知道，法国唯物主义者们曾提出"人是机器"的思想。对于这些唯物主义者来说，人不过是一个最精巧的机器而已，提供原料，经过一个生产过程，就生产出了产品。人的心灵活动都可以转化为细胞的、分子的活动，我们可以利用科学的手段来解释人，理解人。人是一种什么机器？从当时的人的想象力所能达到的水平来看，大概是把人想象成比钟表更复杂一点的机器。这种思想今天仍有继承人，只是水平要高多了，人大概可以被想象成最高配置的电脑，或者是虽然现在还没有造出，但将来终将造出的电脑。于是，电脑能不能代替人、超过人，成为现代哲学的话题。这些当代话题，与"人是否是机器"的问题在性质上是一致的。

在19世纪后期，在德国出现了实验心理学。最早提出建立实验心理学的，是费希纳和冯特。从他们开始，心理学成为一门科学。在当时，心理学是一门显学，它使用科学实验的手段，力图解决关于人的认识和思维的各种问题。在心理学的影响下，美学实现了心理学的转向。最早提出对美学进行心理学研究的，是费希纳，他提出了"自下而上"的美学，以区别于从康德到黑格尔，直到叔本华、尼采的从大体系出发对美学的研究。到了20世纪初年，美学中的心理学倾向已蔚为大观。中国学术界都熟悉朱光潜的《文艺心理学》一书。这部著作就是集中了当时心理学美学的一些最流行的成果而写成的。朱光潜先生将克罗齐的哲学与爱德华·布洛、立普斯，以及其他一些重要的心理学美学的代表人物的思想，与中外艺术的实例结合起来，进行了深入浅出的讲解，从而形成一部在现代中国美学史上里程碑式的著作。当然，朱光潜先生所介绍的这几位哲学和心理学家与前面提到的实验心理学，还有很大的差别。我在别的地方曾经提到过，20世纪的心理学美学中，存在着一种不可克服的科学主义悖论。

(二) 语言学转向

20世纪美学和文学艺术理论的第二个重要转向就是语言学转向，这个转向大致从20世纪前期开始，直到20世纪中后期完成。语言学在20世纪影响重大，以至于一些哲学史家们将20世纪称为语言学的世纪。关于语言学转向的意义，我们可以从多方面看，包括人文学科一些根本的问题和基本思路的改变。其中最为根本的一条，在于对语言与思维关系的认识发生了变化。在此以前，人们认为，语言只是表达和交流思想的工具。这就是说，我们先想好某个意思，再翻译成语言将它表达出来，使别人也知道我们的意思。这种理解是不正确的。我们正是用语言来思考的，我们的语言与思想是同一的。

语言学转向，体现在文学批评上，有所谓莫斯科—布拉格—巴黎的理论旅行历程，即从俄国形式主义到布拉格学派再到法国结构主义，这是一个在欧洲大陆上旅行的理论历程。在英美，出现过强调文本细读的英美新批评。

语言学转向带来了对作品本身的研究。过去，浪漫主义传统认为艺术是作家艺术家的天才创造，由此带来了对作家和艺术家的个性和心理研究。现实主义传统认为艺术是生活的反映，带来的是对艺术的社会学研究。语言学转向，使人们看到艺术的外在表现与内在意义的一致性，从而使研究者的关注回到作品本身，这样一来，对作品形式的研究得到了特别的发展。

由于语言学转向，在哲学上则出现了分析哲学。美国哲学家怀特编过一本书，名字叫《分析的时代》，分析的时代与语言学转向是联系在一起，互为因果的。在美学上，则出现了分析美学。分析美学对文学艺术批评所使用的术语进行语义分析，从而将美学定义为"元批评"，即"批评的批评"。这种意义上的美学，强调美学的间接性，不对艺术进行审美评价，持价值中立的态度。

二、文化学转向之源

当我们说审美是无功利的，艺术是自律的、独立的，艺术作品自身构成了一个封闭的世界或小宇宙之时，就形成了一个非常虚幻的假设。这种假设是在康德哲学的影响，或以康德为代表的从 18 到 19 世纪的德国哲学影响下形成的。这种观点从整个历史长河中看是十分奇怪的：过去从来没有，以后也没有过这种纯而又纯的艺术观。但是，这又是一个巨大的存在，谁也绕不过。康德体系统治着整个美学界有二百年之久。在这二百年中，人们总是在努力超越康德体系，但实际上还是在这个体系当中。例如，从费希特、谢林，到叔本华、尼采，都在批判康德，但他们都生活在康德体系的巨大阴影下，他们的批判，都是对康德美学观的一些关键方面的强化。再如，爱德华·布洛好像是在建立一种心理学美学的观点，但是，他的这种观点并不是实验心理学，而只是一种简化了的哲学，是从康德到叔本华再到爱德华·布洛的关于审美态度学说的发展。

康德的审美无利害和艺术自律的观点影响深远，但从另一方面说，最早的反康德线索的美学家，恰恰是康德的最早追随者弗里德里希·席勒。席勒的《审美教育书简》套用了康德的哲学模式，将二元对立的哲学转化为感性与形式两种冲动，再将审美与作为这两种冲动结合的第三种冲动，即游戏冲动联系起来，并且提出游戏冲动的对象是"活的形式"，即感性的"活"与理性的"形式"结合。我们常常说，艺术无功利性，也就是说，"艺术无用"。说艺术无用的人，用"无用而有大用"来辩护。这是对于艺术无用的一种辩护，但细细体会这句话的意思，是在强调有用。席勒恰恰就是强调它有用的一面，强调艺术对于社会改造的一面。当时，许多德国人都在思考怎样把落后而分裂的德国变成欧洲强国，很多人都开出了药方。席勒开出审美教育这样一剂药方，说明他已经试图走出康德体系，提出艺术有利于社会改造的观念。当然，我们这里所说的康德，是指人们一般所理解的康德。康德本人的思想，要比这复杂得多，他提出美是德行的象征，并不是只重视审美的感性特征。

18 和 19 世纪的一些激进的思想家，如圣西门、傅立叶、孔德、蒲鲁东等人，都在强调艺术的社会作用。还有一些在英国的左翼思想家也强调艺术的社会作用，如莫里斯。在俄罗斯，有列夫·托尔斯泰对文学改造社会的功能的理解；在美国，有从爱默生到杜威对文艺与生活关系的认识；

在中国，有古代的"文以载道"思想，鲁迅的改造国民性和毛泽东的文学工具论等。当然，还有影响巨大的马克思主义的文艺观。马克思和恩格斯的很多手稿在第二次世界大战后才被整理和重新解读，所以他们的一些文艺思想在 20 世纪中后期才进入到理论论争之中，成为 20 世纪后期的美学和艺术思想史的一部分。

在中国，20 世纪 80 年代是一个新启蒙的时期，这时，美学和文艺界回到了审美无利害和艺术自律的观点，康德美学重新受到重视。康德美学的中国追随者们，从王国维、宗白华，再到 20 世纪 30 年代朱光潜的著作，重新获得了至高无上的地位。然而，中国有中国的国情。80 年代的中国，康德美学的复兴，与心理学美学的发展、美学中科学主义的盛行、文学研究中的文本中心主义倾向等结合在一起。用当时中国人的话说，西方近百年来发展起来的各种理论，在中国走马灯似地跑了一遍。

三、语言学转向之后的文化学转向

在 20 世纪末和世纪之交，美学和文学艺术领域出现了文化学转向。在西方与在中国，发生这种转向的语境不完全相同。西方美学的主要任务，是走出分析美学，于是，美学上的文化学转向是与分析美学对立的；而在中国，没有出现过一个分析美学的时代，于是，走出康德式的审美无利害和艺术自律，将分析美学与美学上的文化学转向结合，成为当代中国美学发展的特色。

（一）走出文本中心主义

语言学转向使得批评家的关注点从作家、艺术家转到了作品文本，产生了"文本中心主义"。文化学转向则是要走出"文本中心主义"。

我们曾经将文学的历史写成作家的历史，以作家为纲，写作家的生平和创作道路，再介绍作家代表作品的主要内容。文学史也可以成为文本的历史，对文本进行细读，总结文本的形式规律，研究这些形式规律的继承和发展情况。但是，文学文本并不是孤立存在的。例如，我们可以研究小说的出版、印刷、发行、销售、进入图书馆和进入市场的情况，将经济学、社会学等理论放进去，研究一部小说是如何从作者经过一个漫长的旅程，最终到达读者的，研究这些中介过程在文学的生产消费中所起的作用。这是研究的一个思路。

在分析中，我们还能找到其他一些思路，比如解构主义的研究、女性主义的研究、后殖民主义的研究等。每一种研究，都有着其中的种种复杂内容。举后殖民研究为例。后殖民研究分两种情况：一种是西方国家内的知识分子对这些国家传统的主流意识形态的挑战，另一种是非西方的前殖民地或半殖民地国家的民族意识的觉醒。不同的国家就会有不同的语境，从而使理论具有不同的意义。不用说不同的国家，就是同一个国家的不同地方，同样的后殖民主义，也会和不同的文化身份结合在一起。

（二）克服纯艺术追求及其背后的精英主义立场

文学和艺术理论之中，有着一种长期以来一直占据着主导地位的立场，这就是精英主义。当说到通俗文学或者民间文学时，我们的命名方式本身就带来了一种价值评价，使得通俗文学成为精英文学的影子。所谓的通俗文学和民间文学，是在精英文学的概念被构建起来，并牢牢确立之后，通过扩大视野，从而使通俗的和民间的文学也成为"文学"的。我们知道，在欧洲18世纪时，有一个现代艺术体系的建构的过程。一位名叫夏尔·巴图的法国人，在1746年出版了一本书，书名叫《归为同一原理的美的艺术》，在其中将诗、绘画、音乐、雕塑和舞蹈等放在一道，命名为"美的艺术"，以区别于一般的工艺。这一概念和体系后来成为巨大的《科学、艺术和工艺详解百科全书》的一部分，得以推广。通过这种现代艺术体系的构建，我们建立现代的艺术学院、艺术研究院，也产生出一种人，叫作艺术家。从这里出发，进而产生了艺术是自律的、独立的、封闭的，艺术生产和其他生产不是一回事的观念。对此，哲学家们做出了很多描绘。本来没有截然分开的高雅艺术与通俗和民间艺术，艺术与工艺，艺术产品与一般产品，在这一构建过程中被区分了开来。艺术理论建构在这种"美的艺术"的概念之上，就有了一种艺术的精英主义倾向，有了"纯"的艺术。

纯的艺术并不是天生就"纯"，而是在艺术的现代构建过程中被逐渐提纯的。这种构建过程，就是现代性的表现。精英艺术，是在与工艺的、民间的、通俗的艺术区分中来构建自己的身份的。

艺术是如此，文学也是如此。从来无所谓一种天生的纯文学，《诗经》《楚辞》都不是纯文学，它们都是在后来的构建过程中被提"纯"的。

精英艺术的形成，"美的艺术"体系的构建，都致力于做出区分。"区分"是近代以来哲学和美学家们所致力于做的一件重要事情。康德将人的心理分成"知""情""意"，并将之与认识论、美学和目的论、伦理学相匹配，分析哲学进行概念辨析，都是致力于区分。实际上，认识的一项最重要的内容就是区分。将不同的东西区分开来，是人的认识过程的一个步骤，也是人的认识能力增长的一个标志。区分，这既是一个古老的、原始的过程，同时也是一个非常具有现代性的过程。学科间的区分追求，在科学和技术领域中表现得更加突出。科学和技术要进步，就必须分工。社会的进步依赖分工和对学科进行的划分，分工的程度是科学技术发展程度的重要指标。每个人只能做自己所擅长的事情，成为一项工作或研究的很专门的一部分。所以这是一个没有大师的时代，没有巨人的时代。人文学科，包括文学研究，也是在分工。有人赞扬一种精神，一辈子研究一位作家，几十年如一日，成为这位作家的专门研究家。这当然是可贵的，也的确需要有人这么做。但是，人文研究本身还有着一种固有的追求，这就是要挑战人的被专门化。在被专门化亦即现代化过程中，人的完整性被牺牲掉了。文学本身就应该是克服这种被专门化从而克服人性异化的一股力量。承认区分，但看到联系，也许是今天我们更应该做的事。我们也许仍然会继续区分精英的与通俗和民间的文学，并分别进行专门而深入的研究，但我们应该看到一种联系性，进行历史的还原。通过还原，我们可以看到，精英文学和艺术的建构原本就是一个过程。现代精英文学是被提纯的，这一提纯的过程，同时也是现代意识形态的构建过程。现代性的意识存在于所谓的精英文学、纯艺术、纯诗等高雅艺术概念的背后。

　　走出纯艺术、纯文学、审美无功利的自律的观念也许是一种复古，回到原始的自然状态；但同时也是一种前进，是在新的历史情况下才出现的前进。比如先锋派艺术，我们可以采取比较自然的观点去看待，无所谓好坏。先锋派艺术是挑战博物馆，挑战沙龙的。比如杜尚的《泉》，它就是一种艺术的姿态，它被称作是"历史上的先锋派"。后来的先锋派已经不再是这样的意思了。后来的先锋派，就被称为"新先锋派"，不再挑战沙龙和博物馆，而是要挤进去。先锋派艺术本来是力图消除艺术与生活的区分，嘲弄博物馆的权威，强调日常生活中的东西的价值。但是，20世纪后期新先锋艺术则要挤进博物馆，利用博物馆已有的权威来形成自己的艺术地位，使自己的艺术得到传播。这是一个正好相反的运动。

　　除了先锋派艺术之外，民间的和通俗的艺术都具有一种非自律性。很多艺术品本来就具有直接而具体的实用性。民族史诗是教科书，民歌完全是生活的必需品，过去的民间儿童玩具和成年人的生活实用物品，只要做得好，都可以成为工艺品，而过去的工艺品在现代人的眼光里，就成了艺术品。在这里，本来并不存在自律的、独立的、无功利的概念，它们本身就是实用的。生活中的很多实用物品，制作得精巧，使它变得美化，就成了艺术。通俗的艺术也是如此。现在有些关于通俗文学的划分很粗浅，应该将它还原到它们原初出现时的不同的生活状态中去考察。比如说，在历史上，随着近代市场经济的发展，城市经济的兴起，有闲的市民阶级的出现，南方一些地区出现的弹词、评话、评书等市民文化是通俗文学和艺术的较早表现形态。在今天，商业社会和消费文化的发展，通俗艺术成为汪洋大海，影响也越来越大。这些都成为新的文化理论研究的对象。

我们曾经致力于将精英的文学和艺术与通俗大众的文学艺术，与民间文学和艺术区分开来。我们做了很多努力才构建出现代艺术的观念。现在，我们又在做一个反向的活动，看到它们之间的联系性。这对我们无论是做文学艺术理论研究还是相关历史的研究都有很多启示。

四、西方理论及其在中国的误读

一个老故事在世界各地都不断重复：理论会跨越国别、民族和文化的边界，在新的土壤中获得新的生命力；理论跨越边界后，在新的环境中会获得新的意义，并起着新的作用；这些新的意义和作用可能与在理论原发地的意义和作用完全不同。比如我们所熟悉的一些著名理论常常有这样的情况：第二次世界大战时由于希特勒的迫害，一些欧洲学者（尤其是犹太人）把他们的思想带到了美国，在美国发展起来，并进而影响世界。弗洛伊德尽管未能去美国，但他的精神分析学说却借助这一契机，在美国发扬光大。格式塔心理学来到美国，尤其是鲁道夫·阿恩海姆对视知觉的研究，从美国向全世界发出持久的影响。新康德主义者恩斯特·卡西勒来到美国，带来了他独特的康德线索的符号论思想，并通过他的女弟子苏珊·朗格，发展出了一种关于情感符号的理论。法兰克福学派也是这样，借助美国这块地方，成为一个有着世界影响的流派。很多的文化理论在旅行过程中发生变化，在新的环境中产生新的意义。

在当代中国，文化研究也出现了这样一种情况。中国有一些研究者在前些年讲日常生活审美化。日常生活审美化的思想在国外已经有了很多讨论，出现了很多著作。然而，这种思想来到中国，出现了一个错位。在西方，日常生活审美化与文化研究对传统精英美学的批判结合在一起。文化研究本来都是一些左翼的理论。例如，法兰克福学派有着深厚的马克思主义传统，其思想代表着知识左翼。英国的文化研究代表人物雷蒙·威廉姆斯，强调工人和社会底层人民的文化权利，这种思想当然也是知识左翼的。他们反对高雅的、自律的艺术，试图弥补社会的裂痕。法国的社会美学更像是左翼的大本营。实用主义的代表约翰·杜威原本在政治立场上也倾向于左翼，主张打破高雅艺术与通俗艺术的界限，这一倾向在新实用主义那里得到了进一步的发展。

在中国，存在着另一种语境，在多年的理论上左倾占主导以后，改革开放的大语境中出现了"后文革"现象。20世纪80年代的中国，学术界流行的是"启蒙话语"，对于一切与"左"有关的东西，有着一种天然的痛恨。在美学领域，流行的是重新找回的康德美学。到了90年代，随着市场经济的发展，在中国出现了复杂的情况。在"启蒙话语"影响下出现的"美学热"过去了，文化研究在向美学挑战。但是，这种文化研究却在中国完成了一种与市场经济的奇妙结合。

在历史上，美学总是扮演着与经济运行的逻辑相对立的角色。当自由经济模式发展，人与人的各种复杂的关系单一化为经济关系之时，审美无利害和独立的艺术王国的思想就兴起了，这是现代美学的起源。在经济的全球化时代，美学所要做的事，仍是如此，它不是鼓吹市场原则，而是对之作出补充。

五、全球化与中外 / 古今之间

"中外"与"古今"的话题，是一个古老的话题。从晚清开始，这个话题就出现过。"五四"将这个话题凸显出来，形成"中"与"古"匹配，而"外"与"今"匹配的公式。中国人为这个问题争论了将近一个世纪。

我们在中国与西方、古典与现代之间的种种夹缝中生存着，这是我们不得不面临的学术生态。从这里，生长出了很多理论，这些理论既是现代的也是古老的。说它古老，因为在"五四"时期就有是坚持中国的传统还是全盘西化的论争。这一类的论争后来逐渐被其他的更为紧迫的政治话语所掩盖，但是掩盖不等于问题解决。这一类的问题仍然存在，不断以新的形式表现出来。

今年4月，我在扬州开会时，与一位学者进行了争论。这位学者提出了"中国文论的中国化"的口号。这一口号是要清除一个世纪以来西方文化对中国的"污染"，回到纯正的中国去。这是根本行不通的。过去的一个世纪，西方思想的引入对现代中国文学和文化理论产生了深远的影响。现代形态的中国文学和文化理论，现代形态的中国美学，本来就是在西方思想的影响下形成的。回到纯而又纯的中国性，就是要废除一个世纪以来的文学艺术理论的发展，使中国从19世纪直接跳到21世纪。

时间不能跨越，既有的影响，早已成了我们的遗产。我们只能从现实出发，以我们所能接触到的思想资料为前提，再往前行。我曾经写过一篇小文章，谈当代中国文学理论的资源。在那篇文章中，我写道，当代中国文学理论，有三个来源，即中国古代文学理论的资源、西方文学理论的资源、一个世纪以来所形成的现代中国文学理论资源。这三个来源都很重要，对我们建设当代文学理论都起了很大的作用，但是，当代中国文学理论的建设，还有一个更为根本的源头，这就是当代中国的社会生活，当代中国人的生活实践和审美实践。找到这样一个源头，许多问题就迎刃而解了。

我们不要刻意去"西方化"或"中国化"，我们不能将文学和文学理论看成是一个封闭的体系，并只是从这个体系中对许多理论问题求解。我们所需要做的事是，到生活实践中去求解。有一次去贵阳开会，《贵州日报》的一位记者问到类似的问题，当时时间紧张，我无法展开来说，只是说了两句老话："拿来主义"，"实践标准"。对古今中外的理论成果，持拿来主义的态度，为我所用；在使用过程中以实践为标准，符合当代中国生活实践、艺术实践和审美实践要求的，就采用，不符合的，就不采用。当然，在这两句话外，还可再加一句人们耳熟能详的话，这就是"自主创新"。实践是创新的源泉，只有在此基础上，才能创造出不纯的但适用的中国理论。

从这三条出发，我们可以建立一种既有普世因素，也有个性特征的美学和文学理论。文化学转向，曾经意味着"反美学"，也意味着走出文学艺术。但是，经过文化研究洗礼的美学和文学研究，还会发展起来。这是一种新的、不同于以往的、上了一个台阶的、面对新问题、适应我们时代的研究。这种新的研究会带来新的气象，代表着当代美学和文学研究的发展方向。

消费主义时代的生产主义是否可能？

"消费"与"生产"本来并不是对立的，但资本来到世间，使两者变得对立，而"消费主义"使这种对立发展到了极端。这种对立的消除是否可能？消除这种对立，是一种理想。在生活中，理想不一定能实现，但它会照亮生活，使生活产生意义。

一、工作时间与自由时间的对立

谈"生产主义"，要从"时间"说起。我碰到这个问题，是20多年前，当时我在瑞典留学。瑞典人称自己是一个"社会主义"国家。每到"五一"，就有大规模的游行。参加游行的人按照约定到一个公园，党的社区支部书记自驾私车，运来一捆旗帜标语，分发给接到通知应约而来的本社区的同志，然后大家排队。每个社区一支队伍，依次出发，前面是军乐队开道，乐队奏《国际歌》和其他一些歌曲。最大最长的游行队伍是社会民主党的。许多人手持玫瑰花，那是他们党的标志。从鲜红变为玫瑰红，这是这个党"修正"的象征。社会民主党时而在台上，时而在台下。在台上时，游行更有气势；在台下时，游行更有激情。除此以外，还有许多别的党也在游行。各党都打各自的标语，代表着各自的政纲。我最感到好奇的是瑞典共产党，后改名为左翼党。他们打出的口号，是"六小时工作制"。当时，中国还没有实行每周双休制，假期也不多，每年大约要工作300天。到了瑞典，发现他们每周只工作五天，再加上各种节假日和带薪休假，每年工作200天就够了。在我当时的感觉中，这已经够超前的了。如果再实行"六小时工作制"，那经济怎么办？问题的关键还不在这里，是工作时间越短越好吗？我总觉得，这个思路有问题，此后许多年，我一直在回想。"六小时工作制"只是口号而已，20年过去了，也没有实行，看来也行不通。其实，实行后的下一步，是不是就到了提出"四小时工作制"的时候了？下一步是否就是"两小时工作制"？

工作的时间少了，供自由支配的时间就多了。在现今的社会中，这的确能成为一个理想。上班是无奈的。不挣钱，怎么生活？不挣多点钱，怎么付得起那些能体现自己价值和品味的消费？下班是自由的。下班后是自己的时间，不归老板管，只要不触犯法律，干什么都行。理想的生活，是少上班，多挣钱。如果能意外发一笔财，就可以不上班了。但是，这似乎又不对。钱很多、一辈子也用不完的人，似乎也照样认真地工作。对于他们来说，似乎还有人生追求。

如果我们放在一个较长时段来考察，就会发现，上班是一个现代现象。在古代社会，农民无所谓上班下班，按照自然的节律，播种、插秧、除草、收获，日出而作，日落而息，自由地享受着劳动及其果实。手工业工人也无所谓上班，想做就做，累了就休息，对手艺精益求精，生活在对自己手艺的自豪感之中。

大工厂、公司出现了，于是就有了上班现象。上班不能迟到，更不能缺席。现代文明的一个重要标志，就是时间观念的变化。能按时上下班，把工作与休息时间区分开，这是一种文明素质。如果一个民族还不习惯准时上下班，比方说，让工人八点钟上班，他们不认为十点钟来是一个错误，这个民族的经济就不可能发达。常听企业主抱怨，到有些经济落后的国家和地区投资很困难。尽管那里劳动力价格不高，但劳动力质量有问题。工人上班不守时，劳动纪律不好，劳资对立很厉害。这不应从民族或文化上找根源，更不能从人种或基因上找原因。守时是"文明"的表现。现代文明之犁或迟或早会把全世界都深耕一遍，使全世界各民族都变成守时的民族，变成劳动纪律好的民族，上班好好干、下班好好玩的民族，这是由不可阻挡的经济规律决定的。

上班与下班的对立，造成了工作与娱乐的对立。上班时玩是不对的，下班时工作是可笑的。上班工作，成为下班后娱乐和享受所必须忍受的痛苦。上班时间属于老板，下班时间才能属于自己。老板发工资，把时间买去了，就属老板所有。如果老板要求工人加班，就应该再付钱来买，给加班工资。如果节假日还要加班，工资就得加倍。

现代社会还有一种发明，这就是打卡机，上下班要打卡，不是老板站在那里看着你是否迟到，而是机器监督你，用机器把你的上下班时间区分开来。这种非个人化的机器，避免了雇主与工人的直接冲突，使工作与业余的对立变得像自然规律一样不可抗拒。

在这种情况下，工作中的愉悦被忽略不计了。在上班时找乐是不对的：上班是件严肃的事，负有重大责任的人在上班时，开不得半点玩笑，弄得不好事情会办砸；在危险岗位上工作的人更不能有玩笑的态度，稍有差错，人命关天。既然上班，就得能吃苦耐劳，把事情做好。要寻欢作乐，下班以后再说。上班要拼命干，下班再拼命玩。这样，随着机械化、自动化、电子化的发展，生产效率提高了，不需要那么多工作时间了，当然就得缩短工作时间。

这种主张，是建立在工作与业余对立的基础上的。工作时，人是机器，业余时，人才还原为人。工作时间是人生必须忍受的时间，业余时间才是人作为人对时间的享受。

二、消费时代的特征

再来谈消费。过去的30年，我们经历了从消费可耻到消费光荣的变化。在我们这一代人的童年时代，消费是一件可耻的事。

只消费而不生产的人是社会的寄生虫，消费城市是寄生的城市。我家乡在扬州，又生长在重视"生产"的年代，从小就听了很多对旧扬州的批判。从小学到中学，老师都对我们说，解放前，扬州是一个消费城市，全城只有两家半工厂，休闲业很发达。扬州人过的是"早上皮包水"（上茶馆喝茶），"晚上水包皮"（上浴室泡澡）的生活。老师们又说，解放后，经过一些年的发展，扬州变成了一个工业城市，我们有了许多家的工厂，甚至都能造拖拉机和水泥船了。有一段时间，市里还想建钢铁厂，后来中央没有批准。"大跃进"时扬州就大炼钢铁，照那个方向发展，早就建成钢铁厂了，可惜后来砍掉了。砍掉后再建，就困难了。在那个年代，中国所有的城市，都是生产城市，能生产什么，就生产什么。社会不容寄生虫存在，一个人不能生产，他活着还有什么用呢？扬州城的西南角有一个湖，叫荷花池。"文化革命"时斗走资派，当时的扬州市长有一个大罪状，就是妄图把这个湖变成一个公园。我们当时也觉得该斗。当上了市长，还不想想多办几家工厂，建什么公园？

这些年，情况变了，消费变得光荣起来。"早上皮包水，晚上水包皮"成了介绍扬州的导游词，诱惑全国人民，都来包一包、泡一泡。荷花池真的成了公园，每天的早晨和晚上，都有很多老人聚在那里，唱歌、跳舞、做操、抖空竹。发展旅游产业，发展休闲产业，甚至发展养老产业，也能使一个城市繁荣发达。现在占据着市领导注意力的，是建成卫生城市、宜居城市、生态城市。这太好了，扬州人很以此为荣。

从重视"生产"向重视"消费"发展，这似乎符合经济发展的必然规律。物资匮乏时，有一个想象，如果物资丰富就一切都好了。但等到物资丰富了，又有了新的烦恼，东西卖不出去怎么办？物质财富充分涌流了，反而带来了经济危机。

经济为什么会有危机，西方的一些政治家都会说，原因是消费信心不足，人们不敢花钱。消费信心是经济状况的一个指标。

我们现在也这么说。通过刺激消费来发展经济，这是常用的办法。让人们放心花钱。人们买商品，于是商品销出去了，制造业就发展了。人们买服务，于是服务业也发展了。

记得有人曾说，中国经济有一个很大的问题，就是老百姓不敢花钱。有钱总是往银行里存，留着养老、子女教育、治病，主要原因是社会福利不好。西方一些福利国家就不一样，人家不怕。养老、教育、医疗都有保障。无后顾之忧，就可放心消费，甚至贷款消费。

听了这个故事，我总是在头脑里浮上一个镜头：澳门赌场。有一年去澳门，参观赌场。那时，赌场主要还是香港客光顾。里面供应便餐，以节省赌客时间。赌场还免费送一张回香港的船票，赌客不必留路费。赌场周围有很多的当铺，都取名为"必胜押""常胜押"等吉利的名字。在当铺里可以用随身的手表、珠宝等抵押借款，并可以在香港的连锁店赎回，不必再为赎回当品再去一趟澳门。这样，赌客身上所有的钱都可拿出，所有值钱的东西都可以当掉。为你服务到家，服务你到家，你也就有了消费信心。

是不是我们发展经济也要这么做？让人们没有后顾之忧，有钱就花？人们总喜欢说一个故事：一对中国夫妇攒了一辈子的钱，终于买到房子，住进去没有几天就死了；一对美国夫妇贷款买房，然后住进去，边还贷款边享受，可见美国夫妇多么聪明。

但是，这个故事已经过时了。更好的刺激消费的办法，是让消费成为时尚。对奢侈品的追求，原本是社会上的富裕阶层所特有的特征。早在原始社会，就有了各种装饰品的存在，如冠、笄、项链、金玉饰品等。这种少数人对奢侈品拥有的现象，在以皇权和贵族特权为中心的传统社会，被发展到了极致。从曾侯乙墓到明定陵，挖出了大量东西供今天的人饱眼福，对墓主人的奢华生活发挥最充分的想象。到了当代，消费社会的特点，是原本是奢侈品的物品的普及化。人们在这些物品的使用上，进行着激烈的"竞赛"：汽车高档、衣服靓丽、手表名贵、提包入时、手机新潮，都成了身份的象征。

消费光荣，消费水平代表着品味，代表着档次，我消费故我在，消费成了人的新的存在方式。

三、劳动与享受的对立

审美、艺术和享受，原本是联系在一起的。农民看着绿油油、黄灿灿的庄稼地，牧民看着风吹草地见牛羊的美景，总是充满着喜悦。手工艺人，也具有半艺术家的性质。他们制作物品，在制作中充满着愉悦，对自己的制成品欣赏。在现代艺术观念形成以前，一件作品并不是由于被认定为艺术品才被欣赏。制作者在制作时愉悦，接受者也分享这种快感，这就够了，与它是否被认定为艺术无关。

机器和资本，以及由此而形成的大规模生产剥夺了这种生产的愉悦，形成了生产、创造和审美三者的分离。对生产效率的追求，使得生产过程的愉悦被牺牲了。人成了生产机器中的齿轮和螺丝钉，只是有时比铁制的齿轮和螺丝钉更有效而已。赤裸裸的功利性追求，原本总是有一点忌讳，这时被明白地提了出来。资本的运作，消除了原本笼罩在一些职业上的灵光，"它把医生、律师、教士、诗人和学者变成了它出钱招雇的雇佣劳动者"（马克思恩格斯《共产党宣言》语）。不仅如此，它将所有劳动者对他们劳动过程和成果的享受都剥夺了。对于一位劳动者来说，重要的不再是他的生产过程和他所生产的东西使他感到快乐，而是他的劳动成果所换来的金钱使他有可能去购买快乐。

出现于18世纪的现代美学和现代艺术观念，就是在这种情况下形成的。现代美学的一个核心概念，是审美无利害。从世纪之初的夏夫兹博里，经鲍姆加登，到世纪之末的康德，这种思想逐渐成熟，成为一种现代美学体系的基石。在功利主义盛行的时代，辟出一个领域，给心灵一个住所，这是美学形成的一个理由。几乎与此同时，现代艺术体系和现代艺术观念也出现了。现代艺术体系，指18世纪中叶夏尔·巴图所提出的将诗、绘画、音乐、雕塑和舞蹈包括进来形成一个"美的艺术"的体系。夏尔·巴图的体系在经过修正后，被《科学、艺术和工艺详解百科全书》采用来作为所依据的概念框架的一部分，后来在康德的《判断力批判》中，与美、崇高等概念结合起来，成为美学体系的一部分。现代艺术概念从夏尔·巴图将这些艺术门类归结为单一的原理，即"模仿"以后，被人们不断修正，形成了对艺术本质的共同追求。由此，艺术与工艺被明确地区分开来。这样就确定了一些人制作的物品是艺术，而不是工艺或其他工业制成品；确定了一些人的活动是艺术活动，而不是生产活动；也确定了一些人是艺术家，他们是与普通人不一样的一个特殊人群，他们依据着与普通人不一样的原则而生活，对他们也要依据与日常生活不一样的原则来看待和欣赏，并以别的原则来与他们交往。

当艺术生产与工业和手工业生产的界限被明确分开来，艺术依赖于一系列相关的体制而得以确立的时候，在社会生活中同时发生的，是劳动与享受、工作与业余、上班与下班的分离。在这种情况下，艺术就成了工作之外的时间的填充。艺术要提升业余生活的品味，用美来克服庸俗，要使自身成为宗教消退时代的宗教，感情缺失时代的感情。这是一个巨大的社会设计的组成部分。艺术不是生活的一部分，但生活又需要艺术，这时，艺术就成了生活的滋补营养品，让生活的片面性得以缓解。人没有艺术也是可以活的，但有了艺术，就会活得更好。

消费社会来临，带来日常生活审美化，推动了一种艺术走向生活的倾向。这里包括两个方面的内容：一是产业的艺术化，即产品不再只是满足生活需要，而且以其外观满足审美的需要。通过时尚产品的制作，使消费符号化，成为财富和品味的象征。二是艺术的产业化，通过大规模生产、廉价的复制、利用新媒介的广泛传播，就使艺术改变了过去的性质，造成了制作者和接受者的脱离。

这种情况迫使原来意义上的艺术面临两个选择，一是消亡，二是成为生活的救赎。一个"产业艺术化，艺术产业化"的时代，实际上消除了美与日常生活的距离。这时，如果艺术还想在社会生活中起某种作用的话，只有一种办法，这就是宣布艺术化的产业只是产业，产业化的艺术不是艺术。艺术要别有一种追求，要针对生活的现状发言。这里，艺术与美分离了，艺术是生活的救赎，是解毒剂。它不再是滋补的营养品，而是医治社会之病的药品。

四、回到对生产主义的正确理解上来

生产主义（producerism）是从消费主义（consumerism）而来的。并不是说，原来就有一种主义，叫"生产主义"，后来经济转型了，出现了"消费主义"。事实恰恰相反，在经济生活以"生产"为中心时，人们并没有提出一个"生产主义"。"生产"就是"生产"，无所谓"主义"。当然，认为生产关系的问题解决了，主要的力量应该放在发展生产力上，也是一种"主义"。但是，那与这里所谈的"生产主义"，不属于一个层面。"生产主义"是说，"消费"发展了，走向泛滥，从而"为消费而消费"，即"我消费故我在"，并且有了"主义"时，才提出回到"生产"上来，这才有了"生产主义"。

消费主义有多种理解。对消费主义，有人理解得很具体，即主张从消费者的角度看待商业行为，如保护消费者，反对包装、广告、价格和质量等方面的欺诈，推动包括"消费者日"在内的各种活动，保护消费者的权益。还有，意识到消费者的力量，并适当地使用这种力量，如抵制某商家或厂家的商品，抵制某国某地区的商品，以此作为政治的手段。另外，还有一些反消费主义者，他们从自然保护、环保、反对少数人的特权等角度，对种种社会现象提出质疑、批判和抗议。"生产主义"也是如此。在西方，一些"生产主义"者反对通过增税来增加非生产者的福利，还有一些人反对外来移民，要来保护本国劳工的就业机会。一般说来，在国外，生产主义的提法，都涉及具体的经济话题，与一部分人的权益有关，这种对权益的维护，有时还很狭隘。但是，"生产主义"也可以有积极的解读。

劳动本身，并非只是谋生的手段。劳动本身有着快乐。我们在生活中会看到大量的从劳作过程中汲取快感的例子。母亲对孩子的无微不至的照顾，其过程本身是充满着快感的，他不会计算单位劳动时间的产值。从手工业者对手艺本身的爱好，从科学家对研究工作本身的痴迷，从运动员对比赛的享受，从艺术家在创作时的全身心投入，我们都可以看到一种劳动的快乐。这种快乐，是由人的智力和体力的自由运用所形成的，是由人的"知解力"与"想象力"的和谐运用所产生的，同时，也是自我实现的内在冲动得以体现出来时所产生的。从这个意义上讲，工作绝非只是用来购买快乐所需要忍受的辛劳，上班与下班的对立可以化解，生产劳动本身可以具有审美的性质。

最后，让我们再次回到这个话题：那么，理想的生活是什么呢？不是工作时间越短越好，挣的钱越多越好，不是"睡觉睡到自然醒，数钱数到手抽筋"就好，而是将"最喜欢的事做得尽善尽美"才好。人的理想不应该是不劳动，或者少劳动，而应该是劳动的性质发生变化，不再从事奴隶式的劳动。劳动的解放，生产的快乐，都体现在这一点上。人的全面发展，使兴趣与生产结合起来，使每个儿童的聪明才智通过教育得以发展，社会又能使这种聪明才智得到充分发挥的机会，应该成为我们的理想。孔夫子一生最大的感叹，是"不吾知也"。他的希望，是有人能用他，让他发挥自己的作用，但这个愿望在当时不能实现。未来社会的理想，当然不只是让某一个人发挥作用，而是让所有人的聪明才智都得到发挥。一个自由、自觉、自为的社会，当全部力量被发挥出来时，它所能达到的成就，是不可限量的。

人类社会的发展，是一个从自然王国向自由王国的过渡过程。这个过程不能被理解成从强迫劳动到不劳而获的过程，而应该理解成从劳动被奴役到解除这种奴役的过程。写到这里，打开电视等待一个重要信息。这些天电视上有一个主题：幸福。电视上打出了一个标题：幸福要靠创造性劳动。这当然是对的，但我想强调的是另外一点：幸福就是创造性劳动，或者说幸福包含了创造性劳动。幸福与劳动的对立消除了，奴隶式的劳动被取消了，人的全面发展才成为可能。

科学与人文关系辨析

从历史上看，科学兴盛之时，有时也正是人文思想发展之时。人们常常举出的例子有：希腊哲学、文学、艺术等与科学共同繁荣；欧洲走出中世纪以后，文艺复兴带动了科学复兴。这些都给人一个感觉：人文发展了，科学也会发展；或者反过来说，科学发展了，人文也发展。于是，两者间的关系被浪漫地说成是"相映生辉"。然而，在浪漫的词句背后，两者间的真实关系究竟如何？这一点却没有得到深入的研究。实际上，在科学与人文之间，有时是相互竞争，相互排斥；有时是各自独立发展，互不干涉；也有时是相互推动，共同发展。科学与人文分别都有许多各种具体的情况，需要对它们分别作具体分析。在这篇文章里，我想以科学为一方，以不同的人文学科的情况为另一方，做一些举例性的说明。希望这种说明能为总体性概括提供一些材料。

一、科学与美

这些年说得最多的，大概要数科学与美了。我们见到许多物理学、化学、生物学甚至天文学等各门科学与美的文章，这些科学家将对科学的追求与对美的追求看成是一回事。

一些科学家认为，通过科学手段，可以看到自然界的美，将自然界过去不被人们意识到的美揭示出来。这方面的例子似乎很好找，从原子的构造，到一些化合物的晶体图案，再到一些生命体的内部结构和外部形状，都可以是"美"的。大自然本来就是美的，人类所要做的，只是去发现这种美。他们赞叹，在高倍显微镜下，一个与日常生活完全不一样的微观世界出现了，那里面有着种种秩序，种种规律性的运动，这就是美。在天文望远镜后面，浩瀚的天空中众多天体的有规律运动引起天文学家们的赞叹、震撼和无限的遐想，这就是美。一片雪花的晶体可以是美的，而且如果你拿着放大镜仔细看，就越发感到它美。一片绿草长得蓬蓬勃勃，一棵大树挺拔而枝繁叶茂，从科学上讲，符合它们自身的生长规律，从美学上讲，则显得美。于是，科学家们感到，对象的规律和目的本身是美的。

当然，从美学的一方说，对象的某种规律性，的确能够成为审美欣赏的基础。在西方，美学具有一种形式主义传统，这种传统来自毕达哥拉斯学派。该学派发现弦的长度与音高有关，并且弦的比例与音的高度，具有明确的可以用数学来计算的对应性。例如，1∶2 的比例，就相差 8 度，2∶3 就相差 5 度，而 3∶4 就相差 4 度。[1] 将这种思想转到视觉艺术上来，形成了关于比例、对称与和谐的关系，还形成了一个具体的、符合数学规律的所谓黄金分割（golden section）的理论。一些美学家将这种形式主义理论称之为"大理论"（The Great Theory），即形式主义理论。[2] 这种思想统治了西方两千多年之久。当科学家们认为科学的对象可以是美的时候，他们所指的，绝大多数都是这种形式的美。按照这种思想，美是客观的，是由对象的可以用数学来描述的规律决定的。当艺术家们强调科学与美的结合时，他们中的许多人说的也正是这种美。

然而，这种素朴的关于美的观点早在古希腊时期就遭到一些人的质疑与挑战，而在近代西方则已为美学家们所普遍放弃。对于美学研究者们来说，重要的不是这种形状或那种形状是否美，而是为什么这些形状被人们感觉到是美的，我们的这种感觉是怎么构成的。

亚里士多德在《诗学》里，就提到对象的尺度及其相对应的人在感官接受方面的问题。这里引述一段他很有名的话："美取决于体积和顺序。因此，动物的个体太小了不美（在极短暂的观看瞬间里，该物的形象会变得模糊不清），太大了也不美（观看者不能将它一览而尽，故而看不到它的整体的全貌——假如观看一个长一千里的动物便会出现这种情况）。所以，就像躯体和动物应有一定的长度一样——以能被不费事地一览全貌为宜，情节也应有适当的长度——以能被不费事地记住为宜。"[3] 离开人，离开人对

---

[1] 见 Monroe C. Beardsley, *Aesthetics: From Classical Greece to the Present*, Alabama: The University of Alabama Press, 1966, p. 27。

[2] 见 Władysław Tatarkiewicz, *A History of Six Ideas—An Essay in Aesthetics*, Warszawa: Polish Scientific Publishers, 1980, pp. 125–129。塔塔凯维奇列举了从古希腊到古罗马，到中世纪，直到近代早期的许多美学家对美的观点，说明这个理论具有广泛的影响。

[3] 参见亚里士多德《诗学》第 7 章。这里摘录陈中梅译本，商务印书馆 1999 年版，第 74 页。着重号是引用者加的。

于对象的接受谈论美,不能说明美的原因。在近代,当荷加斯论述线条之美时,给予了经验主义的解释,即美必须富于变化而又符合规则。他指出,这与人的心理需要有关。① 完整而系统地阐释人的审美感受的特征,是从康德开始的。康德认为知解力与想象力的和谐运动使审美成为可能,从而说明了美与人的心理的关系。②

康德曾直接对形式美,特别是几何学合规则的形象,即圆形、正方形、正六面体等进行论述,认为"一切僵硬的合规则性(接近数学的合规则性)本身就含有那违反趣味的成分:它不能给予观照它时持久的乐趣"。③ 对于康德来说,美在于主观的合目的性,而不在于符合某个客观规律或某个目的。美不是与人无关的客观自然界的规律,这种规律可以用概念来表示;美也不是某种与人无关的神的意愿的实现,这种意愿表现为对象的目的,从而与一种以神的存在为依托的关于世界的目的论体系联系在一起。相反,康德认为,美必须以人为中心,以人所具有的普遍人性为依托。从康德到叔本华,再到爱德华·布洛等人,审美态度说得到了发展。这其间经历了18世纪末、19世纪直到20世纪初年这一漫长的过程。④

在中国现代美学的创建阶段,朱光潜直接接受了西方的"审美态度"说,从而使中国美学界从一开始就对美具有与前面所述的科学主义的形式美具有完全不同的看法。朱光潜认为,人们对待一切事物,都有几种看法或态度。他特别对三种态度进行了分析,这就是人对待事物的所谓实用的、科学的、美感的态度。他举例说,同一棵古松,在木材商人、植物学家和画家眼中不一样。木材商人取实用的态度,他看到的是古松的实用性,如可架屋或制器;植物学家取科学的态度,他看到的是对象的客观事实及其与概念的联系,如古松属于哪一属哪一类;而画家所取的美感(审美)态度,则关注对象的形象本身,即将对象作为一幅画来看。⑤ 从这个意义上讲,科学的态度与审美的态度是不一样的。一棵古松之所以美,依赖于人

---

① 参见威廉·荷加斯《美的分析》,杨成寅中译,人民美术出版社1986年版。
② 见康德《判断力批判》上卷,宗白华中译,商务印书馆1964年版,第一部分,第一章。
③ 同上书,第81页。
④ 有关"审美态度"说形成发展方面的情况,请参见拙作《"心理距离"研究纲要》,载《学人》第15辑,江苏文艺出版社2000年版,第406—458页。亦可参见 George Dickie, *Art and the Aesthetic: An Institutional Analysis* (Ithaca: Cornell University Press 1974) 一书。
⑤ 参见朱光潜《谈美》《文艺心理学》等早期美学著作。上述两本书均收入《朱光潜美学文集》第一卷,上海文艺出版社1982年版。

们所具有的一种对它的审美态度,而不是由于它的科学属性。科学的态度努力取一种客观的立场,目的在于说明对象在分类学上的特点。在确定了对象的类别特点之后,科学家所能做的,只是进而了解这一类植物的特点,以及眼前的这一株植物是否体现了这些特点。而审美的态度,是将之当作一幅画来看。这看上去是一种对于对象的"悬置",即不考虑其实用的与科学的特征,只是直观其形象,但实际上却引入了更多的东西。进行这种直观需要一个对于人性的假设,这也就将主体方面的因素引入到了审美之中。

科学与审美的差别在 19 与 20 世纪得到了进一步发展。如果说,康德的美学仅仅以普遍人性的假设为前提的话,那么,马克思主义的兴起则向这种普遍人性的观念提出了挑战。马克思主义从社会性方面来规定人的本质,并从社会性出发,将历史发展的阶段性、经济发展所引起的社会变化对改变人的本性所起的决定性作用、人的阶级属性等都包括了进去,以此来批判一种不变的、被设想为凡是人皆具有的人的普遍本性。[①] 在马克思主义看来,人性是随着社会的发展而不断变化的。因此,不存在着永恒的美,不同的社会、不同的时代具有不同的美。从这种观点看,美与社会具有对应的关系。

20 世纪文化人类学的发展,进一步揭示出美与人的文化的关系,说明不同的文化具有不同的对美的观念。从而美不仅随着时代的发展而发展,而且在不同的文化中,美的标准也很不相同。不同文化的美,绝不是同一张进化表上的不同阶段。不同文化走着不同的进化之路,但它们之间通过相互影响与相互刺激,从而出现既有趋同又有趋异的复杂而交错的运动。

美学的发展表明,美具有深刻的社会性和文化性,只有联系社会与文化,才能给予人的审美感受以准确而深刻的认识。那些所谓与科学原理一致的美,本身包括了一些未加认真辨析的因素。其中有些与美没有什么关系,而有些则需要联系人的社会性与文化性来进一步分析与解释。因此,所谓"科学向美提出挑战",正像人类社会中的各种各样的因素都在不断地向美提出各种各样的挑战一样,对此,我们都应持积极应对的态度。然而,有一点是毋庸置疑的,即科学与美并不是一回事。

---

① 见马克思《费尔巴哈论纲》。马克思讲人的本质是诸社会关系的总和。此文的中译可见《马克思恩格斯选集》第 1 卷,人民出版社 1972 年版,第 18 页。朱光潜曾重译此文,见《美学拾穗集》,百花文艺出版社 1980 年版,第 75 页。

二、科学与艺术

近年来出现了许多论述科学与艺术关系的言论。这些言论常常是出于实际生活层面的种种动机而发出的,因此,这固然可以理解,但是,从理论上讲,有些问题还须作进一步的辨析。例如,我们应作出这样的区分:人们是在指科学与艺术在做着同样的事,还是指科学与艺术应该联姻?

中国学术界在 20 世纪 80 年代初关于"形象思维"的讨论主要涉及前者。当时有一些学者试图证明,科学家用逻辑来思维,艺术家用形象来思维,他们所获得的是同样的对真理的认识。这是一个曾席卷整个文艺理论界的大讨论。讨论实际上从 50 年代即已开始,"文革"时代中断后,1979 年又以比过去强盛百倍的势头重新兴起。然而,这种观点到了 80 年代中期受到了质疑。人真的可以通过运用形象思维来获得对于真理的认识吗?科学家与艺术家真的可以运用不同的思维方式而达到殊途同归吗?

这种说法虽然以心理学的面貌出现,但实际上只是一种哲学猜测而已,并无多少科学根据。产生这种说法的背景是,在当时,艺术已经被认定为与科学一样,是一种人们认识世界的手段。人们会提出这样的问题:如果艺术家所从事的活动无助于增进人的认识,那么,这类活动还有什么用呢?这种提问方式与西方哲学的传统联系在一起。柏拉图就曾以这个理由反对艺术,而亚里士多德又是从这方面找理由为艺术辩护的。在当时的哲学氛围中,这个疑问具有无法阻挡的力量。当它被强加给学术界,成为不可挑战的定论之时,就像枷锁一样,套在了人们的头上。枷锁尚未能挣脱,而艺术与科学的差异又是那么显而易见,当时的学术界所能做的唯一的事,就是寻找一个概念,以此表达自己对艺术与科学间巨大差异的感受。这时,一个从俄国借用来的"形象思维"概念恰好能适应这种需要。[①]"形象思维"的讨论,是在不否定艺术是对于世界的认识的前提之下,用曲折的方法显示艺术的独特性。因此,这必然是一个特定时代的产物。

这一讨论到了 80 年代中期逐渐衰弱了。衰弱的原因在于,随着时代的发展,艺术不再被强迫承担认识真理的任务。人们逐渐趋向于一个共识:艺术不同于科学,艺术家的任务并非提供一种对于真理的认识。从艺术是

---

① 参见中国社会科学院外国文学研究所编《外国理论家、作家论形象思维》,中国社会科学出版社 1979 年版。另参见拙作《现代文艺学几个关键词的翻译和接受》,载《陕西师范大学学报》2004 年第 4 期。

认识，到艺术是一种特殊的认识，再到艺术不是认识，艺术理论经历了三大步，形象思维的观点只能存在于这一发展的第二步。当人们迈向第三步之时，形象思维概念就完成了它的历史使命。或者说，它"成为历史而失去了它存在的根据"。① 艺术家的任务并不是探讨自然和社会的规律。当我们读到一些论述，如认为小说给人以比科学著作更多的知识之时，不应将之看成是艺术家运用一种独特的思维方式形成了更多更好的认识，而应看成是由于小说的表述方式，而使读者用更省力的方式获得了更多的知识和感受而已。我们过去对于这一类的论述有着许多误读之处。

至于后一种说法，即科学与艺术的"联姻"，则掩盖着更多的模糊理解。

首先，与一些物质性生产部门相比，艺术处于一个较高的层次。它与处于第一层次的物质性生产具有完全不同的性质。科学的动力来自于人的物质性生产，又对这种生产起着强大的推动作用，因此，科学与技术与这种直接的物质性生产紧密联系在一起，从而被视为生产力的组成部分。艺术则是与物质性生产不同的、远远地飘浮于其上的一种精神性与意识形态性的活动。这种精神性的和意识形态性的活动，尽管"归根结底"要受生产力与生产关系的矛盾运动的影响，但是，这其中存在着许多的"中介"。按照马克思主义的原理，基础对于上层建筑和意识形态的发展变化，归根结底起着推动作用，但这绝不等于它们之间有着直接对应的关系。如果将它们看成是一一对应的，那就正是马克思、恩格斯所批判的"经济决定论"。

其次，科学无国界，科学探讨着超越民族、历史、文化和社会的普遍真理。2+2=4 的道理，应该为人们所普遍接受，与民族和文化因素无关。当然，不可否认，某些文化方面的条件和社会时代的状况有利于科学的发展，从而使一些科学定理在历史上的一些特定时期，集中地由从属于一些民族和文化的科学家们发现和发展，并使这些定理在表述形式上带有这些民族和文化的特点。但是科学定理本身不应具有民族性，而应放之四海而皆准。与此不同的是，艺术则具有民族、文化的特点。在一个民族和文化中被接受为优秀的艺术品，并不必然被其他民族文化接受为优秀的艺术品。不同民族和文化间的艺术趣味有相似处，也有相异处；不同的民族、不同的文化、不同时代的人之间，对于艺术的标准，也既有相似处与相异处。这些

---

① 尤西林《形象思维论及其 20 世纪争论》一文，见钱中文、李衍柱主编《文学理论：面向新世纪》一书，山东人民出版社 1997 年版，第 339—347 页。

相异与相同点，与人们在社会与文化上的相异与相同点具有对应的关系。[①]

有人从艺术与技术、艺术与工艺的联系来证明艺术与技术与科学间具有天然联系。确实，一些艺术门类，如雕塑、绘画和建筑等，在其一开始与手工艺，如铁匠、木匠、珠宝首饰匠等所制作的产品并没有明确的区别。今天我们用于指艺术的 art 一词，过去也具有技术的含义，这一含义在现在还有人使用。但是，这种词源学上的与历史上的事实，对于论证发生在今天的艺术与科学的联姻没有什么帮助。这些事实，只能说明艺术曾经处于一个与工艺一体的状态。然而，几个世纪以来的艺术的发展，经历的是一个与"联姻"恰好相反的过程，即艺术与工艺逐渐区分开来。艺术家们通过几个世纪的努力，才取得了艺术的独立或自律。艺术与技术的区别，是现代艺术观念的产物。当 18 世纪的美学家们试图将绘画、雕塑、建筑、音乐、舞蹈与文学联系起来，形成一个被称为"艺术"或"美的艺术"的概念时，他们所要做的，绝不是强调艺术与技术的联系，而正好相反，努力将两者分开。对于他们来说，艺术之所以能成为艺术，正是在于它不是手工艺。创作艺术品所需要的，并不只是技术。如果技术通向科学的话，艺术则走着与科学不同的道路。

上述原因说明，科学与艺术属于不同范畴，是不同的人类活动。提倡科学与艺术结合的人，有可能是一些懂艺术的科学家，也可能是喜爱科学的艺术家，但这并不能推翻我们的结论。一个人可以既从事艺术创作，也从事科学活动，就像一个人有时睡觉，有时吃饭，但睡觉与吃饭是两种不同的活动一样。

当然，这并不是说，艺术与科学不可以"联姻"。论证艺术与科学"联姻"，实际上是在另一个层次上，就另一个意义而言的。艺术与科学既然可以"联姻"，恰如这个比喻本身所表明的，它们之间本来就不同，相互间并无内在的血缘关系，只是出于某种原因才结合起来。

研究中国与西方艺术比较的人会发现，早期中国艺术与西方艺术具有许多相似之处。例如绘画与雕塑，最早都与手工艺产品没有明显的区别，艺术家都是地位低贱的匠人。在 13 至 14 世纪，无论是在中国，还是在意大利，这种情况都开始有所转变。但是，中国与欧洲这时的艺术走着完全不同的道路。

[①] 参见拙作《论文学艺术评价的文化性与国际性》，载《文学评论》2002 年第 2 期。

在中国，出现了所谓的文人画。也就是说，一些文化人不再感到艺术工作低贱，而投身到这一工作之中去。① 这种现象造成了艺术发展史的一个大转折，从而使中国艺术风格在这一时期出现了根本的变化。这一时期中国艺术的变化，使艺术与诗歌和书法形成了紧密的联系，从而形成诗、书、画三位一体，"三绝"合一的现象。所谓"书画同源"，说的就是这个意思。他们所说的，并非真的是探讨书法与绘画在历史上同源，而是肯定一种将书法的训练引入绘画的艺术风格。② 也就是说，不是它们本来"同源"，而是有意识地形成它们之间的"联姻"，将书法引入以改变绘画。文人画的风格后来对中国绘画以至其他一些造型艺术都产生了影响，从而带动了整个中国艺术风格的变化。

在意大利，艺术发展则走着另外一条道路。意大利艺术家没有通过文学与书法，而是通过科学来证明自己不是低贱的工匠，而是高尚的艺术家。当时的意大利，是一个人文主义兴盛的时代，人们普遍具有对古典的兴趣。但对古典的兴趣分为两种，一是对于古典文本的兴趣，一是对于古代艺术作品的兴趣。当时的艺术家们仍然是地位低下的工匠，他们所具有的只是对于古代艺术作品的兴趣，而不是对于古典文本的兴趣。无论是达·芬奇，还是米开朗琪罗，都是工匠出身，同时又急于要提升自己的社会地位。为了做到这一点，当时的艺术家们努力研究透视方法，研究人体构造。他们要通过科学来证明自己是与一般工匠不一样的人。

艺术与科学的结合，在后来也不断有艺术家提起。例如，英国画家康斯泰伯（John Constable）就认为，绘画是"自然哲学的一个分支，在其中，图画只是实验而已"。③ 然而，当我们考察像康斯泰伯这样一些画家的思想时，不应该从他的话得出一个结论：艺术从属于科学。我们所能得出的结论只能是，这种思想表明了康斯泰伯的艺术观。意大利艺术家利奥奈洛·文图里在论述康斯泰伯的这种主张时写道："这主要是康斯泰伯对当时画家们的一种号召。"④ 其实，对他人的号召同时也是对自己艺术风格的辩

---

① 参见：Jianping Gao, *The Expressive Act in Chinese Art: From Calligraphy to Painting*, Stockholm: Almqvist & Wiksell, 1996, p. 34.
② 有关这方面的论证工作，请参见拙作《"书画同源"说解析》，见高建平《画境探幽》，天地图书公司1995年版，第107—124页。
③ 康斯泰伯1836年给皇家学院的讲演，转引自《美学百科全书》，牛津大学出版社1998年版，第四卷第411页。
④ 利奥奈洛·文图里：《欧洲近代绘画大师》，中国友谊出版公司2001年版，第45页。

护。当一个人说艺术与科学一致，要将它们"联姻"时，当一个人自称从科学家那里受到什么启发时，他不是在讲述一个普遍真理，而是以抒发个人感受的形式来表述一种艺术信念，捍卫一种艺术风格。

这种对某种艺术风格的辩护，并不等于对艺术性质的确定。一位艺术家提出自己的艺术信念，可以依照这种信念创作自己的艺术；这种艺术信念，与当时的艺术状况还可以形成一种对话关系，从而通过挑战既定的艺术传统而在特定的艺术语境中形成其意义；这种艺术信念，还可以为一定的艺术流派设定审美价值的标准；但是，尽管如此，这一切都只是通过一种"联姻"而对艺术风格施以影响而已。艺术是多样的，不同时代、不同文化、不同个人，艺术风格都不一样。这些艺术风格的形成，受着人的各种各样的观念和活动的影响。艺术持一种开放的态度，与不同的人类思维方式和活动方式"联姻"，艺术因此而变得丰富多彩。但是，如果将一种对艺术的影响方式认定为是普遍原理或规则，那就是"包办婚姻"了。

三、科学与学术

在日常的语言使用中，科学与学术常常互换。这两个词都表示高级的、专门的研究，都表示致力于获得系统，完整的知识。一位著名科学家可以称为学术权威，一位具有学术成就的人可以成为科学院的院士。当然，人们在使用这两个词时，也有区别。一般说来，说到自然科学，人们多用科学而少用学术；谈到社会科学，人们则混用两个词而模糊其界限；涉及人文学科，学术一词用得多一些，但科学一词也并非完全不用。在从50年代到70年代的中国，还有一些更为复杂的情况。一个问题的争论从属于学术而非政治范畴，那么讨论就可以自由一些。例如，学术讨论可以不揪辫子，不打棍子，而政治问题则须"严肃"处理。至于科学，则是不能违背的。那时，"反科学"有政治问题之嫌，但很少有人以"反学术"的名义为人定罪。

科学与学术本来是两个不同的概念，从词源上说，这两个词都有一些复杂的背景。"学术"一词在中国由"学"与"术"组成，分别表示"学习"与"途径"的意思。两者合起来，一开始表示学习治国之途径，后来也用来指专门的学问与观点。"科学"一词在中国本指科举之学。我们今天对这些词的理解，是现成的传统中国词语与西方的术语在翻译过程中进行匹配的结果。我们通常用"学术"或"学术的"来翻译 academy 或

scholarship 以及由它们所派生出来的一些词。academy 原指古希腊时雅典郊区的柏拉图学园。15 世纪，意大利文艺复兴时期，在美第奇的赞助下，佛罗伦萨成立了以费舍努为首的学园。以后，在意大利、法国和其他国家，成立了众多的以 academy 为名的哲学、文学和艺术的研究和教育机构。scholarship 一词与作为学校与学派的 school 一词同源。这个概念在西方更加强调对文本，尤其是一些前代大师留下的文本的研究、注释和阐发。这种工作正是学院的教学所需要的，也构成了学院式研究的特点。由于中国古代的学者也注重对经典的阐释和研究，因此，经过翻译的匹配而形成的"学术"一词，与古代中国人对这两个字的理解，有相通之处。用"科学"来翻译 science，情况则完全不同。science 一词来源于拉丁文的 scientia，原来的意思只是通过学习获得的知识而已。但是，到了 18 世纪，它形成了一个特别的含义，即指建立在数学与实验基础上的、对于自然和社会的专门研究的含义。用"科学"这两个汉字来翻译 science 这个词，意义与传统中国人对这两个字连缀的理解有着很大的区别。

"科学"（science）的概念在西方有着一个发展过程。原始人为了生存，需要认识外部世界，掌握世界的规律。太阳晚上落山后，明天还会再升起来。经历了无数次的观察后，原始人才发现了这样一个规律。这一认识也许是一切科学的起源。对自然的复杂认识，是与人类的复杂活动联系在一起的。农业文明的兴起要求人类不仅掌握一天或几天的规律，而且要掌握一年的季节变化，了解农作物在不同季节的生长与收获情况，做到不违农时。然而，这种实用性的知识，还只是科学的前身，科学在这时还没有独立。这种依赖于观察所获得的，既可能是客观世界的真实的联系，也可能是虚假的联系。当中国商朝人用占卜来决定吉凶时，他们把虚假的联系与真实的联系混淆起来了。科学开始于区分这种虚假与真实的联系。但是，人们在努力做出这种区分的同时，却又产生了另一种混淆，这就是将对于对象的形而上学假设与对于对象的规律性认识混淆在一起。科学作为一个以观察、实验为基础的，建立在现代数学基础上的，进行了专门分科的知识体系，是一个较为晚近的概念。这种科学在其发展过程中，要不断地克服种种形而上学的假设。然而，自然规律不可能显示其自身，科学家的发明创造只能是对这种规律的假设。它在一定范围内具有适用性，但它背后总是隐藏着某些宗教与哲学的因素。

从原有的教育和研究性学术机构的分科中发展起来的一些被认为从属

于"科学"的学科,由于独立的科学理想的形成和各种社会、政治、经济力量的驱动,取得了长足的发展。在自然科学的带动下,在19世纪又将自然科学中的数量统计分析和实验的方法运用到社会研究中去,形成了社会科学。这种发展形成一种局面:学术研究中出现了似乎正在成长的一些新的"科学"的学科。现有的"科学"的学科迅速发展,新的学科不断出现,自然和社会中的一些过去没有得到研究的方面得到了关注。这种发展使一些典型的人文学科中也逐渐引入了科学方法。于是,人们形成一种对于科学的乐观主义精神,认为一切学科都将科学化。在这种思想的影响下,哲学似乎失去了自己传统的领域,变成科学的方法论。美学中出现了走向科学的要求,似乎心理学与物理学可以将美学瓜分完毕。一度时期,电脑统计似乎可以解决文学问题,文学批评家似乎变成数字的奴隶。经过科学发掘、碳14等方法确定的考古学材料迫使一段又一段的历史被改写。学术界出现了一种倾向,认为计量和实验才代表研究的质量和水平。于是,学术标准为科学标准所取代。

在这里,隐藏着一个价值观念上的巨大黑洞。科学武装着人们的头脑,使人们战胜种种迷信;科学推动着生产力的飞速发展,使人们生活在一个物质财富丰裕的社会中;科学也使人类产生自信,使他们感受到自身的无比力量。

但是,科学本身也可以成为一种"迷信";科学在给人类提供财富的同时,也在给人类带来空前未有的威胁;科学给人类提供征服自然的力量,也提供了一部分人征服另一部分人,甚至提供了人类自我毁灭的力量。这些科学中出现的问题,并不能由科学本身来解决。从这个意义上讲,近代的"科学"概念,并不能取代古老的"学术"概念。在一个历史时期,一些学科飞速发展,仿佛这些学科在支撑着人类进步。但过了一段时间,这些学科的片面性就又会暴露出来,需要另一些学科的发展来补充。

科学造出了一支枪,但人类需要科学以外的力量来决定枪口对着谁,什么时候扣动扳机。科学可以克隆人,但人类需要科学以外的力量来决定是否应该去克隆,它会给人类、给世界带来哪些后果。电脑现在还没到向人脑挑战的地步,但这一天总会一步步地临近的。人类应该在什么时候,以什么样的方式向电脑生产者说,让我们来划一个界限吧,不然的话,电脑会统治这个世界,然后把我们大部分杀死,留下一小部分放到动物园里去?这些都不是科学本身所能解决的。

我们已经习惯了科学。我们从小学到中学，再到大学，都在接受着科学思维的训练。然而，我们没有得到训练的另一种精神，却常常更为可贵，这就是一种自由提问的、批判的精神。在科学高奏凯歌，征服一切之时，我们是否想到，还存在着另一些对于世界、对于人类、对于我们的心灵更为重要的东西？

四、科学昌盛时代的人

本文举了几个方面的例子，说明科学在我们时代具有无比威力，但也有着巨大的局限。

科学家在发现美的时候，可能具有真诚的对美的感受。但是，美不是与人无关的东西，无论是自然科学家，还是社会科学家，甚至专门从事有关人的研究的科学家，都不可能发现美的奥秘。走向科学的美学是一个失败的尝试。美必然与处于社会与文化之中的人，这些人的思想、情感和他们生生不息的生命与创造活动联系在一起。

科学与艺术不是一回事。科学与艺术处于不同的社会层次之上，具有不同的任务。可能会有一些艺术家、一些艺术流派追求与科学的联姻，但那与科学和艺术本身的性质没有关系，而只是表现出这些艺术家或这些艺术流派独特的风格特点而已。

科学活动与学术活动本来是联系在一起的。由于现代社会中科学的胜利，使得所谓的"学术"已成为古老的人文精神的守望者。但是，科学具有严重的局限性，甚至危险。一个健全的社会必须保持一定的学术水准，实现一种科学与人文的平衡。随着科学的发展，这一点会表现得越来越明显。

我们生活在一个科学迅猛发展的时代。科学给我们提供了诸多的便利，使我们对于科学与技术越来越依赖。但是，科学不是一切。在科学之外，我们有着更为重要的东西，这就是人。科学是人创造出来的，是为人服务的。

文学是人学，或者扩大一点，艺术是人学，这句话也许会留下太多的解释空间，但终究还能成立。同样，反对"见物不见人的美学"，这句话尽管也模糊不清，但毕竟还能成为一个响亮的口号。然而，科学家可以是非常高尚的、使人敬仰的人，但科学不是人学。科学家不等于懂了科学就自然懂了人学，相反，他们需要学习"人学"。在一个科学昌盛的时代，人文学科应该而且必然会起着越来越重要的作用。

附 录

探索美学的新的宽度与深度
——著名美学家高建平教授访谈录

王春雨：高老师您好，非常感谢您做客东北师范大学文艺学学科学术前沿论坛，给我们带来精彩的学术报告，并接受我们的学术访谈。您是当今最有影响力的美学家之一，您的理论观点、学术取向和问题关切，在当前中国美学界具有示范和引领作用。因此，我们首先想请您来谈一谈，您对"美学"这一门学问本身的理解和定位。美学作为一门现代学科，在其两个多世纪的发展演进历程中曾经发生过多次重要的转型和变革，有哪些核心的、稳定的问题意识、理论观念、研究方法、考察对象等，是一以贯之的？这些稳定的因素，在当代语境下又应该如何展开？

高建平：现在"美学"这个概念我们用得很广泛，很普遍，也很乱了。反对美学的人会这样说，美学是一些德国人搞出来的东西，这个话当然不对，但是这恰恰反映了人们对美学普遍的印象。实际上我们可以从两个不同的意义上来说美学，一个是各个国家，比如中国有中国美学史，印度有印度美学史，伊朗有从波斯帝国到现代伊朗的美学史，伊斯兰、阿拉伯也各有自己的美学与艺术史。但是，这只能说，在这些国家有关于美的观念和关于艺术的趣味和艺术传统等。美学实际上是一个现代学科，有一个建构的过程，是在这个过程中慢慢地形成了"美学"这个概念，形成了这一学科的一些基本的规定性。朱光潜先生曾经说"美学"这个词是从鲍姆加登开始的，但其实这是一批德国人的说法。英国人会说美学这个学科是从夏夫兹博里开始的，意大利人会说这个学科是从维柯开始的——克罗齐就是这么说的，法国人会说从夏尔·巴图开始的。他们的这些说法，实质上有一个共同点，即认为美学是在18世纪由一些人创立的。在18世纪，慢慢地形成了一些概念，比如夏夫兹博里的"审美无功利"——这是一个核心概念，维科的"诗性思维"，博克所谈的"崇高"，休谟的"趣味"，巴图所说的"美的艺术",还有鲍姆加登提出的这个作为"感觉学"的"美学"……这些概念最后到康德那被综合成了一个整体,形成一个基本的体系,成为现代美学的雏形。我们今天说美学,狭义上讲就是指这个东西。此后许多人,包括黑格尔在内,不断地批判康德,却又使这个体系得到丰富。这个学科有一些基本的命题,此后一直在持续着,从这个意义上,最本义的美学就是指这些东西。到了当代,康德的美学遇到很多问题,审美怎么能是"无功利"的?这本身就有问题,康德的二元论哲学体系,审美经验与日常生活经验之间的关系等,就遇到了挑战。所以,我们就可以有稍微宽一点的美学的概念,例如,审美是无功利的吗?有人提出,是有功利的,审美是推动社会进步和发展的。

你刚才说到是当代,这就是另外一个问题。当代美学在发生着一些重大的变化。沃尔夫冈·韦尔施提出,要建立"美学外的美学"(aesthetics beyond aesthetics),说的就是这个意思。这个重建所探讨的是在新的时代,在走出康德以后怎么来重建美学,对美学的一些基本的问题给予新的解释。例如,康德说审美是无功利的,我们今天说审美是和社会、人生联系在一起的,有着社会功利性;再如,康德美学鼓励一种纯粹趣味,我们今天则重视面向生活的趣味;还有,我们今天说艺术要推动社会和人类进步,不只是一个无功利的玩赏……可以说很多相关的概念在今天都发生了一些新的变化。在这样一个新的语境下,我们今天面对曾经盛极一时的先锋派,面对当下大众文化的滚滚洪流的包围,怎样重建美学和重建艺术?这成了重要的问题。我们需要一种坚守的力量,要在当下从传统寻找资源。这很可能会成为今天美学还在延续,我们还需要美学的一个理由。这就是我想说的,美学随着时代而发展,没有不变的美学。每一个时代都有着自己的美学,特别是在当代,美学经历了一个被推倒再重建的过程,但是,变中有不变,有一些连续的东西在里面。我不久会出版一本书,书名是《回到未来的中国美学》。中国美学要走向未来,但这种通向未来之路,有时是通过向过去的回归,从传统中的找资源来实现的。

王春雨: 我们知道新世纪以来伴随着通常所说的日常生活审美化的迅猛蔓延,美学研究的边界也日益打开,所以美学研究的对象也变得非常丰富,我们注意到了比如您的一本著作《美学的当代转型》的副标题就涵盖了诸如文化、城市、艺术这几个宏阔的视域。而且您近十多年多次提出一个命题就是"美学的复兴",那么我想请您谈一谈"美学复兴"这一命题的内涵，比如美学是如何"复兴"的？"复兴"的目标是什么？美学的"复兴"对于当代中国的文化，乃至文明的进程意味着什么？

高建平："美学的复兴"有一个形成的过程。50年代有个"美学大讨论"，80年代有个"美学热"。在美学热以后美学曾经非常萧条，在20世纪90年代的时候，学校的美学课还在开着，但是社会不关注了，变成少数人关注的、僵死的、只存在于教课书上的东西。这是由于种种的原因形成的。今天重提美学，倡导"美学的复兴"，有两个问题要加以说明。

首先，美学的一度萧条有种种原因，主观上讲，美学家们不够努力，客观上讲，有社会的原因。80年代，的"美学热"是与思想解放运动、新思想的引入、翻译大潮联系在一起的，也与"新时期"的文学和艺术的热潮联系在一起。到了90年代，市场经济的兴起，经济大潮吸引着人们的注意力。美学不再被认为是更为重要的东西，而是更为遥远而虚空的东西。研究美学不如实实在在地把经济搞好。不仅社会的关注视角有了转变，一度时期，甚至一些从事美学的人也做起生意来。其中低端的有摆个小摊子，倒卖一些小商品，高端的有研究研究股票行情，试试能不能捞一把。这些年来，情况已大不一样，经济发展到一定的程度，文化建设的任务就会走向前台，就变得很重要，美学就受到了人们更多的关注。

还有一个方面，就是现在我们讲的"美学的复兴"不完全是回到一个旧的话题中，还是想说一点新的话题。在新形势下建构美学不能只是着眼于过去的东西，美学的复兴是跟美学的重建连在一起的，是在新的语境下来做美学。这样就不只是围绕着过去的一些狭隘的话题。美学要以文学艺术研究为中心，但也要扩展到一些其他的问题上来。在您提到的这本书中，我讲到了生态，讲到了城市，这是近年来人们普遍关注的话题。有很多人集中精力在做生态美学，有了一些成果，很多的书出来了；有一些人在做城市——城市、乡村当然是一个迫切的问题，因为现在中国的城市化进程非常迅速，很多原来住在乡村的人住进了城市，就出现了城市建设"千城一面"，建成的城市"不好看"这样一些重要的问题，需要美学研究者在这个过程中加入进去，拿出研究成果来。除此以外，新媒体的出现使艺术的生产和传播方式发生变化，也出现了一些新的艺术门类，从而提出了一些美学层面上的问题，需要我们研究。还有，设计学科的发展，使艺术与功利性和实用性之间的关系具体化，从而提出了在新的环境中艺术的地位和作用的问题。由此，美学的视野就慢慢地被打开了。关注生活的更多方面,跨越更多的领域,这恰恰是过去所少有的。

当然,现在的研究中仍然存在着一些问题,比方说生态美学和生态学有什么区别吗?城市美学跟城市规划有关系吗?很多人把它混在一起。新媒体美学本来是研究新媒体中出现的一些美学问题,但是现在的很多研究只是新的媒体现象的描述,它告诉你出现了什么,告诉你有很多新情况,甚至有些是现实的描绘,有些是未来的预言。但是,说来说去,美学在哪里?这恰恰是我们美学研究者在研究却又没有解决的问题。美学在这些领域里面其实看似热闹,可成果并不是很多,这恰恰是我们需要做的。怎样从美学角度进入,找到专属于这些领域的美学问题,这还确确实实是"在路上"!

王春雨:您很多的著作,尤其是一些译著都是我们专业领域中许多学者,尤其是青年学者们案头必备的阅读书籍。这些年您投入了很多精力在西方美学的译介工作中。不仅主编了"新世纪美学译丛"、《外国美学》等,还亲自翻译了许多学术名著,像比格尔的《先锋派理论》、杜威的《艺术即经验》、比厄斯利的《西方美学简史》等,您所选择这些经典的美学著作,它们分属于不同的学术流派,我们想问一下您在选择这样的译著的时候有没有特殊的考虑,再就是面对这么丰富复杂的西方美学的资源,您认为哪些对于当代中国美学更有迫切的价值和意义?

高建平:我先说为什么选这三本书来译。译书有时候是带有一种偶然性的,但这三本都有自己的故事。

首先说《先锋派理论》。这本书过去我在国外读书的时候也翻看过,但其实是没有很仔细地看的。正好是在做"现代性研究译丛"的时候,周宪来找我,让我译这本书。我大致看了一下,倒也是很喜欢,它能解决一些问题,包括我刚才讲座里的一些观点,都来源于这本书。这本书在西方成为好多先锋艺术家人手一册的经典著作,而且我发现它的篇幅也不太长,所以就译出来了。这是回国以后翻译的第一本书。

杜威的《艺术即经验》是我非常喜欢,而且是很多年一直想译的一本书。但这本书能让我第一个译,后来又进了商务印书馆"汉译名著"系列,真是很意外。在此之前很多人都想译过,我就知道在我们社会科学院文学所就有两个人想译,其中邢培明的翻译还进入了新书预告,但都没译成,更不用说全国有很多单位的好多人都想译这本书,最后还恰好是我先译了。

我接触到的很多西方的重要的美学家,都喜欢这本书,都推荐这本书,而且这本书对他们的影响都很大,所以常常对我谈起这本书。他们都鼓励我译这本书,说这很重要。但是,那一段时间,总是很忙,抽不出整块的时间来。一个偶然的机会和一个灾难性的事件,对我有意外的好处,那就是2003年北京那段时间闹"非典",做不成什么事情,也做不成学问,哪儿都去不了,就天天在家译……那三个月我就译了一大半,后来就全部译出来了。平常总是稀里糊涂地忙,这种忙就把时间零碎化了,做不成一点有价值的事,正是这整块的时间,就把这个事做了。回过头看,翻译这本书,我收获很大。有很多的观点,过去偶然间我也会想到,比如我写博士论文的时候写了一些话,当时我没看到这本书,后来我发现这本书也讲了,而且讲得比我的好,非常有意思。我觉得这部书还是要进一步消化,将来准备写一本书,以读书笔记的形式,把这本书从头写一遍,现在已经写了一半。当然,现在它在中国变得越来越有名了,最近出了一个红的精装本,非常漂亮。这是第二本书。

第三本书是比厄斯利的那本《西方美学简史》。这是我用的教材,它在国外也做教材用的。出国前读过一次,国外的导师让我读的第一本书也是这本书。回国以后,我在教研究生的时候也是让他们读这本书,所以我的学生都读过。我想译的原因是,对国内现有的美学史不是很满意,在国外读过几年书,接触过一点知识,觉得是不是应该重写一本西方美学史,有一次跟李泽厚聊了这个事情。李泽厚强烈反对,说现在有这么多本,你再写一本也没多大意思。的确,我能写成什么样,真的很难说,因为要对各时段的西方美学有深入的研究,也很不容易。其实朱光潜先生也说过,他的那本《西方美学史》并没有在论文的基础之上,当然国内其他的很多类似的书也都没有在论文基础上,很多远不如朱光潜的那本。怎么办?就把这本书译出来吧!于是就译了这本书。这本书最近搞了一个中英对照的版本,将书名改回去,取名《美学史:从古希腊到当代》,又重新做了校对。关于西方美学,我将来也许会写一本"十五讲"性质的东西,而真的摆出一个架势来写一部西方美学史,我大概不会再做这个事了。因为好多人做过了,不要再重复做这个事。

以上三本译著分别都有自己出版的原因。回过头来看,这三本书都还挺重要,这对我是很幸运的事情——这三本书都值得回过头来再印、反复印。

关于西方学术资源的问题,我觉得首先要说,不要简单地说"西方"。其实这个世界很大,对于我们来说,哪个国家、哪种语种、哪个流派、哪个时段，都分别可以成为术业有专攻的领域，都能做出一些东西出来。当然，前些年我们集中精力做得比较多的是法兰克福学派，从霍克海姆到阿多诺、本雅明，直到哈贝马斯，都有人做。英国美学关注的重点是马克思主义线索的雷蒙·威廉姆斯、斯图亚特·霍尔、特里·伊格尔顿。对现象学和存在主义，前些年的研究也很多。英美分析美学，前些年的研究很少，这些年逐渐多起来，我的不少学生在做分析美学，一个人一个人地做，做了不少；实用主义美学相对来说做得很薄弱，这些年研究舒斯特曼的人比较多，而对古典实用主义的研究还不足。我们不要简单地跟西方走，现在西方流行什么，我们就追什么。其实有些稍微古老一点的思想，经过我们的重新阐释后，还是能形成一些有价值的研究成果的。中国学术界有一个很不好的现象，就是一窝蜂，大家都在做一个对象，或者一个题目，浪费了很多精力。其实我觉得做学问就是找到一个自己的点，好好地做好就行。

我们还缺一个东西，非西方的外国，我们很少研究，眼睛向着西方。现在我们有"一带一路"的研究。"一带一路"是个经济学概念，但是"一带一路"可以搭车，做一些非西方的外国的一些东西，有些还是有价值的。对这些非西方的外国的文化，我们过去基本上是一无所知。我们很少知道印度的美学、非洲的美学、中亚地区的美学、伊朗的美学。其实这些方面倒是也有很多有价值的东西。当然，这个涉及很多。还有东欧，东欧的东西我们知道的很少。举个例子说，比如我们对于波兰的一些人，如英伽登、塔塔凯维奇等，也很重要，影响也很大。我曾经细心地查了一下，就发现我们所知道的都是这些人的译成英文的著作，他们的书中有十分之一的译成英文，我们就很关心，并且译成了中文；十分之九没有译成英文的书，我们根本一无所知。这大概是因为中国的一些学外语的人中，学英语的人做美学的比较多，学习其他语种的人不大做美学，特别是一些会小语种的人根本不研究美学。所以，非常希望有一些学小语种的人也能关心美学，译一些美学方面的书，比如塞尔维亚的、波兰的、捷克的，他们也是很重要，也很有意思，这些是我们严重缺乏的。

王春雨：正像您等一大批优秀的美学家翻译了很多西方学者的美学著作，这些美学家的观点在中国形成很大影响，其实这个译介的作用是非常大的，我也非常感谢在您的策划下，把我在美国的合作导师约瑟夫·马戈利斯的三篇论文译成中文发表在《外国美学》上。接下来让我们把视线回到中国，我们特别注意到您对中国传统艺术有非常深入的研究，特别是在

2012年您送我的那本《中国艺术中的表现性动作》中，包括您最近写的很多关于艺术评论的文章中，我看到您着意使用了一些中国传统的批评术语和概念，比如"淡""意""势""韵"和"以意逆志"等。这令人想起20世纪90年代中期有关中国文论"失语症"和古代文论"现代转换"的讨论中所提出的一些设想。请问您对中国传统文论和美学的看法是什么？如何才能激活传统，实现其"现代转换"？

高建平：现在文论界谈过"失语"，谈过"转换"，谈过"转化"，然后争来争去，有人说不愿意说"转化"，愿意说"转换"，对这种争论我真的不感兴趣。其实重要的不是喊这个口号，重要的也不是说传统能不能转化的问题，在能和不能里面转圈子没有意义。至于说"失语"，更是耸人听闻。其实美学这门学科本来就是引进，我们是在学习的。我想说这样一个好玩的话题，在国外有这样一个词，这个词就是小孩子在双语的环境下生活，母语是一种语言，当地语言是另外一种语言，聪明的孩子就会学成双语，这个语言也很好，那个语言也很好。比如中国人在美国，中文也很好，英文也很好，这就是双语（bilingual）。还有一种叫半语（semilingual）。什么是semilingual呢？就是自己的语言也没学好，人家的语言也没学好，这种情况也挺普遍的。其实并不是说由于接受了西方的语言，我们就失语了，而是说有一些人学了一点西方的东西，没怎么学好，而且连自己的话也不会说了，这就造成了semilingual。克服semilingual的做法是什么呢？你就好好地学呗，你学成了一个bilingual多好呀。其实我想说的就是要走出semilingual，变成bilingual。无论是我们的母语，还是另外一种语言，你把它学好了，吸收更多的语言，自身的语言能力也得到了发展。这应该成为我们的一个努力方向。

我们再回到这个话题。其实从古代中国到现代中国，变化已经很大很大了。曾经有过这样一种情况，那些谈论"失语症"的人，他是想说我们想回到古代去，从古代建立一个现代的人。当时钱中文先生就曾经说了一句话，他说20世纪你绕不过去，你不可能从19世纪的中国跳到21世纪的中国，20世纪你绕不过去，你必须从19世纪到20世纪，再到21世纪。中国语言现在已经变化了，我们已经用现代汉语说话，我们不是用古代汉语说话，我们有很多东西已经跟以前不一样了，现在的汉语就是处在语言的交换、翻译之中。比方现代白话文怎么定义呢？是优秀的白话文和优秀的翻译著作共同形成的。翻译使我们的语言有了很大的改变。

你刚才说到我写《中国艺术中的表现性动作》，我是在用英文写中国古代画论。有人就跟我说，请教你一个问题，那个"气韵生动"是怎么译成英文的？我知道他不是想请教我，他就是想考考我，就是想给我出个难题。其实，已经有现成的翻译在那里了，他还是要问。我说：请你把它译成现代汉语，我再给你译成英文。问题的症结其实就在这儿——我们的语言已经改变了，你想回到古代去，你回不去，已经成了一个现代的语言。你用的是现代的白话文，现代白话文是现代中国社会的产物。当然，现代白话文跟西方的语言也不是完全对应的关系，但它比较古汉语而言，已经有了很大的改变，我们要面对这个现实，从这个现实出发。我们做学问有一个不言自明的前提，我们是现代人，做的是现代的学术。因此，我更愿意说要从传统吸取资源，汲取营养来丰富我们，我觉得这么说可能更准确的多，不要说转换、转化。我们古代人有很多很有意思的东西，有很多很有价值的东西，把它吸收到我们今天的现代话语中来，他们可能会给我们很好的启发、启示，这就很好了，做学问就是要采取这样一种态度。

王春雨：您前些年提出了从"美学在中国"到"中国美学"的命题，近来又明确提出发展"既具有当代性又具有中国特点的"美学，您能否谈一谈美学如何才能体现出"中国特点"？

高建平：我刚才说了西方的美学不是从来就有的，它是18世纪慢慢建构的，吸取了很多概念，构成了一个他们的体系。这个体系实际上是20世纪的初年或者说就是1900年前后才被翻译成中文——这个当然有些争议，有人说是最早有个来华的传教士译的，后来日本人接受的。其实这个并不重要，重要的是这样一个学科是20世纪才在中国建立起来的。我们建学科目录，开这门课，有老师讲美学课，那是20世纪的事。当年朱光潜出版《文艺心理学》，请朱自清给他写序。朱自清在序中说美学大体是一门外国的学问，在朱光潜之前写的那些美学书都像外国人穿着长衫说话，很生硬，直到朱光潜这本书语言行云流水，非常自在，非常好。当然朱光潜先生是有很好的中国语言的训练。因此我们说朱光潜是很好地把国外的一些学问吸收来，从直觉、移情、距离等观点，用中国的例子来讲，然后写出一本很好的书。这本书在中国的现代美学史上有里程碑的意义。其实很多的那个时代做学问的人都有这个特点，中国社会科学院有一个大学者名字叫夏鼐，是很有名的大学者，在考古所那儿有他的铜像，成就很了不起。他了不起在什么地方呢？他其实原来在国外是学埃及学的，学到了研究古埃及学全套的方法。后来他就回国了，回国后在中国没有那么多的埃及的资料，但是他有学来的全套的方法，他用这个方法来研究殷商考古。中国人以前不会那个东西，中国人原来也收集一些古董、古玩什么的，但是他们不会用这种现代的方法来研究。夏鼐把这些现代的科学方法全部引进来研究中国，他做得非常成功。所以那个年代的学者需要这样做，只有这样才能做成学问。如果没有出国学这么一段，他不会成为大学者。所以说"美学在中国"不是贬义，是历史的必然，在一个特定的时期必然是这样。但中国毕竟有自己的文化传统，中国人有自己审美的风尚，有些西方来的学问不一定完全贴合中国实际。更进一步，我们就需要寻找自己的东西，需要有我们的建构。打一个比方，中国的语法学从两个人开始，一个人叫马建忠，他用拉丁文文法研究古汉语，编出了古汉语的文法，叫《马氏文通》。在他之后有一个人叫黎锦熙，他用英文的文法研究白话文的文法，写了一本书叫《新著国语文法》。这两本书在中国语法学界有奠基性意义。中国人原来不知道要做语法研究。只有音韵训诂，没有语法学。当然后来这两个人就成了靶子，你看中国的语法，中文有量词，英文没有，中文有些词性和英文不对，中文有些词的活用情况，中文字和词的关系，单字和合成词等，有太多自己的特点。于是，你可以批评他们，你可以不断地把他们作为靶子，然后不断提出你自己的东西，不断地再修改，逐渐地形成中国的语法体系。这个体系现在也还在不断地改进，有人不断地进行汉语的新的研究。但是，研究是从他们那里开始的，是先引进西方语言的语法，再建立汉语的语法的。其实，美学也经历了这么一个过程，西方的某一些东西不一定能切合中国的实际，但是它给你一个框架，你需要有个框架才能做，在这个基础上形成自己的东西，形成美学。美学这个学科是有文化的依赖性的，它不像物理学、数学一样放之四海而皆准。美学就要建立中国美学，它真的是有一些中国独特的东西在里面，它立足于中国文化，立足于中国艺术的传统。所以，在这个基础上我说从"美学在中国"到"中国美学"，说的就是这样一个意思。今天我们进一步说既是现代的，又是中国的，就是想说适应我们当代的情况，以创新来引领的具有原创性的美学。当然这还是在路上。努力吧！

王春雨：谢谢您。下面一个问题是关于美育的，因为在中国美学的讨论当中美育是一个很重要的话题，我们东北师范大学文学院就建有中国学校美育研究中心，也做了很多关于美育方面的研究和实践工作。尽管就事实而言，我国的美育在实施中还有很多不完善的地方，但当下公众对美学知识的渴求以及对正向美育的达成却与日俱增。请您谈谈关于当代社会生活中潜在的美学的需求与美育的看法。

高建平：中国人跑到西方去，跑到卢浮宫去就看三件宝，他们平常不怎么进我们自己的博物馆，他们不是像法国人那样一有新展览大家就去排队。中国人对此较为冷漠，中国人对文化生活有时候更趋向较为俗的东西，较为雅的东西有时候不太追求。其实美育就是要在生活中倡导一些优秀的、经典的、好的东西。大众文化中，有些东西是用不着太多扶植的，它会自然生长起来，会受市场需求刺激而得到发展。但是，有些东西还是需要有些培植性工作的。

我们这方面做得不多，在教育中功利化太重。说起美育，我举过一个例子，我家在北京住16楼，我有一次回家，进了电梯，同时进来一位母亲带一个小女孩——在电梯上从1楼到16楼还是有一点时间的。小女孩背"白日依山尽，黄河入海流"，声音清脆入耳，使人愉悦。这时妈妈就问了一个问题：这个"白日依山尽"和"黄河入海流"之间是什么标点符号啊？我一听这就是中国的教育。她关心的是她家的小孩在幼儿园里考分能加一分加两分。这重要吗？你能不能引导一下这首诗的意象是什么？你要和小孩子一起来欣赏它。这实际上就是我们教育的一个很大的问题，追逐考分、追逐升学，过分功利化。未见得你这样做，你的小孩将来就能上好学校，有时恰恰是适得其反的。你让小孩子有对诗词的爱好，对阅读的兴趣，保证小孩子将来能考上好学校。小孩子从小爱读书，从童话到优秀的文学作品到诗词，他都能喜欢，保证他能考上好的学校。小孩子只准读教科书，只准完成学校的作业，把他规定的那么死，这是中国教育的现状，是缺乏美育的表现。

说到这儿，我还想说，美育不是再发明一套美育的理论来到处讲，美育的理论需要有，但只是少数人做的。对于整个社会而言，是加强对艺术、文学和自然的欣赏能力。这是一个精神陶冶的过程，对于提高大众的文化素质、大众的趣味，能起到良好的作用。有些东西，你通过强制、命令、法律，也能起一些作用，但通过潜移默化地陶冶，却能起到大得多的作用。实际我们现在常常是这样，在追逐低俗的东西。有一次扬州搞建城2500周年的城庆，请我回去，还发了一个"乡贤"证书。会议安排请我们看了一个演出。第二天，扬州有一个叫《绿杨》的杂志来采访我，他问的第一个问题是：你昨天看了演出了吗？我说看了。昨天演出看得怎么样啊？我说不怎么样。他大吃一惊，他想讨几句好话的，我却说不怎么样。他问我为什么说不怎么样。我说你们这个演出的核心主题就是扬州三把刀，修脚刀、理发刀和菜刀，还把搓澡的镜头搬上台，用了许多声光电的现代手段宣传扬州。很热闹，也很好看。但扬州文化的核心怎么就成了"三把刀"？扬州有悠久的文化传统，怎么不讲讲呢？古代的大诗人到扬州的一些故事，李白、杜牧、苏轼……好多人都到过扬州。扬州的大学问家，像阮元，还有八大山人、石涛、扬州八怪等，这些人不出现，只有三把刀，你叫我怎么说啊。我们要有意识地推动一个地区、一个地方的雅文化。这种东西是会潜移默化的，扬州人走到哪儿引以为豪的不是我们那有多少多少间浴室，可以给你搓澡，可以给你修脚，而是扬州有悠久的文化传统。其实我们的教育就是这样。你能以潜移默化的、人们能够接受的、以小孩子能够接受的方式接受一些优秀文化的营养，这些对于提高民族的素质是非常有好处的。

王春雨：太精彩了，非常感谢您。那么在中国当下的语境之下哲学社会科学的马克思主义指导地位越来越重要，在2017年全国美学大会上，刘纲纪先生重提《手稿》，引起了包括您在内的与会专家的强烈反响，作为中华美学会的会长，请您谈谈当下美学研究中如何坚持马克思主义理论的指导，以及马克思主义美学的研究如何深化开展？

高建平：首先给你讲个故事。2017年全国美学大会开幕的那天早上，刘纲纪老师来了，我就出去见刘老师。刘老师看到我就很热情地握手，他说了一句话让我印象深刻——他说你翻译的那本《艺术即经验》很重要，我认为它的思想是和马克思的思想是相通的。刘纲纪先生是一辈子在做马克思主义的研究，当年他的思想形成是受到《手稿》很大的影响的。那我们今天再说这个事情的话，我们当然说《手稿》是非常重要的，其实对《手稿》的解读我们并不是过去就完成了，《手稿》的思想是非常丰富的，还要再研究，再阐发。但是除这个以外，马克思还有很多其他的重要的关于美学的著作，比如《德意志意识形态》，还有就是现在有很多研究者提出的这个话题，马克思代表作还是《资本论》，他后期的一些思想，包括人类学笔记，有非常丰富的思想，所以这方面我们要做研究。

我们不应该做只是跟着喊一些空洞口号的人，我们要读书，读进去。马克思的书要认真地读，要进去，因为我们是在做学术工作，而我们写的文章不是一般性的给宣传的报纸写的，我们要做学术文章。现在这方面存在的问题，其实就是界限分的不够清楚——有一种东西叫时文写作，有一种东西叫学术研究。其实我们既然是做研究的人，还是要深入进去，做一些很深入的研究。我是持这样的观点，你可以做西马，可以做当代马克思主义，但是如果回到马克思原著上去的话，你会发现很多丰富的内容。不要拿后来的种种解读来代替马克思的原著的阅读，其实原著的阅读会使你有很多新的发现，会启发你的一些思考。

现在马克思主义研究这个方面当然我们在做，我在编杂志，我编的杂志也经常做一些马克思主义的专栏，我有时候也看一些这方面的东西。我是经常跟他们说的，我们这是一个学术杂志，你必须写出学术来，不是说几句空话就行的。所以这是当代马克思主义美学研究中常常会碰到的一个问题。

为什么刘纲纪先生说马克思和杜威的思想有相通的地方，我体会他的意思，是说我们研究马克思主义，还是要放进哲学的语境中，让他和其他的一些哲学家对比着来看。用马克思的思想来批判地吸收其他哲学家的思想中的一些因素。其实杜威的思想可能更多地是代表自由主义传统，他并不是马克思主义者，但是杜威思想中有一些因素可以吸收。杜威强调审美并不是无功利的，艺术要为社会的进步、为人类文明的进步来服务，还有杜威思想中反对康德式的二元论，强调一元论，都与马克思主义美学相通。所以从这个意义上讲，刘纲纪先生说的是有道理的。

我想接着说的是，并不只是杜威，其实很多当代西方哲学的东西我们也需要站在马克思的立场观点来分析、理解、批判、吸收，这是我们应该持的态度。千万不要做这件事情，说我们是坚持马克思主义的，我们只读马克思主义的书，别的人的书就不读了。这种做法是不对的。恰恰是现在有些人就是只读某些书，只读某个人的书，这是不对的。其实马克思也是读了各种各样的书的。马克思为什么成为大的思想家，他是吸收了各种各样的他同时代的最好的、最先进的思想，才形成了他的思想体系的。

王春雨：最后一个问题。美学研究有其形而上的独立性，但当下美学活动却与生活联结得越来越紧密，传统的思辨性美学研究方式也受到认知神经美学的冲击，新时代对美学及美育有了新的期许有要求，这些都是当下的美学研究者必须面对的课题。请您谈一谈当下美学学者的使命与担当，以及对青年学者的寄托与希望。

高建平：当代中国美学是一个群雄并起的时代，这是一个好现象。美学研究者们在寻找新的研究方向，不满意过去旧有的美学几大块研究，想探索出一些新路来。我刚才说了生态美学、城市美学，你刚才还说了认知神经美学。其实这些研究，我们都是应该鼓励的，当然不同学科之间做的事情方法不一样，达到的成熟程度也不一样。但是我觉得，要鼓励学者有新的探索，寻找自己的研究方向，坚持走下去，也许能够走出来，也允许失败。坚持下去，慢慢自成一家。有人提中国学派，这是一种鼓励原创的态度，并不是说一定要有一派叫作中国派，是要让各种各样的美学流派做下去，做出成果来。其实世界上也是如此，不同的学校，不同的人可以根据自己的长处来做美学研究。学术研究不是宣传，大家不用非说同样的话不可。可以说不一样的话，这样美学才能繁荣。繁荣的标志就是多样化、多种方法、多种观点和立场。

但是，我还是想要说这样一个意思，做学问要有开放的态度。我记得我年轻的时候，也参加一些美学学会所组织的会议。那时候，中华美学学会的会长是朱光潜。朱先生由于年龄大了，不常参加会，但常常写贺词，祝贺会议的召开。在他的贺词中，总少不了要说一句话：青年要学好外文。这是他的经验，也是他做学问的方式——多方吸收国外的东西。今天我也想说，要有开放的眼光，要读一些国外的东西，要能够读原文，而不是读翻译，了解一些国外研究的最新的成果。这对于我们美学的研究是非常重要、非常有利的。但是美学发展到今天，我们不能仅仅只是作为一个传译者，还要做创造者。也许我们不能把这个任务归到每个人身上，让每个人都要去创造。也需要有一些人专门翻译，但我们的核心任务还是结合中国的实际，结合当下实际，来做中国美学研究，来形成我们独创性的研究成果。这大概是我们今天迫切需要的一件事。但是，我想在这儿强调一句话，不要以为把门关起来就是独创了，门开了自己就不能独创了。正好相反，只有开放才能实现成功的创造。正如习近平总书记所说："中国开放的大门不会关闭，只会越开越大。"我想这不仅仅是指我们的经济而言的，对我们的文化应该也是同样适用。千万不要重走闭关自守的老路，闭关自守只能落后，只能重新回到过去贫穷落后的局面，只能回到学术萧条的局面，要想学术发展，只能采取开放、对话的态度。只有在这样的基础上，中国的学术才能发展，中国的美学才能发展！